디아스 포라를 넘어서

DIASPORA

민음사

디아스포라를 넘어서

DIASPORA

경계에 선 문학의 운명

김종회 평론집

민음사

이 청명한 가을에 일곱 번째 평론집 상재를 준비하면서 여러 가지로 감회가 새롭다. 문학 일반론에서 출발하여 북한 문학이나 해외 동포 문학으로 확장된 내 문학 비평과 연구의 궤적이 한꺼번에 눈에 들어오는 까닭에서이다.

'디아스포라를 넘어서'라는 제호를 선택한 것은, 문학의 범주와 그 탐색의 내용을 두고 볼 때 문학이야말로 여러 문화적 현상 또는 삶의 형상들이 서로 맞부딪치는 경계에 위치하고 있다는 생각에서였다. 분명히 그렇다. 문학에는 국경도 없고 주제와 장르의 구분도 무화될 수 있으며 시대 및 사회사의 차별도 무너질 수 있다. 그런데도 내포적 차원에 있어서 문학적 원인 행위 또는 구성 분자의 각기 다른 입지점과 의미망은 확실한 구분의 선을 긋고 있기도 하다.

지난날 동부 아프리카의 케냐와 탄자니아 국경 지역을 통과하면서, 지구상에 유일하게 20만 명이 넘는 인구를 자랑하는 원시 부족 마사이족이 양국의 경계 개념을 전혀 도외시한 채 살아가는 모습을 본 적이 있다. 이때의 국경은 실제로 존재하는 것이면서 동시에 마사이족의 경험 법칙으로는 아무런 규제력이 없는 것이었다.

　마치 바닷가에 서서 수평선을 바라보면서 그 수평선의 시각적 또는 물리적 존재 양식을 '우주적 사고'와 '역사적 사고'로 양립하여 규정하는 신화문학론의 논리에 비추어 보는 바와도 같다. 이를테면 문학에 있어서의 경계 개념, 문학적 디아스포라의 존재는 이러한 사유 방식에 바탕을 둔다. 그것은 인문학의 한 중심축을 구성하는 문학의 운명이기도 하다. 그 유형 무형의 경계선을 사이에 두고 나누어 선 양자의 정체성과 관계성에 대한 천착은, 곧 디아스포라 문학 연구의 근본적 소임이다.

　이 책은 이와 같은 문학의 경계 문제에 관한 인식을 바탕으로 북한 문학, 해외 동포 문학, 종교와 문학, 한국 문학의 근대성 등을 각 단락별 주제로 다루고 있다.

　1장에서는 북한의 시, 소설, 문예 이론을 한국 문학과 비교해 보면서 남북 간 문학의 경계에 대한 글들을, 2장에서는 미주 주요 지역에서 활동하는 기량이 뛰어난 해외 동포 시인·작가들의 작품을 한국 문학의 관점과 견주어 보는 글들을 실었다. 3장은 2장의 문학적 시각을 연장하여 미국, 일본, 중국, 중앙아시아 등 각 지역의 해외 동포 문학을 이론적으로 구명하는 글들이다.

　4장은 영역을 달리하여 종교성을 가진 문학의 두 가지 특성, 곧 종교적 교리와 문학적 감응력의 경계와 그 접점에서 발생하는 미학적 성과를 추수한 글들을, 그리고 5장은 한국 문학의 비중 있는 작가들이 그 작품 가운데 함축하고 있는 근대성의 경계를 추적한 글들을 가려 모았다.

　이 한 권의 책에서 문학의 경계, 문학에 있어서의 디아스포라 문제를 보다 깊이 있게, 그리고 보다 폭넓게 다루지 못한 것은 필자에게 남아 있는 앞으로의 과제이다. 그런 점에서 필자 또한 이 시대 이 땅에 있어서 또 하나의 노마드, 또 하나의 원시 부족인지도 모른다.

　이 책이 나오기까지 연구하고 글 쓰는 자리에 함께해 준 여러 손길들과 책을 묶어 준 민음사에 감사드린다.

2007년 11월

늦가을 캠퍼스 글쓰기교실에서

김종회

차례

1장 북한 문학의 새 인식 11

북한 시에 나타난 6·25전쟁   13

북한 시에 나타난 마산의거와 4·19혁명   27

북한 대표 작품의 계급적 관점과 탈계급적 관점   50

『주체문학론』 이후 북한 문학의 방향성   55

북한 문학과 해외 동포 문학의 새 인식과 범주   86

2장 해외 동포 문학의 재발견 99

존재 자아의 정체성 탐색과 시적 사유 — 배미순   101

이국 정서의 공동체적 친화력 — 최선주   112

시와 삶의 행복한 만남 — 이임성   122

삶과 꿈, 그 변증법적 조화 — 윤웅아   133

지상의 극점에 핀 우정과 사랑의 꽃 — 신영철   143

믿음, 민족혼, 인간애의 세 줄기 빛 — 박경숙   153

태평양을 가로지른 비상의 날개 — 김명순   162

------------------------------ 173

3장 **한민족 문화권의 디아스포라**

한민족 문화권의 문학과 디아스포라   175

중국 조선족 문학의 형성과 작품 세계   189

중앙아시아 고려인 문학의 형성과 작품 세계   206

고려인 문학의 의의와 작품의 성격   231

------------------------ 255

4장 **종교와 문학의 접점**

개화기 천주 가사의 세계   257

만해 문학의 서사성   273

사유의 극점에서 만난 종교성의 두 면모 — 김달진   285

현대 문학과 기독교 사상   297

시와 신앙의 악수, 또는 행복한 글쓰기 — 신영춘   311

------------------------ 319

5장 **한국 문학과 근대의 경계**

문학과 근대성, 또는 그 극복의 서사 — 황석영   321

근대의 선두에 선 작가의 고향 — 박완서   342

객주와 현실의 문학 공간 — 김주영   357

한 운명론자의 두 얼굴 — 이병주   376

안과 밖의 조합, 이야기와 글쓰기의 동행   전경린   388

문학 비평, 또는 글쓰기에 있어서의 균형 감각 — 김환태 399

북한 문학에 나타난 6·25전쟁

1 전쟁의 개념적 이해와 전쟁·전후 소설

한국사의 공식 기록에서 '6·25동란'이라고 명명되던 용어 개념은 이제 그 지위를 점차 상실해 가고 있다. 기본적으로 '난(亂)'은 체계적 정통성이 있는 국가 또는 집단과 그렇지 않은 상대방 사이에서 발생한 쟁투를 말하고, '전(戰)'은 동등한 자격의 양자 사이에서 발생한 경우를 두고 말한다. 그런데 이 용어 개념의 원칙성에 대한 인식이 흐려지고, 특히 국제화 시대의 여러 소통 구조가 활성화되면서 '한국전쟁(The Korean War)'이라는 영어식 표기법이 역수입되어 사회 과학계를 중심으로 세력을 얻자 어느덧 이 용어가 자연스러운 대체 현상을 보이는 지점에 이른 것이다.

그런데 징작 중요한 섯은, 이러한 용어 자체의 사용 사례나 빈도를 따지는 일이 아니고 그 용어 사용 양상의 변화가 언표하는 6·25전쟁에 대한 성격 규정 문제이다. 다시 말하자면 북한을 한반도 내에서 '대한민국'과 동등한 자격을 갖춘 합법적 정치 체제로 인정하느냐, 그렇지 않으면 대한민국만이 '유엔이 인정한 한반도의 유일한 합법 정부'라는 명분을 고수하여 북한 체제를 일시적인 개별 집단으로 간주하느냐 하는 문제인 것이다. 미상불 이 인식의 모양새에 따라, 북한을 그냥 '북한'이라고 부를 것인지 '조선 민주주의 인민 공화국'이라고 호명해도 괜찮을 것인지의 판단이 맞물리는 형국이 된다.

오늘날의 북한은 핵무기 문제로 세계 유일의 초강대국 미국과 벼랑 끝 단판 승부를 연출하는 절체절명의 자리에까지 이르러 있다. 자기 백성을 굶겨 죽음으로 몰아가는 정권의 정당성에 관한 논의를 차치하고 보면, 북한을 두고 체제의 합법성 문제를 논의하는 것 자체가 무의미한 상황이라 하지 않을 수 없다. 사정이 그렇다면 '6·25동란'이냐 '한국전쟁'이냐의 논란은 그 실효성 자체가 일정한 가치를 확보하기 어렵다. 또한 한 시대에 있어 언어의 변화라는 것도 당대 언중이 사용 빈도를 높여 과반을 상회하는 확산 효과를 보이면 언어 자체의 규정을 조정하지 않을 수 없게 된다. 주기적으로 국어의 표준말을 개정해야 하는 이유도 바로 그와 같은 일과 관련되어 있다.

요약하면, 북한을 우리와 대등한 시대적 사회적 실체를 가진 정치 체제로 보고 6·25동란, 한국전쟁을 논의할 때에 그 논의가 구체적인 현장 적용성을 얻게 될 것이라는 뜻이다. 우리가 '6·25동란 기간'이라고 지칭하는 1950년대에서 1953년 사이를 북한에서는 "위대한 조국 해방 전쟁 시기"라고 지칭한다. 그러한 동일한 기간의 용어에 대한 의미의 편차를 분명히 전제해 두는 대신에, 서로 다른 사상적 흐름을 가지고 지속된 남북한의 서로 다른 문학 현상들을 그 실체의 존재를 인정하고 납득하는 수준에서 살려 나가는 일이 필요할 것이다. 이는 곧 6·25전쟁을 바라보는 시각과 남북한의 문학 작품에 대한 평가가 어떻게 연관될 수 있는가를 따지는 일과 다르지 않다.

기실 '휴전선'이란 용어를 사용하고 있지만 그것이 '국경선'의 기능을 담보한 지 오래고, 국제 적십자 헌장에 따라 전쟁 당사자국 사이에서도 안부 소식을 묻는 교신이 가능하고 적군의 부상자를 치료하는 인도주의 정신을 내세우는 것인데도, 남북 간에는 가족 간의 생사를 확인할 수 있는 엽서 한 장 교환할 수 없는 지경에 이르렀다. 이에 대해 김윤식은 "현실적으로는 휴전선을 국경으로 인정해야 함에 반해, 심층 심리 및 정서상으로는 도저히 인정할 수 없는 상태를 두고, 양가적 심리 또는 이율배반적 사고 형태라 부를 수가 있을 것인데, 이 속에 놓일 때 그 누구도 인격분열증에 걸리지 않을 도리가 없다고 볼 것"[1]이라고 진단했다.

남과 북이 서로 전혀 다른 경로를 통해 각기의 6·25전쟁에 대한 인식과 그 문학적 생산을 전개해 갈 수밖에 없었던 것은 현실적 상황 논리에 비추어 당연한 귀결이었고, 그리하여 전쟁 시기의 종군 문학, 전쟁 종료 이후의 전후 문학, 그리고 양자의 정치 체제가 독자적으로 안정되어 가면서 생산한 분단 문학, 이산 문학, 실향 문학과 통일 시대 지향의 문학에 이르기까지 판이한 문학적 산출을 집적해 가게 되었던 것이다. 특히 북한은 조국 해방이라는 정치적 이념을, 남한은 자유민주주의 체제의 수호라는 이념을 관철시키고자 모든 자원을 총동원하였던 것이 한국전쟁[2]이고 보면, 그에 대한 문학적 반응과 해석도 각자의 정치적 이념에 종속될 수밖에 없는 운명이었다.

전쟁에 대한 문학의 구체적 반응에 있어서도, 남하의 경우에는 전쟁 그 자체의 비인도성과 잔인성, 분단의 고착화, 실향민 문제 및 그로 인한 사회 구조적 변동, 전후 사회의 비인간적인 환경과 그에 따른 삶의 양식 등[3]의 시각으로 대별해 볼 수 있다. 실제로 작품의 문면을 두루 살펴보면, 전쟁 체험으로 환기된 현실의 문제적 상황은 일상적 질서의 갑작스러운 파열로 폭로되는 낯설고 공포스러운 '극한 상황'의 세계[4]로 나타난

---

1) 김윤식, 「6·25전쟁 문학」, 문학사와비평연구회 편, 『1950년대 문학 연구』(예하, 1991), 13쪽.
2) 신명덕, 『한국전쟁과 종군 작가』(국학자료원, 2002), 7쪽.
3) 유학영, 『1950년대 한국전쟁·전후 소설 연구』(북폴리오, 2004), 224쪽.
4) 이부순, 『한국 전후 소설과 전도적 상상력』(새미, 2005), 17쪽.

다. 요컨대 전쟁을 중심 소재로 한 남한의 문학은, 주로 전쟁 그 자체의 성격과 그로 인한 인간사의 상관성을 다루는 데 주된 목표가 있다.

물론 1960년대 최인훈의 『광장』이 보여 준 이데올로기적 접근이나 1980년대 이후 전쟁의 본질에 대한 총체적 시각을 확보하려 한 김원일의 『불의 제전』 및 조정래의 『태백산맥』 등을 두고 말하자면 논의의 형태가 달라지겠지만, 아직 전쟁 상황으로부터 객관적 시간의 거리가 확보되지 못하고 전쟁에 대한 직접적인 반응을 보일 수밖에 없었던 작품들의 경우에는 여기에서의 논의가 유효하게 적용될 수밖에 없다. 전쟁에 대한 북한 문학의 시각은 곧이어 중점적으로 살펴보기로 하겠다.

2 북한 문학의 논리를 통해 본 전쟁의 인식

남한의 연구자들이 북한 문학을 바라보는 눈은 초기의 역사적 전개에 대한 검토에서부터 근래의 작가·작품론 각론에까지 다양한 연구 성과의 산출에 이르고 있다. 북한 문학사론이나 북한의 현대 문학에 대한 저술들은 대개 6·25전쟁, 곧 북한의 '조국 해방 전쟁'의 해석에 대한 항목을 포함하고 있으며, 이는 주로 북한 문학사의 서술 방식에 대한 논평과 구체적인 작품의 사례를 적시하는 형식으로 되어 있다. 남한에서 전쟁을 다루는 것과는 문학적 유형 자체를 달리하는, 다시 말해 자기 체제의 선전 선동을 위한 도구 격으로 치부되어도 전혀 문제가 없는 것이 북한 문학이고 보면, 앞으로는 전쟁을 다루는 양자의 접근 태도 비교 고찰도 필요한 날이 올 것 같다.

북한의 역사적 기록에 의하면, "미제의 지시에 따라 그 주구들은 1950년 6월 25일 이른 새벽에 괴뢰 '국방군'을 동원하여 북반부를 침공"[5]한 것으로 되어 있다. 이에 따라 북한 인민군의 대남 전쟁은 정당한 방위적 기능을 갖고 있고 더 나아가 미제로부터 남조선을 해방해야 할 민족적 책임을 떠안게 된다는 논리가 구성된다. 북한 사회는 전시 체제로 개편되었으며, '북조선 문학 예술 총동맹'이 개편되고 1951년 3월 그 이름에서 '북'자를 삭제하는 조직명을 갖는다. 전쟁 초기 당의 문예 정책도 당연히 변화하여 '문학의 강력한 투쟁 무기화론'이 대두된다.

> 이 시기 우리 당문예정책의 기본은 1950년 6월 26일 방송연설과 '전체 작가, 예술가들에게' 준 김일성원수의 말씀에서 명시된 바와 같이 문학예술의 모든 사업을 전시체제로 개편하고 우리 문학예술이 자기의 고상한 당적 원칙을 그 어느 때보다도 견지하고 그의 전투적 기능을 제고함으로써 우리의 영웅적 인민이 요구하는 영웅적 문학예술로 되게 하며, '싸우는 우리 인민들의 수준에서 가장 강력하고도 예리한 무기'가 되게 하는 데 있었다. '모든 것을 전쟁 승리를 위하여'란 당의 구호는 이 시기 문학예술을 위하여서도 중심적인 구호가 되었다.[6]

그러나 북한 문예 당국의 장담과는 달리 1950년 9월의 인천 상륙 작전 이후 전세가 불리해지자 작가의 당성과 책임성 문제가 제기되고, 김일성의 담화를 통하여 작가의 애국심과 민족적 자부심을 강조하는 국면을 보이게 되며 이는 곧 투쟁성을 강조하는 실행의 지침으로 발전해 간다. 작품 서술의 방법에 있어서도 사실을 있는 그대로 보여 주는 자연주의적 요소를 넘어서 북한 체제의 진행 방향에 합목적적으로 부합하는 사회주의적 사실주의를 교시함으로써, 이는 전쟁을 다룬 북한 문학의 확고한 창작 지침이 되었다.

---

5) 사회과학원 역사연구소, 『조선통사(하)』(오월, 1989), 394쪽.
6) 사회과학원 문학연구소, 『조선문학통사』(사회과학출판사, 1959), 239쪽.

그러나 원쑤들의 만행 그대로를 보인다 하여 그것이 곧 예술이 되지 않는 다는 것을 잊어서는 안되며 자연주의적 요소를 숙청함으로써만이 사실주의적 예술작품을 창작할 수 있다는 것을 교시하였다.[7]

1986년에 발간된 『조선문학개관』에서는 전쟁 시기 북한의 문학에 대해 여러 가지 수식어를 단 찬사를 바치면서 그 문학적 성과를 다음과 같이 기록하고 있다.

위대한 조국해방전쟁의 영웅적 현실을 반영하면서 이 시기 문예작품 창작 사업이 광범한 대중적 운동으로 힘있세 벌어졌다. 이것은 진시문예운동의 새로운 특징이었으며 우리 문학의 전투성과 혁명성을 강화할 수 있게 한 주요 요인의 하나였다.[8]

북한 문학사의 이러한 요란한 수사, 곧 전쟁의 승리를 말하는 언어적 표현에도 불구하고 전쟁은 북한에 승리를 가져다준 것이 아니었다. 전쟁은 '종전(終戰)'이 아니라 '휴전(休戰)' 상태로 끝났으며, 북한 문예 당국이 호언했던 미제로부터의 남조선 해방은 성취되지 않았다. 그러나 이 전쟁이 북한에서 도발한 남침이라는 역사적 사실을 왜곡하고, "미제와 그 주구인 남조선 괴뢰 정권"에 의해 시작된 북침으로 시작되었다는 주장을 내세우고 보면, 북한은 그 강력한 침략자를 격퇴하고 전쟁을 승리로 이끈 역사적 공적의 주인공이 된다.

그리고 그것은 김일성의 항일 빨치산 운동에서부터 말미암은 불리한 현실을 극복하고 거둔, 당과 김일성에 대한 충성심의 정신적 승리로 설명될 수 있다. 이러한 도착적 자기 방어의 논리가 전쟁 시기 북한 문학의

---

7) 앞의 책, 244쪽.

8) 박종원·류만, 『조선문학개관』 II (사회과학출판사, 1986), 142쪽.

창작 현장에 전반적으로 통용되는 하나의 기준이 될 수밖에 없는 형편이다. 그러기에 "마침내 침략자는 물러갔다. 정의는 승리한 것이다. 그것은 사상의 힘으로 거둔 또 하나의 기적이었다."[9]와 같은 선언이 가능하고, 그것이 연구서의 문면에 기록되어 출간되는 상황을 목도하게 된다. 물론 이러한 선언의 수록이 학문적으로라도 가능하기까지 분단 이래 반세기가 소요되었으며, 그 행위 자체가 반공 논리의 시대에 견주어 보면 상전벽해의 변화에 해당한다 하겠다.

3 문학 작품에 나타난 북한의 6·25전쟁

6·25전쟁을 다룬 북한의 문학은 그 분량이 여러 장르에 걸쳐 방대할 뿐 아니라, 전쟁 시기를 지나서도 항일 빨치산 투쟁의 문학적 형상화와 함께 지속적으로 창작의 소재가 되어 왔다. 전쟁 시기에 문학의 효용성을 극대화하려 한 종군 문학이나 전후 복구 건설을 위한 문학의 '투쟁'에 해당하는 작품들은, 북한의 사회주의 국가 체제 성립 도정에 주요한 모범을 형성하면서 동시에 다음 세대에 대한 교양의 수단으로서도 유효했다. 여기에서는 전쟁 시기의 북한 문학 작품들을 시 문학을 중심으로 살펴볼 것이고, 자료의 주된 출처는 『조선문학사』 제11권(조국 해방 전쟁 시기)이 될 것이다.

북한의 대표적 문학사인 『조선문학사』는 제11권 제1장 '위대한 수령 심일성 동지께서 조국 해방 전쟁 시기 영웅적 문학 예술을 창조함에 대한 방침 제시'에서 그 "로선" 및 "령도"에 대한 내용과 그 시기 문학의 '발전' 및 '특성'에 대한 개괄적 내용을 서술한 다음, 제2장 '시 문학', 제

---

9) 신형기·오성호, 『북한문학사』(평민사, 2000), 160쪽.

3장 '산문 문학', 제4장 '극 및 영화 문학'을 차례로 실었다.[10] 그런가 하면 『조선문학개관』은 제2권에서 '위대한 조국 해방 전쟁 시기(1950. 6~1953. 7) 문학'이란 항목에서 역시 '시 문학', '산문 문학', '극 문학, 영화 문학'으로 나누어 이에 대한 서술을 순차적으로 실었다.[11]

시 문학에서 『조선문학사』가 가장 먼저 주목한 것은, 전쟁 시기에 10대의 김정일이 직접 지어 "10대의 어리신 나이에 경애하는 수령 김일성동지의 위대성과 숭고한 풍모를 감명깊게 형상한 불후의 고전적 명작"「조국의 품」(1952)과「축복의 노래」(1953) 등의 작품이다.

>   어둡던 강산에 봄을 주시고
>   조선을 빛내신 아버지 장군님
>   저 멀리 하늘가 포연이 서리면
>   인민은 안녕을 축복합니다
>
>   나라의 운명을 한몸에 지니신
>   아버지 장군님 인민의 수령님
>   준엄한 전선길 안녕하심은
>   온 나라 가정의 행복입니다
>
>   미제를 쳐부신 영웅의 땅에
>   락원을 펼치실 아버지 장군님
>   찬란한 조선의 미래를 위해
>   인민은 안녕을 축복합니다
>
> ——「축복의 노래」

---

10) 김선려·리근실·정명옥, 『조선문학사』 11권(사회과학출판사, 1994).
11) 박종원·류만, 앞의 책, 139~175쪽.

김정일의 「조국의 품」이 '서정성'이 강한 송가 가사라면, 「축복의 노래」는 북한 문학사의 표현으로 "정론성"이 강한 송가 가사이다. "포연"이나 "준엄한 전선길"이나 "미제"가 등장하고 "인민"과 "나라"와 "락원"이 절대적 가치로 상정되면, 거기에 영도자로서 "아버지 장군님"의 역할이 불변의 고정성을 표방하는 구조이다. 그런데 이 시를 김정일이 10대의 어린 나이에 썼다는 것은, 그 탁월한 영명함과 인민의 수범이 되는 충성심을 강조하기 위한 의미 구조를 형성한다.

다음으로는 "김일성 동지에 대한 충성의 연가"인데, 그 "탁월하고 세련된 령도와 영광찬란한 혁명 업적" 및 "령도의 현명성과 고매한 덕성"에 대한 칭송이 중심 주제를 이루고 있다. 김일성을 두고 "한밤에도 솟는 전설의 태양"(백인준, 「크나큰 그 이름 불러」, 1952)이라고 부르거나, 지난날 머슴살이로 겨우 살아오던 시적 화자가 "영광스런 김일성 원수님의 전사"가 된 것(박세영, 「수령님은 우리를 승리에로 부르셨네」, 1953)을 노래하는 시들은 김일성의 영도와 전쟁의 승리 및 조국의 미래가 하나의 꿰미로 엮어져 있다는 사실을 반증하려는 시적 지향성을 가진다.

> ―자, 동무들, 말해보오!
> 무엇이 괴로운가? 부족한건 무엇인가?
> 그이께서는 우리들의 손을 이끌어
> 어깨만이 아니라 가슴속까지 두드려주신다
> 함께 따라온 군관이 세계를 연신 보며
> 가시자고 다음 길 아뢰는데
> ―이 동무들 요구를 다 들어줘야지……
> 어서 품은 소원들을 말해보라 하신다
>
> ―「경애하는 수령」

「경애하는 수령」(김우철, 1952)은, "후방전선을 돌아보시는 그 바쁘신 길"에도 "한 영예군인학교를 찾으시여 그들과 허물없이 지내시며 크나큰 온정과 사랑을 기울여 주시는" 김일성의 "인민적 풍모와 숭고한 덕성"을 노래한, 곧 김일성의 인간적 면모를 부각시킨 시다. 북한의 문예 당국자들도 인민들을 감동시키는 시의 힘이, "그이는 우리의 태양 조선 인민의 수령 김일성 장군"(차덕화, 「수령」, 1952)과 같은 경탄 구호조의 묘사와는 전혀 다른, 소박한 인간미의 표현에서 더 절실할 수 있음을 인식했을 것이다.

『조선문학사』는 특히, "평화적 민주 건설 시기 위대한 수령 김일성 동지의 불멸의 업적을 만대에 길이 전하는 영원한 백두의 메아리"를 창작한, 장편 서사시 「백두산」의 시인 조기천을 하나의 절로 독립시켜 다루면서 그 창작의 내용과 특성을 서술하고 있다. 그의 전쟁 시기 시인 「조선은 싸운다」(1951)를 중점적으로 분석하면서, "위대한 수령을 중심으로 일심단결된 조선의 영웅적 기상을 격조 높이 노래한 우수한 시 작품들을 수많이 창작하여 전쟁 승리에 이바지"하였다는 평가를 내놓는다.

불타는 조선
싸우는 조선의 이름으로
이 나라 모든 어머니들의 이름으로
세계에 부르짖는다
지구의 인민들을 딸라에 교살하려는
야수들을 막아 일어서라

　　　　　　　　　　　　　　　—「조선은 싸운다」

6·25전쟁을 반제 반미 투쟁과 직접적으로 연관시키며, 특히 "이 나라 모든 어머니들의 이름"을 차용하여 즉각적인 감성적 반응을 유도하려 한

다. 이러한 조기천의 시에 이어 다루고 있는 것은 '종군 작가의 전형'인 시인 김람인의 창작과 장편 서사시 「강철청년부대」(1951)이다. 이 시를 두고 "시인이 해방 전후에 쓴 수많은 시 작품들 가운데서도 사상적 내용으로 보나 예술적 수준으로 보나 가장 품위 있는 시인의 대표작"이란 평가가 주어져 있다. 이 작품은 종군기 형식으로 되어 있으며 머리시를 대신한 「찬가」와 7개의 절로 구성되어 있다.

> 끝까지 임무를 수행한
> 영예와 긍지도 높이
> 부대는 다시 원쑤를 소탕하러 나섰다
> 최고사령관이 부르는
> 새 전선으로
>
> 노도같이 진격하는 대오 앞에
> 불멸의 위훈을 노래하듯
> 찬란한 군기 힘차게 나붓기고
> 인민들은 환희에 넘쳐
> 전사들을 바라보았다
>
> 태양도 기쁨에 겨워
> 눈이 부시도록 빛발을 뿌려주고
> 새 움이 돋는 푸른 산 푸른 들을 지나
> 강철청년부대의 승리의 새 소식이
> 온 세상에 퍼져갔다
>
> ―「강철청년부대」 부분

이 작품을 두고 김일성은, "항일 유격 부대의 혁명 전통을 이어받은 인민군 장병들의 영웅적 기상을 훌륭히 노래"했다면서, 이를 "종군작가의 전형"이라고 칭찬했다. 이 시는 항일 무장 투쟁의 계승과 인민군의 사상적 특질을 강조하면서 그를 통한 전쟁 승리의 염원을 담고 있다.

그런가 하면 "전선과 후방에서 높이 발휘된 대중적 영웅주의에 대한 시적 형상"이나 "인민군 전투원들의 상징의 노래" 등이 각기의 주제만 조금씩 다를 뿐 그 묘사나 서술의 내용에 있어서는 대체로 유사한 모습으로 이 시기 북한 시를 보여 주고 있고, "미제의 침략적 본성에 대한 준렬한 단죄와 규탄의 시 형상"과 "전투적이며 낭만적인 노래—전시 가요"도 주요한 분석 및 평가의 대상으로 제시되어 있다. 특히 여기서 전시의 '대중적 영웅주의'는 30여 년 후 1980년대에 이르러 '사회주의 현실 주제 문학'의 도입과 '숨은 영웅'의 창조에 비교해 볼 때, 대중 동원력이 필요한 위기의 시대에 확대된 인민성으로서의 대중성 확보가 과제로 부상하는 사회주의 체제의 속성 한 단면을 보여 준다.

『조선문학개관』에 서술된 '시 문학' 부분은, 그 전체 분량이나 예거 및 분석된 작품의 수에 있어 『조선문학사』와 비교할 수 없는 정도이지만, 그 시기 시 문학의 전체적 면모를 작품과 함께 개괄적으로 설명하고 있어 전모를 한눈에 파악할 수 있는 장점이 있다.

4 전쟁 시기의 북한 문학을 바라보는 시각

이 글은 전쟁 시기 북한 문학의 시 문학에 이어, 산문 문학과 극·영화 문학을 함께 고찰해야 전체적인 완결성을 기할 수 있다. 당초의 목표는 그러했지만 여러 가지 사정상 여기에서는 시 작품에 그치기로 하고 남은 과제는 다음으로 미루기로 하겠다.

  '조국 해방 전쟁 시기' 북한의 시는 앞서 살펴본 바와 같이 김일성 항일 무장 투쟁의 테마를 계승하면서 인민 군대의 영웅적인 투쟁상을 묘파하는 데 집중된다. 아울러 미국과 미군에 대한 증오와 적개심을 드러내면서 상대적으로 중국 의용군에 대한 연대감을 과시하는 것이 이 시기 북한 시의 주요한 특징이다.[12] 그리고 형식에 있어서는, 한반도의 민족적 상황과 전쟁의 문제에서부터 김일성의 영도력을 개입시키면서 시작하는 장편 서사시도 많이 창작되었지만, 속도감과 기동성이 있는 '전투적 단시'들도 많이 나타난다.

  전쟁을 매개로 하지 않더라도 북한 문학은 이념적 선전 선동에 목표를 두기 때문에 기본적으로 적군과 아군이 분명히 구별되는 편가름의 유형을 보일 수밖에 없다. 전쟁 시기의 문학에 있어서는 더 말할 나위가 없다. 북한 문학은 '적아(敵我)'가 확연히 구분되는 문학이므로 적에 대해서는 그토록 격렬한 투쟁성을 보여 주지만 역으로 사회주의 체제, 그 속에서의 인민들의 노력 투쟁, 인민군의 전투적 성과, 그리고 김일성에 대해서는 절대적인 찬양으로 일관하는 것을 볼 수 있다.[13]

  북한이 김일성의 언급을 통해서도, "적들의 야만적인 침략 전쟁에 우리는 정의의 해방 전쟁으로 대답"[14] 해야 한다고 주장하며 남침이 아닌 북침으로 역사적 사실을 호도하고 있지만, 북한으로서는 6·25전쟁이 '새 역사'를 건설하기 위한 결단이요 모험에 해당하는 것이었다. 그리고 북한은 침략자를 격퇴한 전쟁의 승리를 주장하지만, 전쟁은 그들의 모든 것을 파괴했으며 깊은 상처를 입혔다. 복구는 전쟁 중에도 초미의 과제가 된다. 전쟁 시기는 남한이 그러했던 것처럼 북한이 겪어야 했던 엄중

---

12) 김재홍, 「북한 시의 한 고찰」, 권영민 편, 『북한의 문학』(을유문화사, 1989), 240쪽.

13) 유재근·박상천, 『북한의 현대 문학』 Ⅱ (고려원, 1990), 216쪽.

14) 김일성 방송 연설 교시, 「모든 힘을 전쟁의 승리를 위하여」― 1950. 6. 26일자, 『김일성 저작집』 6권, 4쪽.

한 시련의 시기였다.[15]

그리고 반세기의 세월이 경과했다. 그동안 남북한은 전쟁 복구의 시기와 두 체제의 독자적 발전 및 분단 상황 심화의 시기를 거쳐, 다시금 화해와 협력의 시대를 맞았다. '한국적 민주주의'나 '우리식 사회주의'라는 용어 개념이 지시하는 바와 같이, 한 체제의 독재성이 다른 체제를 지탱하는 버팀목이 되는, 매우 그로테스크한 균형과 견제의 상황이 한반도에서 벌어졌던 것이다. 근래 핵무기 문제로 새로운 긴장 국면이 조성되고 있지만, 그렇다고 여기에까지 이른 역사의 수레바퀴를 되돌릴 수는 없다.

서두에서 살펴본 바와 같이 전쟁에 대한 용어 개념이 변하는 것은, 전쟁에 대한 역사적 인식이 일방적이며 적대적인 규정으로부터 민족 공동체 내부에서 고뇌하며 풀어야 할 실체적 과제로 전이되어 가고 있음을 뜻한다고 본다. 이러한 변화는 단순히 6·25전쟁을 바라보는 사회과학적 시각이나 문학적 시각에 국한되지 않고, 남북 관계 전반에 걸쳐서 점진적인 진행의 양상으로 나타날 것이라 추정된다. "세(勢)는 시(時)에 따라 변하고, 속(俗)은 세(勢)에 따라 바뀐다"는 옛말을 이 결미에 가져다두면서, 그러한 의미에서 전쟁 시기 북한의 시 문학도 보다 포괄적인 눈으로 검증하는 것이 필요한 때가 되었다.

---

15) 신형기·오성호, 앞의 책, 123쪽.

북한 시에 나타난 마산의거와 4·19혁명

1 경자년 마산의거와 4·19혁명의 역사적 의의

우리 민족을 다한(多恨)의 역사 과정을 거친 혈연 공동체로 보고 우리 문학사에 해원(解寃)의 의미 구조를 가진 작품이 편만하다고 인식하는 데는, 그 원인 행위에 대해 대체로 두 가지 방식의 설명이 가능하다. 하나는 '민족'이라는 범주 외부에서 가해지는 외세의 압박이나 침탈에 의한 것이고, 다른 하나는 그 내부의 자기 체계 안에서 이루어지는 갈등과 분쟁에 의한 것이다.

전자는 국가의 전체주의적 대응이라는 기본 발상을 이끌어냄으로써 빈핍한 중에서도 통합된 민족성의 거양을 도모할 수도 있는 것이지만, 후자는 주로 공동체 내부의 지배 계층과 피지배 계층 사이에 누적된 길항의 경과를 전제로 하는 것이어서 그 전개의 단계를 거치는 동안 보다 심층적 차원으로 각인되는 상흔을 남길 가능성이 약여하다. 한국 역사에서 일정 부분의 성과를 담보한 최초의 '민중 혁명'이라고 할 4·19학생혁명과 그 도화선이 되었던 마산의거는, 우선 그처럼 깊은 역사적 상처를 바탕에 두고 출발했다.

이는 이 '의거'와 '혁명'이 3·15부정선거에 대한 민중적 자각과 저항의 반작용으로 발발한 것이지만, 그 부정 선거가 자행되기까지의 과정은 민족사적으로 잘못 시발된 정치적 지배 논리나 당대 사회의 구조적 모순 및 왜곡의 전사(前史)를 충분히 예정하고 있었다는 의미이다. 이러한 인식은 우리 현대사가 관통해 온 격동의 사건을, 특히 그것을 다룬 문학 작품을, 그것이 민족 분단의 시대에 있어 남측의 시각이든 북측의 시각이든 심정적 측면에서 바라보기보다는 총체적이고 균형성 있는 시각으로 검증해야 한다는 인식과 궤(軌)를 같이한다.

다시 말해 마산의거와 4월혁명이 3·15부정선거, 김주열 군의 죽음, 고대생 피습 사건 등 이승만 정권의 부도덕한 행위로 인해 촉발된 점은 분명하지만, 이러한 사건들이 민중의 분노를 폭발하도록 하였을망정 그것이 어떻게 발생하게 되었는가를 완전히 설명해 주지는 못한다는 점이다. 동시에 그 이후에 일어난 일련의 역사적 사건 전개가 어떤 의의와 한계를 가지고 있는가를 설명하는 일에 있어서도 마찬가지이다. 그래서 제1공화국의 성립과 성격, 그리고 당시 민중의 피지배적 상황에 대한 이해를 선행할 필요가 있다.[1]

일제로부터의 해방과 분단 체제의 출발을 두고, 국토의 반쪽에서나마 국기(國基)를 지켰다는 평가가 있는가 하면, 일제의 잔재를 그대로 안은 채 미국의 패권주의에 잠식된 신식민지 국가로 전락되었다는 평가도 있다. 또한 이승만 독재 정권이 가진 구조적 성격이 그 집권 시기의 몇 차례 정치적 쟁점과 사건을 거치면서 점차 개악에서 개악으로 확대되고, 해방 후 절실한 민중들의 요구 사항이었던 농지 개혁도 지배 세력인 지주들의 권익을 그대로 지켜 줌으로써 불만이 가중되는 등 복합적 요인들이 개재되어 있었다.

---

1) 김경대, 「4월혁명의 전개 과정」, 『한국 사회 변혁 운동과 4월혁명 2』, 사월혁명연구소 편(한길사, 1990), 9~10쪽.

마산의거에서 4월혁명에 이르는 이 현대사의 극명한 시기에 대한 연구는 크게 두 가지 경향을 가지고 있다. 하나는 이를 서양의 고전적인 시민 혁명, 곧 부르주아 민주주의 혁명으로 보는 견해이고, 다른 하나는 그것을 한국 근대 민중 운동사의 흐름 속에서 파악하고자 하는 견해이다.[2] 김성식, 최문환, 차기벽 등의 해석이 전자에 속한다면, 강만길, 박현채 등의 해석은 후자에 속한다.

전자의 해석에 의하면, 4월혁명은 한 역사적 시기에 소임을 다한 '완결된 혁명'이 될 수 있다. 마치 근대 프랑스의 부르주아 민주주의 혁명이 봉건 전제 군주제를 붕괴시키고 시민 계급, 부르주아 계급의 세력을 구축할 수 있었던 것처럼, 절대 군주에 비견되는 이승만 정권을 퇴진시키고 부르주아 정치 권력인 장면 정권을 등장시켰기 때문이다. 다만 아직 한국 사회에서 사회 세력화하지 못한 시민 계급 대신에 자각이 앞선 학생 운동권이 주축이 되었던 것이며, 이러한 현실을 두고 최문환은 "옆으로부터의 혁명"이란 표현을 사용했다.[3]

후자의 해석에 의하면, 한국 근대사를 민중 운동사의 측면에서 바라보면서 민주주의 운동에서 민족 통일 운동까지 나아간 것에 의의를 두거나,[4] 1950년대 한국 사회 구조의 모순에 주목하면서 민주주의와 민족 해방의 실현을 위한 민중 혁명이라고 평가하고 있다.[5] 이 양자는 시각의 토대에 있어 부분적 차이가 있으나 같은 관점으로 4월혁명을 보고 있으며, 그 관점의 시선이 미치는 범주가 민족 해방이나 민족 통일의 문제에까지 이르고 있으므로, 당연히 '미완의 혁명'이란 결론에 도달할 수밖에 없다. 뒤이은 장면 정권의 붕괴 및 5·16군사쿠데타의 발발과 그 반민중

<hr>

2) 김일영, 「4·19혁명의 정치사적 의미」, 이종오 외, 『1950년대 한국 사회와 4·19혁명』(태암, 1991), 151쪽.
3) 최문환, 「4·19혁명의 사회사적 성격」, 《사상계》, 1960. 7.
4) 강만길, 「4월혁명의 민족사적 맥락」, 강만길 외, 『4월혁명론』(한길사, 1983), 14쪽.
5) 박현채, 「4월민주혁명과 민족사의 방향」, 위의 책, 46쪽.

성은 이를 미완의 역사적 사건으로 보는 해석이 설득력을 강화하도록 하는 증빙이 되었다.

그 외에도 4월혁명의 배경이 되는 이승만 정권의 부정적 성격에 대해 미국의 악역을 강력하게 비판하는 논문[6]이 있는가 하면, 4월혁명의 결과로 출범한 제2공화국의 장면 민주당 정권이 결코 '무임승차'한 경우가 아니라고 주장하는 논문[7]도 있다. 따라서 그에 대한 역사적 평가는 아직도 여러 측면에서 심도 있게 검토해야 할 필요가 있다. 특히 그 의미를 민족 전체의 차원으로 확대하거나 남북 통합 문제와 결부할 때는 더욱더 그러하다.

그런데 4월혁명이 '완결된 혁명'이건 '미완의 혁명'이건 또 국내외 문제와 관련된 역사적 평가가 어떠하건 간에 이를 정치·사회사적 논리로 검증하지 않고 문학과 그 상상력의 발현이라는 형식에 탑재할 경우에는, 여기서 살펴볼 바와 같은 학술적 의미 규정이 위력을 발휘하기보다는 당대의 사건 현장에서 진행된 구체적 현실에 대한 인식과 그에 대응하는 발화자들의 내면적 심상이 더 큰 영향력을 발생시킬 수밖에 없다. 물론 문학 작품에 대한 평가와 판단에 객관적 사실 관계가 기반이 되어야 마땅하지만, 문학 그 자체의 의의와 가치를 검색하고자 할 때는 사건의 실상에 대해 민중, 시민들이 보인 현장의 감성적 반응을 더 주목해야 할 터이다.

1960년 3월 15일 정부통령 선거를 전후하여 마산에서는 적어도 네 차례의 시위가 목격된다. 3월 14일 밤 민주당사 앞에서 일어난 시위, 3월 15일 선거 당일 오후부터 한밤중까지 마산시 전역에서 진행된 시위와 총격 발포 사건, 3월 15일 시위에서 실종되었던 김주열 군이 최루탄이 눈에 박힌 채로 4월 11일 바다에 떠오르자 이를 보고 격분한 군중이 이날 밤에 치열한 시위를 벌이고 경찰이 총격을 하는 사태와, 이어서 통행금

---

6) 박세길, 「4월혁명」, 『다시 쓰는 한국 현대사 2』(돌베개, 1995), 73~297쪽.

7) 이용원, 「'4월혁명'의 공간에서」, 『제2공화국과 장면』(범우사), 112~116쪽.

지 중에도 일어난 4월 12일과 13일의 시위, 마지막으로 이승만 당시 대통령이 물러날 의사를 표명한 후인 4월 26일과 27일에 부산에서 원정 온 경남고등학교 학생들과 군중들이 시청, 소방서, 경찰서, 파출소 등을 파괴한 시위가 그것이다.[8]

당시 마산에는 15만 명이 넘는 인구 중에 5000명 이상의 고등학교 학생이 거주했는데, 항쟁의 중심은 바로 이들 학생이었다. 시위에 참가한 일반 주민들의 숫자는 전체 시위자의 60~75퍼센트를 차지했으나 학생들보다는 소극적이었고 학생들이 선두를 지켰던 까닭에 이를 학생 의거라 불러도 크게 문제되지는 않을 듯하다. 그러나 이 의거의 주된 피해자가 어린 학생들이라는 측면은, 시위 현장에서는 기폭제의 역할을 했고 그것이 문학으로 반영되는 형편에 있어서는 더욱 감성적 측면을 자극할 수 있었다.

2 '의거'와 '혁명'의 문학적 수용, 그 의미와 방식

4·19혁명을 다룬 문학 작품은 우리 문학사의 여러 갈피에 다기한 모습으로 산재해 있다. 그러나 정작 3·15마산의거 그 자체만을 대상으로 한 경우는 전민족적이고 전문단적인 관심보다는 주로 마산 일원의 지역적 연고와 성격을 가진 문인 및 문학 단체에 의해 발현되어 온 것이 사실이다. 이 문제에 대한 자각과 주장은 역사적 원인 행위에 대한 인식의 오류 및 망실을 추궁하는 것이어서 비록 지역성을 강조하는 형편이 될지언정 분명 귀담아들어야 할 대목이다.

흔히 4·19라는 역사적 결과를 힘주어 들먹이지만 그것은 마산의 3·15의

---

8) 이은진, 「3·15의거는 '민중' 항쟁이었다」, 마산·창원지역사회연구회, 『마산·창원 역사 읽기』(불휘, 2003), 97~98쪽.

거라는 위대한 발동을 근거하지 않고서는 속 길은 해명이 되지 않는다. 시발과 결과는 구조적으로 연계되어 있으며 오히려 그 결과의 위대함 여부에 관계없이 시발은 더 역사적이다.

보라, 3·1운동의 시발이 그 결과에 관계없이 독립사의 형성적 의미를 계속 발휘하지 않는가. 즉 3·1운동은 시발 그 자체로 이미 역사적이지, 운동 그 결과가 중요하지 않다는 것이다. 그래서 3·1운동 정신은 아직도 그 의미를 형성해 가고 있다.

1960년 4·19의 민중 승리, 이 역사적 결과. 이것은 3월 15일의 마산의거 정신의 중간 과정일 수는 있다. 적어도 마산시민들의 민주정신으로서는 그렇다. 만일 4·19와 같은 독재 정권의 항복이 없었다면 이 3·15마산의거는 민주 정치 사상 더욱 위대한, 민중 운동으로 형성적 의미를 열고 있었을 것이다.[9]

— 전문수, 「마산 3월의 재생 구조」 중에서

이 인용문은 3·15의거 30주년 기념시집에 해설로 수록된 전문수의 글 일부분이다. 여기서 마산의거를 보는 지역민들의 인식과 그 열정의 강도를 엿볼 수 있거니와, 이 시집이 1990년도에 상재된 것을 감안하더라도 오늘날과 같은 정보 및 자료의 광범위한 개방과 시공을 축약하는 소통 및 교류의 시대에 있어서는 지나친 사고의 폐쇄성을 노정하는 측면도 있다.

4월혁명이 역사적으로 중요한 것에 못지않게, 아니 전문수의 표현을 빌리면 그보다 훨씬 더 근본적으로 마산의거의 기층적 역할과 중요성이 제기될 수 있다. 그러나 너무 그것에 집중하여 다른 지역으로 파장을 넓혀 간 확산의 과정이나 4·19의거 자체가 가진 혁명의 정신을 부분적으로라도 감축하는 것은 옳지 않다. 이는 이 현대사의 극점에 해당하는 사건 자체를 잘 모르거나 관심이 덜한 후대 세대들에게 이를 어떻게 계승시킬

---

9) 전문수, 「마산 3월의 재생 구조」, 변승기 외, 3·15의거 30주년 기념시집 『깃발 함성 그리고 자유』 (경남, 1990), 129~130쪽.

것이며, 또한 앞으로 이를 어떻게 민족적 삶의 연면한 길 위에 주요한 정신 운동으로 정초해 나갈 것인가를 유의할 때, 더욱 경각심이 필요한 부면이다.

예컨대 전문수 자신이 제안한[10] 대로 3·15의거 일을 범시민적 축제로 하여, 민간 중심의 시민의 손으로, 그 민주 역량으로 지역민들이 지역 발전에 동참할 수 있도록 하자는 건설적 의견을 실행해 나간다고 가정하면 더욱더 그러하다. 마산의거는 마산의거 자체로서가 아니라 그것이 4월혁명을 넘어 전국적 확대의 경로를 거쳐 간 것처럼, 지난 세월의 기념비적 사건에 머물지 않아야 하고 이를 뜻있게 기리는 사업과 활동 또한 지역성의 범주를 넘는 개방적 인식이 필요하다.

마산의거와 4월혁명에 관한 문학 작품을 시집을 중심으로 살펴보면 먼저 4월혁명의 경우 유사한 여러 시집들이 나와 있다. 4·19혁명이 일어난 그해 단기 4293년, 곧 1960년 5월에 나온 『뿌리 피는 영원히』[11]를 비롯, 다음 달인 6월에 나온 『불멸의 기수』[12]와 『항쟁의 광장』[13] 등이 보인다. 가장 체계적인 기념시집으로는 신경림이 편(編)한 『4월혁명 기념시전집』[14]을 들 수 있다.

이들의 경우는 4·19의거 전체를 수용하려는 편찬 의도를 갖고 있고, 또 시각 자체가 4·19 직후이거나 아니면 20여 년이 지난 후 종합적 판단이 가능한 때이거나 간에 그 전사적(前史的) 원인 행위로서의 3·15의거에까지 미치지 못하고 있다. 그런 연유로 자연히 앞서 전문수와 같은 주장이 도출될 수도 있겠거니와, 그만큼 균형성 있게 3·15의거를 부각시켜 나가는 것이 중요하다.

---

10) 전문수, 앞의 글, 138쪽.

11) 한국시인협회 편, 『뿌리 피는 영원히』(청조사, 단기 4293. 5).

12) 김종윤·송재주 편, 사월 민주혁명 순국 학생 기념시집, 『불멸의 기수』(성문각, 단기 4293. 6).

13) 김용호 편, 사월혁명기념시집, 『항쟁의 광장』(신흥출판사, 단기 4293. 6).

14) 신경림 편, 『4월혁명 기념시전집』(학민사, 1983).

15) 변승기 외, 3·15의거 30주년 기념사업회 편, 『깃발 함성 그리고 자유』(경남, 1990).

　3·15의거를 중심 주제로 한 문학 작품 중 특히 주목할 것은 1990년 『깃발 함성 그리고 자유』[15]와, 2001년 『너는 보았는가 뿌린 핏방울을』[16] 등의 시집들이다. 이들은 마산의거와 관련된 시들을 모아 편집하고 해석을 덧붙이는 등 마산의거의 의의와 가치를 문학으로 수용된 그 문면 안에서 찾고자 하며, 그것은 고난의 역사를 망각하지 않고 거기에서 교훈을 얻으며 동시대의 삶을 진지하게 되돌아보는 반성적 성찰의 노력에 해당한다.

　　　　낙화한 꽃잎이여
　　　　어리므로 더욱 가녀리던 부르짖음과
　　　　그 빗발 앞에서도
　　　　눈도 귀도 없던 저 괴물

　　　　보기 위한 동공 대신
　　　　생각키 위한 슬기로운 두뇌 대신
　　　　포탄이 들어 박힌 중량을 알겠는가?

　　　　비인간(非人間)과 Organism이 빚은
　　　　이위일체(二位一體)의
　　　　이 기괴한 신(神)[17]

　　　　　　　　　　　　　　　—유치환, 「안공에 폭탄을 꽂은 꽃」 부분

　마산 의거의 기폭제가 되었던 김주열의 주검을 보고, 꽃이라 부르되 "기괴한 신"이라는 또 다른 호명을 유발하고 있다. 신의 손으로도 무너뜨리기 어려워 보였던 이승만 정권의 철옹성을 파괴하기 시작한 이 어린

━━━━━━━━━━━━━━━━

16) 3·15의거 기념사업회 편, 『너는 보았는가 뿌린 핏방울을』(불휘, 2001).

17) 유치환, 「안공에 폭탄을 꽂은 꽃」—김주열 군의 주검에, 『너는 보았는가 뿌린 핏방울을』(불휘, 2001), 171〜172쪽.

생명의 산화는 다음과 같은 지역 정서와 자각 증상을 불러온다.

바람도
그대를 흔들지 못한다

지순한
열정을

그 자리는
이제 흔적 없이 사라졌다

(중략)

역사는 사람과 사람이 만나 만드는 강물과 같은 것
그저
그저 친구로 나앉은 무학산을 보며
쬐그만 아기섬 하나 띄워놓고
마냥 쑥맥으로 사는 우리들

순한 사람이
순한 사람을 기억하는
그 날의 함성이 자주 자주
이 시대의 어둠을 쓸어낸다[18]

—임신행, 「흔적」 부분

---

18) 임신행, 「흔적」—김주열 군을 생각하며, 『너는 보았는가 뿌린 핏방울을』(불휘, 2001), 373~374쪽.

역사의 변혁을 꿈꾸는 혁명, 역사의 물줄기를 바꿔 놓는 혁명은 대체로 그 열정의 형성에 있어 구체적인 상징물을 요구한다. 그것이 민중적 힘을 결집시키고 또 지속시키는 동력원이 되는 까닭에서이다. 김주열의 시적 형상화는 그의 희생이 그 상징물로서의 기능을 충실히 수행하고 있었음을 반증한다. 특히 그것은 그가 가진 약자로서의 입지에 기인하는 것인데, 여기 그것을 확증하는 또 다른 사례도 있다.

자식 먼저 저세상에 보내놓고
이 에미 살았으면 어찌 살았따 말하겠느냐
에미 손으로 이렇게 자식놈 젯상에 맷밥 놓는 심정이나
에미 먼저 눈감은 죄 안고 간 네 심정 또한 다를 바 무에 있겠느냐
그리도 잘나고 정답던 네 동무들 길동무되어 봄날 꽃같이 떠나갔지만
오늘은 모두 그 영전 끌어안고 무너진 억장 다독이며 향이라도 피우시는지
이 에미 마땅히 살았다면
네 흘린 뜨겁고 굵은 핏방울 거두어
원없이 이 강토 골골에 뿌렸으련만
아직도 네 피는 식지 않았고 기다리던 세상은 오지 않았구나
네 꽃잎 털던 그 칼날 더욱 서슬 푸르게 살아있으니
이 에미 여윈 한몸 닳고 삭아 재 될 때나
네 뿌린 붉은 피 기름진 흙살로 일구어나지일까[19]

　　　　　　　　　　— 이달균, 「내 자식 영전에 향을 피우며」

이 한 편의 시를 읽으며 가슴의 동계가 없는 인간이라면, 그와 더불어 나눌 대화는 없다. 약자 중의 약자, 가장 낮은 자리 중의 낮은 자리는 이

---

19) 이달균, 「내 자식 영전에 향을 피우며」, 3 · 15의거 30주년 기념사업회 편, 『깃발 함성 그리고 자유』 (경남, 1990), 82쪽.

처럼 제 자식의 영전에 향을 피우는 '에미'의 마음일 터이다. 이렇게 시를 읽어 나가자면, 왜 이 불행과 비극을 극한 역사적 사건이 문학으로 치환되어야 하며, 그 역으로 문학이 그 사건에 대해 무엇을 어떻게 말할 수 있는가를 알 수 있다. 우리가 경자년 마산의거의 문학적 형상을 소중히 받아들이고 해를 거듭할수록 그것을 정신적 기림의 영역에 가져다두는 것은 바로 그 때문이다.

3 북한 문학에의 수용, 또는 분단사적 배경과 의도

1960년 한반도의 남쪽 마산에서 시발된 3·15 마산의거와 4·19혁명은, 북한 지도자와 문예 정책 당국에서 볼 때 자신의 체제가 더 정통성이 있고 우월하다는 선전 선동의 기회이자 작품의 소재로서 더없이 좋은 재료가 되었다. 이들은 즉각 《조선문학》 등 주력 문예물을 통해 이러한 사상적 판단을 반영하고 작품으로 제작된 것을 수록하였다.

1960년대 초반의 북한 문학은 이른바 1950년대의 '전후 복구 건설과 사회주의 기초 건설을 위한 투쟁 시기'를 거쳐 천리마 운동을 문학에 반영하며 수령 형상 문학을 본격화하는 시기이다. 1967년 '조선노동당 제4기 15차 전원 대회'를 분기점으로 주체 사상과 주체 문학이 형성되기까지, 북한 사회가 점차 사회주의적으로, 그리고 김일성 체제 중심으로 안정되어 가고 있었다. 그런 만큼 분단 체제는 더욱 골이 깊어져 남한에 대한 부정과 비난이 강화되고, 그렇게 하는 것이 정권의 안정에 탄력을 더하는 상황이었다. 따라서 3·15의거나 4·19혁명과 같은 남한 내부의 격변을 북한이 대내외적 선전 선동에 적극 활용한다는 것은 당연한 결과였다.

이러한 경향은 분단 이래 북한 문학사 전반에 걸쳐 시도되는 것이었으며, 그것은 시, 소설, 평론 등 장르의 구분이 없이 행해졌는데, 특히 마산의거와 4월혁명이 일어난 후인 1960년대에 그 빈도와 분량이 집중되었다. 이중 《문학신문》과 《조선문학》에 수록된 것을 정리하면 다음과 같다. 편의상 《문학신문》에 실린 것은 필자의 가나다 순에 따라, 그리고 《조선 문학》에 실린 것은 게재 시기의 순서에 따라 정리했다.

■ 《문학신문》 자료 목록

강형구, 「4월의 념원」(수필), 4·19 1주년 특집, 1961. 4. 18, 3면.

강효순, 「미제를 물러가게 하라」―모든 불행의 화근을 뿌리채 뽑아 없애라」 (정론), 1960. 4. 29, 2면.

김상오, 「마산이여, 우리는 너와 함께!」(시), 1960. 4. 15, 1면.

김상오, 「서울이여 나는 너를 부른다」, 4·19 1주년 기념시, 1961. 4. 18, 2면.

김상훈, 「4·19의 노래」(시), 1965.

김하명, 「남조선 문학에 반영된 리승만 반동 통치의 파멸상」, 1960. 5. 3, 4면.

남시우, 「남녘땅 시인이여!」(시), 1960. 6. 10, 3면.

류기찬, 「가자, 남조선 인민들의 영웅적 항쟁을 창작으로 지지 성원하자」, 1960. 5. 10, 1면.

리근영, 「민주주의적 자유를 위해 오직 한길로!」, 1960. 5. 3, 4면.

리상현, 「4월의 불길과 문학」, 1962. 5. 8, 4면.

리상현, 「남조선 인민들의 투쟁을 더 많이 형상화하자」, 1960. 4. 19, 3면.

리정구, 「4월과 남조선 작가들」, 1963. 4. 19, 1면.

박산운, 남반부의 한 시인에게(김형), 1962. 4. 3, 4면.

백인준, 「속지 말라! 남조선의 형제들이여! ―모든 불행의 화근을 뿌리채 뽑아 없애라!」, 1960. 4. 29, 2면.

석광회, 「소년 영웅」(시), 1960.

송찬웅, 「서로 부둥켜안자 그리운 혈육들아 협상할 때는 왔다!」(4·19 후 통일운동), 1961. 1. 13, 1면.

신고송, 「이 밖에 다른 길은 없다—모든 불행의 화근을 뿌리채 뽑아 없애라!」,
    1960. 4. 29, 2면.
신진순, 「마산은 행진한다」(시), 1960.
엄흥섭, 「용감히 뛰여들라!」, 1960. 4. 22, 1면.
정서촌, 「원쑤들이 바리케트를 쌓고 있다」(시).
한설야, 「남조선 작가, 예술인들이여 정의로운 투쟁의 선두에 서라」, 1960. 4.
    29, 1면.
한설야, 「남조선의 작가, 예술인들은 반미 구국 투쟁에 용감히 나서라」,
    1962. 6. 25, 4면.
한설야, 「남조선의 작가, 예술인들은 반미 구국 투쟁에 용감히 나서라」,
    1962. 6. 29, 5면.
한진식, 「투쟁의 불길 더욱 높이라—마산 인민들에게」(시), 1960. 4. 15, 1면.
황철, 「새로운 터전을 가꾸기 위하여—모든 불행의 화근을 뿌리채 뽑아 없
    애라!」, 1960. 4. 29, 2면.

■ 《조선 문학》 자료 목록
김귀련, 「항쟁하는 소년」 외 1편(시), 1960. 7.
김광현, 「서울을 생각하며」(수필), 1960. 7.
김철, 「4월은 북을 울린다」(시), 1961. 4.
윤세중, 「4월」(정론), 1961. 4.
「또다시 4월은 왔다」(정론), 1961. 4.
「안룡만, 마산포 제사공 누이에게」 외 1편(시), 1964. 3.
성일국, 「4·19 피로 씌여진 영웅서사시」 1회(시), 1965. 3.
성일국, 「4·19 피로 씌여진 영웅서사시」 2회(시), 1965. 3.
리범수, 「마산의 모래」(시), 1965. 5.

　남한에서의 사건 발생 1주년이 된 1961년 《조선문학》 4월호에는 김철
의 시 「4월은 북을 울린다」와 정론이란 장르로 구분된 윤세중의 글 「4월」
과 김운룡의 글 「또 다시 4월은 왔다」가 실려 있다. 먼저 김철의 시 일부
를 살펴보면 다음과 같다.

　　이 봄 ……
　　새로 움트는 잔디밭들은
　　아직도 더운 피에 젖어 있고
　　총탄에 쓰러진 젊은이들 무덤에는
　　아직도 붉은 흙이 뜨거운데
　　자유는 너는 어디 있느냐
　　민주주의는 어디 있느냐
　　학교는
　　일터는
　　씨 뿌릴 땅은 …… 어디 있느냐 남반부 형제들이여
　　그대들이 피로써 갈망했던
　　그 모든 것은 어디 있느냐

　　(중략)

　　소년의 시체를 끌어안고
　　노도 탕탕 절벽을 치던
　　너 남해의 물결이여
　　네 가슴엔 아직도
　　미국 함대의 녹쓸은 닻이
　　승냥이의 이빨처럼 박혀 있지 않느냐

서울이여 대구여 인천 부산이여
가증스런 거짓이
너의 위훈을 모욕하지 않았느냐
열 다섯 해 리 승만이 앉았던 〈룡상〉을
오늘은 장 면이 핥고 있지 않느냐

(중략)

오오, 4월
용맹스러운 투쟁의 계절─
4월은 북을 울린다
우뢰를 친다
마산과 대구 서울과 부산을
남조선 모든 도시와 마을들을
불의 날개
폭풍의 날개 밑에 휩싸 안고
온 겨레를 싸움에로 부른다……
일어 나라
일어 나라
일어 나라 동포야!
판가리 싸움에로
나가자 형제들아![20]

─ 김철, 「4월은 북을 울린다」 부분

북한의 주요한 시인인 김철의 이 시를 보면 남한 민중의 투쟁을 정당

___

20) 김철, 「4월은 북을 울린다」, 《조선문학》(1961. 4), 75~76쪽.

화하고 영웅시하며 계속적인 투쟁의 전개를 부추기면서, 미국과 이승만, 장면 등 남한의 정치인을 함께 싸잡아 비난한다. 동시에 남한 각 지역 도시들의 인민, 곧 시민이 다시 일어나 반미 반정부 투쟁을 벌일 것을 촉구한다. 정치적 지향성과 미리 확정된 창작 방향이 있는 그대로 드러나는, 북한식 목적시의 대표적인 사례이다. '정론'이란 이름으로 발표된 윤세중과 김운룡의 글 또한 형식만 다를 뿐 내용에는 하등의 차이가 없다.

어언간 그 때로부터 1년이 경과했다. 푸른 파도 출렁이는 남해 가까운 마산시에서 쌓이고 쌓여 드디어 폭발된, 미제와 리 승만 파쑈 테로 통치를 반대하는 항쟁의 불길은 불과 수일 사이에 남반부 전역을 휩쓸며 타올랐다.

(중략)

미제는 물러가라. 물러가지 않는다면 우리의 단련된 힘으로 물러가게 하고야 말 것이다. 남반부 인민들의 맺힌 원한, 증오, 굳은 결의는 항쟁의 불길을 끄지 않을 것이다. 또다시 화산처럼 폭발하고야 말 것이다.

우리는 남반부 인민들의 영웅적 투쟁을 적극 지지 성원할 것이다. 조국의 평화적 통일 위업이 달성되는 그날까지 ― 최후의 승리는 우리의 것이라는 것을 우리는 잠시도 잊지 않을 것이다.[21]

― 윤세중, 「4월」 부분

바로 지난해 남조선 청년 학생들의 투쟁에 고무되어 토이기 청년 학생들이 자기들의 압제자 멘데레스를 정권에서 내쫓지 않았던가.

그리고 일본 청년 학생들은 전쟁 방화자의 두목이었던 아이젠하워의 일본 방문을 제지시키고 기시를 꺼꾸러뜨리지 않았던가.

---

21) 윤세중, 「4월」, 《조선문학》(1961. 4), 85~88쪽.

바로 그처럼 세계를 격동시키던 영웅적 기세로 남조선 청년 학생들은 미제
와 장 면 일당을 반대하는 영웅적 항쟁에 나서라.

그리하여 남쪽 땅에도 암흑과 기아와 빈궁과 눈물과 수난이 없는 진정한
자유의 봄이 깃들게 하자.[22]

—김운룡, 「또다시 4월은 왔다」 부분

이러한 선동은 한반도 내에만 머무는 것이 아니라 "세계를 격동시키
던 영웅적 기세"에 이르렀다고 평가하면서, 남한에 "진정한 자유의 봄"
이 깃들게 하자고 주장한다. 그러나 이들은 학생들의 무고한 희생에 대
한 애도보다는 그것의 결과를 더 확대하여 해석하고, 그 결과에 의해 세
워진 장면 정권에 대해서는 조금의 긍정적 인식도 없으며, 그 "진정한 자
유의 봄"이 북한에서는 어떤 형편에 있는지 한가닥의 자기 검증도 없다.
몇 해가 지나 1964년이나 1965년이 되어도 이러한 문학적 태도는 춘보도
변화하지 않는다.

어느 날 한 장의 신문을
펴들고 나는 보았다.
남해의 수평선이 한 눈에 안겨오는
마산포 바닷가 해안선에
지리집은 제사 공상 누나늘
싸움에 일어선 소식을.
(중략)

마산포는 사월의 봉기
도화선에 불을 달은 영웅의 땅,

---

22) 김운룡, 「또다시 4월은 왔다」, 위의 책, 89~93쪽.

굴할 줄 모르는 내 고향 사람들이
피 흘리며 쓰러진 거리 ―

바닷가 모래장반에
이른 봄 봄마다 피여나는
동백꽃 붉은 꽃잎처럼
제사공 누나들 뜨거운 마음이여
싸움의 불씨를 안고 타올라라

항쟁의 영웅늘 흘린 피
헛되이 짓밟고 인민을 속이는
군사 파쑈 악당들을 향해
노한 파도마냥 웨치며 나아가는
내 고향의 누나들아,

그대들 꽃다운 몸이
그대로 투쟁의 도화선이 되여
남녘 땅 형제들과 함께
타올라라, 싸움의 불길로![23]

―안룡만, 「마산포 제사공 누이에게」 부분

서산에 해 저물어
강가에 뚝딱 천막을 치고
훈련에서 돌아 온 나의 병사들
벌써 코를 골며 잠들었구나.

---

23) 안룡만, 「마산포 제사공 누이에게」, 《조선문학》(1964. 3), 56~57쪽.

(중략)

모래를 밟는 보초병의 군화 소리
밤 깊도록 귓전에 들려 와
나는 내 고향 마산의 모래가 그리워
눈을 감지 못한다……

(중략)

지금 내 깊은 산중에 누웠어도
흰 머리 수건 해풍에 날리며
내 혈육과 이웃들이 기다리는
가야 할 그 해변이 눈 앞에 보이고……

도하장의 모래를 밟을 때마다
양키의 구둣발에 무참히 쓰러지는
피 흐르는 백사장이 나를 부르거니
밝으라, 훈련의 아침이여!
울려라, 진군의 나팔소리여![24]

— 리범수, 「마산의 모래」 부분

아룡만의 시 「마산포 제사공 누이에게」는 섬유 공장 노동자인 '누나'들의 쟁의 행위를 정치적 목적으로 유도하고 있으며 그 '누이'들로 하여금 "군사 파쑈 악당"들을 대적하도록 충동하고 있다. 이는 사태의 진면목에 대한 왜곡이자 부당한 방식의 투쟁 요구이다. 그런가 하면 리범수

---

24) 리범수, 「마산의 모래」, 《조선문학》(1965. 5), 37쪽.

의 시「마산의 모래」는, 훈련 중 모래밭에 천막을 치고 자신의 고향 마산의 모래를 그리워하는 인민군 지휘자의 감상을 담았다. 인민 군대가 중부 이남으로 밀고 내려왔을 때 일시적으로라도 점령하지 못했던 마산의 모래를 그리워한다는, 다분히 정치적인 의식을 담았다. 시의 머리맡에 '서정시'라는 장르 구분이 되어 있으니 북한의 서정시가 어떤 서사적 방식을 답습하고 있는지 잘 드러나고 있다.

이처럼 북한 문학, 곧 북한의 시와 산문에 나타난 마산의거와 4월혁명의 형상은, 역사적 사건 자체로서의 의의와 가치를 밝혀 보려 한다거나 억울하게 희생된 청년 학생들과 그 가족에 대해 인도주의적 애도를 표현한다거나 하는 문학 본유의 기능이 전혀 나타나지 않는다. 남한의 정치 지도자들 및 그 배후 세력으로서의 미국에 대한 강력한 적대감과 남한 '인민'들에 대한 선전 선동, 또 그에 대비한 북한 체제의 우월성을 암시하는 데 확고한 목적의식을 두고 있는 것이다.

그러므로 북한 문학에 나타난 이러한 문학적 결과를 살펴본다는 것은, 지금까지 이어지고 있는 남북 분단 시대의 비극적 상황을 다시 확인하는 일이며, 동시에 '의거'와 '혁명'이 갖는 한민족 역사 위에서의 입지가 어떠한가를 입체적으로 검증하는 일이 된다. 민족사적 단위의 과제로 생각하면, 이들 남과 북에서 수행된 역사적 사건에 대한 의미 규정뿐만 아니라 기존에 제기된 평가의 방식과 내용에 있어서도 이제 새로운 연구가 필요하다. 이는 또한 남북 간 국토의 통합에 선행되어야 하는, 문화적 인식의 진정한 통합을 향해 나가는 발걸음의 시작이기도 할 것이다.

4 북한 문학사의 고정적 평가와 공통 과제

앞의 항에서 북한 문학에 수용된 마산의거와 4월혁명의 문학적 형상을 구체적인 작품을 통해 살펴보았거니와, 북한의 대표적 문학사인 『조선문학사』에도 이에 대한 언급이 나타나 있다.

1977년 평양의 과학백과사전출판사에서 사회과학원 문학연구소 집필 및 어문 도서 편집부 편집으로 출간한 『조선문학사』(1959~1975)를 보면, 제1편 '1959년~1966년의 문학'에 제7장으로 「조국통일에 대한 불타는 지향과 남녘땅 인민들의 영웅적 투쟁을 반영한 작품들」을 싣고 소설 문학, 시 문학, 영화 문학, 극 문학으로 나누어 문학사적 평가를 시도하고 있다.

> 이 시기 작가, 시인들은 격동적인 혁명적 현실 속에서 커다란 사상적 충격을 받아안으면서 남조선 혁명과 조국 통일을 주제로 한 작품 창작에 커다란 관심을 돌렸으며 따라서 이 주제 분야에서는 전례없는 성과들이 이룩되었다.
> 무엇보다도 소설 문학, 시 문학, 영화 문학, 희곡 문학 등 문학의 각 형태들을 포괄하면서 그 주제 사상이 훨씬 심화되고 확대되었다. 이 시기 남조선혁명과 조국 통일을 주제로 한 작품들에서는 남조선 인민들의 거국적인 4·19 인민봉기로 들끓고 있던 남조선의 혁명적 진실이 생동하게 재현되고 간고하고 피어린 투쟁 속에서 자라나는 투사 — 주인공들의 성격이 진실하게 그려졌다. 또한 소설과 영화 문학 등에서 서사시적 화폭 창조에로의 지향이 짙게 나타났다.[25]

4·19혁명을 "인민봉기"로 지칭하면서, 「넋은 살아있다」(1965년, 고동온)를 비롯한 일련의 소설들을 노동자 계급의 투쟁에 관한 것으로, 「마산은 행진한다」(1960년, 신진순) 등 일련의 시들을 "위대한 수령 김일성 동지"의 교시[26]에 걸맞는, 미제와 그 주구들에 대한 투쟁에 관한 것으로 평가하고 있다.

---

25) 「조국통일에 대한 불타는 지향과 남녘땅 인민들의 영웅적 투쟁을 반영한 작품들」, 『조선문학사』 (1959~1975)(과학백과사전출판사, 1977), 180~181쪽.

또한 주체88(1999)년 평양의 사회과학출판사에서 박사, 부교수 리기주의 집필 및 차영애 편집으로 출간한『조선문학사』12권을 보면, 제4장 '극문학 및 영화 문학'에 제5절로「남조선 인민들의 반미반괴뢰투쟁, 겨레의 조국통일념원의 반영」을 싣고 "4·19 민중봉기"에 대한 평가를 반복하여 내놓고 있다.

이 시기 극 및 영화 문학도 미제와 그 주구들의 학정을 반대하고 자유와 민주주의, 생존의 권리를 지키기 위한 남조선 인민들의 투쟁 현실과 조국 통일에 대한 우리 인민의 절절한 념원을 형상한 작품들을 많이 내놓았다.

희곡「분노의 화산은 터졌다」(송영), 영화 문학「잊지 말자 파주를!」(주체46(1957), 집체작),「어떻게 떨어져 살 수 있으랴」(주체46(1957), 한상운, 양재춘) 등을 대표적으로 들 수 있다.

희곡「분노의 화산은 터졌다」는 썩은 정치, 썩은 제도를 타도하고 새 정치, 새 생활을 쟁취하기 위하여 분화산처럼 터진 남조선 인민들의 영웅적인 주체49(1960)년 4·19 인민봉기를 첨예한 극적 형상으로 반영하였다.

위대한 령도자 김정일 동지께서는 다음과 같이 지적하시였다.

"4월 인민봉기는 지난 15년 동안 미제와 리승만괴뢰도당의 학정 밑에서 쌓이고쌓인 남조선인민들의 원한과 분노의 폭발이였으며 새 정치, 새 생활을 요구하는 남조선인민들의 정당한 투쟁이였습니다."

4월 인민봉기는 미제의 식민지 통치를 반대하고 사회의 민주화를 실현하기 위한 남조선 인민들의 투쟁력사에 거대한 의의를 가진다.[27]

---

26) "4월 인민봉기는 남조선 인민들의 영웅적 기개를 뚜렷이 시위하였으며 인민 대중이 힘을 합쳐 억압자들을 반대하는 투쟁에 일어선다면 원쑤들의 어떠한 아성도 능히 짓부실 수 있다는 것을 보여 주었습니다."(『김일성 저작 선집』5권 제2판, 482쪽.)
27)「남조선 인민들의 반미반괴뢰투쟁, 겨레의 조국통일념원의 반영」,『조선문학사』12권(사회과학출판사, 주체88(1999)년), 223~224쪽.

김정일 통치 시대의 교시자가 김일성에서 김정일로 바뀌는 것은 당연한 일이지만, 문제는 마산의거 또는 4·19혁명과 같은 남한에 있어서 현대사의 한 정점에 해당하는 역사적 사건을 평가하는 시각이 20여 년의 세월이 경과하고서도 한결같이 똑같다는 데 있다. 북한의 문학사나 문학 작품에 반영된 남한의 정치적 격변은, 북한 체제의 대내외적 입장에 복속되도록 그 관점이 정돈되어 있고 분단 시대의 민족적 질곡이 계속되는 한 이 완강한 도식은 변경될 가능성이 없어 보인다.

그동안 남북 간에 이루어진 여러 변화와 반성의 경과에도 불구하고, 이러한 고정적 수사 및 발화 방식은 여전히 남북 간 문화적 인식의 격차를 여실히 반영하고 있고, 이는 궁극적으로 남북의 문화 정책 당국과 동시대의 정치 지도자들이 해결해야 할 과제이다. 문제의 해결을 위해서는, 일방적인 공과의 주장이 아니라 상대측의 상황을 있는 그대로 객관화하고 그 현실적 토대 위에서 새로운 그림을 그려 나가는 폭넓은 민족적 화해의 정신이 선행되어야 할 것이다.

북한 대표 작품의 계급적 관점과 탈계급적 관점
──홍석중의 『황진이』가 우리 문학과 같은 점, 또는 다른 점

1 홍석중의 『황진이』, 그 만만찮은 정체성

홍석중 장편 소설 『황진이』는 2002년(북한식 표기로는 주체 91년) 평양 문학예술출판사에서 발행되었다. 2003년 북한에서 베스트셀러로 부각되었고, 북한 서적을 전문으로 취급하는 국내 한 출판사에 의해 원본 도서가 수입되었다. 출판사가 발행하는 계간 《통일문학》(북한에도 계간 《통일문학》이 있다.)에 분재 형식으로 소설의 일부가 실렸는데, 통일부의 문예지 내용 심사를 거치지 않은 까닭으로 이 잡지는 배포 중단 요구를 받았다. 추후 심사 절차가 진행되어 배포 중단 사태는 해소되었지만, 국가 원수를 비롯하여 숱한 사람들이 남북을 오가는 이 시대에도 분단 비극의 그림자가 우리 문화의 저변에까지 얼마나 깊게 드리워져 있는가를 증명한 셈이었다.

이 소설을 쓴 북한의 중진 작가 홍석중(63)은 익히 알려진 대로 『임꺽정』의 저자인 벽초 홍명희의 손자이며, 북한에서 『리조실록』 편찬을 주도한 국어학자 홍기문의 아들이다. 그 역시 북한 문학의 원로가 되었으며, 1993년 국내에서 그의 장편 『높새바람』이 출간되어 이 방면의 연구자들에게는 이미 익숙한 이름의 작가이다. 홍석중의 이와 같은 이력은 그가 북한 문학의 주류 가운데서도 가장 중심에 서 있는 신분의 소유자라는 사실, 그리고 능란한 세태 풍속의 묘사나 유려하고 감각적인 문장에 이르기까지, 조부로부터 이어지는 문학적 재능이 결코 만만치 않다는 사실을 환기하게 한다.

국내에서 열람이나 연구가 금지되었던 북한 문학에 대한 해금이 이루어진 것은 1988년의 일인데, 그로부터 십수 년이 지난 오늘날에도 남북 간의 제한 없는 문학 교류나 소기의 성과는 아직도 요원한 형편이다. 앞으로 『황진이』와 같은 주목할 만한 작품을 매개로 남북이 함께 읽고 논의하며 그 논의가 분단의 경계를 넘어 자유롭게 오가는 상황이 조속히 실현되어야 옳다. 그것은 문학의 정신적 역량이 현실이 쌓은 대립의 장벽을 무너뜨리는 선도적 범례가 될 수 있을 것이다.

2 남북의 『황진이』가 보이는 차별성과 그 이유

그동안 국내에서는 유주현, 최인호, 김탁환 등의 작가에 의해 『황진이』가 소설화되어 왔다. 기실 소설적 인물로는 더없는 제재(題材)이기도 하다. 사실(史實)로서의 황진이는 조선 중종 때 진사(進士)의 서녀로 태어나 어머니에게서 사서삼경을 배웠으며, 15세에 동네 총각이 자신을 연모하다 상사병으로 죽자 기생이 되기를 결심했다. 뛰어난 시·서·가창의 재능과 출중한 미모로 당대 문인 석유(碩儒) 능을 매혹시킨 명기(名妓)이다. 그의 시조 문학은 기발한 이미지와 세련된 언어 구사로 조선조 시조 문학의 백미로 꼽히며, 「동짓달 기나긴 밤을」 등 6수가 『청구영언(靑丘永言)』에 전한다.

소설적 캐릭터로 등장하는 황진이는 10년 수도의 생불(生佛) 지족선

사(知足禪士)를 파계시키고, 석학 서경덕(徐敬德)을 유혹하려다 실패하여 그 제자가 되었으며, 종친 벽계수(碧溪守)를 비롯한 많은 유림의 사대부들과 독특한 애정관을 축적한다. 특히 유주현의 『황진이』를 보면, 한 인물의 깊은 내면과 외형적 행위가 조화롭게 상응하면서, 역사적 인물의 소설화가 가진 문학적 진수를 개시(開示)하고 있다. 요컨대 우리 문학의 『황진이』는 역사 소설의 근본으로서 사실과 허구의 조합을 바탕으로 한 일반적 범주를 충실히 지키는 편이다.

그러나 홍석중의 『황진이』는 이야기의 구조적 얼개가 이와 매우 다르다. 이 소설의 중심 줄기는 황진이의 상대역으로 '놈이'라는 천민 출신의 남자, 어렸을 때부터 황진이의 주변에 있었으며 나이 들어서 화적이 되고 또 황진이와 참된 사랑을 이루어 가는 새로운 남자를 설정하는 데 있다. 놈이의 출현은 지금껏 우리가 소설『황진이』를 통해서 전혀 볼 수 없었던 인물의 형상화이다. 국내 소설에서 황진이의 상대가 유림 사대부들이거나 아니면 일가를 이룬 선사, 명창이었던 데 비하면 확고한 사회주의적 계급관을 표방하는 경우이다.

그러한 만큼 놈이의 등장은 소설의 이야기를 남북한을 포괄하여 기존의 작품들과는 전혀 다른 방향으로 가져갈 수밖에 없고, 그 이야기의 배경에는 봉건 제도에 대한 비판적 시각이나 천예 계급의 주체적 의식, 관료들의 부패와 비열에 대한 구조적 인식 등이 명료하게 개재(介在)해 있다. 이를테면 놈이와 송도 류수 김희열의 사람됨을 대비해 보면, 전자는 의협한 천민이요 후자는 간교한 탐관이라는 이분법적 잣대를 확고하게 적용하고 있다. 이 소설이 보여 준 여러 가지 신선한 탈이념적 요소에도 불구하고, 이 소설의 전체적 형상은 철저하게 이념적 세계관에 의해 구축되고 있다.

3 '현실 주제 문학론'의 적용과 변화 가능성

이 소설이 국내에 반입되면서 일부 연구자 및 도하 언론들은 진한 성애(性愛) 묘사와 체제 순응적 표현의 희석 등 부분적 차별성을 두고 무슨 큰 변화가 당장에 일어난 듯이 즉자적인 반응을 보였다. 심지어 "개방을 염두에 둔 정서적 준비 포석"이라든지, "국내의 홍명희 문학제에 홍석중이 참석하기를 기대"한다는 등의 과민 증상까지 나타났다. 그러나 이는 1980년대 이래 북한의 '주체 문학론'이라는 주류에 병행하여 부수적으로 확대되어 온 '현실 주제 문학론'의 수준을 넘어서지 않았다. 남북한의 문학 교류나 문화 통합의 전망에 대한 열의는 합당한 것이지만 지나치게 앞서가는 판단 및 평가는 본래의 목표를 추구하는 데 오히려 걸림돌이 될 수도 있다. 남북 간의 모든 대화와 협의가 그렇듯이, 문학에 있어서도 정확한 사태의 분석과 실천 가능한 논의의 구분이 선행되어야 한다.

그렇다고 해서 이 소설 『황진이』가 보인 현실 주제의 여러 항목이 형성한 유의미한 가치들을 폄하하자는 뜻은 아니다. 지금 우리에게 필요한 올바른 균형 감각 못지않게, 그 부분적이고 동시다발적인 가능성들을 보살피고 가꾸는 작업 또한 우리 문학의 소중한 책무에 해당한다.

『황진이』가 진척시킨 북한 문학의 에로티시즘 곧 성애 묘사는, 국내 문학의 그것에 비하면 성애라고 할 것도 없는 편이나 북한 문학에서는 하나의 빗장을 여는 수준이라 할 수 있다. 황진이와 놈이의 사랑 이야기를 계급적 관점이라는 틀거리 안에서 구성하였으되, 그 두 사람이 사랑을 이루어 가는 과정 자체는 슬프고 아픈 진실성을 그대로 담았다. 과거처럼 계급적 관점을 내용에까지 적용하였더라면, 놈이를 죽이지 않고 기층 계급의 승리로 이야기를 분칠할 수도 있었을 것이다. 또한 주변 인물들의 살아 있는 성격 묘사, 당대의 세시 풍속에 대한 밀도 있는 서술, 그리고 황진이의 정혼자였던 윤씨를 등장시키고 그에게 보내는 소설적 담론을 도입하는 진전된 표현 기교 등 새롭게 평가할 대목이 적지 않다.

　다만 중요한 것은 이러한 소설적 변모의 양상이 1980년대 이래 북한 문학이 부분적으로 변해 온 구체적 양상의 연장선상에 있는 것이며, 갑자기 돌출된 새로운 현상이거나 단번에 북한 문학의 미래를 바꿀 수 있는 예표가 아니라는 사실이다. 우리가 진정으로 올곧은 현실 인식 위에서 북한 문학을 우리 문학과 연계하는 방안을 모색하고 그것이 남북한 문화 통합의 시금석이 되기를 소망한다면, 남북 관계와 남북한 문학의 전반적인 흐름을 투시하는 안목으로 실체화된 문학적 가치들을 수거하고 통합하며 그 미래를 발양하려는 노력이 수반되어야 할 것이다.

『주체문학론』 이후 북한 문학의 방향성

1 서론

2000년 6월에 개최된 남북 정상 회담 이후 남북 간의 다양한 인적·물적 교류가 진행되고 있지만, 아직도 우리 앞에 놓여 있는 분단의 상처와 흔적은 엄연한 현실로 존재한다. 또한 분단 현실에서 파생된 정치·경제·사회·문화적 여러 난관들이, 세계 정세의 역동적 변화 속에서도 여전히 한반도 문제 해결의 현실적 걸림돌로 실재한다. 하지만 민족 통합이라는 절체절명의 과제는 우리에게 20세기 한반도에서 벌어진 전쟁과 분단의 역사를 딛고, 21세기 한민족의 새로운 도약과 비상을 준비할 것을 엄중히 요구하고 있다.

탈냉전 세계화 시대에 전지구적 질서는 이미 다기한 개인의 정체성이 민주적으로 혼재하는 정보화 사회로의 재편을 경험하고 있다. 하지만 한반도는 여전히 냉전의 그늘에 묶여 앞날을 예측하기 어려운 난제들이 현존하는 실정이다. 특히 남북의 폐쇄적 혹은 단발적 상호 교류는 한반도 문제의 점진적 해결을 디디게 진행시기고 있다. 이제 보다 적극적인 교류와 협력, 대화와 공존의 열린 자세가 절실한 때이다.

이 글에서는 현재까지 북한 문예 이론의 지침서인『주체문학론』의 의미를 고찰하면서 담론적 차원에서 드러나는 미세한 균열의 징후를 포착하고자 한다. 그러한 균열의 징후가 조국 통일, 청춘 남녀의 애정, 과학 환상, 이농 문제 등을 다룬 1990년대 이후 북한 단편 소설 속에서 어떻게 표현되는지를 구체적으로 살펴보고자 한다. 또한 1994년 김일성의 사망 이후 유훈 통치 시대를 포함하여 김정일 시대를 형상화한 시들을 선군 정치 시대의 시와 반제 반미 사상의 시로 나누어 살펴보고자 한다. 이러한 고찰을 통해『주체 문학론』이후의 북한 문학의 방향성을 가늠해 볼 수 있을 것이다.

2『주체문학론』의 의미 고찰

2000년 남북 정상의 만남 이후 경제 협력과 이산 가족의 상봉 등 정부·민간 차원의 교류가 활발하게 논의되고 있는 지금, 표면적으로는 통일의 분위기가 무르익은 듯이 보인다. 일부 학계에서는 분단 시대가 가고 통일 시대가 오고 있다는 흥분을 감추지 않고 있다.[1] 그러나 문학의 경우 1992년 이후 지금까지 북한의 문예 이론 지침을 제시해 온 김정일의『주체문학론』[2]은 북한 체제의 근본적인 변화 가능성을 보여 주지는 못하고 있다. 따라서 우리의 독법은 담론적 차원에서의 근본적 변화가 아니라 담론의 이면에 내포되어 있는 미세한 균열의 징후를 포착하는 것을 필요로 한다.

해방 이후 북한의 문예학은 1967년을 기점으로 커다란 변화를 보인다. 1967년 이전까지는 마르크스—레닌주의의 유물론적 문예 이론을 당의

---

1) 강만길·김경원·홍윤기·백낙청,「좌담, 통일시대를 어떻게 살아갈 것인가」,《창작과비평》(2000. 가을).

2) 김정일,『주체문학론』(조선로동당출판사, 1992).

공식적인 노선으로 채택하였다. 그러나 1967년을 기점으로 북한은 이전의 문예 이론을 주체적으로 계승한 '주체 문예 이론'을 당의 공식 문예 이론으로 삼는다.[3] 이후 지금까지 북한의 문학은 주체 문예 이론이라는 공식 틀을 벗어나지 않고 있다. 따라서 북한 문학에 대한 접근은 주체 문예 이론 자체를 비판, 거부하기보다는 주체 문예 이론 내부의 미세한 균열의 징후를 감지하는 작업이 유효할 수 있을 것이다. 이러한 관점에서 많은 연구자들이 1980년대 북한 문학에 주목하였다. 주체 문예 이론의 틀을 크게 벗어나지 않으면서 다소 유연한 시각을 견지한 작품들이 발표되었기 때문이다. 1980년대 현실 주제의 북한 소설은 일상 생활의 '숨은 영웅'을 형상화한다든지 애정 문제를 본격적으로 다루거나 북한 사회의 관료주의적 속성을 비판하였다. 이는 주체 문예 이론의 경직성을 내부적으로 반성하는 징표로 해석되기도 하였다.[4]

그러나 1980년대 후반의 동유럽 사회주의권의 붕괴에 뒤이은 북한 사회의 가뭄과 기근은 북한 체제를 근본적인 위기 상황으로 몰아갔다. 국제적인 고립과 내부적 문제를 해결하기 위해 북한의 문학은 다시 보수적인 경향으로 후퇴하였다. 이에 1990년대 북한 문학은 1980년대 문학의 유연성을 확장·발전시키지 못하고 과거의 주체 문예 이론을 강화하는 방향으로 나아간다. 그러나 이미 사회주의적 현실 문제를 나름대로 깊이 있게 형상화한 체험을 간직한 북한의 작가들이 주체 문예 이론의 당위적 명제 앞에 굴복하여 순순히 과거의 작품 경향으로 회귀하지는 않는 듯하다.

---

3) 김정일, 「문학예술부문에서 당의 유일사상체계를 튼튼히 세울데 대하여」(1967. 5. 30); 「작가, 예술인들 속에서 당의 유일사상체계를 철저히 세울데 대하여」(1967. 7. 3); 「문학예술작품에 당의 유일사상을 구현하기 위한 사업을 실속있게 할데 대하여」(1967. 8. 16) 등 참조.

4) 김재용은 1980년대 현실 주제의 북한 소설은 "북한 당대 현실 내에서 제기되는 절실한 문제들을 폭넓게 다룬다는 점에서 그 이전의 소설과 다른 것은 물론이고 북한 사람들의 진지한 관심과 사랑의 대상이 되고 있다"고 지적한다.(김재용, 「1980년대 북한 소설 문학의 특징과 문제점」, 『북한 문학의 역사적 이해』(문학과지성사, 1994), 271쪽 참조.)

김정일의 『주체문학론』은 1980년대 문학의 유연성과 1990년대 문학의 경직성 사이의 이러한 딜레마를 반영한다. 『주체문학론』의 첫 장이 '시대와 문예관'이라는 점은 의미심장하다. '새 시대는 주체의 문예관을 요구한다.'로 요약되는 이 장은 새롭게 조성된 정세에 대한 북한식의 대응 방안을 잘 보여 준다. 이는 1990년대의 시대적 상황이 요구하는 절박한 과제를 스스로 반영하는 것이다. 위기의 시대를 대응하는 북한식의 처방전은 과거의 주체 문예 이론으로 재무장을 요구한다. 따라서 이 장을 이해하는 핵심은 주체 문예 이론 내부의 미세한 균열(새롭게 조성된 시대 상황과 주체 문예 이론 사이의 불균형)을 포착하는 데 있다. 변화된 시대에 능동적으로 대처하려는 고육지책에서 나왔지만 이러한 균열은 북한 문학의 변화 가능성을 보여 주는 소중한 지표가 될 수 있다.

'주체적 문예 활동 방법'이란 "문학 예술 창작과 지도에서 나서는 모든 문제를 주체적 립장에서 우리 식으로 풀어 나가는 것"을 말한다. 이러한 주체성의 강조는 새롭게 조성된 정세를 돌파하는 데 있어서 '민족적 특성'을 강조하는 방향으로 나아간다. 세계적으로 고립된 스스로의 정치 체제를 유지 보존하기 위해서는 "조선민족제일주의정신"[5]을 발양시킬 필요가 있는 것이다. 하지만 이러한 요구도 그 자체의 당위성만을 강조한다고 해서 이루어지는 것이 아니며, 우리가 주목하는 부분이 바로 여기이다. 김정일은 "문학에서 어떤 인물을 전형으로 내세우려면 일반화의 요구와 함께 개성화의 요구"도 실현하여야 하며, "문학에서 사상성이 없으면 예술성이 없고 예술성이 없으면 사상성도 있을 수 없다"고 말한다. 물론 일반화의 요구나 사상성이 개성화의 요구나 예술성을 규정하는 일차적인 요소라는 단서를 달고 있지만, 개성과 예술성의 중요성을 구체적으로 언급하고 있다는 점은 의미심장하다. 보다 구체적으로 이 둘의 조

---

5) 김정일, 「조선민족제일주의정신을 높이 발양시키자」(1989. 12. 28), 조선로동당 중앙위 책임일군들 앞에서 한 연설.

화를 요구하는 방법이 이어서 논의되고 있기 때문이다.

① 문학의 묘사 대상에는 자주성을 위한 인민 대중의 투쟁뿐 아니라 생활의 모든 분야, 모든 령역이 다 포괄되며 한 작품 안에서도 생활 분야가 국한되거나 한정되여있지 않고 여러 갈래로 복잡하게 얽혀있다. 문학은 복잡한 인간생활을 그 본래의 모습 그대로 묘사하여야 생활을 다양하고 풍부하게 보여 줄 수 있다.[6]
② 우리 시대 인간의 높은 혁명성과 뜨거운 인간성을 심오하게 그려내여 사람의 문화정서교양에 도움을 주자면 작품에서 딱딱한 정치적인 술어나 구호 같은 것을 라렬하지 말고 현실에 있는 산 사람의 사상과 감정, 생활을 구체적인 화폭으로 생동하게 그려야 한다.[7]

위의 인용문은 "자주성을 위한 인민 대중의 투쟁"과 구체적인 현실의 다양한 감정을 있는 그대로 포착해야 함을 강조하고 있다. 이는 '혁명성'과 '인간성' 혹은 정치적인 구호와 "산 사람의 사상과 감정, 생활"을 구체적인 화폭으로 생동하게 그려야 한다는 주장으로 변주된다. 예를 들어, "언어와 구성, 양상과 형태와 같은 일련의 형상 수단과 형상 수법을 다 동원하여야 내용을 충분히 살릴 수 있다"라든가 "사람의 구체적인 성격과 생활에 파고들어야 하며 그 과정에 정치적 내용이 스스로 우러나오게 작품을 써야 한다" 등의 주장은 앞으로의 북한 문학이 이념 중심에서 생활 중심적인 문학으로 나아갈 것이라는 징후를 보여 준다. 철학적인 것과 형상적인 것의 통일을 보장하는 데에서 형상보다 결론을 앞세우지 않고 형상에 대한 결론을 독자에게 맡겨야 한다는 주장은 이러한 논의의 연장으로 이해된다.

---

6) 김정일, 앞의 책, 19쪽.
7) 김정일, 위의 책, 20쪽.

이렇듯 ‘제1장 시대와 문예관’은 새롭게 조성된 시대에 대응하는 북한의 수세적 방어 전략을 보여 준다. 위기의 시대를 과거의 주체 사상에 대한 강조로 극복하려는 의도는 다소 무리한 시도로 보인다. 하지만 이러한 요구를 실현하려는 구체적 방법을 제시하는 부분에서 기존 문예 이론의 경직성을 다소 탈피하고 있다는 점에서 긍정적으로 받아들여진다.

현실과 당위의 불균형을 극복하려는 시도는 ‘제6장 문학 형태와 창작 실천’에서 보다 구체적이고도 현실적으로 제기되고 있다. 이 장에서 김정일은 시, 소설, 아동 문학, 극 문학 등의 형식과 창작 실천에 대해서 구체적으로 언급하고 있다. 시 문학에서는 당의 정책적 요구와 서정성을 조화시키는 문제를 주로 논의하고 있다.

① 시 문학의 서정성을 높이자면 시인의 개성적인 얼굴을 뚜렷이 드러내는 것이 필요하다. 시의 서정은 시인 자신의 정서를 직접 표현하는 주정이다.[8]

② 시에서는 서정적 주인공의 모습이 뚜렷하여야 하며 다른 사람이 대신할 수 없는 독특한 정서 세계가 펼쳐져야 한다.[9]

그러나 “다른 사람이 대신할 수 없는 독특한 정서 세계”와 당의 정책적 요구를 어떻게 조화시킬 것인가, 인간 생활을 떠나 순수 자연을 찬미하는 시와 아름다운 자연을 통하여 거기에 비낀 인간 세계를 깊이 있게 드러내는 작품을 어떻게 구분할 것인가의 문제는 여전히 미해결의 과제로 남는다. 이러한 구체적인 문제를 깊이 있게 천착할 때 북한의 시 문학은 이념과 서정 사이의 간극을 어느 정도 좁힐 수 있을 것이다.

김정일은 소설 속에 형상화된 생활은 “시대와 사회의 본질이 반영된 전형적인 생활이며 작가의 발견이 깃든 새롭고 특색 있는 생활”이라고

---

8) 김정일, 앞의 책, 228쪽.
9) 김정일, 위의 책, 229쪽.

주장하면서, 도식은 "문학과 독자 사이를 갈라놓은 장벽"이므로 작가는 "온갖 도식에서 벗어나 저마다 새로운 것을 들고나와야 한다"[10]고 함으로써 도식에서 벗어난 형상성의 문제를 제기한다.

그러나 이러한 장벽은 주체 문예 이론 자체의 도식성이 아니라 소설 창작 기법과 관련된 도식성이다. 이어 그는 "다주인공을 설정하는 수법", "주인공을 감추어 놓고 형상하는 수법", "부정적 인물을 중심에 놓고 형상하는 수법", "인물의 심리를 기본으로 펼쳐나가면서 생활을 묘사하는 수법", "랑만주의 수법" 그리고 "벽소설 같은 짧은 형식, 서한체, 일기체, 추리 소설, 탐정 소설, 실화 소설, 환상 소설, 의인화의 수법으로 엮어진 소설, 운문 소설, 지능 소설" 등 다양한 기법과 형식을 소개한다. 이러한 기법과 형식의 도식 배제가 곧바로 주체 소설의 도식성을 극복하는 계기가 될 수는 없다. 하지만 다양한 기법과 형식의 실현이 주체 소설의 내부에 조그마한 균열의 징후로 기능할 수는 있다. 이러한 징후에 대한 탐색과 발견이 소중한 이유도 바로 여기에 있다.

『주체문학론』에서 특히 주목하고 있는 영역은 아동 문학이다. 아동들은 새 시대를 이끌어 갈 주역이기 때문이다. 이러한 아동 문학에 대한 논의에서도 여지없이 내용과 기법 사이의 균열이 감지된다. 작가가 "아동 문학을 우리 당의 정책과 우리 나라 어린이의 특성에 맞는 우리식 문학으로 발전시켜야 한다."[11]고 강조함으로써 계몽적 담론과 민족적 특수성을 이야기하는 것은 기존의 관점과 차이가 없다.

하지만 이러한 당위적 명제에 이어 김정일이 구체적인 기법 차원에서 아동 문학의 형상화 문제를 언급하고 있는 것이 주목된다. 아동 문학은 재미가 있어야 하며, 사상을 논리적으로 주입하려 하지 말고 흥미있는 형상 속에서 감성적으로 받아들이게 하여야 하고, 변화무쌍한 행동성과

---

10) 김정일, 앞의 책, 244쪽.
11) 김정일, 위의 책, 254쪽.

강한 운동감이 느껴져야 한다는 것이다. 또한 될수록 쉬운 말과 표현을 써야 한다는 점을 강조한다. 이렇듯 "아동 문학에서는 의인화된 수법과 환상, 과장, 상징을 비롯한 이미 있는 수법을 다양하게 리용하는 한편 새로운 형상 수법과 기교를 대담하게 창조하여야 한다."[12]는 인식은 기법적 새로움을 통해 이론적 당위와 형상성의 한계를 극복하려는 몸짓으로 읽을 수 있다. 이러한 당위와 형상 사이의 괴리는 '주체 문예 이론'의 미래를 보여 주는 징후로 기능할 수 있다.

김정일은 "극 문학, 텔레비죤 문학, 평론 문학" 등 다양한 형태의 문학을 언급하면서 "그것을 발전하는 현실의 요구와 인민의 미감에 맞게 끊임없이 혁신해 나가는 것"이 중요하다고 강조한다. 이러한 표현은 그동안의 문학 작품들이 "현실의 요구와 인민의 미감"을 도외시하거나 간과해 왔음을 역설적으로 파악하게 한다. 따라서 "우리는 력사적으로 이루어진 기성 형태나 새로 창조하는 형태나 할 것 없이 모든 형태의 고유한 특성을 뚜렷이 살려 주체 문학의 화원을 더욱 풍만하고 다채롭게 장식하여야 한다."[13]는 김정일의 강변은 오히려 기존의 "주체 문학의 화원"이 왜소한 일면만을 지녀 왔음을 실토하는 것이다.

이상으로 김정일의 『주체문학론』을 '주체 문예 이론' 내부의 미세한 균열에 초점을 맞추어 일별해 보았다. 『주체문학론』은 1960년대 후반에서 1970년대에 걸쳐 확립되어 1980년대 다소 유연하게 전개된 주체 문예 이론의 1990년대 판 중간 결산이라 할 수 있다. 특히 1980년대 북한 문학은 전일화된 유일 사상 체계에 대한 반성으로 전개되었다는 점에서 주목을 요한다. 이에 『주체문학론』은 북한 문학 내부의 '변화하고 있는 것'과 '변하지 않는 것' 사이의 미세한 긴장을 보여 준다. 이는 당위와 욕망, 혁명과 일상, 이념과 기교, 내용과 형식 등 다양하게 변주되고 있다.

---

12) 김정일, 앞의 책, 256쪽.
13) 김정일, 위의 책, 267쪽.

62

1994년 김일성의 갑작스런 사망과 이후 전개된 북한 체제의 경직된 모습은 대내외의 시련을 극복하기 위해 김정일 체제를 옹위하는 "선군 정치"를 앞세우게 된다. 문학 또한 2000년대에 이르러 "고난의 행군 시대에 태어난 새로운 문학", "개화, 발전하는 새로운 형태의 문학"인 "선군 혁명 문학"을 강조하면서 김일성 시대의 "혁명 문학"과의 차별화를 시도한다. 이러한 다양한 변화 양상 속에서 '현실'과 '절대 정신' 사이의 줄타기로 요약할 수 있는 『주체문학론』은 '주체 문예 이론'의 자의식, 더 나아가 북한 체제의 자의식을 유추할 수 있는 각주의 역할을 한다. 자의식은 스스로에 대한 객관적 거리를 바탕으로 형성된다. '주체 문예 이론'의 자의식은 스스로를 타자화하는 아픔, 즉 타자(개방)를 통한 스스로의 위상 정립과 맞물려 있는 절체절명의 과제 속에서 형성될 것으로 보인다. 이러한 자의식의 징후는 『주체문학론』을 통해 암시적으로 드러난다. 예컨대 '기질'/'개성'(기법/형식)에 대한 강조는 '주체 문예 이론'의 이념성(내용)에 미세한 균열로 작용할 것이다. 이러한 흐름에 대한 지속적인 탐색은 북한 문학 내부의 과제일 뿐만 아니라 통일 문학을 준비하는 남한 문학의 실질적 과제이기도 하다.

3 『주체문학론』 이후 북한 단편 소설의 주제론적 특성

1) 조국 통일 주제 소설의 특성

1980년대 후반 이후 남한 사람의 방북 등 새로운 차원의 통일 방법의 가능성이 북한 사람들에 의해 검토 수용되면서 분단과 통일 문제를 일종의 탈이데올로기적인[14] 차원 내에서 접근하는 새로운 경향의 북한 소설들이 나오기 시작한다. 특히 1992년 김정일의 『주체문학론』에 이르러서

---

14) 김재용은 이러한 측면을 "심정적이고 인도적"이라고 규정한다.(김재용, 앞의 책, 310쪽)

는 그러한 통일 운동의 새로운 경향을 언급한다. 즉 "해외 동포들의 조국 방문은 그 무엇으로써도 막을 수 없는 하나의 추세로 되고 있"으며, "조국을 방문한 해외 동포들 가운데는 일제의 식민지 통치와 미제의 민족 분열 책동으로 말미암아 수십 년 동안 서로 헤어져 생사조차 알지 못하였던 아들딸을 만난 부모도 있고 안해를 만난 남편도 있"고, "그들의 눈물겨운 상봉에 대한 감동적인 이야기는 참으로 극적인 것"이라며 상봉에 대한 이야기를 소설화할 것을 강조한다.[15]

1996년 《조선문학》에 발표된 주유훈의 「어머니 오시다」는 헤어진 아들과의 만남을 일생의 꿈으로 가진 황설규의 어머니와, 북한의 저명한 음악가로서 잃어버린 가족으로 인해 고통과 슬픔을 가진 아들 황설규의 극적인 상봉을 통해, 분단의 아픔과 조국 통일의 필요성을 다룬 작품이다. 이 작품이 이데올로기로부터 거리를 확보하고 있는 것은 왜 가족이 헤어지게 되었는가라는 설정에서 확인할 수 있다. 즉 황설규가 남한을 떠나 북한에 거주하게 된 동기를, 북한을 동경해서가 아니라 해방 이전 금강산 수학 여행이라는 우연으로 인해 어쩔 수 없이 살게 되었다는 것으로 설정한 것이다. 또한 이산 이전의 행복한 가족의 삶과 이후의 고통스러운 삶을 동시에 회상하게 하는 바이올린과 활조이개는 황설규 일가 가족사의 탁월한 상징으로서 이데올로기 너머에 자리 잡고 있다. 분리되었던 바이올린과 활조이개를 결합해 황설규가 주체할 수 없는 떨림 속에 연주하는 곡은 모든 인간의 근원적인 노래라 할 동요이다. 동요 「푸른 하늘 은하수」가 상징하는 의미는 헤어짐 이전의 행복했던 가족의 삶 그 자체이며 상봉을 통해 누리게 된 인간적 슬픔과 기쁨이다.

그러나 이 작품의 결말 부분은 새로운 조국 통일 주제 소설에 대해 북한 사회의 "오직 우리식대로 창작하자"의 경구가 어떻게 작용하는가를 확인하게 해 준다. 상봉의 기쁨이라든가 이산 가족의 인간적 슬픔과 고

---

15) 김정일, 앞의 책, 261쪽.

통 그 자체는 지엽적이라는 것, 미제의 식민지인 남한과의 분단이라는 전체적인 현실을 망각해서는 안 된다는 경고를 이 작품은 염두에 두고 있는 것이다. 따라서 이 작품은 1990년대 이후 나온 새로운 경향의 조국 통일 주제 소설이 당의 공식적인 이데올로기와 어떻게 적절한 조율에 이르는가를 보여 주는 범례적인 작품이다.

2000년 《조선문학》에 발표된 김교섭의 「누이의 목소리」는 통일에 대한 염원이 자기 희생을 매개로 실현될 수 있음을 강조하는 작품이다. 이 작품에서는 월북의 동기가 갑작스런 풍랑으로 인한 표류 때문에 어쩔 수 없었다는 식으로 설정된다. 또한 김우범의 과거사 서술에 이른바 미제와 괴뢰 정권에 의해 고통받는 남한 인민의 전형적 모습도 드러나지 않는다. 단지 분단으로 인해 누이와 만나지 못하는 인간적 슬픔이 주로 서술될 뿐이다.

그러나 생면부지의 김우범을 위해 자신의 다리 뼈를 제공하는 김숙희의 자기 희생에 내재해 있는 이데올로기는 의사로서의 직업윤리를 뛰어넘는 심리적 동인에 있다. 즉 누이와 어머니가 살고 있는 모국인 북한 땅에서 김우범이 죽거나 불구가 되는 사태는 "조선 민족 제일주의 정신"의 핵심인 자존심과 긍지에 상처를 주는 사건이기에 어떻게 해서든지 막아야 하는 것이다. 자기 검열을 통해 김숙희가 자신의 다리 뼈를 제공하기를 결심하는 과정에서 죽었지만 살아 있는 '수령'의 명령과 법('유훈')에 따라 김숙희는 자신을 희생하는 것이다. 김숙희의 이러한 자기 희생은 『주체문학론』에서 "우리 문학에서 영원한 형상의 원천"이라고 규정한 '사회 정치적 생명체'의 한 구현 행위라 할 수 있다.[16]

통일과 수령을 위해 자신을 희생하는 김숙희는 전통적인 조국 통일 주제 소설에 나타난 인물형의 한 반복이며, "오직 우리식대로 창작하자"에서 제기된 경구를 충실히 재현하고 있는 인물인 것이다. 이런 점에서 이

---

16) 김정일, 앞의 책, 118~119쪽.

작품은 최근에 발표된 작품임에도 불구하고 조국 통일 주제 소설의 공식적 이데올로기의 핵심을 충실히 재현하고 있는 전통적인 작품이다.

2) 청춘 남녀의 애정 관계를 다룬 소설의 특성

북한에서 청춘 남녀의 사랑은 동지애적 관계와 올곧은 신념에의 확인이 감정 교류에 우선한다. 북한 사회가 항일 무장 투쟁 이래로 고난과 시련에 맞서 조국과 민족을 보위해야 한다는 당위성을 전면에 내세우며, 신념으로 굳게 뭉쳐진 구호식의 사회이기 때문이다. 그러므로 북한 사회의 현실 반영태로서의 소설에서 자유주의적 감성이나 본능에 충실한 남녀 관계는 찾아보기가 어렵다. 북한 소설에서 대부분의 남녀 간의 사랑은 서로에 대한 이성적(理性的)인 판단이 그 성패를 가늠한다. 그러므로 업무에 대한 성실성과 동료들에 대한 신뢰와 애정이 북한식 사랑법의 핵심 요소이다. 감정에의 충실성이나 본능적 이끌림은 부차적인 요소로 작용하며, 타자의 욕망을 욕망하는 욕망의 삼각형(지라르) 역시 배제된다. 오로지 맞대면한 상대방에 의해 자리가 배치되며 그 상대에 의해 사랑이 의미화되기 마련인 것이다.

맹경심의 「첫 개발자들의 이야기」(《청년문학》, 2002. 9)는 병으로 앓아누운 탄광 신문 주필(액자 속 '나')로부터 탄광의 연혁을 서술하는 사업을 인계받은 액자 바깥의 '나'가, 그의 구술을 받아 탄광 초창기 무렵 탄광 노동자로서 첫 노력 영웅이 된 '주먹'(김주형)과 제대 군인 여병사의 '값진 사랑'에 대한 회고담을 기록한 액자형 소설이다. 대부분의 북한 단편 소설이 그렇듯 인민을 교양하려는 계몽주의적 의도가 작품 면면에 묻어나는 이 작품은 청춘 남녀의 사랑이라는 외피를 둘러싸고 있으면서도, "전 세대의 고귀한 사랑과 희생을 오늘에 되살리자"는 계승적 주제 의식을 앞세운 작품이다. '주먹'이라는 탄광 노동자와 제대 군인 여병사가 탄광을 개척하며 보여 준 숭고한 사랑을 형상화한 「첫 개발자들의 이야기」

는 신념과 성실성에서 모범을 보이는 양심적·긍정적 인물을 통해 헌신적 탄광 노동과 동지적 연애라는 양 날개 속에서도 균형 감각을 잃지 않는 사회주의적 인간형의 전형적 모습을 보여 준다. 즉 외골수적 성실성의 남성과 당찬 여성의 맺어짐이라는 이상적 남녀 관계를 형상화하고 있다.

윤경찬의 「겨울의 시내물」(《조선문학》, 2002. 10)은 이제는 70의 고령이 된 리학성이, '한국전쟁'에서의 부상으로 팔을 절단하고 폐 절제 수술을 받은 부상자였던 자신과 담당 간호원 옥심이의 사랑을 회감하며, 생활에 대한 사랑과 의지를 다지고, 조국에 필요한 존재가 되었음을 감사하는 형식으로 그려진 애정 소설이다. 작품 말미에서 학성이 피력하는 "생활에 대한 사랑과 의지"와 "조국에 필요한 사람"이라는 두 구절은 이학성의 70 평생을 압축하는 말이 된다. 특히 비겁쟁이에서 괴짜로, 다시 김책 공대 교수로 인생을 달리해 온 70 고령의 이학성은 불구적 시련을 극복한 숨은 영웅의 전형으로 작품 속에 형상화되었다고 볼 수 있다. 결국 이 작품은 의지가 유약한 신체적 불구의 남성과 헌신적이고 강인한 당찬 여성의 맺어짐을 통해 고난과 시련을 극복해 온 개인의 과거사를 낭만적으로 조감하는 연정 소설이라고 할 수 있다.

홍남수의 「시작점에서」(《청년문학》, 2003. 1)는 '불량청년'이었던 철진이 노동의 신성함을 깨달으며 각성된 노동자로 거듭나는 내용을 '길', '생활의 흐름', '래일은 더 아름답다' 등의 소제목으로 구성한 1인칭 고백체 소설이다. 북한 소설에서는 보기 드물게 철진은 "순수 소비자"이자 "사회의 근심거리"였으며, 주위로부터 "쓰지 못할 인간, 불량청년"이라는 평가를 들으며 살아온 자신의 삶을 회상한다. 북한 사회가 노동을 신성한 의무로 여기는 '통제된 공간'이라는 점을 감안한다면 비록 의식의 각성을 통해 새로운 인간형으로 철진이 거듭나기는 하지만, 북한에서 두 젊은이가 2년 동안 "순수 소비자"로서 "자유주의"적 행태를 일삼을 수 있었다는 사실은 북한 소설에서의 일탈적 변화의 조짐을 읽어 낼 수 있게 한다. 이 작품은 북한 소설이 일반적으로 '고난과 시련, 미성숙 → 의식의 각성, 모범 → 어머니당을 향한 충성'의 도정을 거치며 결국 도식적·긍정적·화해적 결말에 어떻게 도달하게 되는지를 극명하게 보여 준다. 이 작품은 좌충우돌하다가 의식의 각성을 보이는 남성과 가녀린 심성의 소유자로서 비주체적·수동적인 모습을 보이는 여성과의 맺어짐을 통해 청년의 의식적 각성이라는 주제를 그려 낸 소설이라고 볼 수 있다.

북한 소설에서 드러나는 이성 간의 교제는 철저히 일대일의 관계로 형상화된다. 현실적으로 인간의 감정 교류가 일대일의 쌍방향 관계에서만 비롯될 수는 없다는 점에서 북한 소설 속 연애 관계는 현실을 외면하는 편향을 보인다고 할 수 있다. 특히 윤리적·사회적·도덕적 규범과 관습에 얽매인 남녀 관계는 사회적 신념의 충실성에 기반한 동지적 애정만을 유일무이한 답안처럼 제시하고 있다는 점에서 문제적이다. 북한 소설 속 여성상을 종합해 보면, 집단의 목표와 성취 동기가 뚜렷한 과제를 앞에 둔 여성은 당차고 강인하게 불굴의 신념과 개척 정신을 소유한 주체적 모습으로 그려지기도 하지만, 남성 앞에서나 가족 앞에서는 한없이 여리고 부드러우며 가녀린 여성으로서 남성에 의해 끌려가는 수동적 여성상을 보여 주기도 한다. 결국 '강한 부드러움'이라는 모성의 양면성을 극단적으로 양분화한 모습으로 여성들이 형상화된다는 것은 여성의 다기다양한 현실적 모습을 왜곡하는 방편이 될 수도 있다는 점에서 문제점을 드러낸다.

3) 과학 환상 소설의 특성

북한 문학에서 과학 기술을 소재로 다룬 작품들의 주인공은 대체로 당과 수령에 대한 충성심이 강하고 창조적인 지혜와 열정을 지닌 소유자들로서 긍정적 사고관을 보여 준다.[17] 이들은 대의명분을 위해 과학 기술을 사용하는 긍정적이고 낙천적인 인물형들로서 대중들에게 감화를 줄 수 있는 올바른 도덕과 윤리를 표방한다. 인민 대중의 사회적 관심을 과학 기술의 영역으로 돌려야 한다는 목적의식 아래 그동안 많은 과학 소재 소설이 창작되어 왔다. 그중에서도 미래 사회에 대한 상상력을 발휘한 과학 환상 소설은 새롭고 참신한 문예 장르 중의 하나로 주목을 받아 왔다.

이미 김정일은 자신의 시대를 열어 갈 새로운 문예 장르로서 과학 환상 소설을 예시하면서 미래의 인재 육성이라는 방침 아래 과학 소설이 필요함을 강조한 바 있다.[18] 기존의 주체 문학이 지닌 도식성을 극복하고 인민 대중과 연계하는 새로운 주제를 필요로 하는 상황에서 과학 환상 소설이 훌륭한 길잡이가 될 수 있다는 판단을 내린 것이다. 북한 문학에서 과학 환상 소설의 대표 작가로 손꼽히는 황정상은『과학 환상 문학 창작』[19]이라는 저서에서 인간의 윤리적 결단을 중심에 둔 과학 환상 소설의 중요성을 역설하였다. 그는 올바른 인간, 고귀하고 숭고한 과학자의 품성을 창작적인 측면에서 강조하면서 북한 문학이 지향하는 '주체의 인간학'이 과학 환상 소설이라는 장르에서도 중요한 요소가 되고 있음을 밝힌다.

리금철의 「붉은 섬광」(《조선문학》, 2002. 9)은 미제국주의를 날카롭게 비판하는 정치적 시각을 깔고 있는 과학 환상 소설이다. 소설의 이야기는 남태평양 아열대 수역에 위치한 작은 섬나라인 아씨르의 수도에서 한밤중에 발생한 항구 화재 사건으로부터 시작된다. 이 소설에서 스토리의 흥미로움은 헬렌이 주어진 정황을 가지고 화재 사건의 진상을 밝혀 가는 추리 기법을 사용한 데서 나온다. 처음에 아씨르 섬의 화재 사건은 섬에

---

17) 김종회, 「해방 후 북한 문학의 전개와 실증적 연구 방향」, 『북한 문학의 이해』(청동거울, 1999), 36~39쪽.

18) 김정일, 앞의 책, 247쪽.

19) 황정상, 『과학 환상 문학 창작』(문학예술종합출판사, 1993).

주둔한 미해병대의 전략 물자인 연유통을 공격하려는 사람들의 음모처럼 보인다. 김학성을 비롯한 조선의 과학자들은 미군의 연유통 폭발 사건과 모종의 관련이 있는 듯한 용의자로 등장하지만 헬렌의 치밀한 증거 해석으로 인해 곧 실마리가 드러난다. 자신의 공로를 자랑하지 않고 숨어 있으려는 김학성의 품성은 헬렌의 추리 과정을 통해 차례로 밝혀지면서 더욱 고귀한 인성으로 돋보이는 효과를 갖는다. 더불어 이 소설에서 보여 주는 미래적 상상력은 북한의 과학 기술이 얼마나 선진적으로 발달할 것인가에 대한 낙관적인 전망으로 연결된다. 눈부신 과학 기술을 선한 의도에서 사용할 줄 아는 정의로운 국가에 대한 믿음이야말로 북한의 과학 환상 소설에서 중요한 내용인 것이다.

리금철의 「붉은 섬광」이 북한 과학 환상 소설의 전형적인 특징을 보여 주는 작품이라면 리철만의 「박사의 희망」(《청년문학》, 2002. 8)은 사이보그와 인간이 공존하는 미래 사회를 다소 음울하게 형상화했다는 점에서 좀더 환상성을 강화한 작품이라고 할 수 있다. 「박사의 희망」이 보여 주는 미래의 문명사회에 대한 상상력은 물질적 욕망이 인간의 존재 근거까지도 파괴할 위험이 있음을 경고한다. 이 작품에서도 갈등의 구조와 그 해소 과정은 매우 분명하게 드러난다. 악의 세계는 "존 슈믹쯔" 박사로 대변되는 황금만능주의의 세계이며, 선의 세계는 공공의 이익을 위해 과학 기술을 올바르게 사용하려는 김대혁이 표상하는 세계이다. "슈믹쯔"가 철저히 이익을 추구하는 자본주의 사회 체제의 한 특성을 상징한다면 김대혁은 기술과 이득을 모든 사람들에게 나누어 주고 실행하는 이상적인 사회주의 체제의 특성을 상징한다.

「붉은 섬광」과 함께 「박사의 희망」이 보여 주는 미래 문명 세계는 다소 모호한 빛깔을 띠고 있다. '조국'에 대한 뜨거운 애정과 '김일성 종합대학'에 대한 찬양적 발언이 거듭 강조되긴 하지만 미래 사회가 어떤 정치 체제를 갖춘 사회가 될지에 대해서는 선명한 투시도를 보여 주지 않

는다. 단지 이들 작품에서 미래의 문명 세계는 인간의 자율적인 가치 판
단과 윤리 의식이 더욱 중요하게 요구되는 것으로 그려진다. 공공의 선
과 이익을 위해 자신의 개인적 이득은 포기할 수 있는 희생적이고 헌신
적인 인간적 품성이 원칙적인 차원에서 강조될 따름인 것이다.

소재와 주제의 참신성을 개발한다는 점에서 과학 환상 소설은 북한 문
학의 지형도 속에서 새로운 가능성의 장르로 평가받고 있다. 물론 북한
의 소설 작품들이 처음부터 갖고 있는 도식적인 한계, 즉 선과 악의 구
도로 형상화된 인물형은 과학 환상 소설 장르에서도 예외없이 드러난다.
남성과 여성의 사랑 이야기가 공공의 선을 통해 더욱 굳건히 다져지는
감정으로 묘사되고 있는 것 역시 상투적인 설정으로 지적할 수 있다. 그
것은 주체의 인간학이라는 강박적 개념에서 자유로울 수 없으면서 한편
으로는 그것을 벗어나는 새로운 미래적 상상력을 끌어들여야 하는 과학
환상 소설의 이중적 부담을 보여 주는 것이기도 하다. 결국 과학 환상 소
설은 다양한 문학적 주제와 형식을 수용하면서 일상 속에서 좀더 현실적
인 인물들을 그려 내려는 북한 문학의 고민과 시도를 보여 주는 미완의
장르로서 존재 의미를 지닌다고 할 수 있다.

4) 이농 문제를 다룬 소설의 특성

1990년대 이후 북한의 이농 소설은 도시에 살고 있었거나, 기술직·사
무직에 종사하던 사람이 농촌으로 이주하여 겪는 이야기를 다루고 있는
경우가 많다. 이는 토지에 뿌리를 둔 자가 땅과의 투쟁을 통해서 혁명 과
업을 완수한다는 내용의 전통적인 농촌 소설의 문법과는 거리가 있는 것
이다. 꼭 이농 소설이 아니라도 1990년대 농촌 소설에서 토착 농민을 주
인공으로 내세우는 경우는 흔하지 않다. 중심인물의 성격도 변화하여 인
텔리 계층의 농촌 체험이 자주 등장한다. 전형적 인물이 반동 인물과 갈
등을 겪고 그 과정에서 승리하는 구조보다는 아직 진정한 혁명가로 거

듭나지 못한 중심인물이 영웅적인 주변 인물에 의해 교화 혹은 감화되는 내용의 서사가 압도적이다. 이전의 농촌 소설과는 확실히 다른 양상이지만 한편으로는 전후 복구기 및 사회주의 건설기의 '숨은 영웅' 찾기 전통을 잇고 있는 것으로도 판단된다. 우선 주목되는 것은 개인주의적인 인물형과 이타주의적인 인물형을 대립시켜 '우리 의식'을 부각시키는 경향이다. 한 명의 '영웅'이 아닌 '나'를 망각한 '우리'가 하나의 사회주의적 전체를 구성할 수 있음이 강조된다.

김창림의 「옆집 사람」(《청년문학》, 2002. 10)은 '기계화반'의 인정받는 선반공이었던 진석이 자신보다 뒤늦게 농장으로 이주한 '옆집 사람(강호식 아바이)'과 겪는 갈등을 다룬 작품이다. 분배의 기준이 되는 두 집 사이의 울타리를 허락 없이 뽑아 버렸다는 이유로 강아바이를 좋지 못한 눈초리로 보게 된 진석은 강아바이의 성실한 생활과 풋풋한 인정에 끌려 점차 처음의 선입관을 버리지만 작업하고 있는 동료 일꾼들을 버려 두고 "위의 손을 빌려" 일을 처리하려 했다는 이유로 강아바이에게 꾸중을 듣자 강아바이의 출신 성분을 트집 잡아 신랄한 공격을 한다. 그러나 강아바이가 자신이 농촌 출신임에도 불구하고 자식들은 모두 농촌을 외면하게 된 현실을 통탄하고 농촌에 자원하여 내려온 훌륭한 사람임을 알게 되자 곧 오해를 풀고 애초의 울타리를 손수 제거하고 "한평생 낫을 억세게 틀어잡고 쌀로서 장군님을 받들" 의지를 다진다.

리승섭의 「삶의 위치」(《청년문학》, 2002. 12)는 공간적 배경은 다르지만 인물 갈등의 구도 및 '우리 의식'의 강조가 「옆집 사람」과 유사하다. 발전소 건설 현장의 취사원으로 돌격대 생활을 시작한 조학실은 자신이 배치받은 장소에 실망하여 어떻게든 현장 영웅이 되기 위해 노력한다. 남자인데도 현장 경비나 서고 있는 오광삼이나 취사원 생활에 만족하는 친구 허정금은 그에게는 이해가 되지 않는 인물이다. 그러나 소설의 말미 언제가 홍수에 무너질 위기에 처하자 정금은 자신의 목숨을 바쳐 언제를 지키고, 학실은 그를 통해 "집단 속에서 생활"하는 삶의 의미와 "영웅의 딸"이 되는 진정한 방법을 배운다는 줄거리이다.

강혜옥의 「고향에 온 처녀」(《청년문학》, 2002. 10)는 "불도젤 운전수" 범국의 시선으로 교대 운전수로 나선 나이 어린 처녀 김채향의 영웅적 행위를 묘사하는 작품이다. 범국은 차칸에서 음악이나 듣는 연약한 처녀 채향이 남자들도 힘들다는 "불도젤"을 운전할 수 있으리라 믿지 않는다. 그러나 점차 채향의 굳은 의지와 사나이다움을 발견하게 되고, 채향이 아픈 몸으로 밤새 벌을 뒤져 동천벌로 가는 지름길을 찾아낸 일을 계기로 고향 땅과 장군님을 모시는 새로운 감격을 뜨겁게 경험한다는 내용이다. 기본 구도는 앞의 것들과 같지만 상부의 지시에 무조건적으로 따르지 않는 한 인물의 '창조적 노력'이 강조되고 있다는 점과 1980년대 이후로 자주 등장하기 시작한 '로맨스 모티프'가 양념처럼 섞여 있다는 점이 눈에 띈다.

도시 처녀들의 농촌 체험을 미화한 지인철의 「막내딸」(《청년문학》, 2002. 11)과는 반대로 도시의 삶을 동경하는 농촌 총각의 성장을 다룬 변영건의 「씨앗의 소원」(《청년문학》, 2002. 8)도 있다. 미술 대학 시험에 떨어져 농장원으로 주저앉게 된 '나'는 화가에 대한 이상과 농부로서의 현실 사이에서 괴로워하는 꿈 많은 청년이다. 제대 군인 출신의 분조장은 그러한 '나'를 좋게 보지 않는다. 결국 '나'는 자신의 부르주아적인 근성을 깊이 반성하고 한 알의 씨앗을 살리는 전투에 적극 참여하여, 분조장의 눈물 어린 지원을 받을 뿐만 아니라 생활과의 접촉을 통해 인간적 성장과 예술석 성장을 겸비한 예술가로 입문한다. 여기서 흥미로운 것은 '땅'과 '씨앗'의 메타포가 동시에 등장하여 후자의 중요성이 강조되는 쪽으로 결론이 나고 있다는 점이다. 이는 최근 북한 농촌 소설의 일반적인 경향이기도 한 것으로, 북한 문예학의 주된 관심이 식량 문제를 해결해 줄 '씨앗'의 지킴과 함께 북한 농촌 문제의 '내부적 요인'을 극복할 '인간

종자' 육성에 놓여 있음을 분명히 보여 주는 대목이다.

비단 2000년대에 한정된 이야기는 아니지만, 최근의 북한 소설을 거꾸로 읽어야 할 필요성이 여기에서 생긴다. '우리'와 '인텔리 의식'이 자주 등장하는 것은 북한 농촌이 개인주의와 무사안일주의, 그리고 학벌 및 지역 의식의 병폐에 시달리고 있다는 증거이다. 물론 '여성'과 '사랑'이 주요한 테마로 떠오르는 것은 '남녀 평등'과 '자유 연애'의 보편화가 진행되고 있는 추세를 반영하는 것으로도 볼 수 있을 것이다. 반면 '성 문제'가 하위 갈등이나 화해의 모티프로 제시되는 데에 그치고 있다는 사실은 그것이 인민 대중을 교화하기 위한 무의식적 기제나 이데올로기적 수단으로 활용되고 있다는 심증을 굳히게 한다.

4 『주체문학론』 이후 북한 시의 전개 양상

1) 『주체문학론』 간행 이후 북한 시의 전반적 검토

1992년 김정일에 의해 간행된 『주체문학론』은 10여 년의 세월이 흐른 지금까지도 북한 시 창작 방법의 길라잡이로 기능하고 있다. 최근에도 북한의 시인들은 『주체문학론』을 기반으로, "추호의 동요 없이 혁명적 원칙성과 사상적 순결성을 확고히 고수해 나가며" "당과 운명을 같이하는 혁명가"의 역할을 충실히 수행하고 있는 것이다. 이 같은 사실은 북한의 '공식적인' 문예 월간지인 《조선문학》을 통해서 단적으로 확인할 수 있다. 여기에 실려 있는 작품들은 대개 『주체문학론』에서 제기된 세부 조항들, 예를 들면 "문학은 마땅히 이 위대한 시대와 발걸음을 같이 하여야 하며 인민 대중의 자주 위업 수행에 적극 이바지하여야 한다." 혹은 "사회주의의 완전 승리와 조국의 자주적 통일"과 같은 기본 원칙들을 변함없이 고수하고 있다. 그런데 사실 『주체문학론』에서 제시하는 '주체 사상'

에 입각한 대중 선전 선동의 작품 유형은 따지고 보면 그리 새로운 것이 아니다. 지난 반세기 동안 북한 시는 시기별, 현안별로 약간의 차이점을 노정하고 있을 뿐 당과 인민과 수령을 중심으로 하는 "북조선 사회주의" 체제와 김일성·김정일 권력 유지를 위한 강력한 '도구', 또는 반제 반미 의 사상적 '무기'로서 우선적으로 기능해 왔기 때문이다. 따라서 김정일 의『주체문학론』을 바탕으로 1990년대 이후에 창작된 작품들은 궁극적 으로 북한 문학의 오랜 '전통'인 체제 종속적 문학 담론의 연장선상에 놓 여 있다고 할 수 있다.

한편『주체문학론』이 발표된 이후에도 북한의 주요 정책들은 체제 종 속적인 북한 문예의 성격상 이 시기의 창작 방법론에 적극적으로 수용된 다. 이 시기의 북한 시들은『주체문학론』을 기반으로 붉은기 사상, 고난 의 행군, 강성대국과 선군 정치 등 순차적으로 제시되는 시대 정치사적 테제에 민감하게 반응하고 있다. 특히 1990년대 후반부터는 '선군 정치' 가 북한의 핵심 정치 이념으로 제기되는 까닭에 선군 정치의 시대 정신 을 형상화하는 작품들이 속출하고 있다. 아울러 북한 문학의 오랜 주제 인 반제 반미 사상도 국가적 위기 상황을 맞이한 이 시기에 들어 한층 강 화되어 나타남을 알 수 있다. 따라서『주체문학론』간행 이후 북한 시의 성격과 동향을 궁극적으로 파악하고자 하는 이 장에서는 선군 혁명 문학 과 반제 반미 사상의 문학적 구현 양상에 대하여 집중적으로 살펴보기로 한다.

2) 선군 정치 시대의 시(詩)

선군 정치는 단적으로 말해서 군대를 중시하고 이를 통해 선대의 혁명 위업을 완성해 나가자는 북한식 통치 이데올로기를 의미한다. 북한은 1998년 5월 선군 정치를 공식적으로 표명하는데[20] 2004년 현재까지도 이 에 입각한 통치 방식을 선택하고 있다. 북한이 이처럼 선군 정치를 적극적으로 표방하는 이유는 무엇보다도 경제 위기와 체제 모순의 한계를 "혁명적인 군인 정신"으로 극복하고자 하는 데 있다. 1998년 이후 북한은 식량난과 경제 위기에서 어느 정도 벗어나고 있기는 하나 국가 차원에서 근본적인 문제를 해결할 수는 없었다. 이에 따라 체제 붕괴의 국가적 위기를 사상 강화로 돌파하게 되는데, 이것이 바로 인민 군대를 전위로 삼아 혁명적 동지 의식을 강조한 선군 정치로 제시되는 것이다. 현재 북한에서 "선군 정치는 만능의 정치 방식"으로 인식된다.[21]

고립과 압살 봉쇄의 쇠사슬을
우리 과연 무엇으로 끊었더냐
그처럼 어려운 〈고난의 행군〉을
무엇으로 이겨 냈더냐
그러면 말해 주리 선군혁명의 총대가
장군님 틀어 쥐신 백두산 총대가

그 총대에 받들려
내 조국은 강성대국으로 일떠서나니
제국주의 무리가 악을 쓰며 발악해도
총대로 승리하는 김정일 조선으로
새 세기에 더욱 빛을 뿌리나니

아, 장군님 높이 모셔

20) 북한에서 군대의 위상을 강조한 글은 1997년 「혁명적 군인 정신을 따라 배울 데 대하여」에서 가장 먼저 발견된다. 김정일의 이 글은 혁명적 군인 정신을 북한의 당원과 인민들이 따라 배워야 할 투쟁 정신이며 "오늘의 난관을 뚫고 승리적으로 전진하기 위한 사상 정신적 양식"으로 밝히고 있다. 그러나 현 단계 김정일의 핵심 정책 이념으로 제시된 선군 정치의 공식화는 1998년 이후로 보는 것이 적절하다.

21) 《로동신문》, 2003. 1. 3일자 사설 6쪽.

세상에 존엄 높은 백두산 총대여
김일성민족의 넋으로 추켜 든
무적필승의 총대가 우리에게 있어
혁명의 최후승리는 밝아 오리라!

— 리동수, 「백두산 총대」 부분

　북한의 문예 정책이 당의 정책에 복속된다는 점을 감안하면 선군 정치가 공표된 이후 적지 않은 북한 문학 작품들이 선군 정치 이념을 표방하고 있음을 추측하기란 그리 어려운 일이 아니다. 정치적 이념과 미학적 실천을 동일시하는 북한 문학의 특성상 현 체제 북한의 지도 이념으로 자리 잡은 선군 정치를 형상화하는 문학 작품은 이미 어느 정도 예견된 것이다. 현재 북한에서 선군 정치, 선군 혁명 사상을 "문학으로 뒷받침하는 것이 바로 선군 혁명 문학이다."[22] 선군 혁명 문학은 '총대'를 중시하는 선군 정치의 시대정신이 반영된 것으로서, "선군 영장이신 우리 당과 인민의 위대한 령도자 김정일 동지에 대한 절대적인 숭배심을 간직하고 그이의 사상과 령도에 충실할 때", 또한 "위대한 장군님과 영원한 혁명 동지로 될 때" "빛나는 성과를 담보할 수 있다."[23] 인용 시는 이러한 선군 혁명 문학, 즉 "총대" 문학의 모범적 사례에 해당한다.

　인용 시에서 우선적으로 주목해야 할 점은 "총대"라는 시어의 빈번한 사용이다. 이 시에서 총대는 작품 전체를 이끌어가는 핵심 단어이자 동시에 각각의 연을 연결하는 매개어로 기능한다. 이에 따라 위의 시는 총대의 시어를 중심으로 재구될 수 있는데 이를 내용 순으로 살펴보면 다음과 같다. 1) 제국주의자들의 "고립과 압살 봉쇄의 쇠사슬을" 끊은 것은 "선군혁명의 총대"이고, 2) "장군님 틀어 쥐신 백두산 총대"이며, 3) "세

---

22) 노귀남, 「선군 혁명의 문학적 형상」, 《문학과 창작》(2001. 7).

23) 「조국해방전쟁승리 50돐을 맞는 올해를 선군 혁명 문학의 성과로 빛내이자」, 《조선문학》(2003. 1), 6쪽.

상에서 존엄 높은 백두산 총대"이다. 그리고 4) "그 총대에 받들려" "혁명의 최후승리는 밝아"온다. 여기서 총대는 북한 혁명 역사상 최악의 시련기로 꼽히는 1990년대 중 후반의 "고난의 행군" 기간을 비롯하여 현실의 모든 문제를 해결하는 "무적 필승"의 대상으로 인식되고 있다. 또한 이 시에서 그것은 북한 인민 대중들에게 혁명의 "찬연한" 승리를 보장하는 "최후의" 수단이기도 하다. 이런 이유로 시적 화자는 "총대"의 중요성을 전 10연으로 구성된 이 시에서 반복적으로 강조하고 북한의 인민 대중들에게 "혁명의 수뇌부"를 총대 정신으로 지켜 나가자고 격앙된 어조로 주장한다. 그렇다면 이 시의 화자가 그토록 신뢰하고 소중하게 받아들이는 총대란 무엇인가. 아울러 혁명의 최후 승리를 장담할 수 있는 근거로서의 총대 정신이란 무엇인가.

위의 시에서 "총대"란 작품 전반에 산재되어 있는 "군복", "총", "권총" 등의 시어들이 환기하는 의미와 마찬가지로 궁극적으로 군대를 지칭한다. 즉 총대란 김일성·김정일 부자의 "사상과 령도"에 따르는 인민 군대를 말하며, 총대 정신이란 군대를 중시하고 이를 바탕으로 혁명적 동지 의식을 발휘해 현 북한의 체제를 결사 옹위하자는 굳은 결의에 다름 아니다. 결과적으로 이 시는 총대를 "총동원"하여 현재 북한에서 군대의 중요성을 새삼 확인하고 북한 인민 대중들로 하여금 혁명적 군인 정신을 계승하기를 당부하고 있다. 이 점에서 이 시는 전형적인 '총대 문학', 혹은 '선군 혁명 문학'이라고 할 수 있다.

군대를 우대하고 총대를 위주로 혁명의 과업을 완수해 나가려는 시적 주제 의식은 선군 혁명 문학론의 두드러진 특징이다. 이런 의미에서 선군 혁명 문학은 『주체문학론』 이후 북한 시에 나타난 새로운 유형이라 할 것이다. 그러나 위의 시에서 살펴보았듯이 김일성·김정일 부자에 대한 우상화 작업을 함께 수행하고 있다는 점에서, 한편으로 선군 혁명 문학은 이제까지 북한 문학의 왜곡된 '전통'이라 할 수 있는 '수령 형상 문

학'의 연장선에 놓여 있다고 할 수 있다. 이러한 사실은 이제까지 발표된
작품들의 면면을 통해서도 다양하게 확인된다. 가령 「군복 입은 사랑이
나에게 있어」, 「초소여 나를 맞아다오」, 「총이여 너와 나」, 「병사의 인사」
등은 그 좋은 예에 해당한다. 이들 작품은 제목에서 암시되듯 '총대 문학'
과의 연관성을 분명하게 드러내면서도 동시에 당과 김일성 부자에 대한
맹목적인 충성심을 빼놓지 않고 기록하고 있다.

> 쌓이고 쌓인 그리움이
> 화산처럼 분출하는 땅
> 한없이 열렬한 그 뜨거움이
> 병사의 총창우에 담겨져 있어
> 더 밝아지고
> 더 억세여지고
> 더 무거워진 나의 조국
>
> 기쁘게 받으십시오
> 총대로 안아 올린 아름다운 이 강산
> 총대로 가꾼 조국의 아름다운 모습
>
> 아버지가 집을 떠나 먼길을 갈 때
> 맏자식에게 집을 맡기듯이
> 병사의 어깨우에 맡긴 민의 집
> 백두산 총대우에 맡긴 사회주의 집
> 이 집을 지킨 자랑으로 하여
> 병사는 긍지로 가슴 부픈게 아닙니까
>
> ——박해출, 「병사의 인사」 부분

앞의 시는 외국 방문을 마치고 돌아온 김정일을 맞는 한 병사의 감회를 적어 놓은 작품이다. 총 8연으로 구성된 이 시에서 특히 주목을 요구하는 대목은 위의 인용 부분이다. 병사의 "쌓이고 쌓인 그리움"을 뒤로하고 김정일은 작년 연말 러시아와 중국을 방문하고 돌아온다. 인용 시는 이런 김정일의 정치 일정을 "아버지가 집을 떠나 먼 길을 가"는 것에 비유하고 있다. 이 시의 화자가 김정일을 아버지에 비유하고 있다는 사실은 북한이 '김일성 민족'을 자처하고 있음을 염두해 둘 때, '수령 형상'이라는 북한 문학의 특수한 성격을 고려할 때 그다지 특이할 만한 현상은 아니다. 그런데 여기서 한 가지 흥미로운 점은 이 시에서 시적 화자로 등장하는 "병사"의 가계적 신분이 "맏자식"으로 상정되고 있다는 것이다. 이 점은 최근 북한에서 군대가 차지하는 위상을 분명하게 보여 주는 중요한 단서로 작용한다. 선군 정치 시대의 김정일 체제에서 구심적 역할을 해 나가야 할 대상이 군대임을 이 시는 새삼스럽게 확인시킨다. "맏자식에게 집을 맡기듯이/ 병사의 어깨우에 맡긴 인민의 집/ 백두산 총대우에 맡긴 사회주의 집". 이 집은 다름 아닌 '선군 혁명 문학'이라는 명패를 단 21세기 북한 문학의 현주소이다.

3) 반제 반미 사상의 시적 구현 양상

김정일의 『주체문학론』 간행 이후 1990년대 북한 문학에 나타나는 또 하나의 주목할 만한 특징은 '미제'에 대한 적개심이 강하게 환기된다는 것이다. 사실 미국에 대한 북한의 적대적 태도는 그리 새로운 것은 아니다. 한국전쟁 당시, 혹은 그 이전부터 북한은 미국을 남북한 '공공의 적'으로 규정하고 '미제 타도'를 주장해 왔다. 북한의 입장에서 미제국주의야말로 분단을 야기한 실질적 장본인이며 사회주의 국가 건설에 있어 가장 큰 장애물로 인식되는 것이다. 이에 따라 북한 당국은 이미 오래전부터 사회 내부적으로 인민들의 반미 사상을 고취시켜 왔다. 지금까지 북한에서 '미제 타도'는 '북조선 인민 민주주의 공화국'의 역사와 그 맥을 같이한다고 해도 무방할 정도이다. 그렇다면 북한의 인민 대중들 사이에 이처럼 '미제'에 대한 '전통적' 경계심이 충분히 형성되어 있음에도 불구하고 1990년대의 북한 문학이 반제 반미 사상을 새삼 강조하는 까닭은 무엇인가.

이러한 원인으로는 북한 당국의 전통적 적대감 외에도 이라크 전쟁 이후의 국제적 분위기 및 핵문제와 관련된 미국의 강경 대응 방침 등 최근의 상황에서 그 원인을 찾을 수 있다. 현재 북한은 미국이 주도하는 국제 사회에서 핵무기와 같은 대량 살상 무기 보유국으로 지목되어 비난 여론에 직면했다. 이로 인해 북한은 국제적으로 고립 상황에 처했으며 국가적 위기감은 점차 고조되고 있다. 북한은 이 모든 사태를 여전히 미국을 비롯한 제국주의자들의 봉쇄 책동 탓으로 돌린다. 이러한 현실에서 북한이 실질적으로 할 수 있는 일은 자주 국방의 대외적 선전과 함께, 대내적으로는 반미 사상을 재차 강화하는 것이다. 얼마 전까지 북한이 조심스럽게 핵 보유설을 흘린 것도, 최근 미국을 '겨냥'한 혁명 구호들이 한층 강도를 높여 가는 것도 이러한 사정과 무관하지 않다. 이는 1990년대 이후 북한의 급박한 현실을 집약적으로 반영하고 있는 것이다. 1990년대 북한 문학에 강도 높게 투사된 반제 반미의 주제 의식은 다음의 시편들을 통해서 단적으로 확인할 수 있다.

> ① 오, 허나 무등산기슭에
> 연분홍 진달래를 피우기에는
> 여기에 슴배인 피 너무도 짙고
> 유보도가에 청춘들을 부르기엔
> 너무도 차거운 살풍이
> 이 땅우에 휘몰아 치거니

보라 오늘도
나어린 두 소녀를
장갑차로 깔아 죽인
아메리카 식인종들이
뻐젓이 활개치며
광주의 더운 피 식지 않은
이 땅을 우롱하고 있다

— 리광선, 「5월이 부르는 노래」 부분

② 초불이 탄다
방울 방울 가슴 찢는 피눈물인듯
방울 방울 초물이 녹아 곡성을 터친다
신효순 심미선 꽃나이 열네살
그 혼을 불러 몸부림친다

바다가 기슭이 있다면
초불의 바다는 그것을 모른다
어찌 더 참고 견디랴
어찌 더 이상 죽음으로 모욕을 참고 넘어서랴

내 조국의 남녘아
네가 말해다오
살인자가 무죄로 되는 세상이
우리가 탯줄 묻은 이 땅이란 말이냐

미국은 하늘도 아니다

미국은 하느님도 아니다
두 눈도 감겨 주지 못한 열네 살 꽃망울들
그 순진한 가슴을
장갑차의 무한궤도로 짓뭉갠
미국은 이 세상 악마이다

악마는 죽어야 한다
원통하게 가버린 민족의 혼을 부르는
저 초불의 바다가 하늘이다
이 준엄한 심판의 하늘 앞에서
미국놈들아
십자가에 못 박히라
아, 저 초불의 바다가 력사의 십자가다!

—홍현양, 「초불의 바다」 부분

　9연 50행의 장시 형태로 구성된 위의 ① 시는 1980년 5월 남한에서 발생한 광주 항쟁을 중심 소재로 다루고 있다. 1980년대 이후 북한 시에는 남한의 반정권 투쟁을 찬양하고 고무하는 작품들이 자주 등장한다. 특히 《조선문학》을 비롯한 북한 문예지의 매년 5월호에는 '5월 광주'의 역사적 사건을 형상화한 작품들이 집중적으로 소개된다. 추측건대, 남한의 정권과 관련된 비극적 사건들은 상대적으로 북한 체제의 우월성을 입증하는 좋은 난서로 활용될 수 있는 것이다. 2003년 《조선문학》 5월호에 게재된 이 시도 「5월이 부르는 노래」라는 제목에서 엿볼 수 있듯이, 광주 항쟁을 소재로 하는 북한 '5월 시'의 연장선상에 있다. 그러나 「5월이 부르는 노래」는 기존 북한 시의 유형과 약간 다른 면모를 보여 준다. 이제까지 광주 항쟁을 매개로 한 북한 시가 전반적으로 남한 사회의 구조적 모순을 드러내는 데 치중하고 있었다면, 이 시의 경우는 반제 반미 사상의 주제 의식을 중점적으로 표출하고 있다. 이러한 사실은 시의 5연에서 '미군 장갑차 사건'과 연계하여 미국을 "아메리카 식인종"이라는 원색적인 비유로 묘사하는 대목에서도 단적으로 확인된다. 이는 종전 북한 '5월 시'의 경향과 변별되는 가장 특징적인 점이다.

2002년 남한에서 발생한 '미군 장갑차 사건'은 ②의 시에서 보다 구체적으로 다루어진다. 인용한 시 「초불의 바다」는 이 사건의 여중생(신효순, 심미선) 희생자를 추모한 남한의 '촛불 시위'를 소재로 쓴 작품이다. 이 시에서 시인은 "천만 개"의 "초불"을 천만 개의 "분노한 심장"과 "민족의 혼을 부르는 불"로 형상화한다. 두 여중생의 죽음을 애도하는 남한의 촛불 행진에 시인은 정서적으로 동참하고 있는 것이다. 그러나 시 ①의 경우와 마찬가지로 이 시의 주제가 궁극적으로 지향하는 바는 반미 사상의 고양이다. 이 시에서 시인은 남한에서 진행된 '촛불 행진'에 민족적, 역사적 의미를 부여하면서도, 한편으로 이 사건이 미제국주의자들에 의해 자행되었다는 점을 놓치지 않는다. 그리하여 이 시에서 미국을 "살인자", "악마", "미국놈" 등의 과격하고 극단적인 시어로 표출한다. 이러한 사실은 『주체문학론』 이후에도 여전히 북한 시의 '시눈'이 어디를 향하고 있는지 분명하게 보여 준다.

5 결론

체제의 통합은 다양한 이질성을 극복했을 때에야 비로소 가능하다. 하지만 이질성의 극복은 가만히 앉아서 정치적 해결을 기다려 얻을 수 있는 것이 아니다. 정신적 연대감과 문화적 동일성의 회복은 쌍방간의 합리적 의사소통 속에서 가능할 수 있다. 즉 남북 문화의 지속적인 교류와 다양한 접촉만이 서로에 대한 불신과 이질감을 극복할 수 있는 계기로 작용할 것이다. 따라서 민족 동질성 회복을 위해 문화적 첨병 역할을 할 수 있는 북한 문학 연구는 그만큼 소중하다.

이 글은 『주체문학론』과 그 이후의 북한 문예물을 집중적으로 검토하여, 구체적이고 실제적인 작품 분석을 병행하고자 했다. 먼저 김정일의 『주체문학론』이 내포하고 있는 북한 문학에서의 의미를 비판적으로 검토했으며, 『주체문학론』 이후 북한 단편 소설의 주제론적 특성을 고찰하면서, 1990년대 이후 최근까지 《조선문학》과 《청년문학》 등에 나타난 단편 소설들을 중심으로 조국 통일 문제, 청춘 남녀의 사랑, 과학 환상, 이농 문제 등을 소항목화하여 구체적인 작품 분석을 실질적으로 진행했고, 마지막으로, 『주체문학론』 이후 북한 시의 주제론적 특성을 고찰하면서 선군 정치 시대의 시, 반제 반미 사상의 시적 구현 양상 등에 대하여 비판적인 작품 분석을 진행했다.

본고는 『주체문학론』에 나타난 담론 속에서 미세한 균열의 징후를 포착하고자 했으며, 1990년대 고난의 행군 이후 선군 정치 시대에 이르기까지 북한 문학의 양상에 대하여 미시적 작품 분석을 구체적으로 진행하고자 하였다. 10여 년에 이르는 북한 체제의 내외적 변화(김일성 사망 전후, 2000년 남북 정상 회담 등)만큼이나 다양하게 전개되었을 북한 문학의 변화 양상을 몇몇 단편 소설과 단편적인 시를 통해 일반화하려 했다는 점에서 본고는 한계와 문제점을 지닌다. 이후 시기적으로 더욱 세목화하여 접근하는 보완 작업이 지속되어야 할 것이다.

북한 문학과 해외 동포 문학의 새 인식과 범주
―고정성의 경계를 넘어 문화 통합의 시대로

1 동시대의 화두로 떠오른 정체성과 전문성

1) 우리 시대의 문화와 문학이 선 자리

21세기라는 새로운 시대가 그 명호를 인류 역사의 전면에 내건 지도 벌써 여러 해가 지났다. 물론 20세기에서 21세기로 시대 구분의 기준이 변경된다고 해서 당장 경천동지할 만한 사태가 발생하는 것은 아니다. 역사의 운동성이 그러한 동력선 바깥의 표찰로 인하여 궤도를 흩뜨릴 까닭도 없다. 그러나 이 세기의 전환 시점을 일정한 무게가 실린 시각으로 살펴보아야 할 이유가 있어 보인다. 지금 당장의 현시적인 사회사는 전대의 관행과 그 연장선상에 잇대어져 있지만 이를 전체적이고 통시적인 범주로 확대해 나가면 결국은 변별적 시대 정신의 마디를 연도와 연대와 세기의 분절에서 찾을 수밖에 없기 때문이다.

그러하기에 19세기의 사실주의 및 자연주의의 세계관으로부터 20세기의 초현실주의와 그 여러 변종들의 생산에 이르는 과정이 세기의 변환을 중심으로 분별되어 있는 것이다. 더욱이 지금 도래한 이 새로운 세기는, 백 년을 단위로 하는 한 세기의 변경을 넘어서 2000년대의 천 년을 시발하는 상징적 이정표가 되고 있기도 하다. 요컨대 지금 여기서 우리 문화와 문학이 끌어안고 있는 시대정신과 그것을 부축하고 있는 환경 조건들을 점검하는 일은 그것 자체로서 이미 역사적 방향 탐색이라는 성격을 내포하지 않을 수 없다.

시대를 조금 거슬러 올라가 보면, 우리 문학에서 1990년대는 그 전 시대와 확연히 구별될 수 있는 변화의 조류와 함께 시작되었다. 1990년대 이후의 문학은 1980년대에 투쟁의 도구로 화두시되던 그 문학 외적 광휘를 갖고 있지 못했으며 무원칙 다변화의 시대적 조류에 밀리는 한편 대중 문학과 상업주의 문학의 대두로 인한 가치관의 혼란을 겪어 왔다. 본격, 순수, 고급 문학이라는 호명이 통속, 대중, 상업주의 문학이라는 호명보다 우위에 있다는 인식조차 이제 일반화될 수 없을지도 모른다. 이를테면 문학의 전제 조건이 되는 객관적 사회상이 국내외에서 동시다발적으로 변모하였고, 그런 만큼 문학의 자기 체계 안에서도 전반적인 환경 변화에 대응하는 자발적 방향 찾기와 정체성의 추적이 시도되었다.

새로운 세기의 우리 문학이 당면할 가장 무거운 과제는, 지금 이 동시대에서부터 숙제로 넘겨지는 바로 그 문학의 정체성 찾기가 되지 않을까 싶다. 이념과 가치관이 부재한 문학, 영상 문화 또는 사이버 문화의 막강한 위력 앞에 숨죽이고 물러앉은 문학, 이러한 현실적 상황 가운데 문학다운 문학이란 무엇인가를 확립하려는 노력 자체에 많은 난관이 가로걸릴 것임은 불을 보듯 밝은 일이다.

그러나 그렇다고 해서 문학이 현실의 검색 및 개량에 임하는 저 고색창연한 본연의 임무를 내던져 버릴 수도 없다. 특히 현실을 서사적 형상력으로 재창조하는 문학은 구체적인 담화의 구조를 통해 파편화되어 가는 세계의 공동체적 유대를 되살려 놓아야 할 책무로부터 자유롭지 못하다. 그러니 문제가 남는다. 시대적 상황과 문학 현실이 극과 극을 이루는 이 양자 간의 외나무다리를 어떻게 건너야 할 것이며 어떤 약방문으로 이들을 조화로이 만나도록 할 것인가를 탐문해 보지 않을 수 없다. 이는 참으로 곤고한 질문이다. 이 복잡다단한 시대에 어느 누구도 그에 대한 정답을 마련할 수 없는 까닭에서이다.

2) 정체성과 전문성을 화두시하는 까닭

그런데도 답안을 내놓아야 한다면, 답안의 작성자가 여러 부류라 하더라도 그 답안의 형상은 엇비슷할 것이다. 분절적 세계의 부정적인 모습에 세미한 관찰의 시각으로 접근하거나 총체적인 대응력으로서 일정한 가치 체계를 창출하거나 간에, 문학이 이 괴기스러운 시대의 본질을 각기의 방식으로 부각시키고 그에 대한 개성 있는 해석들을 부가해 나갈 때, 우리는 우리의 정신적 텃밭을 가꾸어 나가는 활력 있는 충전의 공간을 갖게 될 것이라는 그런 답안일 터이다.

그 답안은 문학 자신이 세계를 바라보는 주체적 시각, 세계 해석의 정제된 관점, 이른바 세계에 대응하는 자기 정체성의 확립이라는 문제를 먼저 마련한 다음에야 일관성 있게 작성될 수밖에 없다. 산업화 시대 그리고 소비 시대의 부정적 현실들이 완강하게 우리 삶의 앞길을 막아설 때, 이러한 문제를 폭넓은 시각으로 조망하고 해결의 방책을 모색하는 힘은 문학의 자기 정체성, 자기 확신을 결여하고서 발아할 수는 없을 것이기 때문이다.

이 정체성 확립이라는 언표에 덧붙여 한 가지 더 말한다면, 그것을 작가 각자의 개성과 함께 추구하고 성안해 나갈 전문성의 확보라는 문제이다. 그것은 동시대 문화와 문학 숲에서, 작가 자신의 고유한 표식을 부착한 나무 한 그루, 그것도 애써 키우고 돌보며 자랑할 만한 가치 있는 나무 한 그루를 만들어 나가는 일이다.

앞으로 오는 시대에 우리가 분단 국가의 국민으로서 남북 화해와 통일 성취의 당위적 결론으로부터 자유롭지 못하다면, 이 문제를 다루는 작가는 여기에 대한 조사 연구와 전문적 식견에서부터 평범한 독자 대중과 비교하여 남다르지 않으면 안 된다. 예컨대 남북이 상호 개방의 문을 부분적으로나마 열기 시작했을 때, 이문열이 쓴 「아우와의 만남」 같은 소설은 이 분야의 소재적 측면에서 발빠른 순발력을 보인 경우에 해당한다.

이 경우에 있어 한 걸음 더 나아가자면 그것이 남북 간의 대치 상태를 넘어 한민족 문화권, 또는 한중일 3국을 포괄하는 동아시아론에 이르기까지 어떤 전면적 의미망과 뒷그림들을 형성할 수 있는지를 명민하게 판단할 수 있는 충분한 전문성을 확보해야 마땅하다. 21세기는 바로 그러한 전문성의 시대이며, 이는 과거와는 다른 새로운 방식으로 새로운 시대의 흐름 가운데 둥지를 마련해야 하는 문학의 경우도 예외가 아니다. 앞으로의 독자들에게 작가는 존경받는 교사이기 어려우며, 전문적이고 유용한 정보를 문학을 통해 설득력 있게 전달하는 매개자로서 우대될 가능성이 더 큰 것이다.

이와 같은 전문성의 확보를 두고 독자가 실효적 성과를 기대하는 반면에, 작가는 그 수수의 방정식 가운데 자신의 메시지와 미적 가치 인식을 포함시켜 매출할 수밖에 없다. 이러한 논리가 어설프게 적용되면 앞서 언급한 문학의 정체성을 그 밑동에서 훼손할 가능성이 없지 않다. 그러나 그것이 새로운 세기에 있어서 문학이 독자와 연접하는 하나의 통로가 된다면 이를 도외시하기는 어렵다.

작가가 작품을 통해 매설하고 있는 문학적 전문성이 그야말로 전문적 영향력과 파급 효과를 거양할 수 있다면, 그것은 역방향으로 문학의 정체성을 확립하는 데 힘을 거들 것이다. 이 두 영역의 조화로운 만남, 그 만남의 지점에 문학의 좌표를 설정하는 일, 이것을 새로운 세기의 작가들에게 주문할 수밖에 없다.

2 북한 문학의 변화와 그 분단사적 의미

1) 지금 여기에서의 북한 문학

격세지감이나 상전벽해란 말은, 과거 냉전 시대의 기억을 보유하고 있는 사람들에게 오늘의 남북 관계를 펼쳐 보일 때 어김없이 떠오르는 표현 방식이다. 이제는 한반도와 관련된 모든 연구와 논의 체계에서 북한 문제를 도외시하고서는 포괄적 설득력을 얻기 어렵게 되었다. 이를테면 북한이라는 테마는 정치, 경제, 군사, 인적 교류 등 모든 분야에서 더 이상 '변수'가 아닌 '상수'의 지위에 이르렀다.

문학에 있어서도 마찬가지다. 지금껏 우리의 문학사는 북한 문학을 별도로 설정된 하나의 장으로 다루어 오는 것이 고작이었으나, 이제는 남북한 문화 통합의 전망이란 큰 그림 아래에서 시기별로 비교 대조하면서 그 공통점과 차이점을 찾아보려는 시도가 빈번해졌다. 북한 문학에 있어서도 1980년대 이래 점진적인 궤도 수정이 이루어져서, 과거 그토록 사갈시하던 친일 경력의 이광수나 최남선을 문예지에 수록하는가 하면 남북 관계에 대해서도 이념적 색채를 강요하지 않는 작품들을 선보이는 등 다각적인 태도 변화가 나타나고 있다.

물론 남북한은 군사적 차원에서 아직도 휴전 협정을 평화 협정으로 변경하지 아니한 임시 휴전의 상태가 지속되고 있는 형편이며, 동해에 유람선이 오가는 동안 서해에 무력 충돌과 교전이 발생하는, 매우 불안정하고 아이러니컬한 상관 관계에 있는 것이 사실이다. 우리와 유사한 사정에 있던 독일, 베트남, 예멘 등은 모두 통일을 이루었고 중국의 양안 관계도 거의 무제한적인 교류와 내왕을 허용하고 있는데, 유독 우리 남북한은 여전히 생사 소식을 알 수 있는 엽서 한 장 주고받지 못한다.

이 극심한 대척적 상황, 한쪽에서는 비록 극소수이나 가족간의 만남과 조건 없는 경제적 지원이 이루어지고 다른 한쪽에서는 과거의 냉전적 관행을 완강한 그루터기로 끌어안고 있는 민감하고 다루기 어려운 상황을 넘어설 길은 여전히 멀고 험하기만 하다. 바로 이 대목에서 우리는, 오랜 세월을 두고 축적된 민족적 삶의 원형이요 그것이 의식화된 실체로서 문화와 문학의 효용성을 내세울 수 있다.

남북 간의 진정한 화해 협력, 그리고 민족 통합을 이루는 힘이 누군가의 권력처럼 총구로부터 나올 것인가? 진정한 민족의 통합은 국토의 통합이 아니며, 정치나 경제와 같은 즉자적인 힘이 아니라 문학과 문화의 공통된 저변을 확대하는 일에서부터 시작하는 것이 마땅하다. 그러기에 '북한 문학'인 것이다. 더욱이 북한에 있어서 문학은 인민 대중을 교양하는 수단이요 당의 정강 정책을 인민들의 현실 생활에 반영하는 훈련된 통로에 해당한다. 그러한 까닭으로 지금 여기의 북한 문학은 단순히 문학으로 그치지 않으며, 남북 관계의 변화의 발전을 유도하고 측정하는 하나의 바로미터로 기능한다.

2) 북한 문학의 심층적 의미와 자세히 보기

북한 문학의 통시적 변화와 그에 따른 문학사의 정리는, 이미 남북 양측에서 체계적인 연구가 충분히 진척되었다. 이제는 구체적인 작품의 분석을 통해 분단 반세기의 상호 이질적인 삶의 양상이 어떻게 수용되어 있으며, 그것이 갖는 분단사적 의미가 무엇인가를 검토하는, 이른바 각론에 들어가야 할 때이다. 동시에 한 정치 체제의 내부에서 한 개인에 대한 숭배 일변도로 움직여 온 문학이, 과연 문학이요 예술로서의 가치를 가질 수 있는가 등의 가치 판단을 적용시켜 나가야 할 때이다.

미상불 이러한 문제는 남북 관계에 비추어서는 매우 예각적인 주제이며, 만약 남북 간에 문화적 교류가 진행되어도 그와 같은 미학적 가치의 문제를 직접적으로 내세운다면 기본적인 합치점을 찾기가 어려울 것이다. 아니 북한의 입장으로서는 그러한 대화를 시작하는 것조차 불가능할

지도 모른다. 그들에게 체제에의 순응이라는 외형적 측면도 있지만, 더 심층적으로는 그렇게 일관해 온 '수령 형상 문학'이라는 것 역시 그 체제 내의 삶이 구체적으로 반영된 실체적 진실이기 때문이다.

또한 북한 문학이라고 해서 남한 문학에 대해 비판의 칼날을 세울 지점이 없을 수 없다. 예컨대 친일 및 항일 문학을 통해 민족 정신의 정체성 문제를 규명하기로 한다면, 우리가 떠받들고 있는 기껏 몇 사람 수준의 항일 저항 문학과 절대 다수의 친일 문학에 대비하여 북한 문학이 가진 항일 저항의 실천성을 내세워 이를 전가보도처럼 휘두르는 사태를 목격하게 될지도 모른다. 요컨대 우리는 북한 문학을 우리 문학의 변방에 위치한 부분적 산물이라는 인식으로부터, 그것 자체가 분단의 장막 저편에 서 있는 한민족 문학의 다른 반쪽이라는 합리적 시각을 회복하는 것이 중요하다.

생각해 보면, 만약 북한이 차우세스쿠처럼 무너진다면 우리가 그 상황을 발전적으로 감당할 수 없다. 십중팔구 또 다른 민족사적 혼란이 시발될 것이다. 저들이 덩샤오핑이 그러했듯 차츰차츰 햇볕 비치는 땅으로 나오고 중첩된 어려움들이 순차적으로 해결되며 마침내 남북이 함께 새로운 민족사의 광장에서 환호할 수 있도록, 우리에게 저들보다 나은 힘이 있다면 우리는 저들을 부축해 주어야 옳다. 그 부축과 도움의 방식이 고착적 상호주의냐 전략적 상호주의냐 등속의 문제는 별도의 논의를 필요로 할 것이다.

바로 그 돕고 일으켜 세우는 힘의 중심에, 가장 효율적인 상호 소통의 구조로 문화가 있고 문학이 있는 것이다. 특별하고 세심한 부가적 설명이 없어도 이 심층적 방정식의 효용성을 이해하지 못한다면, 눈앞에 펼쳐진 분단 시대의 어떤 민족적 지도자이건 간에 존중받을 만한 자격이 없다. 인류 문화사에는 문화의 힘이 물리적 영향력을 규제한 사례가 이미 지천으로 널려 있다.

우리가 북한 문학을 중요한 상수로 받아들이는 것은, 겉보기의 포용력이 아니요 호사가적 취미는 더더욱 아니다. 남북의 문학이 악수하고 함께 정신적 승급의 마당을 마련하는 가운데서 이 질기고도 아픈 민족적 환부와 질곡을 넘어설, 남북이 냉철한 의식의 깊은 바닥에서부터 연합하여 분단의 오랜 덮개를 멀리 날려 버릴, 새 기력이 섭생될 수 있다고 보는 까닭에서이다.

3) 북한 문학의 변화와 전망에 대한 시각

해방 이후의 북한 문학은 그 문학적 논의의 내부에서 자기 체계와 시기 구분을 설명하는 일정한 시스템을 확립하고 있다. 평화적 민주 건설 시기, 김일성 사망 후의 조국 해방 전쟁 시기, 전후 문학 및 천리마 문학 시기, 유일 주체 사상 시기, 김일성·김정일 통치 시기, 김일성 사망 후의 김정일 통치 시기 등으로, 북한 문학에서 사용하는 시기의 호명 및 우리가 편의적으로 부가할 수 있는 시기의 호명을 사용하여 구분할 수 있다. 그중에서도 유일 주체 사상 시기는, 1967년 조선로동당 제4기 15차 전원 대회를 기점으로 주체 사상과 주체 문학의 논리를 확립하고 수령 형상 문학을 최우선 과제로 하여 이를 1970년대 말까지 촌보의 양보 없이 지탱한 기간이다.

이 사상석 체계와 그것의 반영은 모든 문화 및 문학 장르에 걸쳐 강력한 지배 이데올로기로 기능했으며, 1980년대 들어 주체 문학론에 부수하는 현실 주제 문학론의 등장 이전까지는 경미한 변화나 반성적 성찰의 기미를 찾아보기 어려웠다. 인민들이 살아가는 삶의 현장에서 그 실상과 관심 사항을 반영하는 현실 주제 문학론의 새로운 변화는, 우선 교양 수단인 문학으로부터 멀리 떨어진 인민들의 흥미를 유발할 것을 도모하는 일방, 동유럽 사회주의권의 몰락이나 공산주의의 패퇴에 따른 위기의식을 표현하고 있다. 물론 여기에는 변해야 살 수 있다는 인식과 "우리식 사회주의"의 딜레마가 꼬리표처럼 뒤따라 다닌다.

1994년 김일성의 사망이 일시적 경직 현상을 초래한 바 있으나, 변화의 흐름을 지속시키는 보이지 않는 힘이 장강의 뒷물결처럼 벌써 부지불식간의 대세로 되어 가고 있음을 부인할 수 없는 터이다. 기실 이것은 남북 간의 어떤 회담이 성공적으로 이루어지고 어떤 교류가 실행되었는가 하는 사실보다 훨씬 더 잠재적인 영향력을 가진다. 정치나 경제 문제는 뒷걸음질을 칠 수 있으나, 문화나 문학은 그렇지 않다. 그것은 일찍이 노스럽 프라이가 간파했듯이 인간의 삶을 다음에서 다음으로 형성하고 또 해체하는 힘이어서, 어떤 경우에도 있었던 궤적을 무화시킬 수 없다.

이 소중하고 값비싼 불씨, 남북한 문학의 교호와 통합의 전망에 관한 의식을 잘 살려 내고 잘 가꾸어 나가야 할 책임이 이 시대 문학인들의 어깨에 있다. 남북 간의 상호 교차하는 삶을 과거의 가상 공간에서 현실 공간으로 전화한 작품들, 림종상의 「쇠찌르레기」, 리종렬의 「산제비」, 김원일의 「환멸을 찾아서」, 이문열의 「아우와의 만남」 등을 새로운 감격으로 읽는 자리들을 만들어 볼 필요가 있다. 남북한 문학사의 시대 구분을 비교하며 공통된 인식의 접점을 찾아보기, 남북 문화 및 문학 연구의 사실관계 확인과 접근 시도, 문화 현상과 외세의 문화 제국주의에 대한 공동체적 대응력의 개발 협력…… 이러한 비대치적 과제부터 함께 수행해 나갈 길을 찾아 보아야 한다.

그런 연후에 구체적 연구로서 앞서 잠깐 언급한 바 있는 우상적 지배자와 문학성, 친일 문학과 항일 문학의 주류, 북한 문학사의 기술 방식과 변화 양상, 북한 문학에 수용된 친일·재남 작가들과 그 사유 등 남북한 통합 문학사의 과제들을 실질적으로 예비할 수 있을 것이다. 여기에 문학인 자신의 모범적 노력은 물론, 정부와 문화 당국이 적극적으로 후원하여 북한 문학의 연구와 수용이 도저한 하나의 물결을 형성해야 마땅하다. 북한 문학에 대한 건실한 인지력과 균형 있는 안목, 이에 관한 실천력 있는 장기적 투자를 통해 민족사적 통합의 미래가 발양될 수 있을 때 우리는 비로소 이를 위해 경각심을 갖고 노력하는 문학을 '국적 있는 문학'이라 이름할 수 있겠다.

3 '한민족 문화권'과 세계화 시대의 접근 방식

1) 문학적 범주의 포괄적 개념 정립

오늘날 우리는 모든 것이 눈부시도록 급속하게 변화하는 새로운 세기의 모습을 목도하고 있다. 분명 그 변화와 속도감을 창안한 중심 세력이 있을 터이나, 대다수의 우리는 그저 그것을 바라보며 그로부터 파생되는 생각의 끝자락이나 매만지고 있을 만큼 무기력할 뿐이다. 실제적인 삶에 있어서도 우리는 이미 오래전에 세계를 일일생활권으로 하는 세계화 시대에 들어섰다. 이와 같은 때에 한 국가의 고유한 언어나 문학이 과거와 같은 독립적 영역을 지키는 일이 과연 가능할지 의문이다. 한 민족 언어 내부의 고유한 미덕, 독창적 면모, 자발적 감응력 등속이 이 발빠른 변화에 밀려 훼파되기 쉽다는 뜻이다.

그런데 한국 문학의 영역 문제와 관련하여 이처럼 글로벌 시대로 변화하는 측면이 긍정적 추동력을 유발한 대목이 있다. 이는 문화 또는 문학적 영역의 불필요한 경계를 소거하고, 유연하고 포괄적인 의미의 연대를 생산하며, 그 영역의 차별성이 오히려 상생의 기력으로 작용하는 그런 경우를 말한다. 이른바 '재외 한국 문학'이란 문화 집단의 개념이 그것이다. 이는 우리의 대응 방략에 따라서 민족 언어의 영역 확장, 그리고 만만찮은 실과의 추수를 기대할 수 있는 텃밭의 확장에 이를 수도 있다. 그것은 또한, 그동안 한국 문학이 이 분야에 대한 적극적인 포용의 노력을 결여하고 있었다는 반성적 성찰과도 그 의미가 소통된다.

　재외 한국 문학에 관해서는 먼저 그 개념부터 살펴볼 필요가 있다. 첫째, '재외(在外)'라는 어휘가 표방하는 바와 같이 문학의 창작이 이루어지는 강역(彊域)에 대한 규정이 요구된다. 외교통상부에서 발간하는 『외교백서』 통계에 따르면 현재 재외 한국인의 숫자는 대략 530만 명에 이른다. 그중 일본, 중국 등 아시아 지역에 270만 명, 미국, 캐나다 등 북미 지역에 180만 명, 브라질 등 중남미 지역에 10만 명, 독일 등 유럽 지역에 2만 5000명 등의 분포를 보이고 있다.

　이들은 모두 화려한 외형이나 순탄한 길을 따라 이주한 사례가 거의 없다. 격동의 근현대사를 거치면서, 랭보의 표현처럼 "저마다의 상처"를 안고 모국을 떠났던 것이다. 재외 한국 문학이란 결국 이들이 자리 잡고 있는 그 삶의 터전에서 솟아오른 문학적 산출이다. 재일 동포, 중국 조선족, 러시아 및 중앙아시아의 고려인, 미주 지역의 문인들은 그 작품에 있어서 그래도 어느 정도의 질적 수준과 양적 부피를 확보하고 있으므로 그들의 문학 자체가 일정한 논의를 형성할 수 있는 형편이다.

　둘째, 문학의 창작자가 누구인가 하는, 창작 주체의 문제이다. 재외 한국 문학이란 나라 밖에 있는 한국인, 곧 재외 동포가 쓴 문학을 말한다. 이때의 한국인이란 정치적 또는 법적인 지위를 말하지 않는다. 재외의 어느 문인이 살아가는 형편에 따라 살고 있는 그 나라의 국적을 취득하고 모국의 국적을 버렸을지라도, 문화적 의식적 차원에 있어서 한국인이기를 포기하지 않았다면 그가 쓴 문학을 재외 한국 문학이라 부르지 못할 바 없다. 이는 범박하게 말하여 세계 각처의 한민족 문화권을 창작 주체를 중심으로 하나로 묶는 발상과 관련된다.

　셋째, 한국 문학이라 이름할 수 있도록 하자면 그 창작에 사용된 언어가 무엇이냐, 모국어로 창작된 작품에 국한할 것이냐, 아니면 모국어가 아니라도 한국 문학의 일반적인 주제와 정서 및 분위기 등을 끌어안고 있는 작품을 포함시킬 것이냐 하는 문제이다. 이 문제는 보는 시각에 따라 서로 상반되는 견해가 제기될 수밖에 없다. 예컨대 김은국의 『순교자』나 김석범의 『화산도』를 한국 문학에 편입시킬 것이냐, 아니면 미국 문학이나 일본 문학으로서 한국을 소재로 한 작품으로 볼 것이냐 하는 논란이 된다. 언어의 국적에 무게 중심을 두는 사람은 영어 또는 일본어로 쓰인 작품을 한국 문학의 울타리 안으로 끌어들이기를 주저할 것이다. 그러나 그 작품이 무엇을 중심 주제로 하느냐에 주목하는 사람은 태도가 이와 다를 것이다. 그는 '그렇다면 『순교자』나 『화산도』가 우리말로 번역된 것은 한국 문학이 된다고 할 것이냐?'라고 반문할 수도 있다.

우리가 한국 문학의 영역 개념을 지나치게 경직시키는 것이 그다지 바람직한 태도가 아니라는 조금 부드러운 인식 방식에 동의한다면 비록 창작의 강역이나 창작 주체, 사용된 언어 등에 결손 부분이 있어도 재외 한국 문학을 우리 문학의 한 특수한 영역으로 받아들이고 인정하는 데 너무 인색할 필요는 없을 것이다.

2) '한민족 문화권'의 활성화를 위한 인식과 노력

한국 문학의 의미 개념과 영역을 보다 포괄적으로 확대하는 노력은 새로운 시대적 가치인 문화 통합의 길을 예비하고 확장할 것이다. 한국 문학을 협의의 개념으로 사용하거나 그 범주 안으로의 수용을 까다롭고 인색하게 점검하는 소아병적 인식을 청산하는 문제, 이것이 심각하게 고려되어야 할 때이다.

오히려 그것을 적극적으로 확대 수용하고 과감하게 영역을 확장함으로써, 전세계적인 한민족 문화권을 형성할 수는 없을까 생각해 보는 것이 바람직하다. 우리는 이 모든 영역의 재외 한국 문학을 한민족 문화권이라는 이름으로 통칭할 수 있을 것이며, 그 전반에 대한 이해와 포용을 통하여 민족 언어의 터전을 넓히는 한편 이 지구촌 시대, 국제화 시대에 대응하는 한국 문학의 역량을 강화할 수 있을 것이다.

그런데, 여기에 한 가지 더 덧붙여 언급해야 할 중차대한 문제가 있다. 이 한민족 문화권의 논리와 그 의미망 가운데로, 해방 이래 한국 문학과 궤(軌)를 달리해 올 수밖에 없었던 북한 문학을 초치하는 일이다. 실제적이고 물리적인 남북 관계에 있어서도 그러하거니와 더욱이 문학에 있어서, 북한 문학에 남북한 대결 구도의 인식으로 접근해서는 남북한 문학의 접점을 마련하거나 남북한 문화 통합의 전망을 마련하거나 하는 일이 거의 불가능하다는 사실이다. 우리는 지금까지 수도 없이 많은 구체적 경험을 통해 이를 보아 왔다. 그렇다면 어떤 방안이 있느냐는 반문이 당장 뒤따를 것이다. 그에 대한 대답으로 지금껏 우리가 논의한 한민족 문화권의 개념을 제시할 수 있을 터이다.

이는 남북한 문학을 포함하여 재일 조선인 문학, 재중국 조선족 문학, 재중앙아시아 고려인 문학 등 재외 한국 문학의 전체적인 구도 속에서 남북한 문학의 지위를 자리 매김 해 나가는 한편 제3세계로 확산되는 동아시아론의 범박한 논리를 차입하여 남북 상호간의 대결 구도를 희석시키자는 논리이다. 그리하여 남북한 양자의 문학이 무리없이 만나 악수하게 하고 그것의 대외적 확산을 도모하며 통일 이후의 시대에 개화(開化)할 새로운 민족 문학의 장래를 예비하는, 다목적적 기능에 유의하고 이를 실천해 볼 수 있었으면 하는 것이다.

한민족 문화권이라는 부피가 큰 이름 또는 개념과 관련된 이 절실한 요청은, 오늘날과 같이 인간의 의식이 다원화되고 파편화되며 민족 문화의 진로와 그 성취의 목표가 불투명해진 시대에, 우리가 문학의 이름으로 내거는 하나의 작은 등불이다. 이는 문학이 궁극적으로 인간의 삶을 아름답고 풍요하고 보람있게 해야 한다는, 그 소박하면서도 귀한 소망을 위해서 길을 밝히는 불빛이 되어야 할 것이다.

존재 자아의 정체성 탐색과 시적 사유
— 배미순 시집 『보이지 않는 하늘도 하늘이다』에 부쳐

1 자기 존재의 근본에 대한 질문

배미순은 1970년 《중앙일보》 신춘문예에 시가 당선됨으로써 한국 문단에 이름 석자를 내걸었다. 그 이전에 대학에서 국문학을 전공했고, 연세춘추 문학상과 여원사의 여류신인상을 수상한 바 있으니, 일찍이 문학적 재능을 객관적으로 입증한 셈이다. 미국으로 이주한 후에 미국 시도서관 편집자상, 시카고 묵미(동양화) 예술상, 해외문학상 대상 등을 수상하였으니 그 문재(文才)를 평가받는 데 있어서도 대체로 행복한 이력을 갖추었다.

『보이지 않는 하늘도 하늘이다』는 배미순의 세 번째 시집이다. 그동안 『우리가 날아가나이다』(나남)와 『풀씨와 공기돌』(종로서적) 등 두 권의 시집을 냈고, 시카고 문화 단체 '예지바을(www.yeji.us)'을 창립하여 활동했으며, 지금은 시카고 《중앙일보》 문화 전문 기자 겸 중앙 문화 센터 원장으로 일하고 있다. 한국과 미국의 두 나라에 걸쳐 다기한 문학 및 문화 활동을 해 온 경험이 꼭 그의 시에 빛을 더하지 않을 수도 있다. 그러나 그가 일생을 문학과 더불어 살고 있고 그 치열성과 지속성이 확인되

는 터이어서, 그의 시가 포괄하고 있을 독창적 개안과 성취가 사뭇 궁금
해지는 것이 사실이다.

　태생적으로 익힌 모국어와 몸을 두고 살아야 하는 이방의 땅이 서로
맞부딪치면 누구나 자기 존재의 뿌리에 대한 근원적인 질문을 던질 수밖
에 없다. 미상불 그 몸이 이민자이면 마음도 이민자이기 쉽다.

> 누가 먼 발치에
> 슬픔의 웅덩이 하나 숨겨 놓았을까
> 해마다 정붙여 꽃을 심으면서도
> 마음이 시린 남의 나라, 님의 땅
>
> ―「누가 먼 발치에」 부분

　"그 시퍼런 질곡의 웅덩이 하나"를 목전에 두고 살아야 하는 형편이기
에 시인은 "나는 누가 쥐고 있는 풍선인가"(「내 속의 바람」)를 반문하고 "저
언덕 아래 집으로 가는 그 길"(「집으로 가는 길」)을 탐색한다. 이 동시다
발적인 질문들은 때로는 삶의 방향성에 관한 것이기도 하고 때로는 존재
자아의 정체성에 관한 것이기도 하다.

　만약 그가 아직 청천백일(靑天白日)의 호시절이면, 이와 같은 질문을
던지지 않았을 수도 있다. 하지만 "나의 봄날은 점점 줄어들고 있"고(「줄
어드는 봄날 새벽」), "칠흑같은 밤은 누구에게나 찾아온다는 것"(「저물 무
렵」)을 인식하게 되는 지점에 이르렀다면, 시인이 존재론적 근본주의자
의 태도로 선회하는 것이 전혀 이상할 바 없다.

　문제는 여전히 붙들고 있어야 할 세월이 남았고 여전히 감당해야 할
인고의 시간이 남았다는 점이다. 그래서 "마음 놓고 울 수도 없는 당신"
은 "한밤중 같은 시간들을 견디고 있"다는(「쓰라린 날들의 일기」) 표현이
가능하다. 그 인고의 가장 막다른 곳에는, 지금은 세상을 떠난 '엄마'가

있다. 이보다 그 근본적인 관계성의 존재가 없기 때문이다. 그에게 '엄마'
가 있었듯이, 그도 누군가의 '엄마'로 있어야 한다. 경기도 안성 땅에 묻
혀 있는 시인 조병화가 끝까지 노래했듯이 이 시인에게도 어머니는 "집
으로 가는 길"의 통로이자 종착점이었을 것이다.

　이 시인의 존재론적 질문이 형이상학적 논리에 침윤하지 않고 감성적
대상을 이끌어냈기에 그 시가 오히려 윤기를 잃지 않았다. 그리고 그는
작고 소박하지만 소중한 깨우침을 얻었다. "슬픔이 그려 놓은 지도를 따
라 강물 위에 언 강물 반짝이며 우리들 풀 수 없는 생애 속으로 유유자적
흘러가는 이유를"(「슬픔은 지도를 그린다」) 비로소 알 것 같은 것이다.

2 희망을 발굴하는 새로운 방식

　외형적 현상으로서의 인간을 중시하지 않고 내포적 본질로서의 인간
을 추구하는 자에게 있어 외로움, 그리움, 기다림 등의 비생산적 감정은
어쩌면 어쩔 수 없는 필요조건일지도 모른다. 먼 길을 돌아갈 것도 없다.
배미순은 자신의 시 몇 편을 통해 이를 여실히 증거했다.

　　가을의 끝 어딘가에서
　　풀잎의 울음, 풀잎의 눈물방울
　　본 적 있나요?
　　함께 서 있어도 외로움뿐인
　　저마다의 생으로 밤새 떨며
　　긴 밤을 견뎌온.

　　나도 당신들처럼

확실한 뿌리를 갖고 싶었어
내게도 실은 지난 봄부터
연약한 뿌리가 없었던 건 아니야.
점점 굵어지고 길어져서
정말 나도 너처럼
땅속에 확실히 자리잡는 줄 알았어.

──「일년초가 다년초에게」 부분

　일년초와 다년초의 대비, 그것이 "나"와 "너"로 치환되어, "나"가 "너" 또는 "당신들"에게 발화하는 방식을 취하고 있다. "너"의 "확실한 뿌리" 와 그 해마다의 재생이 무엇을 의미하는지 구체적인 정보는 시의 문면 가운데 없다. 그러나 그것이 이민자가 시민권자의 신분적 복리나 환경 조건을 시샘하는 종류의 것이 아님은 분명하다. 만약 그런 것이라면 시 인은 시를 쓰기보다 더 실리적인 일에 명운을 걸었어야 옳다.

　사정이 그렇더라도, "함께 서 있어도 외로움뿐인 저마다의 생"은 전혀 해결되지 않은 문제이다. 그의 삶은 현상으로서가 아니라 본질로서 외롭 다. 이러한 외로움은 쉽사리 그 동류를 발견하고 또 한데 모은다. "내가 기다린 그토록 눈부신 당신과 나를 기다려 온 당신과의 새털 같은 조우 에서 길고 아픈 기다림"(「봄의 정령」)에서의 기다림이나, "기다림에 지친 그대 생의 갈피마다 어찔어찔한 현기증"(「봄비에 관한 명상」)에서의 기다 림이 바로 그 동류항에 해당한다.

　이와 같은 시적 경향을 주목해 보면 배미순의 시는 우울하고 쓸쓸한 분위기를 약여하게 거느리고 있다. 시인 자신도 이 웅숭깊은 침잠의 처 소를 잘 알아차리고 있다. 그러기에 여러 자리에서 다소 무리해 보일 만 큼 반복적으로 '희망'을 역설한다. 그의 희망 찾기는 시적 자아를 앞세운 시인 자신에 대한 독려요 단련이기 쉽다.

'새들이 처마속까지 들어오면 집이 상한다는데……'
아침저녁 둥지를 들락거리는 새들을
그는 귀찮아했지만,
살아서 펄펄 날아오를 줄 아는 자유와
살아서 미래의 집을 지을 줄 아는 희망이
새가 되어 우리 집에 깃들었다니…….

—「행복한 새」 부분

그래,
겹겹의 어둠이여 오라!
켜켜이 쌓인 슬픔아 너도 오라!
나랑 마주쳐 보자.
땅 위에서 빚은 모든 상처와도
하나씩 마주치며 사투를 벌이는 동안
기쁨의 그 날은 봇물처럼 터지리라.

—「2월의 끝」 부분

　「행복한 새」에서 새에 기대어 자유와 희망을 말하던 시인은 「2월의 끝」에 와서 마스크를 벗어던진 맨얼굴로 "기쁨의 그날"에 희망을 두고 있다. 시인의 육성이 언어의 치장을 젖혀 두는 사태란, 대체로 그 처한 정황이 절박한 형국에 있는 까닭에서이다. 시인은 아직 이 정황을 구체적으로 풀어 보이지 않는다. '국가불행시인행(國家不幸詩人幸)'과 같은 역설적 어법을 빌려 오면, 시인은 아직 행복하다. 최소한 그 정황의 핵심을 드러낼 때까지 그의 시는 긴장감을 유지할 수 있기 때문이다.

3 역사성과 현실 인식의 갈무리

시인은 자기 세계 안에서 왕국의 지배자처럼 특권을 누릴 수 있는 존재이다. 그가 개별적 내면 의식을 천착하면서 단단한 시의 각질 속으로 숨어 버려도 그를 끌어내기 어렵다. 그런가 하면 그 개별적인 의식을 넘어 공동체적 질서의 문제로 시의 영역을 확장하는 것 또한 시인 자신이 그 조타수이다. 한 시인이 사회화하고 공동체화한다는 사실을 일괄적으로 시 세계의 '진화'라고 말하기는 어렵다. 그러나 그러할 때의 시인은 문필이 가진 사회적 책임을 인식하기 시작한 것이고, 이러한 변화는 그에게 객관적 미더움을 공여하는 세기가 된다. 배미순의 경우에 비추어 봐도 그렇다.

새 캘린더에 얼룩을 묻히고
당신은 전전긍긍하고 있다.
지나간 날들에 묶여
한 발작도 내딛지 못한 채
제자리 걸음만 하고 있다.

고개를 들고 앞을 향해 나아가라!
당신의 뿌리가
넓고 무한한 수맥에 닿아 있는 한
기쁨도 잠깐이고 고통도 잠깐이듯
지금의 좌절 또한 잠깐인 것을

전전긍긍하는 그대여 보라.
한 그루의 나무가

얼마나 많은 잔가지들로 하여
시시각각 변하는 바람의 숨결을
맛보게 하는가를…….

—「바람의 숨결」 전문

　강력한 구호나 주의 주장은 당초 배미순의 발화 방식이 아니었으되, "한 그루의 나무가 얼마나 많은 잔가지들"에게 "시시각각 변하는 바람의 숨결을 맛보게 하는가를" 헤아리고 있는 모습은, "나무"와 "잔가지들"의 긴밀한 상관성, 또는 중심 세력과 주변 세력의 건강한 상관성을 환기하고 있는 대목이다. 그러한 인식의 연장선상에, "눈부신 새천년을 함께 달려갈 당당한 나의 분신을 만들기 위해"(「전광판을 보며」) "반란"을 꿈꾸는 시적 자아가 놓인다. 그것은 "평범한 일상들의 반란"에서 "당신의 우주의 반란"에 이르기까지 펼쳐진 폭이 넓다. 보다 구체적으로는 "55년 돌다돌다 마침내 이루어진 이산가족들의 절절한 만남"(「오늘 비록 헤어지지만」)이 도입되기도 한다.

　이 현재 진행형인 역사성의 문제들은 시적 상상력 속에 웅크린 단순 명료하고 소박한 자아를 복합적인 현실 인식을 가진 존재로 탈바꿈시키는 촉매제가 된다. 시인은 "하루치만큼씩의 햇살을 소중하게 소중하게 손바닥에 받아내며 사랑"(「가을 햇살에 부친다」) 하기도 하고, "내 속에 보이지 않는 나"가 "세상을 향해 소리칠 수 있을까"(「세상을 향해」)를 탐문하기도 한다. 그러한 인식의 상대편에 "그 어느 것 하나 내 맘대로 되는 것 없"는 (「신호등이 있어」) 현실의 삶이 버티고 있다. 이 양사산의 대립과 길항이 그의 시 속에 역사성 및 현실 인식을 갈무리할 수 있도록 하는 균형 감각의 전제 조건이 된다.

4 정체성의 자각과 사유의 중심

자기 정체성이 확고하고 자신의 존재에 대한 해답을 구한 사람에게는
시가 소용될 리 없다. 언제나 불완전하고 끊임없이 변화하는 자신에 대
해, 의문을 품고 질문하며 가설을 세우고 답변하는 곤고한 사람이 시인
이다. 그 관심의 표적이 개별적인 것이든 공동체적인 것이든 이 시 쓰기
의 방정식을 파탈하기는 어렵다. 배미순 또한 자기 정체성에 대한 분명
하고 결정론적인 답안을 가져서는 안 된다. 그는 지속적인 질의의 과정
으로 존재해야 한다. 그가 시인인 연유에서이다.

내가 화가 나
천지가 잔뜩 흐린 날에도
꽃들은 신기하게 피어 있다.
넌 왜 그렇게 늘 방긋그려?
배알도 없어?

악몽같은 어제도
한바탕 백일몽이었어?
난 그럴 수 없어.
그럴 수 없다니깐!

꽃들은 일제히 대답했다.
나도 그럴 순 없어.
그럴 수 없다니깐…….

―「꽃들의 언어」 전문

"나"가 응대하고 있는 "꽃들"은, 시적 자아와 대척적인 자리에 있는 세계의 형용이다. "악몽같은 어제"를 두고 "나"도 "꽃들"도 서로 다른 반응 방식을 바꿀 의향이나 가능성이 없다. 이를테면 한 방향으로 정돈될 수 있는 가능성이 없다는 말이다. 시인이 세계의 반대편에 선 자신의 정체성을 자각하는 자리, 그 대척점에 꽃을 가져다 둔 것은, 이 시인이 매우 부드러운 감성의 주인임을 표방한다. 하지만 그렇다고 해서 자아와 세계의 대립각마저 부드러운 것은 아니다. 시인, 곧 사유하는 존재이자 질의자의 신분으로 자기 인식의 중심에 서기 위하여 그는 때로 웃음 가운데 칼을 감춘다.

그가 "세상 속에서 상처입은 사람"에게 "탁류 속에서도 흐르지 않고 맑게 사는 법을 알려주마"(「하오의 호수」)라고 말을 건넬 때 무슨 선지자처럼 불변의 해답을 갖고 있는 것이 아니다. "양로원의 어머니"에게 "그곳은 천국의 길목 같은 호스피스 룸인가요"(「당신에게 가는 날은」)라고 물을 때, 그는 가치관과 판단의 혼돈을 일으키는 어머니를 통해 자기 자신에게 되묻고 있는 것이다. 이러한 의문들의 중심에 시적 자아를 세우는 일, 그 행위만은 확정적이다. 이렇게 확정할 수 있는 일과 그럴 수 없는 일을 구분하는 시적 지혜로움이 확립된 이후에는, 예컨대 아주 현실적인 사건들, 바그다드 폭격(「전쟁의 한복판에서」)이나 쓰나미 재앙(「우리가 본 건」) 같은 모티프들이 쉽사리 시의 형상을 입을 수 있다. 깊은 사유의 주체로서 시인의 지혜로움은 주로 이러한 곳에 잠복한다.

5 길 위의 시와 숨겨 둔 삶의 상흔

지금껏 여러 면모를 살펴본 배미순의 시는, 이직 창창한 잎날을 남겨둔 과정으로 존재한다. 그의 삶이 그러한 것처럼 그의 시도 여전히 분주하고 갈래 많은 길 위에 있다. 그 길의 굴곡과 갈피 사이에 숨겨 둔 남모르는 상처도 만만치 않아 보인다. 이것을 시를 통해 토설할 수 있다는 점은, 언필칭 시인으로서의 특권이다. 베토벤이, 고흐가, 두보가, 이상이 그러했듯이, 고통스러움의 토양은 예술적 성취를 꽃피우는 밑바탕이다. 세 번째 시집으로 노상(路上)의 시학을 펼쳐 보이는 배미순의 시가 한결 더 깊어 보이는 것은, 이러한 여러 사실들의 조합과 관련이 있다.

> 여행이 끝날 즈음
> 당신과 나,
> 아버지의 아버지의 종아리를 때린
> 물푸레 나무가 어린 나무를 키우는
> 먼 숲길 어디에선가 다시 만나질까
> 또 한 세상, 서로의 가슴에 불지르며
> 애처롭게 살기 위해…….
>
> ──「여행이 끝날 즈음」 부분

"서로의 가슴에 불지르는" 삶이란 어떤 것인지 명확하게 말할 수는 없으되, 시인이 인용한 "멋진 삶은 언제나 길의 중간에 있다"(「종이컵에 쓴 시」)는 레토릭처럼, 그것이 경과 과정이 끝나고 완성된 유형으로 제시되지는 않을 터이다. 그러기에 "먼 데 사람들도 새로운 갈망과 안도의 잔을 들며 서둘러 빈 마을을 채운다."(「낯선 마을을 지나며」) 이 현재적 시점의 시적 인식은, 교통사고로 중증 장애인이 된 아들을 향하는 강력하고 정동적(情動的)인 모성의 시적 퍼스나로 발현된다. 그 교통사고는 시인의 지인(知人)이 실제로 당한 일이고, 시인은 그 아픔을 고스란히 지켜보고 있는 것이다.

더 이상 슬픈 결말은 없다.

더 이상 안쓰런 망실도 없다.

그러니 이제 일어나라.

보이지 않는 하늘

다 보지 않아도 좋다.

온 세상 다 활보하지 않아도 좋다.

일어나 이 한쪽 하늘만 다시 보게,

일어나 창밖 나무의자에만 앉아보게.

—「어느 쓸쓸한 저녁」 부분

이 시적 퍼스나의 고통은 이렇게 당장 면전의 문제이다. "언어도단(言語道斷)이면 심행처(心行處)"라 했거늘, 누가 있어도 이 처절한 아픔을 필설로 표현하기가 쉽지 않은 형편이다. 여기에서의 시적 언사는 그처럼 말할 수 없는 상흔을 진솔하게 드러냄으로써 그 선 자리와 갈 길에 대해 결연한 의지를 다지는 방향으로 발전한다. 이 시의 화자는 아들 "쟌"에게 "너의 끝까지" 올라가 그곳에서 "널 기다리고 있는 그를" 만나라고 주문한다.

인생 체험의 한 극점에서 치열하게 진행 방향의 출구를 탐색하는 이 시편이 그러하듯이, 배미순의 시는 시적 사유를 통해 존재 자아의 정체성을 탐색하며 그것에 대한 현실적 대응 방식을 함께 추구해 온 미덕이 있다. 그러나 시적 관심사가 다양하고 넓은 진폭을 갖는 장점을 발양하는 한편, 때에 따라서는 한두 제재에 집중된 특성 있는 글쓰기가 요구된다는 사실을 유념해 둘 필요가 있겠다. 그리하여 8만 리 태평양 건너 미국 땅에서 모국어로 작품을 쓰고 있는 이 시인의 시 세계가 더욱 유장하고 깊이 있게 진전되어 가기를 기대한다.

이국 정서의 공동체적 친화력
—최선주 시집 『미시간 애비뉴』

ㅣ 8만 리 물길 건너 아메리카의 한국 시

태평양의 검고 푸른 물길 8만 리를 넘어 미국의 중부 시카고에서, 한 시인이 한국어로 시를 쓴다는 것은 대체 무엇을 말하는가? 국적으로 이미 다민족 국가인 미국의 시민이면서도, 자신의 의식 세계를 형성하게 한 모국어를 잊지 못하고, 그 언어의 가장 정제된 형태인 시를 지속적으로 창작하고 있다는 것은 항차 무엇이란 말인가?

최선주 시인! 자신을 키운 이 땅을 떠나 미국 시카고에 정착하고, 다른 이들을 섬기는 목회와 그들의 아픔을 돌보기 위해 상담하는 치유심리학의 실천자이며, 무엇보다도 이렇게 시집을 묶어 내는 문필가이다. 좀 서둘러 말하자면 그가 시 창작자의 명호를 내걸고 있는 데는 다음과 같은 몇 가지 뜻이 개재해 있다.

첫째, 그의 세계 인식 방식이 미국과 한국이라는 공간 환경의 양자에 함께 걸쳐 있는 터이고, 그의 존재 자아가 경계인, 곧 디아스포라의 운명적 형상에 경도되어 있다는 점이다. 미국은 일상의 호흡을 유지하며 살아야 하는 삶의 터전이 되었고, 한국적인 것은 그의 내부를 점유하고 있는 오래된 관습의 그림자와도 같다. 이 둘이 의식의 충돌이나 문화적 충돌을 일으킬 때 그는 우선 이 상황을 스스로에게 설명하고 납득시킬 수 있어야 한다.

둘째, 그와 같은 경우에 그 설명의 방식을 선택할 수 있는 여러 경로가 있겠으되, 최선주가 선택한 길은 시적 언어를 통해 이를 풀어내는 일이다. 하나의 언어는 하나의 세계를 이해하는 가장 효율적인 도구이다. 그러므로 최선주에게 있어 언어, 곧 시적 발화는 단순한 말의 조합이 아니라 자기 세계를 해명해 보이는 치열한 의미 장치이다. 만약 그에게 시가 없었다면 어떠했을까? 자기 정체성의 혼란이 주변에 즐비한 환경 속에서, 시는 그가 선 자리와 갈 곳을 밝혀 주는 작은 등불이 아니었을까?

셋째, 그의 시는 앞 항의 경우와 같이 보다 큰 부피를 가진 자기와의 화해 이외에도, 시인이 당면한 말 못할 작은 아픔들을 감당하는 위로자일 터이다. 다른 이들을 섬기며 돌보는 그가 그 자신의 상처를 치유하는데 그의 시는 강력한 효력을 보였을 수 있다. 시인이 '후기'에 기록해 둔 바와 같이 불현듯 떠오르는 동경과 그리움, 갖가지 느낌과 상념, 그리고 그것을 드러내는 설렘과 부끄러움 등의 감정이 시가 되었을 때, 그것이 발양하는 활력을 누리는 것은 시인의 몫이다. 요컨대 시와 더불어 그는 '행복'할 수 있었을 것이다.

사정이 그러할 때, 우리는 이 시인의 시를 나누어 읽으면서 함께 행복해질 수 있었으면 좋겠다. 이 시집은 모두 네 개의 장으로 구성되어 있고, 각 장마다 주제가 비슷한 시들을 한데 모은 형국이다. 표제작인 「미시간 애비뉴」는, 2005년 미주 중앙일보 신인문학상 당선작이면서 그가 살고 있는 시카고의 한 거리 이름이다. 그의 시가 곧 그가 살아온 삶의 다른 이름이요 형상임을 표상하는 듯하다.

이 시인이 이국적 정서를 담은 시의 제목을 굳이 표지에 내세운 것은, 디아스포라로서의 자신의 존재와 자기 시가 서 있는 자리를 포괄적으로 드러내려는 의지의 소산이기도 하다. 이제 그만 그의 시 세계 속으로 걸어 들어가 보기로 하자. 우리도 그와 더불어 행복해질 수 있기를 기대하면서.

2 동시대의 아픔과 삶의 근본에 대한 질문

미국과 한국의 공간 환경적 절연성에도 불구하고 시인은 끊임없이 한국 사람들이 안고 있는 동시대의 과제에 대해 깊이 있는 눈길을 보내고 있다. 한국 현대사의 다기한 굴곡과 그것이 거쳐 온 세월의 갈피 사이에 잠복한 아픔들이, 어찌하여 저 먼 나라로 거처를 옮겨 갔는데도 그를 자유롭지 못하게 하는 것일까?

> 밝은 세상 아직 먼데
> 마시는 공기마저 아픔이 되는
> 피멍든 가슴으로 남은 우리를 뒤로 한 채
>
> 가는 그대
> 세월이 무수히 흐를지라도
> 그 여전한 모습으로 다시 오라
> 사진 속에서 환히 웃는 그 모습으로
>
> ─「젊은 그대─영정에」부분

이 시 속의 "그대"가 어떤 시점에서 어떤 연유로 영정 속에서 웃는 모습이 되었는지에 대한 추가 정보는 우리에게 없다. 그러나 시인이 그의 가슴 아픈 죽음 앞에 명목하며 그의 죽음이 '우리'와 우리 시대의 문제를 희생적으로 맡고 나선 것임은 어렵지 않게 알아차릴 수 있다. 그래서 시인은 "그대"에게 "다시 오라"고 요구한다. "역사 속에 작은 횃불이 되어 뭇 가슴에 영원할 그 모습으로." "그대"를 그렇게 쉽사리 흘려보낼 수 없는 까닭에서이다.

그 "젊은 그대"는 다음 시편 「젊은 그대 2—고백」과 「젊은 그대 3—무덤」에서도 같은 정조로 떠올라 있고, 시인은 이 "그대"를 두고 공동체적 삶의 근본적인 의미와 그것이 시적 화자의 가슴에 새긴 날카로운 상흔에 대해 질문한다. 「수인(囚人) 1」, 「수인(囚人) 2」, 「수인(囚人) 3」이나 「그 오월」, 「불멸」, 「민주(民主)에게」 등의 제목을 보아도, 이 시인이 붙들고 있는 동시대적 상황의 문제의식이 지속적이고 웅숭깊은 것임을 알 수 있다. 그의 시각이 더 확대되면 「통일이여」나 「유토피아」와 같은 보다 폭이 넓은 범주의 세계관을 담아내기도 한다.

그러나 이처럼 자아의 운동 영역을 확산한다고 해서 가슴속의 내밀한 아픔, 삶의 근원적인 대목에 관한 감각이 허약해지지는 않는다. 시인은 여전히 그리움이나 고독, 잠 못 이루는 밤의 힘겨운 시간들을 견디고 있다. 논리적 이성으로 무장하고 자신의 상처를 직시하며 그것을 시로 치환하는 고심참담한 과정 끝에, 그는 드디어 자신이 자유인이 아님을 선언한다.

내겐 자유가 없다.
늘 단정하게 차려 입고
빵꾸 나지 않은 양말에 윤낸 구두를 신은 채
반복되게 질시가 있는 하루하루들 보낸다.
취침 전엔 양치질을 하고 맨몸 위로 걸친 맥신한 잠옷으로
품위 있는 문명인을 살아내는
나는 자유인이 아니다.

—「자유인」 부분

시대의 아픔과 개인의 가슴앓이는 극복될 수 있는 것일까? 그것을 도덕 교과서나 우등생의 모범 답안으로 답변하자면, 거기에 이미 시가 설 자리는 없다. 시인은 스스로 '자유인'을 내버릴 만큼 자기 한계를 알고 있다. 그러나 그 분별의 꼭짓점까지 시적 발화를 이끌고 나아가는 행위, 거기에 시가 감당할 대목이 있고 극복 자체에 비중을 두지 않는 극복의 방식이 있다. 그에게는 그 아픈 가슴 그대로가 시대적 비극을 반사하는 거울에 해당한다. 이것이 이 시인, 최선주가 동시대인을 응대하는 시의 문법이요 그 언어 용법이다.

3 여린 감성의 자아와 그 사회화의 형상

동시대의 쟁점에 대한 분명한 주견을 가졌으되 그것을 드러내는 방식에서는 언어적 표현에 충실한, 이를테면 비판적 관찰자의 자리에 시인은 서 있다. 시인이 현실적 투쟁주의자가 아닌 것은 그 자신의 환경 조건 및 문화적 성향, 양자 모두에 함께 연관되어 있는 문제이다. 한걸음 더 물러서면, 그에게는 강한 사회적 인식을 함축한 시적 자아 외에도, 계절이나 자연 경관을 따라 민감하게 반응하는 여린 감성의 시적 자아가 있다.

그러기에 불빛을 보면 아프도록 가슴이 뛰는 부나비로 옷을 갈아입기도 하고, 눈꽃처럼 꽃잎이 지는 아름다운 것을 볼 때는 눈물이 솟구친다고 고백하기도 한다. 그에게는 들꽃이나 나무들이 기다림이나 울음의 주체이며, 봄이나 여름 같은 계절은 신산스러운 세상살이의 모양이나 빛깔을 구체화한 외피에 해당한다.

가을이 떼로 몰려 거리를 휩쓸고
정처없이 헤메고 돌 때는

116

허름해진 울타리에 버팀목을 세우고

비스감치 열려있던 맘 속의 사립문에도 빗장을 칠 일이다.

가을이 마르고 카랑카랑한 목소리로

이름 모를 채무(債務)를 상기시킬 때는

해진 호주머닐 망정 뒤집어 털지 말고

남루한 어깨 위로 내리는 먼지 같은 허무도 털어낼 일 아니다.

—「가을낙엽」 부분

시인은 자기 감성의 여리고 연약한 부분을 대책없이 방기하는 과단성을 거절한다. 가을이 흥왕한 시기에는 "비스감치 열려있던 맘 속의 사립문에도 빗장을 칠 일"이라고 단언하고 있다. 그런가 하면 그 가을이 "이름 모를 채무"를 요구할 때는 "남루한 어깨 위로 내리는 먼지 같은 허무"도 털어 내지 않겠다고 다짐한다.

하나의 시 안에서 맞서 있는 "허무"의 감상성과 "빗장"의 의지력 사이에 시인이 건너는 어지러운 외나무 다리가 걸려 있다. 이 지속적인 양가성의 출현은, 결국 이 시인의 부드럽고 은밀한 내재적 자아가 객관적인 사회화의 길로 나아가고 그러한 시적 형상을 발양하게 될 것임을 예고하는 것이다.

시인은 그 동시대의 공시적 관계에 있어 상관성의 양 축이 되는 너와 나, 사람과 사람과의 연계를 '인연'이라는 말로 요약한다. 그 인연의 이름으로 「결별」의 시편이나 「염원」의 시편이 제작된다. '나'의 대타적 존재인 '그대'는 그리움이나 기다림과 같은 여러 정서적 반응을 유발하는 대상이다. 시인은 그 '그대'에게 "산같이 있으라"고 주문한다.

산같이 있으라 그대는.

이 세상 살 동안 무관한 우리는

> 그래도 어쩌다 대하는 연자색 먼 산을 보듯
> 그리움으로 눈물괴는 대상으로 남아
> 세상을 향한 우리의 해석은 바뀌어 갈지라도
> 어디서나 어느 때라도 지평선에 나 앉은 먼 산처럼
> 아무런 연유 없이도 미더운 뫼로 남아라 그대는.
>
> ——「염원」 부분

‘그대’에게 거는 주문은, 시적 화자인 ‘나’ 또는 ‘나’를 포함한 ‘우리’의 심리적 상황에 깊이 상관되어 있다. 공동체적 삶의 질서에 대한 수긍과 시인의 내부에 잠복돼 있던 내면적 자아의 사회화 과정이 그와 같은 발화를 가능하게 하는 요인이다.

시인의 상대역인 타자는 때로 딸이나 외할머니처럼 혈연의 너울을 쓰고 나타나기도 하고 짝사랑이나 첫사랑, 애인이나 동행과 같은 민감한 삶의 길벗으로 얼굴을 드러내기도 한다. 이들 모두에 대한 애잔한 사랑의 감정을 끌어안고, 그것을 ‘인연’이라 호명하며, ‘나’의 내부에서 ‘우리’의 공동체에 이르는 시적 범주 속에 이 시인의 세계가 걸쳐져 있다.

4 두 중층 구조의 의미망, 또는 시각의 역전

앞의 글에서 살펴본 바와 같이 최선주의 시는, 미국과 한국이라는 서로 다른 공간 환경, 그리고 동시대의 공동체와 개별적 자아의 서로 대립적인 정체성이 어떻게 만나며 어떤 관계 위에 서 있는가를 탐색하는 것이었다. 그것은 시인의 일상에 깊이 침투해 있는 경계인으로서의 좌표를 확인하는 일이요, 그렇게 경계인으로 살아야 하는 운명에 대하여 자기 방식의 언표를 부가하는 일이기도 했다.

　이 명료한 이중적 삶의 위상을 시로 설명하는 데 시인은 전혀 어려운 어휘나 과도한 치장을 사용하지 않았다. 또 그러한 것은 소박하고 값있는 삶의 진정성에 눈길을 모은 이 시인이 추구하는 바도 아니었다. 그러기에 시적 기교나 언어의 화려함과 거리를 두고, 있는 그대로의 삶을 응시하며 그것의 보편적 가치를 소중하게 거두어들이는 그의 시를 주목해 보는 터이다.

> 미시간 호수가 보이는
> 거리의 카페에 앉아
> 한 번씩
> 잊고 산 기억의 파편에 맞을 때까지
> 눈을 뜨고도 나는 옛 사람들의 사랑을 꿈꾸지
> 사랑은 어차피,
> 기리는 자에게 남겨지는 공동의 유산
> 상상과 현실을 잇는 칠월 칠석의 은하수
>
> 밀려오는 파도처럼 한 때를 머물다 간 사람들
> 카페의 벽에 흑백의 영상으로 걸리고
> 그들을 반기고 희롱하던
> 햇볕과 바람만이 여전한 미시간 애비뉴.
>
> 　　　　　　　　　　　　　　　　　　　　　—「미시간 애비뉴」 부분

　시의 문면에 등장하는 미시간 호수와 이국 정서를 묻어 둔 거리 미시간 애비뉴가 이 시인에게 환기하는 상념이나 감응이, 아무런 과장도 없이 자연스럽다. 시인은 아주 많은 부분에서 '미국적'으로 변회해 있다. 그러기에 그의 눈에 비친 "시카고의 바람"은, "동리 밖 느티나무 주름진

이마 위로 오수를 불러오던 때처럼" 분다.

이민자이자 이방인으로서의 일상이 가슴 한구석을 '설움'으로 적시고 있으나, "언젠가 한번은 다녀오기라도 해야 할 곳, 그 바람과 햇살 여전할 그 땅에서, 스스로 걸어둔 마술을 푸는 일은, 집착의 연을 끊는 것"임을 익히 알고 있다. 해석하기에 따라서는 참으로 처연한 삶의 현장이다.

자연 속에서 아무것도 잃는 것 없음은 깊은 안식이다.

이후로, 흐르는 물과 꽃의 토양과 바람의 숨으로 자유로울지니

세상이 그대를 산다.
그대는 세상이 경험하는 오직 단 하나의 그대로 남는다.
—「외유(外遊)」 부분

여기 이 시 「외유」에 이르면, 문득 시인은 시적 화자의 시각에 잡힌 '그대'의 지위를 뒤집어 버린다. "그대가 큰 가슴으로 산정에 올라서 있을 때"에 이르러, "세상이 그대를 사는 것"이라는 수사가 가능하자면 그 인식의 주체가 내포와 외형의 자유로움을 확보해야 하고 그것을 선언하는 자기 실현이 있어야 한다.

말하자면 주체의 타자화, 타자의 주체화가 가능한 존재론적 인식의 자유로움에 도달해야 한다. 그 시각의 역전 현상은, 서두에서부터 살펴본 디아스포라, 경계인으로서의 자기 점검과 그것의 운명적 한계를 체득한 이후에 비로소 가능할 터이다. 그것을 넘어설 정신적 관점과 그것을 수식할 언어의 여유가 조화롭게 악수할 때 비로소 내다볼 지경이 아니겠는가.

우리가 최선주의 시에서 발견할 수 있는 동시대의 아픔, 삶의 근원에 관한 문제와 그것을 넘어서는 길, 그리고 회색 지대를 딛고 살아야 하는

중간자로서의 입지는, 단순히 최선주 시인 한 사람의 것이 아니다. 우리 시대에 이질적 문화와 부딪치며, 또 그것을 감수하며 살아야 하는 모든 사람들의 자기 표현이다.

그런 연유로 그는 곧 우리이며 그의 시는 곧 우리의 시다. 반대로 우리 또한 그의 시 속에 있는 상호 소통의 구조 가운데 함께 있다. 그가 처한 객관적 상황은 결코 '행복'한 것일 수 없겠으나, 이를 시의 문법으로 형상화해 보이는 그 언어와 사유의 길찾기에는 우리도 행복하게 동참할 수 있다. 이것이 시의 힘이고, 동시에 우리가 그의 시를 주의 깊게 들여다본 소이이다.

시와 삶의 행복한 만남
─이임성 시집 『황혼의 늦봄』

올곧은 방향으로 성실을 다해 걸어온 한 사람의 생애란 얼마만 한 값어치를 갖는 것일까? 또한 그 생애가 서녘 하늘을 찬연히 물들이는 황혼의 연륜에 접어들면서, 우주 자연과 인생 세간의 이치에 대해 생각하고 그것을 서정시의 운율에 담아 발화했을 때, 여기에는 어떤 문학의 잣대를 적용해야 마땅할까?

오랫동안 문학 이론과 비평론을 붙들고 살아온 필자에게 지금까지는 없던 질문, 다시 말하면 지금껏 문학의 한 영역으로 계량해 보지 않았던 시적 발화자 그 자신과 직접적으로 마주치는 경험이 이 글을 쓰게 된 동기가 되었다. 대상자는 이임성 박사, 일찍이 나라가 어려운 시절에 미국에서 유학을 하고 서부 명문 대학의 수학을 거쳐 대학 교수요, 실리콘 밸리의 한국 기업을 키운 증인으로서 여러 가지 모범 사례를 지니고 살아온 분이다. 필자는 이분을 신예선 샌프란시스코 한국 문학인 협회 회장이 주관하는 산타크루즈 여름 캠프에서 만났다.

일찍이 공자가 『논어』에서, "시 삼백수의 의미를 한마디로 말하면 생각에 사악함이 없다(思無邪)는 것이다."라고 했던가. 필자가 만났을 때 이분의 삶은, 오랜 인생 역정의 체험이 부지불식간에 시로 음송되고 또 시가 그 삶의 방향을 이끄는 것으로 이미 특징지어져 있었다. 참으로 진실하고 본받을 만한 일이었다. 그의 삶이 걸어온 그 뒤안길에 임립(林立)한 숱한 사연들이야, 그리고 그 생각의 숲이 자아내는 감흥과 회한이야 필자로서 다 알기 어려운 사정이지만 이를 순정한 서정의 시어로 되새겨낸다는 사실은 실로 간단한 일이 아니었던 터이다.

언어의 치밀하고 구조적인 조합이 담보하는 분명한 주제 의식, 시적 내용을 담아내는 그릇으로서의 형식과 그것의 체계적인 논리, 그리고 이들이 한 편의 시로 어우러져 발현하는 시적 이미지와 분위기, 하나의 시가 문학사적 맥락 아래에서 다른 시들과 함께 형성하는 친족 관계 등속을 따지는 일에 익숙해 있던 필자에게, 이임성의 시와 사람은 생명력을 갖고 살아 움직이는 원본적 현장의 진실이었고 거기에서 필자는 쉽사리 필자 자신의 문학적 감성을 일으켜 세울 수 있었다.

그렇다. 그의 시는 시적 주제나 기교에 있어 괄목할 만한 수준을 자랑하지 않았고 동시대의 사회를 바라보는 탁발한 견해를 내포하지도 않았다. 한 편 시의 모습으로 얼굴을 내놓은 그의 분신들은, 그러나 진실된 삶의 모습, 진실된 인간의 모습을 바닥에 깔고 있었고 꾸밈없이 순수한 마음을 언어적 인식의 여과 없이 고스란히 드러내고 있었다.

필자는 그 점에 주목했다. 그러기에 이 시인의 시를 뜻있는 인생사의 경점, 혼신의 힘을 다해 달려온 주자(走者)가 마지막 언덕길에 펼쳐 놓은 소박한 발걸음 소리로 받아들이면서, 이 조촐하고 품위 있는 언어의 잔치에 찬동하는 분들을 여기 따사롭고 정갈한 생각의 숲으로 초대하려 한다. 특히 이 시들의 생산과 시집의 상재에 이르기까지 수고를 아끼지 않으신 신예선 선생님께 그 가장 오른쪽 자리를 드리려 한다.

이임성의 시편들에는 맑고 고요한 호수에 잠긴 하늘과 산의 풍경들 같이 고즈넉한 세월의 흐름과 세상살이의 곡진한 정서들이 잠복해 있다. 그에게 있어 세월은 일정한 시간의 경과인 동시에 마음을 나누며 산 사람들과 공유한 소중한 공간이었다.

> 어제 찾아온
> 아내의 옛 벗
> 덧없이 흘러간 오십 년을
> 하루에 나누더니
> 오늘은
> 또
> 헤어지는구나
>
> 산 능선에 머물던
> 안개는
> 아직
> 그대로 있는데
> 안개보다 빨리
> 벗들은
> 그렇게, 헤어지는구나
>
> ──「오십 년 우정」

　일찍이 블레이크는 "한 줌의 모래에서 세계를 보고 들에 핀 꽃에서 우주를 본다"고 했는데, 이 시인은 아내와 옛 벗 사이의 오십 년 우정을 반사해 보이기 위해 산 능선의 안개를 불러왔다. 안개보다 빨리 헤어지는 벗들, 그 속절없는 시간이 허망한 만큼 이 세월을 노래한 시는 탄력을 얻는다.
　이러한 만남과 헤어짐을 세월의 천평 위에 올려놓은 시적 관찰은 이 시집 도처에서 발견된다. 금문교를 함께 바라보는 아내의 동기생 부부(「반가운 동기생」), 미국인 안사돈 부인(「weimar 부인을 맞으며」), 말도 없이 떠

난 30년 친구(「떠난 친구를 기리며」), 호주 유람선에서 헤어지는 동행인(「작
별의 아쉬움」), 회갑을 맞는 친구(「즐거운 회갑」) 등 그의 삶 주변을 스쳐
지나가는 모든 인물들이 문득 그의 시 주인공이 된다.

　단순히 삶의 여정과 그 주변부에 있는 사람과 사물들을 시적 발화의
형태로 읊조렸다고 해서 그 시들이 가치를 갖는 것은 아니다. 그의 시에
편만해 있는, 시인의 물리적 연륜을 반영하는 마음 비우기와 생각의 깊
이가 수반되지 않았다면, 우리는 그의 시를 애써 탐색하며 읽을 이유가
없었을지도 모른다.

　　지식으로 다듬어 가는
　　욕망의 미련들,
　　분별로 정리해 보는
　　희망과 실망,
　　쌓여진 갈등
　　서운함과 노여움

　　무거운 짐 놓아 버리듯
　　낡은 쓰레기 털어 버리듯,
　　다 버리고 나면
　　마음이
　　비고 가벼워지는 것을

——「마음 비우기」 전문

　　숨소리에
　　귀를 기울이며
　　몸과 마음을 살피니

저절로 평화로운 것을

생각 없이

말 없이

소유 없이

시비 없이

너도 나도 없이

모든 굴레에서 벗어나

있는 그대로 받아들이니

세상이 트이는 것을

—「나의 명상」 전문

이 허심과 명상의 시들은 그 문면에서 직접적으로 목도하는 바와 같이 시적 등급을 위한 치장의 흔적이 전혀 없다. 그것은 시인이 그것을 의도했든 그렇지 않든, 그럴 만한 시어의 구사력을 포괄하고 있든 그렇지 않든, 그러한 외형적 조건을 이미 넘어서 있다. 순전한 사람됨의 본모습 그대로를 드러내며 마음을 비우고 생각을 깊게 할 때, 거기에는 자연스럽게 이성과 논리의 그물로 포획할 수 없는 삶의 진실이 개재된다.

"다 버리고 나면 마음이 비고 가벼워지는 것"은 선험적 인식으로 체득하기 어려운, 경험적 시간의 경과를 전제조건으로 하는 깨우침에 해당한다. "모든 굴레에서 벗어나 있는 대로 받아들이니 세상이 트이는 것" 또한 그러하다. 세상살이의 문리가 트이는 지경이야말로 그만한 경과 과정을 대가로 지불하고서야 가능한 형편일 터이니, 여기 이 시편들은 노년의 시인이 자신의 삶 전체를 걸고 얻은 한 자락 오도송(悟道頌)이라 호명할 만하다.

이 동양적 세계관의 소탈한 초절주의는 둥근 달을 바라보며 말없이 건는 밤길(「안개 낀 달밤」)이나 한 치 앞도 못보는 삶 속에서 욕망과 집착에서 벗어나면 한없이 편안해지는 것을 체득한 어느 토요일 아침(「덧없는 삶」) 등 여러 유형의 시간적 공간적 환경을 점유하며 그의 시를 부양하고 있다.

물론 그의 시가 그처럼 종교적 경건주의에 비견할 만한 정제된 호흡으로 일관하고 있는 것은 아니다. 노년의 인간적 성숙과 단련된 지혜로 시의 문면을 채우고 있을지라도, 그는 여전히 연약한 육신을 가진 인간이며 그에 따른 내면적 통증이 시를 통해 배어 나온다. 고결한 품격의 삶에 대한 지향성과 고단한 삶의 걸림돌들이 몰아오는 삶의 현실성 사이에 그의 시는 가로놓여 있다.

바람 따라 태어나
바위에 부딪치고 사라지는 파도,
바람도 오고 가고
크고 작은 파도도
쉴새없이 생기고 사라지나
바다는 그대로다

바람 따라
파도 따라
인연 따라
증기로, 구름으로, 눈으로, 얼음으로 변하나
바닷물은 그대로디

바람은 내 마음에도 불어
욕망과 괴로움 파도치는데
바다는,

생각의 거품 속에서 설레는
내 마음 아는지 모르는지
언제나 그대로다

─「설레는 바다」 전문

언제나 그대로인 바다와 생각의 거품 속에서 설레는 내 마음의 양자는
곧 앞서 언급한 지향성과 현실성의 다른 이름이다. 그 불변불멸의 근원
적 바다를 상정하는 시적 인식이 없다면, 욕망과 괴로움 파도치는 내 마
음을 궁극적으로 다스릴 시적 균형 감각을 확보하기 어려웠을 것이다.

그와 같이 설레는 삶의 한 예증으로 나이 들어 병든 아내가 제시된다.
그 간병 수발의 처연한 감상에 관한 시가 여러 편에 이르고 있는 것을 보
면, 이 오랜 동반자의 발병과 그것의 감당이 시인의 심경에 드리우는 그
림자가 결코 만만치 않아 보인다.

우리 서로
사랑하고 사랑받기 위해
세상에 태어났거늘……
때로는
험한 삶의 길 함께 걸으며
아끼고 보살폈거늘
지금은 돌아올 수 없는 옛 이야기

이제는 나 혼자
보살피고 보살펴야 하는 처지,
얼마나 외로운지도
알지 못하는 그 사람,

시로나 달래본다

──「못받는 사랑」 전문

　알츠하이머로 환우 중인 부인을 보살피면서 외롭기 이를 데 없는 시인에게, 시는 더없는 위안의 길이요 또 탈출구로 기능한다. 그의 시작(詩作)은 고통스러운 삶을 견디는 수행의 길과 동류의 빛깔을 가졌다. 그리하여 시인은 "자존심을 버리고 좋은 것도 버리고, 마음의 버릇까지 평생 지닌 생각까지 버리는 것"을 "수행"이라 명명(「수행」)한다. 이 어렵고 힘든 길을 걸으며 생산되는 시는 마침내 "기도"의 처소에까지 도달한다.

　　많은 선물을 받았습니다
　　파란 하늘을 볼 수 있는 눈
　　새와 개구리 소리를 들을 수 있는 귀
　　신선한 꽃향기 냄새맡을 수 있는 코
　　그리고 동네 길을 걸으며
　　계절을 즐길 수 있는 마음이 있습니다

　　이 모든
　　삶의 축복에 감사드립니다
　　매일 매일을
　　감사하며 보낼 것입니다
　　가족과 이웃을 소중히 대하고
　　만나는 사람마다 따뜻이 맞이할 것입니다
　　오직 사랑으로, 감사로
　　삶을 살겠습니다

──「나의 기도」 전문

마음은 원이로되 육신이 연약한 인간은, 늘 고운 심성으로 기도하는 심성으로 살 수가 없다. 우리가 일찍이 김현승의 시들에서 그 실증을 목격한 바와 같이, 다시 말해「견고한 고독」이나「절대 고독」의 시들이 절대자를 거스르는 시적 편력의 한 순간을 예리하게 드러내는 경우를 목격한 바와 같이, 이임성에게도 그처럼 고독과 울분을 토로한 날들이 없지 않았다. 그런 까닭으로 이임성의 이 순후한 기도는 삶의 질곡을 견디며 그 음침한 골짜기를 헤쳐 나오는 동안 숱한 단련을 통해 소중한 선물처럼 얻어진 결정체가 아닐 수 없다.

그가 마음의 지경을 넓히고 이를 시로써 고백하고 다짐할 때, 그에게 주어진 '선물'은 또 다른 '선물'을 그의 삶 가운데로 불러들인다. 그가 기도하는 마음으로 살기를 스스로에게 각인시킬 때, 그의 삶 여러 부면에서 작고 귀한 깨우침들이 동시다발로 일어서고 있다. 구김 없이 반듯한 수평선이 가슴을 바다같이 펴는가 하면(「수평선」) 머리 위에 보이는 은하수가 하늘에 그려진 아름다운 곡선으로 치환되기도 한다.(「큰 섬의 밤하늘」)

삶은
덧없기에 더 소중한 것
한 치 앞도
보지 못하는 우리의 삶

어제는 지나갔으며
내일은 오지 않았고
삶은 오직
한 숨 한 숨 이어가는 것

과거, 현재, 미래는

마음이 만든 시간 관념,
삶은 구분없이 이어가는
영원한 흐름의 찰나일 뿐

생명의 율동인 호흡에 깨어 있고
그와 함께하는 느낌에 깨어 있고
이름 짓지 않고 그냥 있는 것,
이것이 깨어 있는 삶이다

—「깨어 있는 삶」 전문

 "깨어 있는 삶"에 대한 시인의 생각들, "덧없기에 더 소중"하거나 "한 숨 한 숨 이어가는" "영원한 흐름의 찰나일 뿐"이라는 인식들은, 이 시인에게 있어서는 시를 써 오면서 체감한 진실 법칙들이다. 또한 그는 그러한 삶의 감응력으로 시를 써 온 시인이기도 하다.

 지금껏 우리가 어떤 주제론적 방향에 따라 살펴본 시편들 이외에도, 그는 아무런 부대 조건 없이 순수하게 자연의 풍광을 노래하기도 하고 삶의 일상성 가운데서 발생하는 소회를 담담하게 기술해 놓기도 했다. 그의 시적 행보는 그렇게 자유롭다. 더욱이 문단의 등단이나 문학 단체 또는 문학 잡지 및 출판사 따위와의 상관 관계에 묶이지 않은 그는, 그 창작 환경이 한껏 자유로운 시인이다. 한 걸음 더 나아가 그의 몸이 미국에 있는 만큼 그의 이 자유로움을 침해할 방략과 권한은 아무에게도 없다.

 삶이 시를 배태하고 시가 삶을 부축하는 이 행복한 만남을 두고 굳이 그 문학성이나 미학적 가치를 따질 바는 없는 것이다. 같은 칼이라도 사람을 살리는 활인검이 있고 사람을 죽이는 살인검이 있지 않은가. 같은 물을 양이 먹으면 젖이 되지만 뱀이 먹으면 독이 되지 않는가. 요컨대 그의 시는 자신의 삶을 살리고 거기에 새 소망의 자양분을 공급하는 근원이 되고 있음을 필자는 주목한다.

산타크루즈의 울울창창한 수림 가운데서 만난 이임성 박사의 수발한 인품과 순수한 인간애, 그리고 그 자리에 함께 했던 아름답고 향기로운 분들의 추억을 떠올리면서, 이 해설을 쓰는 필자는 그 행복감의 한쪽 끝을 붙들고 있는 느낌이다.

부디 바라기로는 늦깎이로 이처럼 싱싱한 처녀 시집을 상재하는 이 시인의 나날들이 더욱 노익장하고 역부강하셨으면 좋겠다. 그리하여 우리로 하여금 계속해서 그의 맑고 푸른 시들을 만날 수 있는 기쁨을 누릴 수 있게 해 주시길 간절한 마음으로 축원드린다.

삶과 꿈, 그 변증법적 조화
―윤웅아의 『꽃과 바위』

1 하늘의 별, 삶의 바위, 시의 꽃

윤웅아는 미국 캘리포니아에서 살며, 그 삶의 주요한 한 영역으로 시를 쓴다. 그의 시는 맑고 올곧고 진솔하다. 세상을 향한 욕심을 담아 강력한 주제 의식을 드러내거나 현란한 치장을 염두에 둔 기교를 자랑하는 법이 없다. 그의 시는 작위적으로 만들어진 것이 아니고 살아가는 동안 자연스럽게 배태된 삶의 한 모습일 뿐이다. 그러므로 그에게 시는 곧 삶이고 삶이 곧 시인, 등가의 방정식이 가능하다.

윤웅아의 첫 시집 『꽃과 바위』는 모두 3개의 부로 구성되어 있다. 제1부 '사랑할 사람에게'는 1980년대 중반 이후의 시들을, 제2부 '꽃과 바위'는 1990년대의 시들을, 그리고 제3부 '두 개의 세상'은 2000년대 이후의 시를 싣고 있다. 이들 각각의 시기는 한국 현대사라는 배경에 비추어 보면 그 특징적 성격이 명확하게 변별되고 있어서 시대적 환경과 시의 관계를 검토해 보는 일이 요구되기 십상이다.

그러나 한국어 문화권에서 격리된 미국에서 시를 쓰고 또 시를 통한 사회사적 관심과는 방향성이 다른 이 시인의 경우에는, 그 시기의 구분이 스스로 살아온 순차적 삶의 행로를 지칭하는 것 이상이 아니다. 시인은 있는 그대로의 삶과 그 삶 속에 결부된 다층적인 생각들을 순정한 시적 언어로 그려 내기를 시도했다.

또한 윤웅아는 대다수 미국에서 우리말로 글을 쓰는 문인들과 다르게 자신이 살고 있는 미국이라는 공간 환경을 시적 대상으로 바라보기를 원하지 않는다. 그에게 외형적 환경 조건은 별다른 위력을 발휘하지 못한다. 그는 삶의 실체적 내면, 그 심정적 동향, 신앙이나 인간관계와 같은 본질적 문제들을 중점적으로 천착하려 한다. 더 나아가 이러한 근본적 요목들을 바탕으로 한 인간의 근원적인 꿈은 삶의 현장과 어떻게 부딪치고 그것이 어떤 시적 형상을 덧입는가가 그의 시를 추동하는 힘이다.

옛날에
하늘에서 꽃이라는 별이 하나 떨어져
바위에 부딪쳐 그만 깨지고 말았다
산산이 부서져 흔적도 없이
조각조각 바람에 날아갔다.

그후로 바람에 날린 꽃가루가 떨어지는 곳마다
별처럼 예쁜 꽃이 피어나기 시작했고
아침이면 꽃과 바위에 이슬이 고이는데
이는 밤새 흘린 눈물이 맺히는 것이라 한다.

떨어지는 꽃별을 잡아주려다
산산이 부서지게 만들었다고……

—「꽃과 바위」 전문

표제작 「꽃과 바위」를 보면, 이 시인의 시적 정서의 본향이 무엇이며 그것이 그의 삶과 어떤 상관 관계를 갖고 있고 또 그것이 어떻게 시의 발화 형태를 구축해 나가는가에 대한, 그 변증법적 발전 과정에 대한 전모를 파악할 수 있다. "하늘의 꽃이라는 별"은 곧 그의 삶이 곱고 귀하게 생각하여 그 마음의 하늘에 저장해 둔 꿈의 다른 이름이다. 꿈이 예기치 않게 추락하여 삶이라는 "바위"에 부딪치면 "산산이 부서져 흔적도 없이 조각조각 바람에 날아"간다. 그러나 그 꿈의 파편은 그것으로 분해되어 소멸되지 않고 "바람에 날린 꽃가루"가 되어 "떨어지는 곳마다 별처럼 예쁜 꽃을 피"우기 시작한다. 이를테면 그 꿈이 부서질 만큼 삶의 행보가 어려운 중에 그 어려움이 소담스러운 시의 꽃을 피우는 형국이다.

삶의 어려움 없이 시가 될 수 없었을 터이지만, 시는 또한 어려운 삶의 굴곡을 헤쳐 나가는 조력자가 되었을 것임을 짐작할 수 있다. 그것은 무슨 위인 전기 전집의 자기 극복 따위의 방식이 아니다. 시인은 여전히 슬퍼한다. 그의 시가 숙성하는 과정에 객관적 상관물로 도입된 "꽃과 바위"는 "밤새 흘린 눈물"을 이슬로 맺는다. 삶의 어려움과 아픔을 눈물로 치환하고, 그 눈물의 순수성을 바탕으로 소박한 한 떨기 시의 꽃을 피워 내는 변증법적 정신의 궤적, 그 길목에 윤웅아의 이 시집이 놓여 있다.

2 외로움, 그리움, 기다림의 서정

이 시집 선반을 관통하고 있는 시적 정서는 외로움이나 그리움이나 기다림과 같은 원초적 감정의 순수성이다. 시인과 시적 화자가 분리되지 않을 때, 이러한 정서적 표현법은 시가 곧 시인 자신의 내면 풍경과 일치하는 경우인데, 이 시인은 그러한 자기 노출의 시적 형상을 전혀 개의치 않는다.

외로움이 무르익어
지극히 고요함으로
들어갈 땐
먼 데 들려오는
교회 종소리만
귓가에 울리운다.
쓸쓸함이 나를 덮고
무언(無言)의 흔들림이
다가오면
보이지 않는 임의 모습에
눈을 감는다.

—「외로움」 전문

아무런 장식도 과장도 없이 있는 그대로의 모습으로 외로워하는 시인
은 "눈을 감는" 극히 단순한 행위로만 반응한다. 그러나 그것은 그가 발
양할 수 있는 최대한의 반응이다. 다른 사람에게 진실일 수 없는 것이 그
에게는 진실일 수 있다. "임의 모습"은 보이지 않고, 시의 문면을 통해서
는 그 "임"의 정체성조차 불분명하지만, 이는 시인을 외롭고 쓸쓸한 정
조로 침잠시키는 대상임에 틀림없다.

별 없는 밤은 너무 외롭답니다.
별을 바라보면 생각나던, 그대의 모습조차
어두운 하늘 어디엔가 잃어버리고 마니까요.

별이 없는 밤에는
모든 것이 어둠에 묻혀

밤은 더욱 깜깜해지고
깜깜해진 밤만큼이나 외로움만 자꾸 깊어갑니다.
—「별 없는 밤」 부분

　시인의 시간은 밤이고, 외로움과 그리움을 생산하는 계절은 주로 가을이거나 겨울이다. 하늘의 별이 그의 삶이 내건 꿈의 형상이었음을 앞서 살펴본 바 있거니와, 그 별이 없는 밤하늘은 "그대의 모습조차" 잃어버리게 만든다. 그러나 그 외로움 속에 침윤한 채로 새로운 의욕이나 기력을 섭생할 수 없었다면 그의 시는 그다지 의미가 없을 수도 있다.

당신은
밤하늘에 빛나는 별을 가만히 바라본 적이 있습니까?
비가 오면 어떤 생각에 잠겨본 적이 있습니까?
거리에 날리는 낙엽을 주워본 적이 있습니까?
눈을 맞으며 거리를 방황한 적이 있습니까?

외로움은
어떤 특정한 사람만이 느끼는 것이 아닙니다.
마음이 여리고 슬픈 사람만이 느끼는 것은 더더욱 아닙니다.

당신은 사랑 속에서 외로움이 아름다운 것임을 모르십니까.
—「당신은 아십니까」 전문

기다리는 사람은
기다리는 사람을 생각해야 하는 게 아닌지요?
기다림이 아름다운 것은

기다리면서 만날 사람을 한 번 더 생각할 수 있기 때문입니다.
참으로 귀중한 시간입니다.
사랑하는 사람을 기다리는 시간 말입니다.

—「잃어버린 기다림」 부분

그의 외로움은 어느덧, 아니 문득 "사랑 속에서" 아름다운 것으로 살아나고, "사랑하는 사람을 기다리는 시간" 가운데서 아름답고 귀중한 것으로 승화된다. 순정한 심경의 맨 밑바닥으로부터 차오르는 이 진솔하고 결곡한 깨우침이 살아 있는 동안, 그의 시는 온갖 화려한 수식어로 치장한 이름 있는 시들의 행렬에 비해 선혀 초라해 보이지 않는다. 그러한 대목이 그의 시가 가진 값이고 그의 시를 우리가 조촐하지만 아름다운 노래로 읽는 까닭이다.

3 삶과 신앙의 진실성, 그 낮은 자리

윤웅아 시의 순수한 감성이 가장 정론적이며 극명한 형식을 만날 때, 그곳은 신실한 신앙의 자리가 된다. 마음이 가난한 자, 심령이 깨끗한 자가 아니면 신에게로 가는 길이 열릴 리 없다는 매우 단순한 논리에 기초해 보아도 그럴 것이지만, 세상 사람 모두가 불빛 밝은 이기(利己)의 저잣거리를 향해 내달릴 때 여전히 맑고 올곧은 심성으로 그 믿음의 자리를 향해 나아가는 시인의 결의야말로 흙 속에 묻힌 옥돌처럼 소중하다.

가려진 나뭇가지를 지나
들어오는 한 줄기
당신의 햇발이

이 죄인의 어두운 그림자를 묻어 두시겠다면
죄인의 길
항상 당신 것이겠나이다.

—「봄으로 가는 길목에서」 부분

"죄인의 길"이 "항상 당신 것"인 신심을 시적 언어로 토로할 때, 그 신앙의 자각은 발화자 스스로 낮고 겸손한 자리에 서지 않고서는 불가능하다. 우리가 일찍이 '시인 성삼문(成三問)'이 있고서야 '투사 성삼문'이 가능하다는 것을 그의 옥중시와 절명시에서 확인할 수 있었던 바와 같이, 이 시인의 경우에는 그 시적 서정의 순수성이 있음으로써 오히려 종교적 순결성이 확립되는 경우가 아닐까 싶다.

주님께서 함께 가는 길 어디라도 가겠습니다.
십자가 짊어지고
나의 미움과 더러움과 추함과 악함을 짊어지고
날 위해 쓰러지신 길
피눈물 떨어지도록 아프게 가신 길

이젠 주님을 위해 내가 가겠습니다.
나의 삶에 절망과 피곤함과 실패가 있더라도
주님께서 보이신 사랑의 삶을 살겠습니다.
세상의 부귀영화에 굴복 않고
주님 뜻대로 살겠습니다.

주님께서 함께 가는 길 어디라도 가겠습니다.

—「고난의 길」 전문

　　마침내 시인은 있는 그대로의 목소리로 절대자에 대한 순복을 약속한다. 이처럼 평이한 문면에 어떻게 시적 탄력성이 담길 수 있겠느냐는 질문이 제기될 수도 있다. 그러나 할 수 없는 일이다. 이 시인의 관심이 훌륭하고 뛰어난 시를 쓰는 데 있지 않고, 자신이 가진 인간적 또는 신앙적 진실성을 드러내는 데 있다면, 그 질문 자체는 이미 무의미한 것으로 전락하고 만다.

　　　　한번 시간이 깎고 지나간 조각은
　　　　다시 붙일 수 없는 잃어버린 조각이지만
　　　　깎은 자리가 빕더라도
　　　　곱게 다듬어 나가세요.
　　　　우리는 모두가 단 하나만의 삶을 조각하는
　　　　미숙한 석수장이들이니까요.

　　　　　　　　　　　　　　　　　　　—「미숙한 석수장이」 부분

　　　　빈 백지 위에
　　　　나의 초상화를 그린다.
　　　　나의 초상화는
　　　　글로 그려진 나의 자화상이다.

　　　　나의 자화상에는
　　　　파란 하늘과
　　　　별빛과
　　　　친구들의 얼굴과
　　　　언젠가 만났던
　　　　소녀의 모습도 들어 있다.

한 번쯤 지나본 듯한
이름 모를 거리의 풍경도
어렸을 때 같이 자란
뒷마당의 풀꽃도
나의 자화상 속엔 모두 들어 있다.

아직도 지나가는 바람 소리에
귀를 기울이는
청록 같은 내 나이
만 이십 세에 그려진
나의 자화상은
거울처럼 나의 모든 것을 담고 있다.

어이, 남들은
백지 위의 나의 초상화를 보고
낙서뿐이라고 한다.

—「자화상」 전문

　"우리는 모두가 단 하나만의 삶을 조각하는 미숙한 석수장이"임을 부끄럽지 않게 고백하는 삶의 태도로 일관한다면, "만 이십 세에 그려진 나의 자화상"이 그때나 지금이나 달라질 것이 별로 없다. 동시에 남들이 "백지 위의 나의 초상화"를 보고 "낙서뿐"이라고 폄하해도, 심성석 동요를 일으킬 일은 이미 아니다.

　요컨대 이 시인은 가장 연약해 보이면서도 가장 강력한 무기를 지닌 자이다. 가장 외로운 자의 순수함, 가장 나약한 자의 진실함, 가장 인간적인 자의 겸손함 등을 두루 갖추었을 때, 시로 옷 입은 시인의 진솔한 자화상은 기실 나서서 대적할 자가 없는 지경에 이르기 마련이다. 작은 것의 아름다움, 부족한 자에게 충족하게 채워지는 보람 등속의 갖가지 미덕들이 그의 시를 깊고 따뜻하게 에워싸고 있다.

　동시에 이는 시어의 표현 및 기교에 공들이지 않고, 있는 그대로의 음색으로 발화한 이 시인의 시를 읽는 우리에게, 그의 시가 선사하는 공감의 기쁨이기도 하다. 바라기로는 그의 시와 삶이 이루는 변증법적 조합이, 우리들 누구나 알고 있지만 그것을 우리 것으로 하기는 어려운 이 여러 미덕들을 지속적으로 시로 표현해 주었으면 한다. 그렇게 그의 다음 시편들을 기다리기로 한다.

지상의 극점에 핀 우정과 사랑의 꽃
—신영철의『에델바이스』에 부쳐

1 8만 리 태평양을 넘어온 화사한 꽃 소식

태평양의 시퍼런 물결을 넘어 8만 리 저편 미주에서 우리말로 글을 쓴다는 것은 대체 무슨 일인가? 일찍이 랭보가 술회했던 바 "상처 없는 영혼이 어디 있는가"라는 언표처럼, 저마다의 상처를 안고 이 땅을 떠났던 사람들이 이 땅의 이야기를 소설로 쓰고 있다. 지천명을 넘긴 지 몇 년인 작가 신영철도 그중 한 사람이다. 그의 소설은 미주를 생산지로 하고 있으나 그 이야기의 무대는 여전히 그를 생육한 이 나라 이 땅이다.

신영철은 한국에서 익힌 사고와 표현의 방식을 안고 미국으로 건너갔고 거기서 모국어로 소설을 쓰며 작가의 길을 걸었다. 그와 유사한 환경에 처한 이들의 문필이 대체로 그러한 것처럼, 그 또한 이중적 삶의 구조와 문화 충격을 감당하며 자신의 정체성을 탐색하는 소설을 주로 썼다.

이번에 그가 쓴, 그리고『문학사상』장편 소설 공모에 당선한『에델바이스』는 미주와 한국 사이의 머나먼 상거를 뛰어넘는 소설적 성과이면서 동시에 작가로서 그의 역량과 가능성을 확인해 준 작품이었다. 더욱이 미주 이민 100주년을 넘기며 현재 미주에서 활동하고 있는 문인 가운데 처음으로 모국의 장편 소설 공모에 당선했다는 점에서 하나의 상징적 사건이라 할 만하다.

요컨대 미주와 한국이라는 물리적 거리는, 세계가 일일생활권의 지구촌으로 변모해 가는 이 눈부신 속도와 무제한적 교류의 시대에 있어서 더 이상 장애물이 될 수 없는 상황에 이르렀다. 미주에서 제작된 '좋은' 문학 작품은 곧바로 모국어의 본산인 한국 문단에 반영될 수 있고 객관적인 검증과 평가의 기회를 부여받을 수 있게 되었다. 신영철의 소설과 그 당선은 이 상호 소통의 시스템이 원활하게 작동하기 시작했다는 증빙이 된 셈이다.

그러나 비록 그 소통 시스템이 살 가동되어도 신영철 소설의 원판이 부실했다면 이 '상징적 사건'이 유발될 수 없었을 것임은 불을 보듯 밝은 일이다. 말하자면 옷감의 원단이 좋으면 마름질을 조금 잘못해도 괜찮은 옷이 된다는 이치와 같다. 이는 신영철의 미주뿐만 아니라 한국 내의 외진 오지에서부터 일본, 중국, 중앙아시아에 걸쳐 있는 한인들의 문학 작품에 이르기까지 두루 통용될 수 있는 창작과 수용의 방정식이 되었다.

그것만이 아니다. 신영철의 소설에는 우리가 괄목상대하여 살펴야 할 중요한 미덕이 있다. 주지하는 바와 같이 동시대의 한국 소설이 다양성과 다원주의의 미덕을 좇아 모두 왜소하고 자기 중심적인 개별성의 늪으로 침윤해 버렸는데, 그의 경우는 목숨을 건 우정과 사랑의 서사를 광활한 자연을 배경으로 펼쳐 보이는, 선이 굵은 소설의 행보를 보여 준다는 점이다.

다시 말하면, 창작자 자신이 붙들고 있는 의식의 내부를 마치 세계의 핵심이라도 되는 양 정밀하게 분석하는 소설들이 주류가 되어 버린 시대에, 그 미시담론의 편협을 초극하는 새로운 개안이 그의 소설을 통해 목도될 수 있다는 뜻이다.

그의 소설은 의식의 심층이 아니라 몸을 움직이고 던져야 하는 실체적

이야기 구조에 기대어 있으며, 그것은 나약한 정신주의자의 세계관으로서는 도무지 도달할 수 없는 웅혼한 천지를 소설 속으로 끌고 들어가는, 아니면 소설을 그 대단한 환경 가운데 가져다두는 독특한 발화 방식을 촉발한다.

서두에 너무 장황한 의미 부여를 행한 감이 없지 않으나, 그의 소설이 그렇게 상찬받을 면모를 끌어안고 있음은 분명한 사실이다. 그러기에 문학적 언어의 조탁이나 창작 및 발표 기회의 확보에 여러 가지 제한 조건이 있음에도 불구하고, 그의 소설은 그 부정적 측면의 각질을 깨고 얼굴을 드러낼 수 있었다. 새해의 입춘을 지나 만물이 생동을 준비하는 이때에, 그의 소설을 통해 태평양을 넘어온 화사한 화신을 감각하는 것은 바로 그 때문이다.

2 가열한 환경 속에서 더 빛나는 우정과 사랑

신영철의 『에델바이스』는 지상 최고의 지점, 지구의 꼭지점인 에베레스트 등반을 바탕에 깔고, 거기에 생명을 걸어야 하는 산악인의 우정과 사랑을 비교적 큰 스케일로, 드라마틱하고 박진감 있게 그렸다. 그런데 이처럼 호활한 새로운 소설적 시야가 열리는 데는 그만한 이유가 있다

우선 작가 신영철 자신이 이 산악 소설의 처음과 끝을 확고하게 관통할 수 있는 산악인이라는 대목이다. 그는 에베레스트 등반 대장으로 수차에 걸쳐 이 산의 등반에 직접 참여했고 국내외 동서양의 고산 준봉들을 거의 빠짐없이 정복한 바 있는 베테랑이다. 일찍이 키플링은 바다의 어두움을 묘사하기 위해 잠수복을 입고 해저로 내려간 바 있으되, 신영철의 경우는 이미 평판 높은 등반가였으며 그 유다른 체험과 그의 내면에 잠복해 있던 글쓰기의 욕망이 행복하게 악수한 사례에 해당한다.

다음으로 이 소설의 활달한 외관을 통해 짐작할 수 있는 바와 같이, 이 작가의 근본적 품성이 활달하고 호쾌하게 열려 있는 성향이라는 사실이다. 20세기 초반부터 융성했던 역사주의 비평에 "글은 곧 그 사람이다"라는 레토릭이 있거니와, 이 작가처럼 담백하고 속도감 있는 이야기 구조를 선호하는 창작자의 경우에는 그 자신의 올곧고 맑은 기질이 소설적 메시지의 감응력과 연계되는 장점이 있다.

자, 그렇다면 이처럼 여러 가지로 좋은 선험적 입지를 가진 그의 소설이 도대체 어떤 이야기와 짜임새를 포괄하고 있는지, 이제 그 소설 속으로 걸어 들어가 볼 차례이다. 이 소설 속에는 장편이라는 장르적 특성이 늘 그러하듯이 많은 이야기, 삽화, 일화들이 줄지어 있고 적지 않은 등장인물들이 서로 부딪치며 숨쉬고 있다. 그 이야기들과 인물들이 서로 조합하여 극한적 한계 상황에서의 우정과 사랑의 의미를 엮어 낸다.

소설의 화자이자 중심인물 '나'는 김세원이란 남자이다. 에베레스트 정상 공격조로 함께 나선 서정호의 부상으로 등정을 포기하고, 생명이 경각에 달린 서정호를 포기하지 않은 채 그와 함께 죽을 각오로 "성층권이 가까운 에베레스트 팔천오백 미터가 넘는 동남능선"에서 "비박"이라고 불리는 노숙을 시도하는 것으로 산상의 이야기 길을 연다. 서정호에게 자신의 산소를 넘겨주고 사투로 밤을 새운 김세원은 목숨을 건졌지만, 끝내 서정호는 살아남지 못했다.

죽은 거야. 내가 환상 방황을 하고 있을 때 서정호는 가 버린 거야. 대체 어쩌지? 그럼에도 나는 슬픈 감정이 들지 않았다. 달빛만 출렁이는 에베레스트 하얀 능선에서 홀로 되었다는 두려움 따위도 들지 않았다. 그러나 이렇게 보낼 수는 없다. 나는 다시 서정호의 가슴을 압박하기 시작했다. 주체할 수 없으리만큼 거친 숨이 내 입에서 터져 나왔다. 그러나 아무 소용이 없었다. 파리한 얼굴의 서정호는 내내 아무런 움직임이 없었다.

(중략)

　서정호의 죽음에 조문이라도 하듯 또 다시 에베레스트는 폭풍설이 몰아닥
쳤고 며칠을 버티던 우리 팀은 속절없이 귀국해야 했다. 그해 겨울 에베레스
트는 내 분신 같던 서정호를 삼켰고, 내게서는 오른쪽 발가락 세 개를 제물로
받았다.

　"내 분신 같던" 동료의 죽음과 정상 등정 실패를 보여 주는 이 대목은
그 자체의 일과성 사건으로 그치지 않고, "나"의 삶을 근본적으로 수정
하는 계기가 된다. "나"는 산을 떠나고 산악 회원들과의 접촉을 피하며
의도적으로 회사 일에 몰두하려 한다. 하지만 그동안 산을 중심으로 형
성된 여러 인간관계들이 단속적으로 "나"에게 부딪쳐 오는 것은 소설적
인과 관계를 위해서도 어쩔 수 없는 일이다. 그 와중에 서정호의 천도제
에서 안소휘를 만난다. "나"와 서정호가 함께 사랑했던 여자이다.
　"나"는 그녀에게 서정호가 베이스캠프에서 그녀에 대한 사랑을 담아
기록했던 일기 수첩을 전한다. 그리고 몇 년의 시간이 흘러간 다음, 독일
등반 팀이 에베레스트에서 서정호의 사체를 발견한 것이 보도되고, "나"
의 악몽은 다시 '부활'한다. 여러 종류의 경과 과정과 저항을 거쳐 "나"
는 마침내 서정호 사체 수습 원정대로 에베레스트로 향하고, 이 소설의
후반을 장식하는, 산 위에서 죽은 동료와 산 아래에 살아 있는 사랑하는
여자 사이에 걸친 "나"의 외나무다리 건너기가 시작된다.

3 세속적 위선을 넘어서는 정신주의의 개가

　안소휘가 살던 영월 동강의 댐 건설이나 에베레스트 원정대 구성에 개
재되는 세속적 교활함의 실체들은, 생명의 절대적 가치를 담보로 한 순

수한 산악인들의 '정신'에 대비되어 이 소설의 절박한 정신주의를 보다 높은 차원으로 이끌어가는 기능을 발양한다. 산 위에서의 값있는 정신뿐만 아니라 산 아래에서의 일상적 삶도 똑같이 소중하다. 도무지 납득할 수 없는 행정적 처분을 인간으로서의 대의를 생각하며 감내하는 등장인물들을 보여 주는 방식과 더불어, 이 작가는 "모든 아름다움은 아픔 끝에 있다"라는 선언적 경구를 사용할 자격이 있다.

그 인생 역정의 기구함을 두고 말하자면, 이 소설 속의 안소휘만 한 여자도 드물다. 원래 소설의 소재와 소설은 별개의 것이지만, 여기의 안소휘는 그 모델로 짐작할 만한 사람이 엄연히 존재하는 경우여서 사실적 사건과 그 체험들을 소설 문법으로 발화한 이 작가의 창작 성향에 일정한 상관성의 탄력을 더하고 있다. "나"와 서정호가 함께 사랑한 표적이었던 안소휘는, 법운스님의 딸을 기르며 속죄하듯 살아온 세월을 넘어서서 마침내 "나"와의 사랑을 약속한다.

그러므로 서정호를 다시 데려오기 위한 나의 원정대 참가는, 이 모든 인물들과 그동안의 아프고 슬픈 사연들을 하나의 '자일'에 묶어 내는 통합적 이야기 구조 위에 서게 된다. 일생을 하나의 관점으로 일관한 산악인들의 산에 대한 조건 없는 경도, 산 위에 두고 온 우정과 산 아래에서 찾은 사랑, 그 숱한 구체적 경험들의 갈피를 채우는 인간됨의 도리와 그에 대한 자각 및 실천, 한계 상황 속에서 할 수 없이 포기하고 버려야 하는 것과 끝까지 포기해서는 안 되는 것 사이의 구분 등 인간사의 여러 절목을 이 소설이 그 이야기의 그늘 아래 매설하고 있다.

에베레스트 8500미터 능선에서 서정호를 찾아 하산하려던 "나" 김세원은 다시 비박을 해야 할 상황에 처하고 그 자리에서 베이스캠프의 중계로 한국과 위성 전화가 연결되어 극적으로 안소휘와 통화한다. 이 전화는 이 원정대의 등반을 지켜보고 있는 모든 사람들에게 노출되어 있다.

"곁에 누구 없어요?"

겁에 질린 목소리였다. 그 걱정을 나는 알고 있었고 또 사실이 그랬지만, 알 수 없는 행복한 느낌이 들었다.

"예전처럼 서정호가 함께 있어."

강원도 동강에 있는 그녀와, 이 아시아의 오지 에베레스트는 아득하게 먼 길임에도, 그 거리가 믿어지지 않을 정도로 소휘는 내 곁에 있었다. 그것은 그녀도 마찬가지였는지 무전기를 타고 전해지는 그녀의 목소리는 사뭇 떨고 있었다.

나는 불현듯 그녀가 웃을 때마다 하얀 민낯에 패였던 볼우물을 떠올렸다.

"비박이라고요? 도대체 어떻게 그런 일이 또!"

공포에 잔뜩 질린 목소리였다. 그녀의 목소리가, 그런 일이 또, 라는 구절에서는 말이 또박또박 끊겼다.

……

"돌아오시면 햇차가 만들어 질 거예요. 세원씨 혼자를 위한 차를 만들어 놓을게요."

기품있는 손짓으로 차를 따르던 그녀 모습이 생각났고, 그 행동이 몹시 사랑스러웠다는 생각이 들었다.

"소휘…… 사랑한다. 아주 많이."

나는 그녀에게 처음으로 사랑한다는 고백을 하는 셈이었다.

지상의 극점인 오지, 만년설에 덮인 에베레스트 8500미터 산상에서 고백하는 사랑이어서 순결한 것일까? 아니다. 이들의 순결한 인간애와 사랑이 그 극지에까지 환경 조건을 넘어서는 우정과 사랑을 운반할 수 있었다. 자기 중심적 이기주의가 횡행하는 세상의 저잣거리에서 아주 드물게 마주치는 품성을 가진 이들에게 있어서, 또 사랑이라는 감정이 가진 폐쇄적 울타리를 훌훌 넘어선 이들에게 있어서, 사랑은 우정의 다른 이름이요 우정 또한 사랑의 다른 이름이다. 이 광활한 자연 환경 앞에서 펼쳐지는 소중한 내면 풍경의 향연이 그 정도에 이르지 않고서는, 수준 있는 소설의 세계를 축조했다고 석연하게 받아들일 수가 없을 것이다.

4 유암하고 화명한 경계를 내다보는 기대

"에베레스트에서 춥고 지루한 겨울잠"을 자던 동료를 우리의 일상적인 삶 곁으로 하산시키는 일이 가지는 가치는, 정신적이고 심리적인 차원의 문제와 결부되어 있다. 그것이 물리적 현실에 미치는 효용성은 미소한 것일지라도, 누구도 이를 문제점으로 지적하기는 어렵다. 이를테면 이 소설은 그와 같은 인간됨으로서의 '대의'를 중심 주제로 내세워, 있을 수 있는 기법적 시비거리들을 잠재운 호방한 면모를 과시했다.

서정호가 안소휘에게 주려 했던 에델바이스, 고산 지대에서만 피어 "산쟁이들이나 겨우 몇 포기 볼 수 있는" 솜다리 꽃은, 이 소설이 보여 준 초절한 정신주의의 결정을 암시하는 객관적 상관물이다. 작가는 이 꽃 이름이 소설의 주제와 관련된 정보를 직접적으로 전달하지 않는데도 과감히 그 개념을 소설의 제목으로 내세웠다.

> "에델바이스는 원래 하늘나라 천사였다고 해요. 그러나 인간 세계를 너무 그리워해서 알프스 산맥 중 가장 험한 아이거 봉우리로 추방을 당했다지. 외롭긴 했지만 아름다운 풍경 속이라 즐겁게 살았다고 해요……"
>
> (중략)
>
> "정상에 오르는 가장 빠른 바윗길인 아이거 북벽에 도전한 산악인들이, 암벽, 빙벽에서 떨어져 죽어갔던 거지. 산정의 에델바이스는 그 광경을 보며 슬픔과 고통으로 괴로워하며 그들의 안전을 간절하게 기도를 했대요. 그러나 하

늘은 응답이 없었고 에델바이스는 그곳에서 기도하는 자세로 죽었어. 그 자리에서 피어난 꽃이, 바로 솜다리 꽃, 에델바이스래요. 그래서 지금도 그 꽃을 만나려면 높고 험한 산을 올라야 볼 수 있다는 거요."

소중한 추억, 인내, 기품, 용기를 꽃말로 가진 이 꽃이 산악인들의 상징화로 통하고 있으나 그렇지 않더라도 산 위와 산 아래를 가름하는 이 소설의 이분법적 인식에 비추어 각기의 꽃말들은 그 실제적 행위가 놓일 자리를 잘 구분할 개념들이다. 다시 말해 산 위의 의미망들과 산 아래의 의미망들이 어떻게 서로 같고 다른지, 그것은 또한 한 편의 소설이 설정한 품격 있는 세계와 우리의 삶이 끌어안고 있는 일상적 형상이 어떻게 서로 같고 다른지를 잘 보여 줄 형국으로 있다. 그것이 곧 작가가 이 가열한 환경 가운데 절절한 우정과 사랑의 이야기를 가져다둔 소이이며, 그렇게 소설의 제목을 호명한 까닭으로 보인다.

신영철의 소설, 더 나아가 저 먼 곳 미주에서 우리말로 제작되고 있는 소설이 이렇게 발전적 외양을 보여 줄 수 있음을 증거했지만, 거기에는 아직 미처 손보지 못한 단처들도 여러 모양으로 잠복해 있다. 우선 모국어의 현장으로부터 공간적으로 격리되어 있음으로 말미암아 자연스러운, 곧 우리말스러운 언어 감각이나 문장 표현에 상당한 취약점이 있다는 사실이다. 좋은 소설이 결코 빼어난 문장만으로 성립되는 것은 아니지만, 문상력의 강점이 수시로 작동될 수 있다면 그로 인해 소설은 쉽사리 좋은 소설이 될 수 있는 개연성을 갖기 마련이다.

다음으로 이 소설에서는 그와 같은 측면이 강하게 나타난 경우가 아니지만, 비록 미주에서 창작되어도 그 소설적 창작 심리가 한국적 정서를 벗어나기 어려운 세계관의 문제이다. 피할 수 없다면 정면으로 맞서는 것이 모든 싸움의 정석이다. 만약 그러한 부분에서 실질적 체험으로 인한 걸림돌이 발생하는 사태에 당착했을 때, 미주의 소설은 오히려 그 문화 충격이나 충돌의 문제를 직접적으로 겨냥함으로써 이를 돌파할 지름 길을 발견할 수도 있을 것이다. 지금껏 발표된 신영철의 몇몇 단편들을 두루 통독해 본 뒤 끝에 붙이는 말이다.

이러한 부분적인 우려가 제기될 수는 있지만 신영철의 소설 『에델바이스』는, 그야말로 미주 소설의 버들 짙푸르고 꽃빛 밝은, 새로운 경계에 대한 예감과 기대를 갖게 해 준다. 그와 그의 소설이 미주 장편 소설의 개척자적 지위를 감당할 수 있기를 바라는 것은, 지금까지 우리가 공들여 살펴본 것처럼 구체적 작품을 통해 보여 준 역량을 납득할 수 있기 때문이다. 일반적인 작가들의 사례에 비추어 조금 늦게 출발선에 선 감이 없지 않으나, 이병주가 그러하고 박완시가 그러했듯이, 외려 더 원숙하고 내실 있는 소설 세계의 전개를 그의 장도에 빌어 두고자 한다.

믿음, 민족혼, 인간애의 세 줄기 빛
—한국 교회의 개척과 독립 운동으로 순국한 배씨 일가 이야기

1 역사에서 소설로, 그 치환의 과정과 의미

이 소설은 19세기의 원년, 곧 1801년부터 오늘에 이르기까지, 200년에 걸친 시간적 환경을 바탕에 깔고 출발한다. 그리고 조선조의 충주 관찰사였던 배수우란 인물에서 비롯하여 6대에 걸친 한 가문의 실증적 가족사를 그 내부에 끌어안고 있다.

그런데 이 배씨 일가 이야기가 한 가계의 흥망성쇠만을 담론 구조로 하고 있다면, 구태여 이와 같은 단행본으로 출간될 이유도, 또 이 글이 쓰일 이유도 없었을 것이다. 이 소설은 근대사의 험난한 파고를 밟아 온 한 가문의 생존 기록이며, 동시에 한국의 초대 교회 성장과 일제 강점기 독립 운동 실상의 핍진하고 처절한 증언으로 채워져 있다.

우리는 이 배씨 일기의 가족사를 거울로 하여 시내사적 상황 속에서 융기하고 침식된 우리 역사의 진면목을 반사해 볼 수 있으며, 그러기에 이 가족사는 큰 이의 없이 그 의미가 민족사의 지평으로 확장될 수 있는 터이다.

그렇게 되비추어 보기의 구체적 절목에 있어서, 우선은 기독교 신앙의

문제가 먼저이다. 배수우에서 광국, 성두, 동석으로 이어지는 가족 계보는 한국 교회 초기 신앙의 박해를 헤치고 연면히 이어져 오늘날의 김해 교회를 세웠으며 주위의 여러 지경에 이르도록, 또 많은 종교적 선행을 수반하면서 믿음의 모본을 보였다. 그 하나하나의 과정이 때로는 목숨을 걸어야 하고, 때로는 지극한 정성으로 일관된 모습으로 드러날 때, 비록 이를 이야기의 기록으로 접한다 해도 거기에 눈물겨운 감동이 없을 수 없다.

다음으로 배수우의 3대손 동석이 감당한 항일 저항 운동과 희생의 문제이다. 동석은 학생으로서, 교사로서, 또 '대한광복회'의 일원으로서, 일제에 서항하고 만주의 독립군에게 군자금을 전달히며 3·1만세운동의 주동자로서 지속적인 투쟁을 전개한다. 결국 그는 서대문 형무소를 거쳐 세브란스 병원에서 그 목숨을 희생으로 내놓는다. 그 공로가 인정되어, 늦었지만 1980년 광복절에 대통령 표창이 추서되었고 2004년 독립 유공자로 추대되었다. 민족사적 견지에서도 잊지 말고 기려야 할 선열의 헌신이라 아니할 수 없다.

이 치열한 배씨 일가의 삶이 이처럼 소설적 기록으로 상재되어 후대의 목전에 제시될 수 있었던 배면에는 배동석 열사의 차남인 배유위의 장남, 배기호 장로의 애끓는 집념이 없고서는 불가능한 형국이었다. 그래서 저 고색창연한 과거사로부터 오늘 이 기록에 이르는 2세기에 걸친 과정을, 필자는 배수우 관찰사로부터 시발된 6대의 가계에 이른다고 언명했던 바이다.

과거의 역사에서 교훈을 얻지 못하는 민족에게 미래가 있을 수 없으며, 민족 공동체의 존립에 헌신한 선열을 성의 있게 존중하지 않는 세대가 올곧게 발전하기는 어려울 것이다. 이 소설적 기록은 그런 의미에서 단순한 하나의 이야기가 아니라 역사적 기록이요 민족적 책무를 말하는 진품의 교과서이다. 신앙과 민족정신을 자재로 하여 오랜 세월에 걸쳐 정성스럽게 지어진 집의 형상으로, 이 소설은 여러 부면에 여러 모양으로 패악한 지금 우리 세대에 하나의 경종으로 다가섰다.

2 첫 번째 빛 — 한국적 「사도행전」의 실천

이 소설은 배씨 일가의 삶이 가진 역사성을 빛의 존재 양식으로 설명한다. 제11장 '같은 땅이건만' 제하의 내용에 다음과 같은 구절이 나온다. 배수우의 손자, 광국의 아들 영업이 아직 그 이름을 성두로 바꾸기 전에, 한양과 충주를 거쳐 고향인 김해 동상마을로 돌아오는 대목이다.

6년 만에 고향으로 돌아오는 그의 가슴 안엔 잠시 스친 인연이었지만 결코 잊을 수 없는 세 사람의 눈빛이 어우러져 있었다. 그들은 충주 약방 집의 김 노인과 한양에서 잠깐 보았던 동학 교주 최시형, 그리고 갑신정변이 일어났던 밤, 민영익 대감 집에서 만났던 알렌이란 서양 의사였다. 그들 세 사람은 서로 다른 사람들이었는데도 영업의 가슴 안에 마치 한 사람처럼 어우러져 있었다. 밭은 기침 속에 목숨이 쇠잔해 가면서도 세상을 꿰뚫어 보던 충주의 김 노인, 광대뼈가 불거진 얼굴에 옴팡한 눈으로 모든 것을 보는 것 같기도 하고, 아니면 아무것도 보고 있지 않은 것 같았던 동학 교주 최시형의 눈빛, 그리고 몹시도 낯선 모습이었지만 이상하게도 온기가 어려 있던 알렌의 푸른 눈…….
영업은 뭐라고 설명할 수는 없었지만 그 세 사람이 한데 어우러져 자신의 가슴 안에서 출렁이고 있음을 느꼈다. 그가 6년의 객지 생활에서 얻은 것이 있다면 세상 너머 무엇인가를 보고 있는 듯한 그들의 눈빛이었다. 그는 날이 갈수록 뭔가 형용할 수 없는 기운이 자신의 내부에서 꿈틀거리는 것을 느꼈다. 그것은 아직 가 보지 않은 세계에 대한 희망 같기도 했고, 아니면 감당할 수 없는 외로움 같기도 했다.

　여기서 영업이 6년에 걸친 '객지 생활'을 감당한 것은, 곧 이 소설의 중심인물로서 고향을 떠나 넓은 세상 문물 가운데서 그 신앙이나 인간애의 행위 규범을 단련하는 방식에 해당한다. 아울러 여기서 언급된 세 인물의 눈빛이 모두 "세상 너머"의 무엇인가를 보고 있는 것은, 영업의 과제가 세속의 명리를 넘어서는 지점에 정초될 것임을 암묵적으로 시사한다.

　서양 의사요 선교사인 알렌의 푸른 눈빛은 영업의 가계에 신앙의 과제를 촉발하는 방향으로, 처형을 앞둔 최시형의 담담한 눈빛은 동학의 근본 정신이 그러한 것처럼 그 아들이 지고 갈 민족 운동의 순정한 발현으로, 그리고 쇠잔한 목숨 가운데서 김노인이 보인 투시의 눈빛은 신분 고하를 막론하고 궁극적으로 인도주의 정신과 그 실천을 예비하는 의미로 이 소설 속에 살아 있다. 서양 선교사 알렌, 데이비스, 로스, 레이먼드 등은 조선 땅에 기독교 신앙의 씨앗을 뿌린 인물들이며, 신앙의 박애주의 이외에도 인간적인 삶의 진실성을 보여 주는 범례들이다. 이러한 표본 모델들의 생각과 행적을 뒤따르며, 자신의 이름을 영업에서 성두로 바꾼 김해교회 설립자 배 장로는 소설의 이야기에, 그리고 '에필로그'에 있는 바와 마찬가지로 양선과 적덕의 모범을 실천해 갔던 것이다.

　그의 이름 바꾸기는 자신에게서만 그치지 않고 부인 한금을 한나로, 아들 만복을 동석으로 바꾸는 등 단순한 일회성 절차에 그치지 않는다. 호명 변경의 성격은 좀 다르지만 동석은 그 아내 복남을 혜림으로 고쳐 부른다. 마치 성경의 아브람이 아브라함으로, 사래가 사라로, 야곱이 이스라엘로, 또 사울이 바울로 이름이 바뀌듯이, 자신의 삶 전체를 새로운 헌신의 결의 아래 묶어 둔다는 의미를 내포하는 행위라 할 수 있다.

　배성두의 삶이 그 가족 공동체와 더불어 신앙 중심으로 편성되면서, 아들 동석의 독립 운동이나 멀리 하와이의 '사진 신부'로 떠나는 딸 천례의 해외 이민에 이르기까지, 그의 신앙은 모든 일과 사건을 통합하는 동심원의 중심이 된다. 그는 김해 고을 최초의 세례자이자 교회 설립자이며,

빈한하고 곤고한 삶의 현장에서 기독교 신앙이 어떻게 뿌리내리고 그 실천적 면모를 보일 수 있는가를 체현한 선각자였다.

이를테면 그는 한국 초대 교회의 새 길을 밝힌 빛이었고, 그의 신앙이 품었던 순수하고 진실된 꿈은 아들 동석이 애국 헌신과 희생의 빛 길을 선택하게 한 동인이 되었다. 그의 일생은 한편으로 신앙의 권능에 붙들린 것이면서 다른 한편으로는 순후하고 끈기 있는 인간성의 개가라 할 터인데, 이를 소설적 이야기로 읽으면서 우리가 스스로의 삶을 되돌아보는 것은 또 다른 숙제라 하겠다.

3 두 번째 빛 — 독립 유공 사료의 새 발견

조선 전국을 뒤흔든 기미 만세운동에 뒤이어 수감된 지 햇수로 6년 만인 1924년 8월 배동석 열사는 서대문 형무소를 거쳐 병보석 중인 세브란스 병원에서 영면, 소천했다. 만시지탄의 감이 없지 않으나, 앞서 언급한 바와 같이 1980년에 대통령 표창이 추서되고 2004년에 독립 유공자로 추대되어 그 유해가 고향 선산에서 대전 국립묘지로 이장되었다.

기실 배 열사와 마찬가지로 자신의 생명과 가족들의 희생을 담보로 하여 이름도 없이 헌신한, 그리하여 마침내 역사의 행간 속으로 속절없이 사라져 버린 선인들이 얼마나 많을지 알 수가 없다. 그러나 배 열사의 경우는 그 후손들의 끈질긴 노력과 증거된 자료에 의해 다시금 그 이름이 역사의 수면 위로 부양된 셈이니 독립 운농사의 새로운 사료를 발굴하고 확장했다는 특별한 의의가 거기에 결부되어 있기도 하다. 더욱이 여기에는 간도 땅의 독립선언서나 지방에서의 만세운동 진행 상황 등 값있는 기록들도 내재해 있다.

민족주의 종교로 출발한 천도교의 교주 최시형의 눈빛에서 배영업, 곧 배성두가 보았던 또 하나의 빛, 민족혼과 민족 해방 운동의 빛줄기가 이 소설의 저변에 흐르고 있고, 그것은 소설의 중반 이후에 집중적으로 드러나는 동석의 항일 저항 행적으로 현실화된다. 그런데 중요한 것은 그 행적이 소설로 표현되어 있으되 만들어진 허구의 이야기가 아니며, 실제로 있었던 역사적 사건들이란 점이다.

이 소설에 등장하는 독립 운동과 관련된 실명의 인물들과 그들의 언행이 이에 대한 구체적 증빙이 될 것이다. 조선 최초의 외과 수술의이자 선교사였던 알렌, 한양 경신학교에서부터 동석과 뜻을 같이 한 이갑성, 대한광복회 회장 박성진, 만주 신흥강습소의 이희영과 김좌진, 상하이의 이동녕, 만세운동을 함께 주창한 박순전 등 동석이 함께 거사를 도모하고 그 과정에서 접견한 역사적 인물들이 이의 사실성을 객관적으로 증명한다.

『실낙원』의 작가 존 밀턴이 언명한 바와 같이, 험악한 시대를 깨어 있는 정신으로 살아간 동석의 삶은, 작가가 보기에 또 하나의 소중한 빛줄기를 키우는 일이었다. 그 빛의 처음 시작은 매우 오래전부터이다. 소설에서는 일찍이 그의 아버지 배성두가 아직 배영업이었을 때, 1880년 경 축년 김해 동상마을을 떠나 한양으로 6년간 떠돌이의 길을 떠날 때, 20년 전 그의 스승 김선비가 영업의 가슴에 빛이 스며 있다는 말을 남기고 떠난 그 길 위에 섰을 때부터였다. 20년 전의 작은 암시가 자각 증상을 드러내기 시작한 까닭에서이다.

성두는 문득 자신의 손을 덮던 동석의 큰 손아귀를 생각했다. 그 애는 너무 크다. 뭔가 넘쳐! 이 일을 어쩌면 좋을꼬! 이 어려운 시대에 빛을 품었다는 것은 곧 고난을 뜻하는 것이 아닌가.

성두의 가슴에 일기 시작한 빛이 그 아들 동석에게 전이되어 있음을 확인하는 장면이다. 성두는 육친의 정으로 아들의 안위를 염려하긴 하지만, 그가 품은 뜻, 그가 품은 빛을 저지하려 하지는 않는다. 그는 이미 자신의 체험을 통해 빛의 생명력을 감각하고 있기 때문이다. 그가 빈핍한 이웃들에게 베푼 박애의 의술이 신앙을 바탕으로 한 빛된 일의 시현이었다면, 동석이 나라에 바친 제어할 길 없는 열정 또한 그와 같은 경우였음을 인식할 수 있었던 것이다.

1919년 8월 만세운동 주동자 28인의 재판에서 동석은 의자로 일인 재판관의 머리를 내려친 강골이었다. 덕분에 법정모독죄가 가중되어 10년형을 선고받았고 끝내 폐결핵으로 병사하지만, 그가 이갑성에게 "우리는 실패하지 않았다"고 한 말처럼 그와 같은 저항의 정신이 마침내 독립의 그날을 앞당기고 살아 있는 민족혼의 개화를 약속할 수 있었던 셈이다. 그의 죽음은 만 서른세 살, 그 가문의 신앙, 예수 그리스도의 임종과 같은 나이였다.

주여! 그 아름다운 젊은이를 우리가 잊지 않게 해 주소서.
늘 기억하게 해 주소서.
그가 세상에 심어 놓은 빛의 씨앗이 자라고 퍼지게 해 주소서.

동석을 아들같이 사랑하고 돌보던 레이먼드 선교사의 마지막 기도이다. 그와 그의 동류들이 뿌린 빛의 씨앗이 없었다면, 지금의 우리 가운데 누구도 춘원 이광수나 육당 최남선을 민족정신을 거스른 자로 비난할 수 없을지도 모른다. 이는 춘원이나 육당에 대한 비난이 정당화되어야 한다는 뜻이 아니라, 그와 같은 민족적 지도자들이 훼절과 아세를 서슴지 않던 시기에 모든 것을 던져 빛의 길을 따라간 선열을 기리는 일이 얼마나 절실한가를 말하자는 것이다.

4 세 번째 빛 — 인간애의 진정성과 그 소설화

이 소설의 전반부는 충주의 배수우 관찰사에서부터 광국과 영업의 3대를 거치면서 김해의 약방집으로 정착하기까지의 이야기를 주로 담고 있다 '종년의 딸'이 사망한 일과 '천주학쟁이'로 몰릴 것을 우려하여 배수우가 야반도주로 길을 떠나면서부터, 필설로 다하기 어려운 고난의 날들이 시작된다. 이 이야기들을 지지하는 중심축은 신분의 차별이나 재물의 유무를 넘어선 인간 사랑, 인본주의의 정신이고, 실제로 배씨 일문은 때로 이것을 공여받기도 하고 베풀기도 하면서 그 가계를 이어 간다.

배영업이 보았던 충주 약방집 김노인의 눈빛은, 더 거슬러 올라가면 그 할아버지 수우와 아버지 광국을 선대했던 강치선의 눈빛이며, 영업을 자식처럼 돌보던 강치선의 동생 강주부와 스승 김선비, 그리고 약방을 돕던 삼걸이나 동학도였던 작패의 눈빛이었다. 범박하게 말하자면 당대를 살았던 선량한 민초들의 눈빛, 그러나 그 속에 세상살이의 이치를 담고 사리분별을 깨우친 지혜를 담은 그러한 눈빛이었던 것이다.

너무도 험난한 시대사, 너무도 많은 인명이 사고와 역병으로 스러지는 가족사를 현장에서 목도한 이들의 눈빛이 오래된 삶의 지혜를 담아내는 것은 당연한 일이 아닐 수 없다. 그런데 거기에 초점을 맞추고 인간 중심주의의 이야기로 나아가자면, 그것은 신앙과 민족운동의 정신적 승리를 담보하지 않더라도 충분히 소설적 설득력을 얻을 수 있다.

그것이 곧 인간성 탐구에 가장 중점을 두는 소설의 자리이며, 배씨 일가 이야기는 바로 그와 같은 인간애에 바탕을 두고 출발한 연유로 그 장대한 이야기들을 소설이라는 그릇에 담기에 알맞은, 그야말로 소설적인 이야기로 전화되고 증폭될 수 있는 잠재력을 가졌다.

이러한 측면이야말로 이 소설의 근본적인 두 중심축, 곧 신앙의 가문과 독립 운동의 가문을 일으킨 저력을 말할 것이며, 이 인간애의 진정성이 살아 있음으로써, 배성두와 배동석의 이야기가 세상의 존중을 받도록 그 지위가 내실있게 뒷받침될 수 있을 것이다.

그런가 하면 이 소설에는 우리 민족의 미주 이민사에서 다시금 주의깊게 조명되어야 할 하와이의 ‘사진 신부’ 이야기가 상당한 분량으로 언급되고 있다. 동석의 동생 천례가 신앙 가문의 모범으로 하와이로 떠난 저간의 사정이나 편지를 통해 알려온 하와이 농장에서의 생활은 생생한 실감을 동반한다. 이는 국민된 자의 안위를 직접적으로 담당할 수 없었던 당시 우리의 국력 및 위정자들의 허약함과 더불어, 역사의 재조명을 위해서도 잘 살펴두어야 할 부분이다.

근대적 사건들의 온갖 굴곡이 요동치던 시대사의 한가운데를 헤쳐 오면서, 배씨 일가의 이야기가 소설로 쓰이고 이렇게 독자들 앞에 제시되었다는 것은, 우리가 잘 모르거나 잊고 있었던 빛의 길을 민족적 삶 속에서 다시 확인하는 계기가 될 것이다. “지금은 하늘나라의 별로 빛나는 배성두 장로와 배동석 열사, 두 사람의 빛은 배씨 일가 안에서뿐만 아니라 아직도 우리 주변을 흐르고 있다”는 작가의 말처럼, 이 이야기는 아직 끝나지 않았다.

가족사의 기록을 붙들고 오랜 세월을 준비한 배기호 장로와 이를 소설 문법으로 풀어낸 박경숙 작가를 만나, 이 책의 출간을 한국의 독자들에게 소개할 수 있었던 것은 필자에게도 보람된 일이었다. 이 책을 읽는 독자들이, 필자가 가졌던 그 속 깊은 감동을 함께 나눌 수 있기를 바라 마지않는다.

태평양을 가로지른 비상(飛翔)의 날개
─김명순 에세이 『뉴욕, 삶과 사랑의 풍경』에 부쳐

1 에세이로 풀어 쓴 인생론

성년의 나이에 자신의 태를 묻은 모국을 떠나 태평양을 건너간 인생의 행적이란 대체 무엇인가. 그 미국 땅을 '제2의 조국'이라 부르며 살아온 세월을 필설로 풀어낸다는 것은 또한 무엇인가. 항차 그렇게 적층된 글의 분량이 산뜻한 책 한 권의 모습으로 우리 앞에 현신할 때, 우리는 어떤 표정으로 지천명(知天命)을 넘긴 그 함축적인 인생론을 응대해야 할 것인가.

이와 같은 한 묶음의 원론적인 질문들을 유발하는 글쓰기의 사례가 여기에 있다. 김명순 에세이 「뉴욕, 삶과 사랑의 풍경」을 읽는 자리이다. 김명순은 전북 정읍에서 태어나 20대 중반에 도미했다. 원광 한국학교 교사와 뉴욕 한국일보 기자를 역임하고 미국 대학교와 대학원에서 수학했으며 미동부한국문인협회의 임원을 맡아 일했다. 특히 한국의 얼을 살려 가기 위해 《참》지를 발행, 건실하고 견고한 민족의식을 보여 주기도 했다. 그런 그가 오래 참고 절제한 끝에 에세이집 한 권을 상재한다.

그의 글에는 자신의 삶과 생각, 꿈과 사랑, 인생의 길벗들과 공동체 정신 등이 소박하고 겸손하게, 그러나 당당하고 확고하게 펼쳐져 있다. 시나 소설과 같은 다른 장르가 아니라 에세이여야 했던 것은, 그 맨얼굴과 육성이 문학적 수식의 효용성보다 더 소중했기 때문일 터이다. 그것은 수필이라는 창작 형식의 성격과도 연관되어 있다.

에세이는 기본적으로 필자가 자기 이야기를 진솔하게 담아내는 문학 양식이다. 소설의 화자는 비록 1인칭 사소설 시점에 근거해 있다 할지라도 그 화자와 작가를 일률적으로 동일시할 수 없지만, 에세이는 궁극적으로 필자 자신이 스스로의 목소리로 그 글의 주인임을 공표하고 나선다. 일찍이 피천득 선생이 수필로 쓴 수필론 「수필」에서, "수필은 청춘의 글은 아니요, 서른여섯 살 중년 고개를 넘어선 사람의 글"이라 했던 것은, 세상을 평가하고 판단할 수 있는 연륜에 이르러 자기 시각을 확보하고 쓰는 글이란 언표(言表)였다.

그러므로 이때의 '서른여섯 살'은 자연수 36년을 말하는 것이 아니라, 그만큼 세상 문리(文理)가 트인, 그리고 인생에 대한 지혜롭고 관조적인 시각의 확보가 가능한 나이의 상징적 표현이다. 김명순이 태평양 이쪽 한국에서 성장한 날들과 태평양 저쪽 미국에서 숙성한 날들의 합산이 50년을 넘었다는 물리적인 사실이, 앞서 피천득 선생이 설정한 연한 36년을 제압한다고 볼 수는 없다. 다만 우리가 그의 글에서 두 개의 대륙을 가로지르며 삶과 사랑에 대한 깊이 있는 통찰을 일구어 낸 문학적 성취를 발견할 수 있다면, 그의 글과 세월이 한가지로 값있는 수확을 추수했다 말할 수 있을 것이다.

김명순의 이 에세이를 전체적으로 통독해 보면, 거기 참으로 성실하게 열심히 살고, 참으로 많이 사랑하고 베풀며, 가슴 시린 서정과 올곧은 의기를 함께 끌어안고 살아온 한 인물의 생애사를 목도할 수 있다. 처음 태평양을 넘어갈 때의 그는 연약한 날개를 지닌 청춘이었으되, 이제는 미국의 중심이자 세계의 중심인 대도시 뉴욕에서 자기 성찰과 실천의 날개를 가진 장년에 이르렀다. 이처럼 변화한 그의 면모를 '비상(飛翔)의 날개'라 호명하는 것은 그다지 무리해 보이지 않는다.

김명순의 이 글들은, 수필로 풀어쓴 그의 인생론이다. 이 가운데는 그가 살아가는 삶의 환경에 관한 의미 탐색이 있는가 하면, 그 자신이 일상 가운데서 부딪치는 크고 작은 일들에 대한 의미 부여가 수행되고 있다. 그리고 한민족의 일원으로서 공동체 의식에 관한 정체성 확립이 시도되는가 하면, 그 방식을 다른 민족 문화권에 그대로 적용해 보이는 합리적 인식을 드러내기도 한다.

무엇보다도 기꺼운 바는, 이 글들 속에 면면히 살아 있는 건강한 정신과 그것의 실천에 관한 생각이요 노력이다. 그것이 없다면 그가 애써 키운 비상의 날개는 태평양을 넘어 옛땅으로 돌아올 기력을 섭생하지 못했을 것이며, 설사 날갯짓을 키워서 회귀해도 그 가치를 인정받기 어려웠을 것이다. 또한 이는 너도나도 없이 손쉽게 자기 이름이 인쇄된 책을 내놓는 세태를 거슬러, 오랜 시간과 생각을 묵힌 에세이집 한 권으로 우리에게 다가온 그를 여기서 주목하는 까닭이다.

2 노마드(nomad) 시대의 정착지와 그 풍경

인간의 문명이 진보할수록 그 내면의 의식은 인간성의 근원을 찾는 데 열중하기 마련이다. 물질문명의 극대화에 비추어 오히려 퇴행하는 정신적 자유로움이 원시적 유목민 의식을 촉발하는 시대, 노마드 시대의 삶이 우리의 목전에 있다. 이것은 동시대 삶의 뿌리 뽑힌 모습을 반증하는 동시에 그 뿌리 찾기의 가열한 탐사를 구체적 형상으로 유발하는 환경 조건에 해당한다.

세계를 동서로 가르는 대양을 넘어 새로운 유목지에 정착한 김명순은,

그곳의 여러 유형의 풍광과 여러 부류의 사람들을 만나고 사랑하며 선량한 정착민으로 변화한다. 언젠가 유사한 방식으로 캘리포니아에 정착한 한 기품 있는 작가가 필자에게 말했다. "이 사막의 산과 풍경을 사랑하는 것은 생존의 문제"라고. "그 사랑하는 마음을 가꾸어 내지 못하면 이곳에 정착하고 살 수 있겠느냐"고. 신뢰하는 이의 판단은 그 자체로 설득력을 갖는 것이지만, 현상적 당위성에 따라 마음의 빛깔을 바꾸어야 하는 적응력은, 이 외롭고 삭막한 정신적 유목의 시대에 삶이 우리에게 요구하는 근본적인 인식과 태도 변화의 형태이겠다.

김명순의 에세이는, 이 중량과 부피가 큰 명제에 매우 소박한 답변으로 맞선다. 그에게는 그 명제에 관한 논리성이나 사상성 따위는 별반 의미가 없다. 함께 얼굴을 맞대고 살아가는 사람들의 세상, 그들을 이 땅에 내려놓은 자연적 배경, 그 상호간의 선하고 발전적인 관계 등이 따뜻하고 부드러운 시선을 거쳐 글의 문면에 떠오른다. 그가 살아가는 뉴욕 인근 여러 지역의 자연과 경물이 에세이의 소재로서 힘을 얻는 것은 바로 이러한 대목에서이다.

이 책의 서두를 장식하고 있는 「리틀넥 베이의 해바라기」, 「더글라스 매너의 바다가 보이는 언덕」, 「싸요셋의 이웃들」 등이 모두 그러한 존재 양식에 입각해 있다. 그는 글쓰기의 소재로 한 모든 대상 속에서, 그 속에 깃든 의미를 찾아내는 독창적인 눈을 가졌다. 그리고 그것을 따뜻하게 올곧게 또는 합리적으로 바라본다. 때로는 우등생의 모범 답안 같기도 한 이 글쓰기의 문법은, 그러나 그것을 정석적(定石的)으로 밀고 나가면 당할 자가 없는 무기가 된다.

그래도 이 근처 어딘가에 개츠비가 과거로 흘러간 여인을 만나기 위해 멋진 집을 마련하고, 파티를 열며, 우연을 기다리던 순수한 사랑이 배어있을 것만 같아 그곳을 둘러보게 되었다. 연못 저편에서 ·남녀 한 쌍이 그림처럼 껴안고 호숫가를 배회하고 있었다. 속삭이고 있는 모습이 개츠비의 사랑을 추억하며 기념하고 있는 듯했다. 이 지상에 '영원한 연인의 장소'로 불러도 좋을 이 곳을 택한 저들은 데이지가 사는 부두의 밤바다 끝에서, 반짝이는 파란 불빛을 향해 두 팔을 벌리고, 몸을 떨던 개츠비의 사랑과 열정을 기억하고 있을까.
　　　　　　　　　　　　　　—「위대한 개츠비가 사는 곳」 중에서

　롱아일랜드의 우즐린에서 길을 잃은 작가는, 그곳이 스콧 피츠제럴드의 『위대한 개츠비』의 무대임을 알게 된다. 다시 그곳을 찾은 작가는 그의 상궤(常軌)를 넘어서는 집요한 사랑을 마냥 아름답게 바라본다. 그리고 그 소설 속의 사랑을 곧바로 현실적 상황에 적용하고 자신의 가슴속에서도 순후한 감동으로 재생산한다. 이 글에 뒤이어 있는 「플러싱의 추억」이나 「크로췌런 팍의 아침 산책」 등이 모두 동일한 글쓰기의 방정식을 유지한다. 그런 점에서 그는 행복한 문필의 제작자이다.
　오랜 시간 동안 추억을 쌓으며 살았던 플러싱은 그에게 잊지 못할 제2의 고향이다. 이민자로서 부동산 에이전트 일을 하면서 일주일에 몇 시간씩 영어 강의를 들어야 하는 학생으로서 '나'는 "미국인도 아니고 한국인도 못되는 듯한 어정쩡한 기분"이 들 때가 많다. 그 신분과 그 기분으로 "한국어로 된 책들을 읽고, 한글 간판이 즐비한 유니언 상가를 걷고는" 하면서, '나'는 늘 희망을 말한다.
　플러싱이 언제부턴가 중국인들로 채워지는 광경을 바라보며 그 희망의 후퇴를 말하지만, 그것은 희망의 또 다른 이름일 뿐이다. 세상의 모든 희망은 희망이 없어 보이는 곳에서 생성하는, 이를테면 무덥고 메마른 사막의 땅에서 화려하고 풍성한 꽃을 피워 내는 '부겐빌레아'와도 같은 희귀한 존재인 까닭에서이다. 그러므로 김명순 에세이의 행복론은, 자기 절제와 인내 위에서 자란 음화 식물과도 같다.

3 올곧은 정신으로 살며 사랑하며

한 사람의 인격이나 품성이 갖는 가치의 평가는 그가 역경에 처했을 때 어떤 정신적 반응을 보이는가를 관찰하면 크게 틀리지 않을 것이다. 물량의 값으로 셈할 수 없는 불굴의 정신은 그러한 역경을 통과하는 훈련을 통해 습득되는 것이지 처음부터 대가 없는 선물처럼 주어지는 것일 리 없다. 그것의 규모가 크고 작고는 별개의 것이다. 인류 문명의 고비를 이끈 공동체적 정신사도 있을 터이고, 한 개인의 삶 가운데서 별빛처럼 빛나는 개별적 정신사도 있을 터이다.

8만 리 태평양 건너 미국에서, 그리고 물질문명의 마천루가 높이 솟은 뉴욕에서 김명순이 에세이로 쓴 정신적인 삶의 개가(凱歌)들은 대체로 그가 생래적(生來的)으로 체득한 한국적 세계관을 매우 조심스럽게 확장한 그 연장선상에 있다. 그것은 겸양과 순종, 희생과 사랑, 그리움과 기다림 같은 동양적 미덕에서 자기 충일의 기쁨을 발견하는 방식을 취한다. 그는 이처럼 작고 단단한 정신적 창검을 갖추고 거대한 공룡처럼 물화(物化)된 도시 뉴욕에서 그 활동의 공간을 확보한다.

그의 문단 데뷔작인 「학벌시비」, 그리고 「학사모」와 「스승의 발자취」 같은 작품들은 한국이거나 미국이거나를 막론하고 배우는 자의 겸손한 심경을 잘 담아내고 있다. 그의 시각에 의하면 진정한 학벌의 의미로서 졸업장은 "쌓아놓은 지식을 활용하고 내일의 발전을 위해 끊임없이 정진하는 사람만이 써야 하는 실력의 월계관"이다. 그래서 그에게 있어서 새삼스럽게 시삭한 학과 과정은 "스스로 부끄럽지 않으려는 신념이 만든 결과"였다. 이러한 상찬(賞讚)할 만한 모범생으로서의 삶의 태도는 영화 「신데렐라 맨」에서 가족에 대한 희생적 사랑을 감각하는 데서도 여일하다.

지금 미국은 가족의 가치에 대해서 심각하게 외치고 있는 듯하다. 영화마다 가족 사랑을 양념처럼 삽입해 넣기도 한다. 브래독 역으로 분한 러셀 크로우가 역시 주인공으로 나왔던 「글래디에이터」, 니콜라스 케이지 주연의 「패밀리 맨」도 가족을 그리워하는 남자의 사랑이 묻어 나온다. 지금 미국은 사라져 가는 남자의 힘을 살려 내기 위해 문화적 도전을 심각하게 감행하고 있는 듯하다.

—「신데렐라 맨」 중에서

이와 같은 가족애, 그리고 인간애가 이 작가의 글에서 정점을 이루는 것은, '어머니'에 이르러서이다. 어머니는 그의 삶과 글 전반에 걸쳐서 지속적으로 환기되는 화두이면서, 그의 개별적 자아와 자아 밖의 세계를 접하는 사회적 자아 양자에 걸쳐, 지금껏 받은 사랑과 앞으로 베풀 사랑의 근원을 이룬다. 일찍이 헤르만 헤세가 『지성과 사랑』의 말미에서 "어머니가 있어야 사랑할 수 있고 어머니가 있어야 죽을 수 있다"고 적었던 그 레토릭이 김명순 에세이 처처에 용해되어 있다.

　"야, 미국에도 저 달이 뜨냐?"

　마루 끝에 앉아 달을 구경하시던 어머니는 새삼스레 확인이라도 하듯이 질문을 하셨다. 달빛에 비치던 그때의 어머니의 얼굴은 천진한 동심으로 가득하였다.

　"그러믄요. 뜨고 말고요."

　나는 엉겁결에 어머니의 손을 꼭 잡아 드렸다. 눈시울이 뜨거워졌다. 그동안 달빛을 보며 그리움을 달랬을 어머니의 마음이 몇 백 마디의 말보다 진하게 전하여 왔다. 달빛 밝은 밤이면 저 달을 바라보고 계셨을 어머니. 그러면서 미국 간 막내딸에 대한 보고픔을 달래셨겠지.

—「달빛 그리움」 중에서

168

세상의 모든 어머니는 위대한 존재이다. 그 어머니를 대신할 수 있는 어떤 존재도 존재하지 않기 때문이다. 그런데 우리에게 막심 고리키의『어머니』의 대단원에서 만나는 어머니보다 김명순 에세이의 연약한 감성적 지반 위에서 만나는 어머니가 훨씬 더 감동적으로 느껴지는 것은, 이 어머니야말로 동서고금을 관류하는 만국 공통의 사랑인 까닭에서이다. 기실 그의 곤고한 글쓰기도 그와 같은 순정한 사랑의 감성에 기대지 않고서는 읽는 이의 공감을 일깨우는 저력을 얻기 어려웠을 터이다.

삶과 문학의 교감 속에, 그리고 일상적 생활 패턴과 탈일상적 글쓰기 행위의 길항 속에 김명순의 에세이가 존재하며, 그 조화 또는 갈등의 형식을 통해 문학에 대한 열망이 발육될 수 있었기에 그의 글을 건강하다. 동시대 세태의 부정적인 면모를 들추어낼 때에도 오히려 미더운 반탄력을 동반한다. 여기에 "험악한 시대를 깨어 있는 정신으로 살았다"고 한 존 밀턴을 초치해 올 것까지는 없겠으나, 맑고 밝은 정신이 글쓰기의 건전한 경향을 이룬 하나의 범례로 내놓기에는 충분해 보인다.

4 민족 공동체의 의식과 마음의 뿌리

일상생활의 외양과 언어 및 문화의 관습이 모두 다른 미국에서 모국어로 생각하고 글을 쓴다는 것은, 그 자체로서 이미 민족의식의 뿌리를 끌어안고 있는 형국이 된다. 김명순 에세이 또한 참으로 부지런하게 그 이질적 양지 사이를 오가며 공동체적 관심과 견해를 피력한다. 이 공공의 책임감을 띤 글쓰기를 뒷받침하기 위해 미국 대륙의 자연 경관이 동원되기도 하고, 자신이 읽은 문학 작품이나 문우들과 길 떠났던 문학 기행이 논거되기도 한다.

　　25년 전에 떠나온 조국은 바람에 일렁이는 깃발이다. 펄럭 —. 펄럭 —. 어머니가 살아 계실 때는 뿌리 깊은 기둥이었는데 지금은 흔들리는 바람이다. 물결에 어른거리는 그림자. 그 바람이 지나고 말면 제 모습을 세우다가 또 다시 흔들리는 조국. 내 정신을 말뚝 박은 줄 알았더니 이제 보니 그것도 바람이라.

—「바람에 흔들리고」 중에서

　　자신의 조국이 "뿌리 깊은 기둥"이나 "말뚝"이 아니라 "흔들리는 바람"이라는 깨우침은, 결코 당착한 현실에 대한 낙담이나 허무주의적 독백이 아니다. 민속이나 조국과 같은 개념적 공동체의 얼굴은 아주 여러 가지이다. 그 조국이 바람 같은 존재, 바람에 흔들리는 존재로 인식되지만, 그럼에도 불구하고 여전히 그의 조국이다. 그러할 때 그는 도리어 일방적으로 조국의 이름에 얽매이는 종속적 상황을 넘어, 보다 자유롭고 활달하게 조국을 끌어안을 수 있는 능동적 지위로 격상된다.

　　그런데 이처럼 유연하고 열린 인식에 도달하려는 노력이 경주해도, 아직 그 마음의 문이 제한 없이 개방되기란 쉽지 않은 일이다. 특히 타민족과의 결혼에 대한 '족외 결혼'의 문제에 이르면, 이는 사뭇 심각한 고민거리가 된다. 이 문제에 대해서는 이민 1세대와 1·5세 및 2세들의 의견이 대립될 수밖에 없는 형편인데, 작가로서도 논리적 합리성에 비추어 보면 크게 망설일 일이 아니겠으나 심정적으로는 여전히 이를 가납하기 어렵다. 이를테면 인간사의 모든 일들이 그렇게 복합적이고 복잡한 것이며, 남은 생애의 방향을 바꾸는 혼인에 있어서는 더욱 그러한 것임을 솔직하게 드러내 보였다.

　　작가는 이러한 작은 일들의 집적이 문화를 이루고 또 그 문화가 상징적인 힘을 발휘하는 사태를 예리하게 꿰뚫어 본다. 이 '문화의 힘'이 작동하면 여러 모양으로 분산되어 있는 개인적 주의주장이 빛을 잃고 그

깃발 아래 투항할 것인데, 다만 그러한 힘이 생육되고 발양되기까지는 오랜 시간의 경과와 반복적인 충돌 및 화해의 과정을 거쳐온 전사(前史)가 있어야 할 것이다. 이와 같은 문화에 대한 관점은 자기 조국의 경우에만 국한되어 적용되지 않는다. 만약 그러하다면 지나친 국수주의의 다른 행태(行態)에 지나지 않을 것이고, 다민족 이민자들이 세운 나라 미국에서의 합리적 공존에 부합하지 못할 것이다.

왜 우리는 이 정도밖에 우리 문화를 보여 줄 수 없었던 걸까. 우리 문화가 타국인들에게 잘못 인식되어서는 안 될 것 같다.

(중략)

본국에서는 문화유산의 해를 정해서 한복 입기를 권장했고, 외국인 학자들의 한국학 연구를 위한 영어 책자들을 많이 펴냈다고 한다. 반가운 일이다. 남의 문화를 이해하는 것도 중요하지만, 나의 문화를 남에게 제대로 이해시켜 주는 것도 중요하다 싶다.

—「문화의 힘」 중에서

'장님과 코끼리' 이야기, 곧 군맹무상(群盲憮象)의 성어(成語)에서 출발한 위의 글에서, 이를 한편으로 치우치거나 편협해지는 일의 경계로 삼아, 필자는 우리 문화의 남의 문화에 대한 공통된 이해의 지평을 역설하고 있다.

그의 이러한 균형 잡힌 교양은, 「꿈꾸는 백마강」, 「마크 트웨인의 집」, 「잉카를 찾아서」 같은 문학 기행문에서 여실히 나타난다. 특히 "종 몇 자루 앞에 왕인 동시에 신의 아들이던 황제를 잃은 잉카 사람들"을 보며, "일제의 총칼 앞에 무릎을 꿇어야 했던 우리 민족"을 상기하는 작가의 아픔이나 슬픔은 국적을 넘는 보편적 공감을 담보할 수 있을 것이다. 물론 그의 이 깨어 있는 교양과 상식은 하루아침에 얻어진 것이 아니겠다.

　1980년, 『카프카』는 내 이민 짐보따리에 섞여 비행기를 타고 나와 함께 미국으로 왔다. (중략) 큰 가방으로 짐 두 개만 만들자는 남편의 의향에 따라 아끼던 책들을 이 사람, 저 사람에게 나누어 주면서도 몇 권의 책들만은 애써 챙겨왔는데 그중의 한 권이 『카프카』였다.

—「카프카」 중에서

　20대 중반의 젊은 새댁이 끝내 한국에 남겨두지 못하고 미국 이민 짐보따리에 넣어 온 책 한 권의 의미, 그리고 그것과 악수한 작가의 운명! 그것은 곧 카프카요 노자요 헤르만 헤세이자 발자크이며 또 토머스 모어였던, 문학과의 만남이요 동행이었다. 문학의 가난한 마음, 그 정신주의에 대한 믿음을 저버리지 않고 살아온 세월 20여 성상(星霜). 그것이 오늘의 김명순과 그의 뛰어난 에세이들을 배태한 원동력이었다. 앞으로 그의 삶이 여전히 그렇게 값있는 것이기를, 그리하여 더 좋은 문필로 독자들과 만나기를 기대해 본다.

3장 한민족 문화권의 디아스포라

한민족 문화권의 문학과 디아스포라
─미국·일본·중국·중앙아시아의 해외 동포 문학

1 디아스포라의 개념적 범주와 우리 문학

근자에 많이 쓰이는 디아스포라(diaspora)라는 용어는 그리스어에서 온 말로, 분산(分散) 또는 이산(離散)이라는 의미를 갖고 있다. 그 개념이 적용되는 원래의 영역은 유대인의 역사 위에 놓여 있는데, 팔레스타인 외역(外域)에 살면서 유대적 종교 규범과 생활 관습을 유지하던 유대인 및 그들의 거주지를 가리키는 말로 확인된다. 곧 '이산 유대인'이나 '유대인 이산의 땅'이 정확한 풀이이다.

이 용어의 의미가 그러한 만큼, 역사 과정에 있어서는 헬레니즘 시대와 초기 기독교 시대를 통해 그리스 근역(近域)과 로마를 중심으로 한 유대인의 이산을 지칭하는 것이 되었다. 팔레스타인 북부를 차지하고 있던 이스라엘 왕국은 기원전 734~721년 아시리아의 침입으로 멸망했고, 이때부터 많은 유대인들이 고향을 떠나 팔레스타인 바깥으로 퍼져 나가기 시작했다. 또한 남쪽의 유다 왕국도 기원전 598~587년 바빌로니아의 침략으로 멸망했으며, 이때도 비슷한 이주 현상이 일어났다.

유대인들은 이 디아스포라 현상에 매우 능동적으로 반응하였으며, 기원전 1세기 말엽 시리아·이집트·소아시아·메소포타미아·그리스·이탈리아에 많은 유대인 공동체가 나타났다. 특히 로마 제국의 3대 도시인 로마·안티오키아·알렉산드리아에 디아스포라의 커다란 중심지가 형성되었다. 이들은 팔레스타인의 유대인들보다 그리스 문화에 대해 개방적이었고 대부분 그리스어를 상용(常用)했다. 그리하여 자연스럽게 유대적 헬레니즘 학문과 문화의 중심이 되었다.

동시에 주목할 일은, 디아스포라를 통하여 최초로 반(反)유대인의 풍조가 발생했다는 사실이다. 유대인들의 민족적 배타성, 경제적 번영, 지역적 특권들이 이들을 혐오의 대상이 되게 했다. 반유대인 폭동이나 법정에서의 유대인에 대한 불이익 등이 이어졌고, 키케로, 세네카 등 로마의 문학가들에게서는 유대인에 대한 편견이 나타났다. 이는 2000년을 두고 전 유럽과 중근동(中近東)에서 보인, 비이성적인 반유대주의와 맥락을 같이하는 문제이다.

그런데 굳이 우리가 이 디아스포라라는 개념을 풀어서 살펴보는 것은, 유대인의 역사와 문화를 배경에 두고 있는 어휘이지만 그 적용 범주와 성격이 우리 한국인의 역사·문화적 상황과 너무도 많이 닮아 있는 까닭에서이다. 근대 이후 일제의 침탈과 강점기를 거치면서 발생한 중국 및 중앙아시아로의 집단 이주, 징용·징병과 관련된 일본으로의 이주, 궁핍한 생활 속에서 노동자 수출로 시작된 미주로의 이주 등이 유대인의 디아스포라와 유사한 모형을 이루고 있다. 동시에 각기의 지역에서 우리말을 상용하면서 확보한 민족 공동체의 형성이나, 그로 인한 지역 내 이민족의 배타적 혐오감 또한 유사한 결과를 보이는 대목이다.

우리 민족이 미국, 일본, 중국, 중앙아시아 등지에서 축적한 해외 동포 문학 또는 재외 한인 문학을 근자에는 '한민족 문화권의 문학'이라 호명하거니와, 이 다양한 문학적 확산과 그 지역별 분포를 '디아스포라 문학'이라 지칭하는 것은 전혀 어색한 일이 아니다. 앞서 살펴본 문학의 개념적 범주에 있어서도 그렇지만, 서로 다른 문화권 내에 기식하고 있으면서도 독자적 문화의 성향을 유지하고 있는 경계의 문학으로서도 그러하다. 여기에서 디아스포라라는 이름 아래 해외의 한민족 문학 전반을 검토해 보는 것은 바로 그 때문이다.

2 재미 한인 문학과 서로 다른 세대의 문학적 반응

재미 한인의 세대적인 구분은, 한국에서 태어나 청장년기에 미국으로 건너간 이민 1세대와 어린 시절 미국으로 건너간 1.5세대, 이민 1세대인 부모 아래 미국에서 태어나 줄곧 미국에서 성장한 2세대 이후 세대로 이루어진다.[1] 국권 상실기에 이루어진 초기 유이민이 비교적 타율적인 것이었다면, 해방 이후나 한국전쟁 이후에 이루어진 이민은 주로 경제적, 사회적 상승 욕구에 의한 것으로 자율성을 특징으로 한다.

상당수의 이민 1세대가 이미 모국에서 학습한 한국어를 사용해 일반적인 의사소통 행위나 사고를 하는 것에 비해, 이민 1.5세대나 2세대는 한국어에 대한 체계적인 학습이 없을 뿐 아니라 한국 문화에 대한 경험도 적을 수밖에 없기 때문에 그들에게 현지어인 영어는 그들의 사고 체계 전반을 차지할 수밖에 없다. 이러한 세대적인 구분은 자연스럽게 문학 창작 활동을 하는 문인들의 세대적인 구분에까지 이른다. 곧 한국어로 문학 창작 행위를 하는 이민 1세대와 영어로 문학 창작 행위를 하는 이민 1.5세대 이후 세대로 나뉜다는 것이다.

해방 이전 재미 한인들의 시가 문학은 창가와 시조 등 모국의 전통 장르를 계승하는 동시에 미국 현지에서 경험한 민요 등 여러 형태의 노래들을 수용하면서 일정한 변이 과정을 거친다. 모국의 시 문학이 문학 내

---

1) 이일환, 「재미 한국계 작가 연구」, 『어문학논총』 제21집(국민대 어문학연구소, 2002).

적인 동기에 의해 자유시의 형태로 전이되는 발전 과정을 거치는 것에 비해, 미주 한인들에 의해 창작된 시 문학은 현지인들이 일상에 부르던 노래를 일정 부분 받아들이면서 자유시의 경험을 축적해 간다. 곧 단순히 영어 가사를 한국어 가사로 바꾸어 부르는 것뿐 아니라 자유로운 시 형식을 체험하면서 새로운 형태의 시가 문학을 발전시켜 나간 것이다. 내용적인 측면에서는 주로 일제에 대한 저항 의식과 독립에의 염원, 식민지적 현실에 대한 반성과 비판, 그리고 이민 생활의 애환과 고국에 대한 그리움 등이 주제적 경향을 이루었다.[2]

소설 문학은 3·1운동 이전에는 낭만적 애국주의로 대표될 만한 주제 의식을 표방하는 것에 그치고 말지만, 3·1운동 이후에는 모국의 식민지 현실을 좀더 객관적이고 이성적으로 바라보고자 하는 의지가 소설 자체의 미학적 완성도를 향한 분투와 어울려 다양한 주제 의식과 완성도 있는 작품들을 생산하기에 이른다. 애국 애족과 현실 비판, 선진 문물과 정신에 대한 추구, 이민 생활의 애환 등이 주제적 경향을 이루었다. 시 문학에서 드러난 사회 현실에 대한 비판 의식이 미국이라는 공간적 특수성에서 일정 부분 힘입은 것과 마찬가지로, 소설 문학 역시 자유연애 등 서양적 가치관에서 비롯된 새로운 세계관이 작용하면서 소설 미학적 완성도를 높이는 데 상당한 기여를 하게 된다.

해방 이후, 이민 1세대 중심의 재미 한인들은 문학 단체들을 조직하여 한국어로 작품 활동을 하며 한국인으로서의 결속을 다지고 고향에 대한 그리움, 이민 생활의 힘겨움 등을 작품으로 표현하면서 현실을 극복하고자 했던 것으로 보인다. 또한 그러한 활동을 통해 한국인으로서의 자부심을 가지고 미국 사회에 한국인과 한국 문학을 알리려는 시도를 한 것이다. 그러한 목적의 문학 단체가 미주 지역 곳곳에 존재하며 활동의 성과물로서 여러 문예지를 발간하고 있다. 대표적인 문예지로는 미 서부의

---

2) 조규익, 『해방 전 재미 한인 이민 문학』(월인, 1999).

《미주문학》과 미 동부의 《뉴욕문학》을 들 수 있다.

한편 1.5세대와 2세대, 3세대들은 특정 문학 단체에 소속되어 활동하기보다는 개별적으로 작품을 생산해 내고 있다. 이들은 미국에서 교육받고 미국식 문화에 익숙해져 있어서 영어로 작품을 쓰는 경우가 대부분이다. 그러므로 이들에 의해 쓰인 한국에 관한 이야기나 재미 한국인에 관한 이야기는 전자의 한글 창작물에 비해 미국 사회에 훨씬 큰 파급 효과를 줄 수 있다. 김용익, 김은국, 노라 옥자 켈러, 이창래, 수잔 최, 차학경, 캐시 송 등은 그들의 작품으로 미국 사회에서도 인정받고 있으며 그들로 인해 한국과 재미 한인, 나아가 미국 내 소수 민족에 대한 관심이 고조되고 있는 것이 사실이다.[3]

3 재일 조선 인문학과 중간자의 정체성 모색

일제 강점기와 분단이라는 한국 민족의 특수한 사회·역사적 배경은 근대 이후 자타의에 의해서 일본에 거주하게 된 재일 조선인의 삶과 정체성을 결정짓는 중요한 키워드가 된다.[4] 민족적 차별과 억압 속에서 자신의 민족적 정체성을 부단히 탐구하는 가운데 형성되어 온 재일 조선 인문학에 대한 연구와 관심은 한국 문단에 주어진 절실한 문학적 과제라고 하겠다. 이는 재일 조선 인문학이라는 또 하나의 문학적 자산이 한국 문학의 외연을 확장시키며 그 내용을 풍부하고 다양하게 하는 데 일정한 기여와 견인차의 역할을 수행하리라는 인식에 기반하고 있다.

해방 이전의 경우에는 1930년대 이후 장혁주와 김사량의 문학 활동을 본격적인 재일 조선 인문학의 시작으로 보는 것이 타당할 것이다. 장혁

---

3) 유선모, 『미국 소수 민족 문학의 이해』(신아사, 2001).

4) 강재언·김동훈 지음, 하우봉·홍성덕 옮김, 『재일 한국·조선인—역사와 전망』(소화, 2000), 34쪽.

주는 1932년 《개조》 현상 공모에서 단편 「아귀도」가 2위로 입상하면서 창작 활동을 시작한다.[5] 그의 초기작은 기아와 절망 상태에 빠진 농촌의 실정과 농민의 모습을 통하여 일제의 제도적인 착취를 고발하고 일제의 수탈에 저항해야 한다는 사상을 고취하지만, 일본의 탄압으로 인해 「갈보」, 「우수인생」, 「심연의 사람」 등 상업주의적 경향의 작품을 발표하기 시작하면서 결국 친일에 앞장선다. 이처럼 일제의 식민지 정책에 부응하면서 친일 작가로 전락한 장혁주와는 대조적으로 김사량의 경우는 상이한 측면에서 재일 작가의 면모를 보여 주고 있다. 김사량은 「기자림」, 「천마」, 「풀은 깊다」 등에서 조선 민족의 비참한 생활과 일제의 식민지 정책을 고발하고, 반민족적 행위를 하는 지식인들을 비판, 풍자하는 등 식민지 지배에 저항하는 작가로서의 면모를 보여 준다.

1940년대가 되면서 재일 조선인 문학계 내에는 많은 신진들이 등장하는데, 김달수, 이은직 등이 대표적인 작가들이다. 이중에 해방 전과 해방 후 재일 1세대 작가의 맥을 잇는 작가로 김달수를 들 수 있다. 니혼대학교 재학 중 「물결」이라는 단편으로 아쿠타가와상 후보에 오르면서 문학적 재능을 인정받았던 이은직 또한 「탁류」 등의 작품을 통해 해방 정국의 혼란한 시대적 상황을 치밀하게 그려 낸다. 이들의 뒤를 잇는 재일 작가로서, 김달수와 더불어 대표적인 재일 1세대 작가로 꼽히는 김석범은 1925년 일본 오사카에서 태어났으나 부모의 고향인 제주도를 자신의 고향으로 삼고, 조국을 대변하는 상징적 존재로서 제주도의 문제와 4·3사건에 끊임없이 천착한다.

이처럼 김달수, 김석범 등 재일 1세대의 문학은 무엇보다도 조국이 처한 시대적 정치적 상황을 작품의 배경이나 문학적 소재로 삼아 형상화하고 있는데, 이는 조국의 운명이나 해방에 무관할 수 없는 작가의 현실 인식과 조국 지향의 정서를 드러낸다.[6] 이외에도 시인인 허남기, 김시종,

---

5) 홍기삼, 「재일 한국인 문학론」, 홍기삼 편, 『재일 한국인 문학』(솔, 2001), 15쪽.

그리고 김태생이 재일 1세대에 속하는 작가들이다.

시기적으로 일본 사회의 고도 경제 성장이 본격화된 1960년대 후반에 등장한 재일 2세대 문학에는, 조국 또는 민족과 재일이라는 자신의 위치 사이에서 갈등하고 고뇌하는 본격적 재일 세대의 모습이 그려진다. 이회성, 김학영 등으로 대표되는 2세대 작가들은 일본에서 출생, 성장한 탓에 모국어가 거의 불가능하거나 후천적으로 습득된 것이다. 이외에도 재일 2세대 작가로 고사명, 양석일, 박중호, 김재남, 종추월 등을 들 수 있다.

1980년대에 접어들면서 이양지와 이기승 등 새로운 세대가 등장한다. 한국에서 태어나 일본으로 건너온 부모를 두었다는 점에서는 재일 2세대에 속하지만, 연령이나 문단 데뷔 시기, 작품 경향 등이 2세대 작가와는 뚜렷이 구분되는 재일 3세대 작가의 선두 주자인 이양지는 모국 유학을 통한 낯선 조국 체험으로 개인적 정체성을 모색하며, 이러한 실제적인 경험을 기반으로 「나비타령」, 「유희」 등의 작품을 발표한다. 이기승 또한 「제로한」, 「잃어버린 도시」 등의 작품에서 차별받는 재일 조선인의 정신적 갈등과 불안 의식을 다루면서 현시대에 이들이 당면한 존재적 문제의식을 전면화시킨다. 이처럼 역사적 특수성보다는 문학적 보편성에 주력하고자 하는 노력들은 유미리 등의 최근 작가들에게서도 찾아볼 수 있다.

「가족 시네마」, 「풀하우스」 등의 작품에서 유미리는 자신이 한국인도 일본인도 아니라는 실존의 기반을, 문학을 하는 데 매우 유효한 입장으로 무리 없이 수용하고 있다. 자신과 현실 간에 가로놓인 깊은 틈에 주목하여, 현대인이 처한 정신적 고독과 세계와의 이질감이라는 문제를 독특한 감수성으로 도출해 내는 데에 유미리 문학의 특징이 있다. 이외에도 오사카의 재일 조선인 거주지인 이카이노를 무대로 삼아 문학 활동을 하는 원수일을 비롯하여, 정윤희, 김중명, 그리고 2000년 「그늘의 집」으로 아쿠타가와상을 수상한 현월, 2001년 「고(GO)」로 나오키 상을 수상한

---

6) 유숙자, 『해방 후 재일 동포 문학을 일군 사람들』(한일민족문제학회), 171쪽.

가네시로 가즈키 등이 재일 3세대 작가군에 속한다.

이상에서 살펴본 바와 같이 지금까지 재일 조선 인문학을 규정지었던 가장 커다란 범주는 일본이라는 과거 조선의 식민지 지배 국가에서 조선인으로서의 민족적 정체성을 어떻게 지켜 나갈 것인가의 문제였다. 1990년대 이후 재일 조선 인문학은 내면에 실재하는 욕망의 문제, 진솔한 삶의 문제에 접근함으로써, '재일'이라는 특수한 상황을 보편적인 인간의 정서와 대면하게 한다. 이제 재일 문학은 민족적 정체성과 실존적 자아확립이라는 문제에서 벗어나 인간 내면의 심연을 통찰하고 현대 사회가 안고 있는 혼돈과 병리적 현상에도 주목하기 시작했다. 이처럼 개별적 민족의 문학을 넘어서 세계 보편의 가치를 향해 나아가고 있는 재일 조선인 문학의 미래적 전망을 함께 일구어 가야 하는 책임이 우리에게도 부여되어 있음을, 적극적이고 긍정적으로 인식해야 할 것이다.

4 재중국 조선족 문학과 민족 고유성 유지의 성과

중국으로 조선인들이 대거 이주하기 시작한 것은 19세기 후반부터이다. 그리고 1910년 한일병합 이후 일제의 수탈로 인해 만주 이주는 더욱 가속화되었다. 이주 초기에는 조선족의 대부분이 절대적 빈곤에 처한 농민들이었기 때문에 문학 활동이 일어날 만한 여건이 이루어지지 못했다. 이후 20세기에 들어와서야 비로소 조선 애국 문화 계몽 운동의 영향과 문화 교육 사업 등에 의해 문학 활동이 전개되기 시작하였다. 이 시기 문학은 제국주의와 봉건주의를 반대하고 민권 옹호와 자유 평등, 문명 개화를 주장하는 내용이 주를 이루었다.

근대 문학 시기(이주~1920년)[7]에는 창가와 시 문학이 융성하여 소설은 그리 주목받지 못했다. 이 시기에는 고대 소설에 비하여 새로운 시대적 성격을 가진 신소설이 창작되었는데, 이는 조선 신소설의 영향을 크게 받은 것이었다. 그러다가 1910년대 중기에 들어서면서 대중의 미학적 수요에 따라 현대 자유시들이 나타나기 시작하였다.

1920년대에 들어서면서 조선족은 10월 사회주의 혁명과 조선의 3·1운동, 중국의 5·4운동의 영향을 받아 마르크스주의를 전파하고 반일 단체를 조직하여 반제·반봉건 투쟁을 벌이기 시작했다. 무산 계급 문학이 대두, 발전한 시기였던 만큼 문학 속에 계급 간의 모순과 대립, 투쟁이 구체적으로 묘사되는 것을 중요시했으며, 특히 불합리한 사회 현실에 맞서 싸우는 농민들의 계급 의식과 저항 의식을 두드러지게 표현하였다.

반제·반봉건과 민족 독립에 대한 주제 역시 여전히 중요하게 다루어졌다. 그리고 무산 계급 문학을 제외한 기타 작품들은 배격하는 경향도 나타났다. 이때 가장 왕성하게 창작된 것은 혁명 가요를 위시한 시가 작품들이었다. 자유시와 한문시, 시조도 많이 창작되었으나, 대부분의 작품이 소실되었다. 현전하는 작품들을 살펴보면 일본과 지배 계층을 비판하고 민족의 독립을 갈망하는 내용이 주를 이루었다.

1931년 9·18사변으로 동북의 대부분 지구가 일본의 식민지가 되자 조선족은 중국 공산당과 함께 항일 무장 투쟁을 벌였다. 이 시기 조선족 문학은 선행 시기의 문학적 전통을 계승하는 것과 아울러 중국의 항일 문학, 소련의 혁명 문학, 특히 조선 문학의 성과를 섭렵하면서 발전해 나갔다. 1930년대 초기에 용정에서는 작가 이주복 등이 발기한 문학 동인 단체인 '북향회'가 발족되어 문학 창작을 발전시키고 후진 양성 사업을 활발히 진행했다. 또한 모더니즘을 수용한 '시현실' 동인들이 활약했다.

일제의 단속이 심해지자, 현실에 대한 고발보다는 생활 세태나 인륜, 애정 등으로 소재를 전환했으며, 몇몇 작가들은 일제의 정책을 수용해

---

7) 중국 조선족 문학사에 대한 시기 구분은 조성일·권철의 『중국 조선족 문학 통사』(이회문화사, 1997)에 따랐다.

나가는 모습을 보이기도 했다. 그러나 이렇게 어려운 상황에도 불구하고 이 시기에는 작가와 작품 수가 증가하고, 현실 생활을 폭넓고 깊이 있게 형상화해 냈으며, 예술 방법이 도입되는 등 문학이 일정 부분 발전한 모습을 보였다.

1945년 9월 3일 항일 전쟁이 승리하자 조선족은 일본의 식민 통치에서 해방되었다. 이 시기 문학의 내용은 해방의 기쁨과 감격, 토지 개혁을 비롯한 민주 개혁, 항일 투쟁을 형상화한 것들이 주를 이루었다. 그러다가 1949년 10월 1일 중화 인민 공화국이 들어서면서 조선족은 새로운 역사를 맞이했다. 지린 성, 헤이룽장 성, 랴오닝 성의 조선족 집거구들에서 선후로 민족 자치 구역을 실시함에 따라 조선족은 정치, 경제, 문화 등의 제반 분야에서 자주적인 발전을 이룩해 나갈 수 있었다.

1966년 5월부터 10년 동안 진행된 문화 대혁명 시기는 조선족 당대 문학의 수난기였다. 많은 문인들이 박해를 받았으며, 훌륭한 작품들이 금서가 되었고, 민족 문화·민족 정신·민족 감정에 대한 논의는 금지되었다. 하지만 1971년 이후 이러한 문화 정책에 대한 강한 반발이 일어나자, 1974년에는 《연변문예》가 복간될 수 있었다. 그러나 여전히 강압적 분위기는 지속되고 있어서 1971년 이후의 조선족 문학 창작은 난항을 겪었다.

1980년대에 진입하면서 조선족 문단의 지역적 공간도 확대되었다. 옌볜을 제외한 기타 지역의 문학 발전은 거의 공백 상태였으나, 1980년대 이후에는 옌볜 외에 퉁화, 지린, 하얼빈, 선양, 무단 강, 창춘 등 지구에서도 문학지와 문학 단체를 가지게 되었다. 1990년대에 들어선 중국은 개혁 개방으로부터 시장 경제의 도입을 거치면서 많은 사회적 변화를 경험했다. 이에 조선족 문학은 다원적인 복합 사회의 다양한 모순을 파헤치면서 적극적으로 새로운 현실을 탐구해 나가려는 모습을 보여 주었다.[8]

조선족 문학을 대표할 만한 작가로 들 수 있는 김학철은 1945년 해방

---

8) 오상순, 『개혁 개방과 중국 조선족 소설 문학』(월인, 2001), 112~303쪽.

기에 등단하여 민족 해방 운동의 과정에 참여했으며, 조선 의용군의 항일 혁명 무장 투쟁이라는 새로운 소재를 가지고 우리 문단에 등장했다. 『격정시대』를 비롯한 그의 소설은 자전적 또는 기록 문학적 성격을 지닌다. 이는 그가 항일 투사였다는 데서 기인하며, 경험에 의거한 바를 구체적이고 총체적으로 재현하는 데 이런 특이한 체험이 김학철의 문학을 특징 짓게 하는 계기로 작용한다. 그러나 그 자신이 체험한 것, 들은 것 외에는 절대로 적지 않았기에 이로 인한 단조로움을 면치 못하는 한계를 지니고 있다.[9]

김창걸은 만주 유이민들의 고통스러운 삶을 소설로 쓰면서 일제 강점기의 시대상을 뜻있게 문학화한 작가이다. 그는 첫 작품 「무빈골 전설」에서부터 이주민들의 고달픈 삶을 실증적으로 표출하였는데 이것은 이후 그의 작품 어디서나 등장하는 중심 주제가 된다. 이러한 이주민들의 신산스러운 삶에 대한 비판 의식, 일제의 우월주의와 차별화 및 민족 탄압에 대한 저항 의식, 그리고 다음 시대를 염두에 둔 각성된 의식 등은 김창걸의 작품을 유지하는 주제들이며 비록 부분적이고 산발적인 형태이긴 하나 반복적으로 작품 속에 나타난다.[10]

이와 같이 중국 조선족 문학은 역사적 시련 속에서도 그것을 문학적으로 형상화해 나가며 자리를 지켜 왔다. 따라서 중국 조선족 문학을 이해하기 위해서는 역사적 시각에서의 조명이 필요하며, 한민족이면서 동시에 중국인이라는 특수성을 고려해야 한다. 이국땅에서 소수 민족으로 살아가며 민족어를 지킨다는 것은 자신의 정체성을 지키는 일이기도 하다. 재외 한인 중 중국 조선족만큼 조선어를 굳건히 지키며 살아가는 이들은 드물다. 중국의 소수 민족 정책에 따라 소수 민족 자신들의 문화를 지키는 일이 법적으로 허용되어 있다는 객관적 상황이나, 독립 운동을 계기

---

9) 민지혜, 「항일 민족 투쟁사의 서사적 형상」, 『한민족 문화권의 문학』(국학자료원, 2003), 489~490쪽.

10) 김종회, 「중국 조선족 문학의 어제와 오늘」, 위의 책, 410~416쪽.

로 중국을 찾은 조선의 지식인들이 풍부한 인적 자원을 이루었다는 점이
조선족 문학의 큰 이점으로 작용했다는 점과 조선족의 민족 문화 보존에
대한 주체적 노력이 오늘날까지 한글 문학을 지켜 올 수 있었던 원동력
이라 하겠다.

5 중앙아시아 고려인 문학과 연구·보존의 문제

이 지역 한인들의 문학은, 한글 신문 《선봉》이 창간되어 '문예 페이지'
를 통해 작품이 발표되기 시작한 1923년 무렵으로부터 약 80년의 역사를
이어 오고 있다. 그러나 한반도 내의 정치 격변과 이후의 냉전 논리에 막
혀 남한에는 작품 소개조차 어려웠으므로, 그에 대한 연구 성과는 매우
미미하다. 재외 정치학자 김연수에 의해 시 작품이 한정적으로나마 남한
에서 소개된 것이 1983년이니, 이 지역의 한인 문학이 남한에 소개된 지
이제 겨우 20년이 되었을 뿐이다.[11] 더구나 소련의 해체 이후에나 개방
에 따른 본격적인 연구의 가능성이 생겼음을 염두에 둔다면 그 연구 기간
은 더욱 짧아진다. 짧은 시간일망정 충실한 소개와 연구가 진행되었다면
모르지만, 아직도 자료 수집, 소개 자체가 절대적으로 부족한 상황이다.

또한 이 지역 한인 문학에 대한 관심과 연구가 미미하여 기왕에 소개
된 작품조차 품절되거나 출판사의 폐업 등으로 아예 자료가 남아 있지
않거나 구입할 수 없는 경우도 많다.[12] 작품 소개의 상황이 이러하다 보
니 연구의 깊이도 부족해서 그동안은 개별 작가나 작품론을 다루기보다

---

11) 김연수가 《선봉》의 후신인 《레닌기치》(1938. 5. 15. 창간)에 수록된 한인들의 시들을 수집해 온
것이 처음이다. 이 작품들은 정신문화연구원에 의해 『캄차카의 가을』(김연수 엮음, 정신문화연구원,
1983)이란 제목으로 100부 한정 출간된다. 이후 김연수는 계속해서 자신이 수집해 온 시와 소설,
희곡 등을 묶어 세 권의 책을 더 펴낸다. 합동 시집 『소련식으로 우는 한국 아이』(주류, 1986), 합동
시집 『치르치크의 아리랑』(인문당, 1988), 소설·희곡집 『쟈밀라, 너는 나의 생명』(인문당, 1989)
등이 그것이다.

는 주로 전반적인 양상을 언급하는 것에 머물러 있었다. 최근에는 개인 작품집의 형태로 묶여져 나오고, 현지 동포에 의한 연구도 진행되면서 본격적인 작가론이나 작품론, 문학사 등이 연구되기 시작하였다.[13]

　구소련 지역 한인들의 문학 활동은 망명한 조명희를 주축으로 하여《선봉》이라는 신문의 문예난을 바탕으로 시작되었다. 이후 신문의 제호는 《레닌기치》,《고려일보》등으로 바뀌지만 여전히 이 신문들이 이 지역 문학 창작의 산실 역할을 했다. 그런데 신문의 독자 투고난을 이용한 문예 활동이라서 아마추어적인 요소가 강할 수밖에 없었다.

　이 지역 문학사는 이렇게 이주한 동포들에 의해 씨가 뿌려져 시작되었고, 이후에는 북한으로부터 지식인들이 유학이나 망명의 형태로 투입되면서 더욱 활발하게 진행되었다. 그러나 1937년 강제 이주와 같은 민족 억압 정책과 소련의 붕괴라는 혼란 속에서 생존의 문제가 절박해져 현재는 우리말, 글을 아는 사람이 아주 적다. 즉 민족 문학사적 관점에서 본다면 이 지역 문학은 운명을 다한 듯이 보이기도 한다. 그러나 1923년《선봉》의 창간과 더불어 1990년대 초반까지 이루어 낸 업적마저 무시될 수는 없다. 그리하여 현재 그 문학사를 정리해 보려는 시도들이 시작되었다.

　구소련 지역의 한인 문학은 그 양에 있어서나 내용의 새로움에 있어서나 우리 문학사에서 간과할 수 없는 중요한 한 축에 해당한다. 그러나 그 동안 지리적인 거리상의 문제뿐 아니라 냉전 논리에 의해서도 이 지역의 문학을 접할 기회가 적었다. 소련의 붕괴와 국내의 해금 조치로 인해 뒤

---

12) 아나톨리 김은 국내에 가장 많은 작품이 소개된 작가로 개인 작품집으로만 8권 정도가 국내에서 출판되었지만, 이중 『푸른섬』(정음사, 1987), 『사할린의 방랑자들』(소나무, 1987), 『연꽃』(한마당, 1988) 등은 절판되어 자료를 구할 수가 없다. 박미하일의 『해바라기 꽃잎 바람에 날리다』(새터, 1995)는 그의 작품집으로는 유일하게 국내에 소개된 것이지만 역시 절판되었다.

13) 하지만 여전히 국내에서는 자료의 부족으로 아나톨리 김에 대한 것에만 치중되어 있고, 현지의 연구자들이 한진, 라브렌티 송 등을 다룬 소논문들을 소개하고 있지만, 국내에서는 해당 작가들의 작품을 접할 수 없으므로 그 연구를 비판적으로 심화 수용하기 어렵다.

늦게나마 이제야 이 분야의 연구가 시작되고 있지만, 이 지역에서 한글 창작은 더 이상은 기대하기 어려울 뿐만 아니라 내용적 측면에서조차 정체성이 모호해지는 경우가 많기 때문에, 보편적인 문학의 범주에서 다룰 수 있을지는 몰라도 민족 문학의 범위에서 다루기엔 여러 가지 난점이 있다. 즉, 민족 문학의 확장이라는 측면에서 구소련 지역 고려인들의 문학에 대한 연구가 이제 시작되었는데 연구 대상은 곧 사라져 버릴 수도 있는 급박한 상황인 것이다.

현재와 미래의 상황이 이렇게 위태로운데, 거기에 덧붙여 기존에 창작된 과거의 작품도 제대로 관리가 되지 못하고 있는 형편이다. 더구나《레닌기치》등에 발표하는 대외적인 작품과는 별도로 진솔한 감정을 다룬 작품들은 공개되지 않은 채 묻혀 있을 수도 있다는 가능성도 제기된다. 이렇게 숨어 있는 작품의 여부도 확인해야 하므로 자료 수집 자체도 수월한 일은 아닐 것이다. 그러나 이것은 구소련 지역 고려인들의 작품을 민족 문학사에 수렴하기 위해서 어렵더라도 반드시 수행해야 할 과제이다. 변방에서 울리는 이러한 작품 창작과 그에 대한 연구들이 수렴될 때, 우리 문학은 한반도의 협소함을 벗어나 더 크고 보편적인 울림을 지니게 될 것이다.

중국 조선족 문학의 형성과 작품 세계

1 중국 조선족 문학의 형성과 전개

중국으로 조선인들이 대거 이주하기 시작한 것은 19세기 후반부터이다. 그리고 1910년 한일병합 이후 일제의 수탈로 인해 중국, 특히 만주 이주는 더욱 가속화되었다. 이주 초기에는 조선족의 대부분이 절대적 빈곤에 처한 농민들이었기 때문에 문학 활동이 일어날 만한 여건이 이루어지지 못했다. 이후 20세기에 들어와서야 비로소 '조선 애국 문화 계몽 운동'의 영향과 문화 교육 사업 등에 의해 문학 활동이 전개되기 시작하였다. 이 시기 문학은 제국주의와 봉건주의를 반대하고 민권 옹호와 자유 평등, 문명 개화를 주장하는 내용이 주를 이루었다.

근대 문학 시기(이주~1920년)[1]에는 창가와 시 문학이 융성하여 소설은 그다지 주목받지 못했다. 이 시기에는 고대 소설에 비하여 새로운 시대적 성격을 가진 신소설이 창작되었는데, 이는 조선 신소설의 영향을 크게 받은 것이었다. 이때 창작된 창가, 시조, 한문시, 현대 자유시는 여

---

[1] 중국 조선족 문학사에 대한 시기 구분과 형성에 대해서는 조성일·권철의 『중국 조선족 문학 통사』(이회문화사, 1997) 참조.

러 가지 원인으로 작품들이 인멸되어 지금까지 남아 있는 작품이 미약하고 당시에 우국지사나 진보적인 지식인들에 의해 지어진 것은 사실이나 애석하게도 작가가 밝혀지지 않아 작품들의 창작 전모를 체계적으로 서술할 수 없는 상황이다. 그러다가 1910년대 중반기에 들어서면서 대중의 미학적 수요에 따라 현대 자유시들이 나타나기 시작하였다.

1920년대에 들어서면서 조선족은 10월 사회주의 혁명과 조선의 3·1운동, 중국의 5·4운동의 영향을 받아 마르크스주의를 전파하고 반일 단체를 조직하여 반제·반봉건 투쟁을 벌이기 시작했다. 1927년에는 동변도와 옌볜 및 북만주 지구에 중국 공산당 당 조직들이 결성되었다. 이 시기부터 조선에서 간행된 신문이나 잡지들이 직접 배달되거나 유입되어 조선의 새로운 문학 사조의 직접적인 영향을 받았다. 무산 계급 문학이 대두, 발전한 시기였던 만큼 문학 속에 계급 간의 모순과 대립, 투쟁이 구체적으로 묘사되는 것을 중요시했으며, 특히 불합리한 사회 현실에 맞서 싸우는 농민들의 계급 의식과 저항 의식을 두드러지게 표현하였다.

반제·반봉건과 민족 독립에 대한 주제 역시 여전히 중요하게 다루어졌다. 그리고 무산 계급 문학을 제외한 기타 작품들은 배격하는 경향도 나타났다. 이때 가장 왕성하게 창작된 것은 혁명 가요를 위시한 시가 작품들이었다. 자유시와 한문시, 시조도 많이 창작되었으나 대부분의 작품이 소실되었다. 현전하는 작품들을 살펴보면 일본과 지배 계층을 비판하고 민족의 독립을 갈망하는 내용이 주를 이루었다.

1931년 9·18사변으로 동북의 대부분 지구가 일본의 식민지가 되자 조선족은 중국 공산당과 함께 항일 무장 투쟁을 벌였다. 이 시기 조선족 문학은 선행 시기의 문학적 전통을 계승하는 것과 아울러 중국의 항일 문학, 소련의 혁명 문학, 특히 조선 문학의 성과를 섭렵하면서 발전해 나갔다. 1930년대 초기에 용정에서는 작가 이주복 등이 발기한 문학 동인 단체인 '북향회'가 발족되어 문학 창작을 발전시키고 후진 양성 사업을 활발히 진행했다.

또한 모더니즘을 수용한 '시현실' 동인들이 활약했다. 일제의 단속이 심해지자 현실에 대한 고발보다는 생활 세태나 인륜, 애정 등으로 소재를 전환했으며, 몇몇 작가들은 일제의 정책을 수용해 나가는 모습을 보이기도 했다. 그러나 이렇게 어려운 상황인데도 이 시기에는 작가와 작품 수가 증가하고, 현실 생활을 폭넓고 깊이 있게 형상화해 냈으며, 예술적 표현 방법이 모색되고 도입되는 등 문학이 일정 부분 발전한 모습을 보였다.

1945년 9월 3일 항일 전쟁이 승리하자 조선족은 일본의 식민 통치에서 해방되었다. 이에 조선족은 민족적인 문화 계몽 운동을 벌이고 대중적 문화 교육 사업을 널리 전개했다. 대중적인 문예 사업도 활발하게 전개되어 극단, 연극사, 문공대와 같은 전문적이거나 반전문적인 문예 단체들이 세워졌고 부대에서도 조선족들로 구성된 전문 문예 단체들이 많이 나타나 활약했다. 동북 각지에 산재되어 있던 문인들도 여러 문학 단체들을 만들었다.

이 시기 문학의 내용은 해방의 기쁨과 감격, 토지 개혁을 비롯한 민주 개혁, 항일 투쟁을 형상화한 것들이 주를 이루었다. 문화 운동과 대중적인 문예 활동으로 노래 보급과 연극 활동이 가장 활발하고 널리 진행되었다. 그러나 소설의 경우에는 성과물이 적은 편이었다. 반면 시 문학은 두드러진 성과를 올렸는데, 해방의 감격과 기쁨을 격정적으로 노래한 시들이 중요한 자리를 차지하였으며 토지 개혁을 중심으로 한 민주 개혁을 주제로 한 시들과 투사들의 용감성과 사상을 칭송하는 시들, 지난날 투쟁의 역사를 되돌아보는 내용의 시들이 발표되었다.

1949년 10월 1일 중화 인민 공화국이 들어서면서 조선족은 새로운 역사를 맞이하게 되었다. 지린 성, 헤이룽장 성, 랴오닝 성의 조선족 집거 구들에서 잇달아 민족 자치 구역을 실시함에 따라 조선족은 정치, 경제,

문화 등의 제반 분야에서 자주적인 발전을 이룩해 나갈 수 있게 되었다. 이 시기에는 문단의 정비 작업을 위해 중국 각지에 흩어져 있던 조선족 작가들이 공화국 창건을 전후로 하여 옌지에 집중적으로 모이기 시작했다.

그러나 이 시기 중국 공산당에 의한 사회주의 건설 사업은 잘못된 지도 방침으로 인해 사회·문화적 혼란을 겪었다. 이로 인해 조선족 문단의 적지 않은 중견 문인들이 정치, 창작 권리를 박탈당하고, 많은 작가들이 창작에의 용기를 잃었으며, 문학 작품의 사실주의 정신이 약화되었고, 형식이 다양화되지 못하여 도식화·개념화의 구호적 작품들이 성행했다.

소설 작품은 무엇보다 사회주의 제도 아래의 새 생활에 대한 희열과 감격, 농민들의 투쟁과 애국 증산의 열정을 반영한 작품들이 주를 이루었고, 사회주의 제도 아래의 긍정적인 인물 형상을 부각한 작품들도 많이 창작되었다. 여러 좌경적 오류의 피해를 입으면서도 계속 발전해 나가 소재의 확대와 다양화, 사회주의 건설을 다그치는 근로 대중의 혁명적 영웅주의 정신에 대한 가송, 노농병 형상의 대폭적인 부각, 항일 제재의 심도 있는 발굴 등이 작품을 통해 나타나기도 하였다.

한편 시 문학은 조국, 당, 수령에 대한 흠모와 칭송, 농민들의 보람과 노력적 투쟁 칭송, 민족의 역사와 혁명 전통, 사회주의 건설의 인물 형상, 사회주의 제도 아래의 행복과 긍지 등이 그 주제를 이루었다. 특히 노동과 건설의 주제 형상화와 민족의 역사 및 항일 무장 투쟁에 대해 폭넓게 다루었다는 점이 특징적이다. 행복한 현실과 생활, 아름다운 정신 세계를 노래하는 서정시를 주축으로 하여 서정 서사시, 장시, 시조, 산문시, 풍자시 등 다양한 시 문학이 등장하였으며, 무엇보다 송가 형식이 압도적인 비중을 차지하였다. 이 시기에 대폭적으로 발전한 송가의 미학은 1950년대에서 1970년대에 이르는 동안 거의 유일한 원칙이 되었다.

1966년 5월부터 10년 동안 진행된 문화 대혁명 시기는 조선족 당대 문학의 수난기였다. 많은 문인들이 박해를 받았으며, 훌륭한 작품들이 금서가 되었고, 민족 문화, 민족 정신, 민족 감정에 대한 논의는 금지되었다. 하지만 1971년 이후 이러한 문화 정책에 대한 강한 반발이 일어나자, 1974년에는《연변문예》가 복간될 수 있었다. 그러나 여전히 강압적 분위기는 지속되고 있어서 1971년 이후의 조선족 문학 창작은 난항을 겪었다. 이 시기 문학 창작에서 압도적인 비중을 차지한 것은 '4인 무리'의 좌경 노선을 선양한 작품과 진실하지 못하고 예술적 수준이 낮으며 거칠게 쓰인 작품들이다. 비록 일정한 생활 기초가 있고 대중의 사상, 감정을 반영한 작품이라 하더라도 사상 내용과 창작 방법상에서 '4인 무리'의 영향을 받아 많은 폐단을 빚어냈다.

문화 대혁명이 마무리되고 중국은 새로운 역사 발전 시기에 들어서게 되었다. 조선족 문단에도 사상과 창작의 자유가 찾아와 '4인 무리'의 잔재를 청산하는 작업이 진행되었고 이에 따라 장기간 정치, 창작 권리를 박탈당했던 작가들과 비판을 받았던 많은 작품들도 다시 제 위치를 찾았다. 문학 단체와 연구 기구의 회복 및 새로운 정비 작업은 1980년대에 접어들어 옌볜 조선족 자치구뿐만 아니라 조선족이 집거하고 있는 다른 자치구에서도 진행되었다.

그리하여 지린 성 통화 지구에서는 통화 지구 조선족 문학 예술계 연합회를 세웠고 지린 시에서는 지린 시 조선족 문학 예술 연구회를 설립했다. 이렇게 조직 체계가 날로 정비되면서 문학 발전을 위한 기반이 조성되어 나갔다. 1980년대에 진입하면서 조선족 문단의 지역적 공간도 확대되었다. 옌볜을 제외한 기타 지역의 문학 발전은 거의 공백 상태였으나, 1980년대 이후에는 옌볜 외에 통화, 지린, 하얼빈, 선양, 무단 강, 창춘 등 지구에서도 문학지와 문학 단체를 가지게 되었다.

문화 대혁명 이후 가장 먼저 '상처 소설'이 대두했다. 상처 소설은 문화 대혁명이 빚어낸 사회 비극, 정치 비극, 인생 비극과 육체 정신적 상처를 고발한 작품이다. 상처 소설은 출현하자마자 급속히 하나의 문학적 흐름을 이루었다. 상처 소설은 사실주의의 문학적 전통을 회복하는 데 공헌하였으며, 소설 제재의 범위를 넓혔다. 또한 현실적인 인간상을 표현하기 시작했으며 사회주의 시기의 비극 문학 창작에 기여했다는 점에서 의의를 가지나, 일부 작품들이 10년 동안의 역사적 비극의 원인에 대한 깊이 있는 사고가 부족하고 형식 면에서 새로운 탐구가 이루어지지 못했다는 한계를 지닌다.

상처 소설 다음에 나타난 문학이 '반성 소설'로, 이는 상처 소설의 심화라고 할 수 있다. 상처 소설이 일정한 단계에 이르자, 사람들은 더 이상 단순한 문화 대혁명에 대한 폭로와 비판에 만족하지 않았다. 사람들은 문화 대혁명이 일어나게 된 데는 더욱 심각한 사회 역사적 원인이 있다는 것을 인식하고 이로부터 역사에 대한 사고와 반성에 눈길을 돌리기 시작했다.

이 시기에는 시 문학 역시 풍성한 성과물을 올린다. 특히 훌륭한 서정시들이 많이 창작되었다. 이 시들은 시인의 개성을 부각시키고 시인의 시점에 기초하여 동시대 사람들의 충만한 감정 세계를 다각적으로 나타냈으며, '4인 무리'의 악행에 대한 폭로와 비판, 흘러간 역사에 대한 반성, 개혁 시대에 대한 송가와 더불어 인간의 가치와 현실적인 삶의 문제, 철학적인 사색을 형상화하는 것에 역점을 두었다. 서정시 외에도 장편 서사시, 서정 서사시가 활발하게 창작되었다.

1990년대에 들어선 중국은 개혁 개방으로부터 시장 경제의 도입을 거치면서 많은 사회적 변화를 경험했다. 이에 조선족 문학은 다원적인 복합 사회의 다양한 모순을 파헤치면서 적극적으로 새로운 현실을 탐구해 나가려는 모습을 보여 주었다.[2]

---

2) 오상순, 『개혁 개방과 중국 조선족 소설 문학』(월인, 2001), 112~303쪽.

2 일제 강점기의 재만 조선족 문학

중국 조선족 문학의 통시적 역사 과정 속에서도 일제 강점기의 만주 체험, 곧 재만 유이민 문학의 발생 배경은 이미 알려진 바와 같이 매우 참담한 상황이었다. 만주 이주민의 삶은 조선 반도에서의 어려움을 극복한 차원으로 나갈 수 없었고 그 역시 수난과 고통의 연속이었다. 게다가 중국의 관군 및 중국인 지주와 마적들에게 당하는 정신적 경제적 피해 등의 참상은 필설로 형언하기 어려운 것이었다.

1936년 말 통계에 따르면 만주 이주민 수가 88만 8000여 명에 달하는 것으로 되어 있으며, 이들은 거의 이주 농민들이었다. 이들이 형성한 공동체적 삶을 바탕으로 한 문학적 시도와 성과를 확인하게 되는 것은 만주사변과 만주국 건설이 이루어진 1932년 이후에 이주한 지식인들에 의해서였다. 재만 조선 문학은 그 지식인들, 곧 문화인, 지식인 또는 문학도, 작가라고 불리는 사람들에 의하여 진전되었다. 진작부터 문학에 뜻을 두고 있던 이들은 교사나 신문 기자로 근무하는 한편, 문학 운동을 펼쳐 나갔던 것이다.[3]

이들의 문학 활동이 본 궤도에 오르게 된 경과에 대해서는 안수길이 쓴 「간도 중심의 조선 문학 발전 과정과 현단계」[4]에 상술되어 있거니와, 문예 동인의 모임인 '북향회'가 조직되고 문예 동인지 《북향》이 발간되었으며 또 《만선일보》를 중심으로 망명 문단이 형성됨으로써 새로운 문학의 작품 생산 계열이 형성되기에 이르렀다.

재만 조선 문학의 형성 과정에 비추어 이들의 문학이 우선 이주민들의 고난상을 담는 데서부터 출발한 것은 당연한 일이다. 이러한 제재는 김동인의 「붉은 산」, 최서해의 「탈출기」, 안수길의 「새벽」, 강경애의 「원고

---

3) 채훈, 『재만 한국 문학 연구』(깊은샘, 1990).

4) 《만선일보》, 1940. 2. 2.

료 이백원」 등 만주 체험을 담고 있거나 만주를 창작 생산지로 하고 있는 작품들에 광범위하게 산포되어 있다.

다음으로 이들 재만 지식인 또는 문인들이 민족적 현실에 대한 울분과 비판 의식을 작품에 수용하는 문제인데, 이는 기실 재만 조선 문학의 운명과 그 명암을 가름하는 분기점이 된다. 여기에 이들의 문학이 가진 의의와 성과, 그리고 한계성과 주변성이 결부되어 있기 때문이다.

안수길이 주축이 되어 문예 동인지 《북향》이 발간되고, 기성 작가로서 만주에 이주해 온 염상섭, 박영준, 박계주, 박화성, 강경애, 현경준 등이 활동하면서 문단이 활성화되었으며, 《북향》의 소멸 이후 《만선일보》를 중심으로 신춘문예 공모와 1941년의 재만 조선인 작품집 『싹트는 내지』의 발간 등 일련의 문학적 판도가 형성된 것은 적잖은 의의가 있다.

이 지역에 살고 있던 각 민족의 작가들은 각기 자기들의 언어로 작품을 썼다. 조선 문학의 작가들도 국내에서 우리말의 사용이 금지되고 《동아일보》와 《조선일보》가 폐간되었으며 남아 있는 문학이 친일 노선 일색이던 때에도 1945년 해방까지 비교적 자유롭게 모국어의 사용과 비판 의식의 일단을 내보이는 창작을 수행할 수 있었다.

해방 직전까지 이 일대에 200만 명을 웃도는 조선족이 만주를 '제2의 고향' 또는 '북향'이라 부르며 살고 있었으며, 재만 조선 문학이 이들 삶의 정서를 문학화하는 한편 모국어의 사용과 유지에 일익을 맡았던 사실은 결코 과소평가될 수 없다. 이러한 문학적 전통 그리고 모국어의 전통은 오늘날 옌볜 조선족 자치주의 모국어 사용에까지 이어지는 역사적 연계성을 갖는다고 할 수 있다.

이들의 작품이 농민 소설의 독특한 진전을 이루었다거나, 국내의 문학이 암흑기로 접어든 1940년 이래 해방을 맞은 1945년까지의 한국 현대 소설사의 공백을 메웠다는, 즉 1940년 이래 한국 문학이 암흑기 혹은 공백기라고 말한 백철의 견해에 반하여 "1940~1945년대의 한국 문학사는 간도 중심으로 다시 써야 한다."[5]는 오양호의 주장 등은 바로 그 의의를 말하고 있는 것이다.

그러나 주요 작품 발표 무대였던《만선일보》의 발간 배경 및 편집 방향, 특히 일본 관동군의 조종에 의한 만주국 국책 선양지인 이 신문의 학예면에 의존할 수밖에 없었던 당시의 사정은, 곧 재만 조선 문학의 떨쳐버릴 수 없는 한계를 동반하고 있었다. 그러기에 김윤식은《만선일보》가 가진 이와 같은 언론 기관으로서의 성격을 지적한 다음, "그러한 정책 수행의 홍보를 맡은 곳이《만선일보》인 만큼,《만선일보》의 이러한 성격을 파악하지 않고는 거기에 실린 작품의 본질이 충분히 설명되지 못할 것이다"[6]라고 설명한다.

이처럼 재만 조선 문학이 가진 긍정적 측면과 부정적 측면은 각 작가의 작품 성향에 반영되어 그 명암을 구분하게 하거니와, 그러한 대목은 한국 문학사의 전체적인 논의 속에서 보다 체계적으로 탐구되어야 하리라 본다.

이상에서 살펴본 '북향회'와《북향》그리고《만선일보》중심의 재만 조선 문학에서 안수길이 주도적 역할을 담당해 온 것은 익히 알려진 바이다. 그러나 안수길과 같은 문학사적 조명을 받지는 못했지만, 간과할 수 없는 중요성을 가진 작가로 강경애와 김창걸, 리욱 등을 들 수 있다.

강경애는 재만 기간 이전에 이미 기성 문인이었으며 1931년부터 1942년까지 10여 년 간 만주에 머무르면서 작품 활동을 했다.《북향》동인으로 참여하여 작품을 발표하기도 했고, 발표는 주로 국내에서 했지만 이 지역을 소설 공간으로 하는 20여 편의 작품을 창작하는 등 본격적인 재만 작가의 호명을 얻을 만하다. 특히 당대에 드문 여성 작가로서 일정한 시대적 비판 의식이 함축된 작품을 남겼다. 이는 강경애가《만선일보》를

---

5) 오양호, 「간도 연구의 의의와 민족사적 재인식」,《중앙일보》, 1982. 11. 1.

6) 김윤식, 『안수길 연구』(정음사, 1986).

발표 지면으로 활용하지 않았다는 사실과도 관련이 있을 터이다.

이 글에서는 일제 강점기 조선족 문학의 만주 체험을 수렴하고 있는 김창걸 및 리욱의 작품과, 재만 작가군으로 분류되지는 않지만 중국 조선족 문학을 논의하는 데 있어 하나의 중심축을 이루며 한국 내에도『격정시대』를 비롯하여 대다수의 그 문학이 도입되어 있는 김학철의 작품을 구체적으로 살펴보려 한다.

3 조선족 문학의 주요 작가와 작품

김창걸(1911~1991)은 아직 본격적인 연구가 진척되지 않은, 그러나 재만 한국 문학의 가치를 인정하고 이를 새롭게 들여다볼 때에는 반드시 확대해서 살펴보아야 할 작가이다. 무엇보다도 그는 그야말로 '재만' 작가이다. 앞서의 안수길, 강경애를 포함하여 대다수의 재만 한국 문학 작가들이 이 지역에서의 일시적인 체류와 체험을 작품으로 형상화하고 있고, 최서해와 같은 경우 귀국 후 만주 체험을 소설로 풀어내고 있는 반면에, 김창걸의 문학은 만주에서 시작하여 만주에서 끝난 것으로 만주라는 공간적 환경이 자기 체계 내에서 생산한, 이른바 토종성의 문학적 실과에 해당한다.

일제 강점기 말인 1936년부터 1943년까지 그가 쓴 20여 편의 단편 소설을 비롯한 40여 편의 작품은 모두 만주를 작품의 배경으로 하고 있으며, 만주의 이주민들이 당대에 겪어야 했던 시대사적 굴곡을 고스란히 끌어안고 있다. 그러므로 그의 작품은 그 시대의 정치 사회적 변화와 문학의 관계 양상을 확인할 수 있는 충실한 자료로서의 기능을 갖는다. 일제 강점기, 그리고 문화 혁명 시기의 두 차례에 걸친 그의 절필은 이를 단적으로 드러내 주는 사례이다. 만약 한국 문학이 해방 직전 재만 조선 문인

198

들의 작품을 그 문학사의 한 각론으로 편입시키기를 요망한다면, 우리는 김창걸을 그 편입 작업의 유용한 지렛대로 선택할 수도 있을 것이다.

김창걸은 만주 유이민들의 고통스러운 삶을 소설로 드러냄으로써 일제 강점기의 시대상을 뜻있게 문학화했다. 이 작가는 공식 데뷔 이전 첫 작품인 「무빈골 전설」에서 이주민들의 고달픈 삶을 실증적으로 표출했는데 이것은 이후 그의 작품 어디서나 등장하는 중심 주제가 된다. 동시에 그것은 만주 토착 세력의 부당한 압박과 착취에 대한 비판 의식을 내포하는 것이기도 하다. 또 이 작품에서 주목할 것은 그가 끈질기게 붙들고 있는 항일 저항 의식이다. 김창걸의 저항 의식은 음성적으로 그리고 지속적으로 작가의 정신적 행보를 암시하는 주요한 모티프가 된다.

그리고 또 하나 거론할 만한 것은 민족 공동체의 미래와 후대의 삶에 대한 각성된 의식이다. 그것은 이 작가가 가졌던 깨어 있는 의식이다. 소학교 교원으로서의 체험이나 문필가로서의 양심 등속이 이에 결부되어 있는데, 나중에 절필의 결심에 이르는 과단성을 보이는 것도 이와 같은 의식의 줄기를 놓치지 않았기에 가능했을 터이다. 이러한 이주민들의 신산스러운 삶에 대한 비판 의식, 일제의 우월주의와 차별화 및 민족 탄압에 대한 저항 의식, 그리고 다음 시대를 염두에 둔 각성된 의식 등은 김창걸의 작품을 유지하는 주제들이며 비록 부분적이고 산발적인 형태이긴 하나 반복적으로 작품 속에 나타난다.[7]

리욱(1907~1984)의 원명은 이장원이며 해방 후 리욱으로 개명하였고 그 외에도 월수, 월촌, 홍엽, 단림 등 여러 가지 필명을 썼다. 1924년 첫 작품 「생명의 예물」 이래 1930년내에 평가받을 만한 시편들을 내놓음으로써 해방 전부터 문단의 주목을 받았다.[8] 그는 주로 향토와 민족에 대한 의식을 담은 낭만주의적 서정시를 썼고, 해방 후에는 국가적 목표와

---

7) 김종회, 「중국 조선족 문학의 어제와 오늘」, 『한민족 문화권의 문학』(국학자료원, 2003), 410~416쪽.

8) 권철·김동화 외, 『연변 지역 조선족 문학 연구』(숭실대출판사, 1992), 68쪽.

관련된 서사적 성향을 확대해 나가는 시 세계를 보였다. 그 향토적 서정성과 민족적 역사 의식은 그의 시를 지탱하는 두 축이다.

조부모로부터 고향인 함경북도 무산을 등지고 북간도 지린 성 화룡현과 블라디보스토크 신안촌으로의 가족 이주사를 가진 리욱은, 앞서 살펴본 김창걸과 마찬가지로 망명 문인이 아니라 간도에서 태어나 생애를 마칠 때까지 조선족 이민의 역사와 함께 문필 활동을 한 토종성[9]에 해당한다. 그의 문학은 당대 만주국의 슬로건이었던 '오족협화'의 친일 문학을 넘어서, 스스로의 정체성에 대한 자각과 더불어 현실적 방향성을 인지하고 있었던 민족 문학이었던 셈이다.

리욱은 숭국 문인 협회 분과 이사를 맡는 등 사회 활동을 활발하게 전개했으며, 타계할 때까지 문학적 성과가 있는 작품들을 꾸준히 창작했으나 안타깝게도 현재까지 남아 있는 작품은 30여 편에 불과하다. 문화 대혁명 기간(1966~1976)에는 "반동적 학술 권위" 및 "반동 문인"으로 규정되면서 창작의 권리를 박탈당하는 수난을 겪기도 했다.

그의 시들은 1942년에 나온『재만조선인시집』과『북두성』,『북륙의 서정』,『고향 사람들』,『장백산하』등에 실려 있고 1980년에 나온『리욱 시전집』과 1982년에 발표된 장편 서사시『풍운기』제1부 등을 통해 그 시 세계를 살펴볼 수 있다. 그리고『풍운기』제2부를 집필하던 중 뇌일혈로 사망한다. 앞서 언급한 바처럼 그의 시는 해방 이전의 서정성에 경도되어 있는 작품들과 생애 후반의 서사적 성격의 작품들로 대별해 볼 수 있다.

그의 시가 보여 주는 역사의식은 고향과 조국 그리고 민중의 의지에 의한 내일을 지향하는 특성을 지니며, 해방 이전에는 서정성을 바탕으로 한 그 고향에 대한 시적 표현 자체가 매우 모호하고 적정치 않다는 비판을 받기도 했는데,[10] 이는 이주민의 후예로서 고향 의식의 뿌리 자체가 튼실하지 못했기 때문일 것으로 추측된다. 그러나 그것이 보여 주는 시

---

9) 조성일·권철 주편,『중국 조선족 문학사』(연변인민출판사, 1990), 89~366쪽 참조.

적 바탕은 윤동주나 김소월의 시들처럼 민족적 정서의 의미망을 형성하고 있어서 국적과 관계없이 조선의 민족 문학이라는 범주 문제를 환기하게 한다.

그가 생애 후반에 쓴 서사시들은 대체로 자신의 앞선 창작 관행을 연장하고 있어서 '서정 서사시'란 이름으로 불리는데, 1957년에 쓴 「고향 사람들」과 「장백산의 전설」 등이 수작으로 꼽히고 특히 「고향 사람들」은 「연변의 노래」라는 제목으로도 기록되어 있으며 당시 옌벤에서의 우리 민족시 형성에 하나의 뚜렷한 이정표를 세웠다는 평가를 받는다.[11] 이 시들은 김철의 「새별전」이나 김성휘의 「장백산아 이야기하라」와 같은 장편 서사시의 문맥을 시발한 것으로 일컬어진다.

리욱의 문학에 대한 연구는 1980년대 후반부터 시작되었고 중국 및 한국의 연구자들로부터 낭만주의 시인, 거룩한 민족 시인, 중국 최초의 조선족 시인 등의 호칭을 부여받았다. 그는 소설가인 김창걸과 함께 대표적 재중국 그리고 재만 조선족 문인이며, 당대 현실의 파란만장한 과정을 직접 체험하면서 이를 조선 민족의 시각으로 문학화한 작품들을 남겼다. 그러한 까닭으로 김창걸과 리욱의 문학을 한민족 문화권의 문학 가운데 주요한 항목으로 보고 다시금 그 시대적 상황과 문학적 장단점을 면밀히 검토할 것이 요구된다.

중국 조선족 문학을 대표할 만한 또 한 사람의 작가로 들 수 있는 김학철(1916~2001)은 1945년 해방기에 등단하여 민족 해방 운동의 과정에 참여했으며, 조선 의용군의 항일 혁명 무장 투쟁이라는 새로운 소재를 가지고 문단에 등장했다. 그의 소실은 사전적이고 기록 문학적 성격을 지니는데 이는 그가 항일 투사였다는 데서 기인한다. 경험에 의거한 바를 구체적이고 총체적으로 재현하는 데 이런 특이한 체험이 김학철의 문학

---

10) 김호웅, 『재만 조선 인문학 연구』(국학자료원, 1998), 170~192쪽.

11) 조성일·권철, 앞의 책, 369쪽.

을 특징짓게 하는 계기로 작용한다.

김학철은 함경남도 원산에서 태어나 1935년 서울에서 보성고보를 졸업한 후 중국 상하이로 건너가 반일 독립 운동에 투신했다. 1937년 7월 조선 민족 혁명당에 가입하고 그해 8월부터 이듬해 7월까지 중국 육군 군관 학교를 다녔다. 졸업 후에는 김원봉이 1938년 한커우에서 조직한 조선 의용대에 들어가 분대장의 직임을 수행하면서 항일 전선에서 싸웠다.

그가 문학적 능력을 드러내기 시작한 것은 그 투쟁의 어려움 속에서였으며, 1938년 「서광」, 1939년 「승리」, 1941년 「등대」 등의 단편 극 작품을 창작하여 공연했고 작곡가 유신과 함께 1941년 「조선의용군 추도가」와 「고향길」 등의 노래를 창작하여 문학을 통한 투쟁 의지와 사기 앙양에 실제적 노력을 경주했다.

1940년 8월 중국 공산당에 입당한 김학철은 1941년 태항산 전투에서 다리에 총상을 입고 일본군의 포로가 된 뒤 나카사키 형무소에 수감되어 있다가 8·15광복으로 출옥해 귀국했다. 그리고 서울에서 조선로동당의 전신인 조선 독립 연맹 서울시 위원으로 활동하면서 문학 활동을 재개했다. 항일 전투와 그간의 경험들을 소재로 한 단편 「지네」, 「어간유정」, 「밤에 잡은 포로」 등의 작품이 이때에 창작되었다. 1946년 11월에 월북한 이후 《로동신문》 기자, 《인민군신문》 주필 등을 역임하며 단편 「정치범 919」, 「적구」, 「콤뮨의 아들」 등의 작품을 발표하고 1948년 저명한 작곡가 정률성과 함께 대형 교성곡(칸타타) 「유격대전가」 등을 제작하였다.

김학철이 혁명 사업의 수요에 부응하여 중국으로 들어간 것은 1951년 2월이며 이듬해 9월까지 베이징 중앙문학연구소에서 학습하고 중국 문련의 전직 작가로 있으면서 단편 「엄혹한 나날에」, 「전우」, 「군공메달」 등을 발표했다. 이렇게 중국 문단에 얼굴을 알리기 시작한 김학철은 옌벤 조선족 자치주가 창립되자 1952년 10월 옌지 시로 이주, 1953년 「새집 드는 날」, 1956년 「고민」 등의 단편과 1955년 「번영」 등 중편 그리고

1954년 장편 소설『해란강아 말하라』등을 발표한다. 한편 창작과 더불어 중국 현대 소설『아Q정전』,『축복』등을 번역하기도 했다.

이처럼 파란만장한 생애 속에서 1957년 반우파 투쟁을 거치면서 '반동작가'란 누명을 쓰고 문단에서 쫓겨났으며, 문화 대혁명 기간을 통해 막다른 길에까지 몰리게 되었다. 1967년 12월 미발표작인 장편 소설『20세기의 신화』를 쓴 것이 빌미가 되어 10년간 옥고를 겪다가 1980년 12월에 이르러서야 무죄 석방되었다. 다시 문단에 복귀한 그는 1986년 8월 자신의 대표작인『격정시대』를 발표하였다.

이와 같은 험난한 굴곡의 생애를 일관하여, 일제로부터의 민족 해방과 중국 혁명을 위해 싸워 온 혁명 투사이자 그처럼 곤고한 시절들을 지속적인 창작으로 일관해 온 김학철은, 그 삶의 두 줄기를 융합하여 동시대에 보기 드문 체험적 문학의 성과를 이룩했다. 이는 중국 조선족 문학의 문인 가운데 김창걸이나 리욱과는 그 궤적이 판이하게 다른 또 하나의 문학 창작 모형이라고 할 수 있다.

김학철의 자전적 소설인『격정시대』는 지역적 제한을 탈피하여 한반도와 중국 대륙의 곳곳을 공간적 배경으로 하면서 주인공 서 선장의 행적을 따라 그 성장 과정과 투쟁의 현실을 사실적으로 그려 냈다. 이 소설 속에는 1920년대에서 1940년대에 이르는 조선과 중국의 열혈 투사들이 보인 시대사적 투쟁의 모습이 펼쳐져 있고, 평민적 영웅의 이상주의적 면모를 여실히 드러내어, 작품으로서의 그 이름에 값하고 있다. 그것은 중국 문학에서도 그렇거니와 한민족 문화권의 문학이 가진 매우 독특한 면모라 할 수 있는 대목이어서 특별한 주목을 필요로 한다.

『격정시대』는 역사적으로는 또한 근대 항일 투쟁사의 역사적 복원에 일조하였고, 문학적으로는 체험의 힘으로만 창출될 수 있는 창작의 성취를 보여 주었다. 그러한 직접적 체험의 범위 속에서의 진실성은 그와 같은 역사적 현실 속에 족적을 두지 못한 이로서는 누구도 따르기 어려운 것이라 할 수 있다. 그러나 그 자신이 체험한 것, 들은 것 외에는 절대로 적지 않았기에 이로 인한 단조로움을 면치 못하는 한계를 지니고 있다.[12] 이는 민족 해방과 사회주의 사상의 실천을 목표로 한 작가의 경직된 면모이면서, 삶의 방향성에 대한 선택이 자유롭지 못했던 시대사의 어두운 그늘을 의미하기도 한다.

4 결어

이와 같이 중국 소선족 문학은 역사적 시련 속에서도 그것을 문학적으로 형상화해 나가며 하나의 민족 문학으로서 그 자리를 지켜 왔다. 따라서 중국 조선족 문학을 이해하기 위해서는 역사적 시각에서의 조명이 필요하며, 한민족이면서 동시에 중국인이라는 특수성을 고려해야 한다. 이 국땅에서 소수 민족으로 살아가며 민족어를 지킨다는 것은 자신의 정체성을 지키는 일이기도 하다.

이 글에서 우리가 개괄적으로 살펴본 중국 조선족 문학의 작가들 가운데, 순수한 재만 작가라 할 수 있는 김창걸과 리욱의 경우에는 그 주어진 환경 조건 가운데서 이를 민족 의식 및 민족적 서정성과 관련하여 단순 소박하게 형상화하는 방향으로 나아갔다. 우리말과 우리의 정서를 살려 이를 작품 창작의 형식으로 구조화하는 일 자체가 힘겨웠던 상황 속에서, 그와 같은 문학적 성과 자체가 의미있는 일이 될 수밖에 없었다. 더욱이 우리말의 사용과 창작이 전면적으로 금지되었던 일제 강점기 말의 국내 형편에 비춰 보면, 이들이 지키고 있었던 모국어의 생존이라는 문제가 결코 간략하게 넘어갈 수 없는 사항에 해당한다.

---

12) 민지혜, 「항일 민족 투쟁사의 서사적 형상」, 『한민족 문화권의 문학』(국학자료원, 2003), 489~
490쪽.

김학철의 경우에는 중국에서 작품 활동을 수행한 중국 조선족 작가이면서, 동시에 한반도의 남북한을 종횡하며 그 문학적 배경을 한껏 확장한 역사 현실의 체험자이자 이를 문학으로 형상화한 유다른 이력의 소유자였다. 그의 소설은 김창걸이나 리욱의 소박한 문학적 방법론과는 달리 '사회주의적 사실주의'란 명료한 방향성을 갖고 있었고, 이는 그 척박한 시대 현실 속에서 김학철이 지속성 있게 붙들고 있었던 창작 지침이기도 했다. 따라서 중국 조선족 문학을 한민족 문화권의 문학이라는 범주로 검증해 보기로 한다면, 이 두 유형의 문학을 통할하여 살펴보고 그 변별적 특성을 비교해 보는 보다 포괄적이고 체계적인 접근 방식이 강구되어야 한다.

재외 한국인 중 중국 조선족만큼 민족어를 굳건히 지키며 살아가는 이들은 드물다. 중국의 소수 민족 정책에 따라 소수 민족 자신들의 문화를 지키는 일이 법적으로 허용되어 있는 객관적 상황이나, 독립 운동을 계기로 중국을 찾은 조선의 지식인들이 풍부한 인적 자원을 이루었다는 수량적 측면 등이 조선족 문학의 큰 이점으로 작용했다는 사실도 중요하게 고려되어야 한다. 중국 조선족의 민족 문화 보존에 대한 주체적 노력은 곧 오늘날까지 이들이 우리말 문학을 지켜 올 수 있었던 원동력이라 하겠다.

중앙아시아 고려인 문학의 형성과 작품 세계
—아나톨리 김과 박 미하일의 작품을 중심으로

1 구소련 지역 고려인 문학의 형성

한민족이 구소련 지역으로 이주해 간 역사는 구한말인 1860년대를 시작으로 하여 140여 년에 이른다. 이주민과 그 후손들의 규모도 상당하여 외교통상부의 2004년 통계 자료에 의하면 이제 50여 만 명을 넘어섰다. 이들은 거주국의 정책에 적극적으로 따르면서도 지금까지 우리 민족의 전통 또한 잊지 않는 이중적 특성을 견지하며 살고 있다. 제정 러시아와 소련, 그리고 독립 국가 연합이라는 그 지역 역사의 격변기를 거치면서 이민족과의 동화는 생존을 위한 어쩔 수 없는 선택이었을 텐데도 지금까지 한글 신문이 간행되고 있는 것은 우리 민족의 정체성을 잃지 않으려는 노력의 소산으로 볼 수 있다.[1] 이들의 한반도를 벗어난 지역에서의 특수한 삶과 그것의 언어 및 문학적 표현은, 우리 문학의 새로운 한 부분을 형성하면서 그 영역을 넓히는 의미를 가진다. 필자는 여러 논문에서 이러한 경우에 '한민족 문화권의 문학'이란 용어를 사용했다.

이 지역에 거주해 온 고려인들의 문학은, 한글 신문《선봉》이 창간되

---

1) 이준규, 「소련의 해체와 중앙아시아 고려인」, 『민족연구』 7권(한국민족연구원, 2001).

어 문예난을 통해 작품이 발표되기 시작한 1923년 무렵부터 시작하여 80년의 역사를 이어 오고 있다. 그러나 한반도 내의 정치 격변과 이후의 냉전 논리에 가로막혀 국내에는 아예 이들의 작품 소개조차 어려웠으므로, 그 연구 성과는 미미할 수밖에 없었다. 재외 정치학자 김연수에 의해 시 작품이 한정적으로나마 남한에서 소개된 것이 1983년이니, 이 지역의 고려인 문학이 남한에 소개된 지 이제 겨우 20년이 되었을 뿐이다.[2] 게다가 소련이 해체된 이후에야, 개방에 따른 본격적인 연구가 가능해진 사실을 염두에 두면 실제적 연구 기간은 더 짧아진다. 짧은 시간이라도 충실한 소개와 연구가 이루어졌다면 좋겠지만 아직도 자료 수집이나 소개 자체가 절대적으로 부족하다.

지금까지 국내에 소개된 작품 상황을 보면, 작품의 분량은 상당한데 주로 합동 작품집의 형태로 되어 문제가 있다. 기본적으로 문인들에 대한 간략한 프로필조차 없이 한 작가의 작품이 대개 10편 미만이니, 본격적인 연구 자료로는 미흡하지 않을 수 없다. 사회주의 사회라는 배경의 특성, 전업 문인들이 아니라는 점, 게다가 수집가가 비전문가라는 점 등으로 인한 자료 수집의 한계라 할 수 있다. 작품의 창작 시기가 기록되지 않은 것이 대부분이고, 한 사람이 여러 이름을 쓰는 경우 다른 사람인 것처럼 따로 수록되어 있는 점, 수집가의 선택 기준이 다르다 보니 수집하는 사람마다 다루는 작가의 편차가 크고 따라서 많은 작가들을 발견할 수는 있지만 한 작가의 작품 세계를 깊이 있게 들여다보는 것은 어렵다는 점 등도 지적될 수 있다.

또한 이 지역 고려인 문학에 대한 관심과 연구가 미미하여 기왕에 소

---

2) 김연수가 《레닌기치》(1938. 5. 15. 창간)에 수록된 한인들의 시들을 수집해 온 것이 처음이다. 이 작품들은 『캄차카의 가을』(김연수 엮음, 정신문화연구원, 1983)이란 제목으로 100부 한정 출간되었다. 이후 김연수는 계속해서 자신이 수집해 온 시와 소설·희곡 등을 묶어, 합동 시집 『소련식으로 우는 한국 아이』(주류, 1986), 합동 시집 『치르치크의 아리랑』(인문당, 1986), 소설·희곡집 『쟈밀라, 너는 나의 생명』(인문당, 1989) 등 세 권의 책을 더 펴냈다.

개된 작품조차 품절되거나 출판사의 폐업 등으로 아예 자료가 남아 있지 않거나 구입할 수 없는 경우도 부지기수다.[3] 작품 소개의 상황이 이러니 연구의 깊이 또한 부족해서 그동안은 개별 작가나 작품론을 다루기보다는 주로 전반적인 양상을 언급하는 수준에 머무를 수밖에 없었다. 그러나 최근에는 개인 작품집의 형태로 묶여져 나오고, 현지 동포에 의한 연구도 점차 진행되면서 본격적인 작가론이나 작품론, 문학사 등이 연구되기 시작했다.[4]

작품의 전반적인 양상을 살펴보면, 가장 많은 부분을 차지하고 있는 장르는 시이다. 서정시를 비롯하여 노래말(가사), 동요, 장편 서사시, 연시 등을 볼 수 있다. 특히 노래말로 쓴 시가 많다는 점이 주목되고, 이들 장편 시의 선구는 망명 작가 조명희의 산문시 「짓밟힌 고려」(1928)였으리라고 생각된다. 소설의 경우에는 단편이 압도적으로 많다. 특히 구소련 지역 고려인 문학에서 장편 소설이 적은 것은 그 문학의 규모나 한계를 생각하게 되어 아쉬운 부분이다. 그러나 이 지역 한인 문학이 1930년대 옌하이저우에서 꽃피기 시작하다가 1937년 강제 이주로 말미암아 모두 상실되고 모국말 교육마저 금지당한 사실을 생각하면 시나 단편만으로라도 그 명맥을 이어 오고 있음이 다행한 일이 아닐 수 없다.

희곡의 경우, 꽤 두드러진 점을 발견하게 된다. 이 지역 문학에서 희곡이 발달한 것은 1932년 블라디보스토크의 고려인 사회에서 우리 연예 활동의 모체인 '조선 극단'을 조직 운영한 것을 보아도 그 뿌리가 깊음

---

3) 아나톨리 김은 국내에 가장 많은 작품이 소개된 작가로 개인 작품집으로만 8권 정도가 국내에서 출판되었지만, 이중 『푸른섬』(정음사,1987), 『사할린의 방랑자들』(소나무,1987), 『연꽃』(한마당,1988) 등은 절판되어 자료를 구할 수가 없다. 박 미하일의 『해바라기 꽃잎 바람에 날리다』(새터, 1995)는 그의 작품집으로는 유일하게 국내에 소개된 것이지만 역시 절판되었다.

4) 하지만 여전히 국내에서는 자료의 부족으로 아나톨리 김에 대한 것에만 치중되어 있고, 현지의 연구자들이 한진, 라브렌티 송 등을 다룬 소논문들이 소개되고 있지만, 국내에서는 해당 작가들의 작품을 접할 수 없으므로 그 연구를 비판적으로 심화 수용할 수가 없다. 이 지역 문학사 연구도 그동안에는 카자흐스탄에서 김필영 교수가 진행하는 것이 거의 유일했고, 국내에서는 추론만 가능할 뿐이었다.

을 알 수 있다. 그 밖의 작품 형태로는 수필, 평론을 들 수 있는데, 이 부분도 장편 소설처럼 그렇게 활발하지 못했다. 다만 한 가지 참고할 사실은 구소련 지역 한인 작가들의 경우 시인, 소설가, 희곡 작가, 평론가 등의 구분이 없어 보이는 점이다. 사회주의 체제의 특성으로 말미암아 전문 창작 영역이 따로 없다는 특성이 있다.

작품의 주제 양상은 몇 가지로 요약된다. 먼저 드러나는 주제는 레닌에 대한 예찬과 10월 혁명에 대한 칭송이다. 둘째로 가난에 대한 한탄과 가난을 떨치고자 한 의지를 들 수 있다. 셋째는 친선과 평화인데, 이는 위의 주제와 연결된다. 척박한 땅에서 삶의 터전을 일구는 데 성공했다는 자부심은 다른 민족도 포용할 수 있는 여유를 가질 수 있도록 했으며, 이는 동포들과 지역 내 전체 민족들과의 친선을 강조하는 것이나, 평화에 대한 것은 반전을 내세우며 파쇼들의 침략 만행을 규탄하고, 핵무기 개발과 핵전쟁을 경계하는 것으로 나타나기도 한다. 넷째는 고향을 그리는 마음인데, 이때 고향은 그 문인들이 태어난 자란 옌하이저우이거나 중앙아시아 등지이다. 이는 강제 이주 후 삶의 고단함을 말해 주는 또 하나의 방법일 수 있다. 이밖에 사랑과 어머니에 대한 그리움, 또는 생활과 신변을 소재로 하여 이성이나 가족 간의 갈등을 다루기도 한다. 그런데 이는 합동 작품집의 전반적인 주제이고 개인 작품집의 경우에는 이와는 다른 체제 비판적 주제나, 6·25전쟁 소재, 강제 이주 체험의 고단함 등이 다뤄지기도 한다.[5]

국내에서는 작품 소개도 미미한 상황이라서 중요한 작가나 작품에 대한 논의도 부족한 현실이지만, 러시아어를 사용한 이주민의 후예들이 세

---

5) 리진의 『리진 서정시집』(생각의바다, 1996)과 양원식의 『카자흐스탄의 산꽃』(시와 진실, 2002)은 《레닌기치》에 실린 작품들과는 차이가 많이 나는 작품들을 싣고 있다. 특히 리진은 자신의 작품을 주로 친구들과만 돌려 보았다고 한 것으로 보아 대외적으로 발표한 것과 이 시집에 실린 작품들이 차이 나는 이유를 짐작해 볼 수 있게 한다. 현지에서 발표되는 것들은 아무래도 그곳의 정치적 상황과 관련하여 수용이 가능한 것만 선별되었을 것이다. 그러므로 미발표 원고들을 찾아야만 이 지역 문학 연구가 좀 더 풍성해질 것이다.

계 문단에서 주목을 받아 우리에게 소개되기도 하였다. 대표적인 사람이 아나톨리 김[6]과 미하일 박[7]이다.

아나톨리 김은 동양적인 세계관을 보인다고 평가받기는 하지만 그것이 우리 민족과의 연관성을 강하게 드러내는 것은 아니다. 오히려 그의 독특한 세계관과 환상적인 서사 방식은 세계 문학적인 관점에서 평가하는 것이 온당할 것이다. 우리 문학과 직접적인 관련은 적지만, 그의 예술적 상상력과 형이상학적인 주제, 환상적이고 다성적인 서사 등의 시도가 우리에게 문학이 나아갈 수 있는, 아직 나아가지 않은 한 가능태를 보여 준다.

미하일 박은 고려인 5세이면서도 오히려 스스로 민족성을 찾고자 애쓰고, 그리하여 외국어로 배운 한글을 이용하여 창작을 하기도 한다. 그가 이렇듯 뿌리를 찾고자 하는 모습은 자신을 스스로 뿌리 뽑힌 방랑자로 인식하고 있음을 보여 준다. 이것은 비단 그만의 문제는 아닐 것이기에 우리에게는 그 울림이 크다 하겠다. 더구나 뿌리를 찾고자 하는 욕망으로 인해, 그것이 요원한 일이기에 오히려 탈민족적인 사고를 보이다가 결국엔 다시 극복하고 민족성으로 회귀하는 그의 작품 세계는, 현지 이주민들의 과거와 현재, 미래를 암시해 준다고 하겠다.

그런데 이들은 이러한 문학적 성과에도 불구하고 대개 러시아어로 창작을 하고 정체성에 있어서도 과연 '민족 문학사'의 범주에 넣는 데 전혀 거리낌이 없을 것인가 의구심을 불러일으킨다. 이들과는 반대로 논의는

---

6) 아나톨리 김에만 집중한 연구로는 권철근, 「아나톨리 김의 『다람쥐』 연구: 다람쥐와 오보로쩬」, 『러시아 연구』, 제5권(1995)과 김현택, 「우주를 방황하는 한 예술혼―아나톨리 김론」, 『재외 한인 작가연구』(고려대 한국학연구소, 2001)가 있고, 한만수는 「러시아 동포 문학에 투영된 한국 여성의 초상」, 『한국 문학 연구』 19권(동국대 한국 문학연구소, 1997)에서 다른 작가와 비교하여 다루고 있다. 즉, 가장 연구가 집중된 아나톨리 김의 작품에 대한 연구가 이 정도뿐이라는 것은 다른 작가, 작품에 대한 연구 실정을 반증한다.

7) 미하일 박의 경우는 작가론이나 작품론으로 집중적으로 다뤄진 것은 없고, 이 지역 소설 문학 전반적인 논의 속에서 거의 빠지지 않고 거론되고 있다.

제대로 이뤄지지 못하고 있지만 한국어로 왕성한 창작을 할 뿐만 아니라 현지에서 널리 수용되는 작가로 한진과 리진, 양원식, 연성용 등이 있다.

한진의 경우에는 당대 강제 이주와 그에 따른 민족적 억압, 월남전 등 현실적인 문제를 다룬 희곡을 많이 썼다. 한진은 강제 이주로 인하여 민족 말과 글을 제대로 배우지 못한 카자흐스탄 이주 고려인 2세대들의 문화적 공백을 메워 주고, 문학 작품 창작에 관심을 가진 젊은 고려 사람들을 지도하여 후배 작가 양성에 공헌한, 카자흐스탄 고려인 문단 발전에 중요한 역할을 한 작가이다. 또한 타 민족 작가들의 희곡 작품을 민족 말로 번역하여 고려 사람들의 민족 말 보전과 발전에 기여하고 한민족의 역사적 사건이나 민담들을 희곡화하여 고려 사람들에게 민족의식을 고취시키며 고려 사람들의 민족 문화 보존에 크게 기여한 민족주의자이다.[8]

리진이나 양원식의 경우는 국내에 개인 시집이 발간되어, 기존의 합동 작품집에서 보이던 모습과는 전혀 다른 새로운 모습을 보여 주므로 주의를 요하는 시인들이다. 이들의 개인 작품집에서 발견되는 새로움은 강제 이주 당시의 참혹상과 독재 체제에 대한 여러 방식으로의 비판, 타민족과의 유대, 6·25전쟁의 작품화 등이며, 분위기도 합동 작품집의 밝고 희망적인 분위기와는 달리 다양한 감정을 진솔하게 보여 준다는 것이다. 이들의 존재는 자칫 구소련 지역 고려인 문학이 천편일률적이라고 단정해 버릴 수 있었던 상황에서 그 문학사를 풍부하게 할 자양분을 보여 준다는 점에서 아주 고무적이다.

라브렌티 송의 경우에는 카자흐스탄 고려 사람들에게 민족의 전설처럼 대대로 전해지는 강제 이주의 비극적 상황을 연극으로 형상화한 선구적 공적이 있다. 그는 이후에도 영화사를 설립하여 소수 민족의 다큐멘터리를 제작하는 데 힘을 쏟고 있다. 이를 통해 그는 고려 사람들의 민족

---

8) 김필영, 「소비에트 카자흐스탄 한인 문학과 희곡 작가 한진의 역할」, 『한국 문학논총』 제27집(한국 문학회, 2000).

문학 발전과 고려 말의 보존이라는 중요한 역할 외에도 무대 공연을 통하여 고려인 젊은 세대들에게 민족의 뼈저린 역사적 현실을 시각적으로 경험케 하고, 잊혀져 가고 있는 역사를 상기시키는 데 크게 기여하고 있다.[9] 이들 한진, 리진, 양원식에 대한 연구와 라브렌티 송, 연성용에 대한 작품 소개가 앞으로의 중요한 과제라 할 것이다.

이상에서 개략적으로 살펴보았듯이 구소련 지역의 고려인 문학은 그 양에 있어서나 내용의 새로움에 있어서나 우리 문학사에서 간과할 수 없는 중요한 한 축임을 알 수 있다. 그러나 그동안 지리적인 거리상의 문제뿐 아니라 냉전 논리에 의해서도 이 지역의 동포 문학을 수용할 기회가 적었던 것이 사실이다. 소련의 붕괴와 국내의 해금 조치로 인해 이제야 이 분야의 연구가 시작되고 있지만, 이 지역에서 한글 창작은 더 이상은 기대하기 어려울 뿐만 아니라 내용적 측면에서조차 정체성이 모호해지는 경우가 많기 때문에, 보편적인 문학의 범주에서 다룰 수는 있을지 몰라도 '민족 문학'의 범위에서 다루기엔 여러 가지 난점이 있다. 즉, '민족 문학'의 확장이라는 측면에서의 구소련 지역 고려인들의 문학에 대한 연구가 이제 시작되었는데 연구 대상은 곧 사라져 버릴 수도 있는 급박한 상황인 것이다.

현재와 미래의 상황이 이렇게 위태로운데, 거기에 덧붙여 기존에 창작된 과거의 작품도 제대로 관리가 되지 못하고 있는 형편이다. 더구나《레닌기치》등에 발표하는 대외적인 작품과는 별도로 진솔한 감정을 다룬 작품들은 공개되지 않은 채 묻혀 있을 수도 있다는 가능성이 제기되므로, 이렇게 숨어 있는 작품의 여부를 확인해야 하는 자료 수집 자체도 수월한 일은 아닐 것이다. 그러나 이것은 구소련 지역 고려인들의 작품을 민족 문학사에 수렴하기 위해서 어렵더라도 반드시 수행해야 할 과제이다.

---

9) 김필영, 「송 라브렌티의 희곡 기억과 카자흐스탄 고려 사람들의 강제 이주 체험」, 『비교한국학』 제4호 (국제비교한국학회, 1999).

변방에서 이루어지는 이러한 작품 창작과 그에 대한 연구들이 소중하게 받아들여질 때, 우리 문학은 한반도라는 지형학적 한계를 벗어나 더 크고 보편적인 범주를 마련하게 될 것이다.

2 동양적 전통과 환상성 문학의 성과 — 아나톨리 김의 소설

아나톨리 김은 고려인 이민 3세이면서도 그의 작품 세계는 그러한 신분적 환경을 훨씬 넘어서 있다. 『다람쥐』에서 6·25전쟁 중 전사한 북한군 장교의 아들이 중심인물로 나온다든지 몇몇 단편에서 하층 계급 고려인을 다룬다든지 하는 사례를 볼 수 있지만, 민족적 지역적 한계 속에서 주변인으로 살아야 하는 고려인의 문제에 주력했다고 보기는 힘들다.

그러나 그가 1990년대 초반 한국에 머물면서 보여 주었던 '뿌리찾기'의 행위 유형은 '언어 사용자로서의 한국인이 아닌 혈통으로서의 한국인'의 면모가 약여한 바 있었다. 이러한 작품 외적 측면은 그의 작품 세계가 동양적 전통과 연접되어 있다는 사실과 더불어 매우 유용한 정보들을 제시하고 있으나, 무척 난해한 대목들을 포괄하고 있는 그의 작품 해명에 충분한 근거가 된다고 보기는 어렵다.

스탈린의 정책에 의해 고려인들의 중앙아시아 강제 이주가 이루어진 이태 후인 1939년 카자흐스탄에서 태어난 아나톨리 김은, 고리키 문학대학에서 소련 내에 단편 작가로 널리 알려진 블라디미르 리진의 지도 아래 수학했다. 체호프와 무닌 같은 거장의 영향을 받은 리진의 가르침을 받고 또 플라토노프와 같은 대가에 심취하여 작가의 길을 걷기 시작했다.

1960년대부터 작품을 쓰기 시작한 아나톨리 김은 초기 고려인들의 고난과 우리의 전통적 설화를 섞어 "특수한 경험 세계라는 감상적 한계를 뛰어넘는 작품 활동"으로 주류 문학계의 주목을 받았다. 그리하여 1970년대에 들어서는 3만 부에 달하는 첫 작품집을 내며 전국적 명성을 얻었다.[10] 그의 작품 세계는 외형적 질서를 배제한 구성, 서정성, 철학성, 실험적인 형식 등의 독특한 차별성을 보여 준다.

아나톨리 김의 작품 세계에 접근하기 위해서는 구소련에서 1970년대 중반부터 볼 수 있었던 환상 문학[11]과 고르바초프 시대 아래의 폭로 문학[12]에 대한 이해를 확대하는 것이 필요하다. 이 양자는 밀접한 상호 관련성이 있으며, 그동안 사회주의 리얼리즘에 얽매여 있던 작가들이 그 속박으로부터 탈피하고자 하는 욕망이 서로 이질적으로 보이는 양자를 자연스럽게 결속시켰다.

환상 문학이란 문학사적 흐름에 비추어 볼 때 푸시킨, 고골리, 도스토예프스키, 솔로호프, 자미아틴에 이어 징기스 아이트마토프, 블라디미르 오를로프, 니콜라이 예브도키모프의 문학과 연계되어 있는 아나톨리 김의 소설은 19세기 말의 '전형적인 러시아 리얼리즘'이나 구소련 시기의 '사회주의 리얼리즘'과는 궤적이 다른 작품 세계를 보여 주었다. 그의 작품 『다람쥐』는 그러한 소설의 성격을 단적으로 보여 주는 사례에 해당한다. 그리고 이 분야의 문학적 특성을 반영한 그의 대표적 작품이 『켄타우로스 마을』이다.

작가는 스스로 이 작품을 두고 "소비에트 제국의 운명에 관한 이야기"라고 말했다.[13] 이 소설은 라블레, 스위프트, 아쿠다카와 등의 문학과 같

---

10) 1973년에 상재한 『푸른 섬』에는 「묘꼬의 들장미」, 「수채화」, 「복수」, 「사할린의 방랑자들」, 「불여우의 미소」 등의 작품이 실려 있다.

11) 경이 문학과 미스터리 문학의 범주를 포괄하며 초현실적인 특성을 띤다. 즉 기존의 통념과 사회 질서를 뛰어넘는 현실 세계가 있다는 점을 강조한다. 예컨대 사자의 부활, 인간의 초월적 행동, 동물의 의인화 등 합리적으로 설명할 수 없는 세계를 다룬다. 우리나라에서는 1980년대 남미의 작가 마르케스, 보르헤스 등에 의해 잠시 소개되었다.

12) 고르바초프 정권 아래에서의 폭로 문학은 과거 철저한 통제 사회로부터 이완된, 사회 문화적 변화를 반영하는 문학적 방식이다. 그리고 이러한 주제들이 환상 문학의 이슈와 근접하는 측면이 강했다.

214

이 철학적 주제를 환상주의 문학의 형식으로 표현했으며, 그리스 신화에 나오는 반인반마 켄타우로스를 주요 등장인물로 설정했다. 그리하여 그들의 세계를 하나의 민족 사회로 보고 그 붕괴 과정을 소비에트 연방의 붕괴 과정과 대비하는 우화적 상상력을 발현한다.

이 소설에서 켄타우로스는 독재자에게 굴복하는 인간의 성격과 동물적 본능에 충실한 말의 속성을 동시에 지닌 존재이다. 이들은 죄의식 없이 동족을 살해하는 야만적 행위, 본능적 행위에 익숙해 있으며 그 이외의 이성과 윤리를 찾아볼 수 없는 족속이다. 식량 공급지였던 큰 숲이 불타고 아마존 여인과 야생마족의 침략을 받아 이들의 마을이 몰락하는데, 그 과정을 통해 비열하고 추잡하며 욕망의 포로가 되어 버린 인간들의 세계를 강력한 알레고리적 기법으로 환기시킨다.

그들에게 남은 것은 '세레멘트 라가이'(켄타우로스 언어로 고요한 죽음, 평화로운 소멸을 의미하며 소설에서는 이탤릭체로 표기되어 있음.)에 대한 욕망일 뿐이다. 이처럼 자기 주체성의 실현, 자기 정체성의 확립에 이르지 못하는 켄타우로스의 세계는 시대의 변화를 반영하는 문학사적 반응인 동시에 작가 자신으로서는 고려인 3세의 회피할 수 없는 존재론적 지위를 반영한 측면이 없지 않을 것이다. 인간의 삶과 그 영역을 넘어서는 세계와 우주, 그 속에 '끼여 있는' 인간의 운명이 아나톨리 김이 보여 준 소설적 추구의 대상이기 때문이다.

등장인물이 스스로 자기 주체성을 내세우기 어려운 만큼, 그의 소설 세계와 등장인물들의 운명은 무척 수동적이고 소극적이거나 어둡고 우울하나. 남편에게 예속되어 그 남편을 사랑하는 아내(「묘꼬의 들장미」), 자신에게 운명적으로 주어진 다섯 아이를 기르며 언제나 바다에서 해초를 따는 여자(「바다 색시」), 극적인 환경의 변화에 무력하게 대응하는 인간들(「복수」, 「아들의 심판」) 등 1970년대 중반까지는 이러한 소설적 분위

---

13) 《문학사상》 통권 334호, 2000년 8월호, 40~48쪽.

기가 지속되고 있다.

그러나 그가 주로 중편을 발표한 시기인 1978년부터 1981년 사이의 작품들 ,「네 고백」,「꾀꼬리의 울음소리」,「목색띠」,「연꽃」에서는 이전의 작품에서와는 달리 철학적이며 관조적인 분위기가 소설의 전면에 부상하고 있다. 이는 자신의 출신에 대한 인식의 강화와 불교를 비롯한 동양 사상에의 경도를 나타내는 것으로, 삶에 있어서의 선과 도덕, 사후 세계에 있어서의 영혼의 문제 등 형이상학적 주제가 두드러지는 경향을 보인다.

아나톨리 김이 1984년에 발표한 첫 장편『다람쥐』는 그를 이 지역에서 중요한 작가의 반열로 올려 세운 삭품이나. 이 소설에는 6·25전쟁으로 부모를 잃은 주인공을 비롯한 4명의 화가 지망생이 등장한다. 그리하여 인간 세계에 대한 동물 세계의 음모라는 전제 아래 양자가 둔갑 또는 변화라는 방식으로 교차되고 현실을 뛰어넘는 공상의 세계가 펼쳐진다.

이 소설 속의 다람쥐는 인간이 되기 위해 동족 살해를 시도하고 이는 인간에게 내재된 폭력성과 집단 자살의 본성을 풍자하는 형식이 된다. 이러한 암시적 기능과 함께 사할린에서 테헤란에 이르는 공간적 환경의 도입, 동시대 인간의 삶 가운데 난무하는 폭력과 자연 파괴에 대한 고발 등 비판적 태도의 견지로 인하여 이 작품은 여러 가지 의미를 함께 표출하는 전방위적 장편이 되고 있다. 이는 이 소설이 가진 환상 문학으로서의 고정적 가치를 크게 확산시키는 기능을 발휘한다.

1989년에 출간된『아버지의 숲』은, 이 작가의 문학적 이상과 예술적 기법이 함께 작용한 장편 소설이다. 이 작품에서는 폴리포니(polyphony)[14]적 기법으로 많은 사람들의 목소리가 등장하는 독특한 미학적 실험을 시도한다. 그의 이러한 과감한 서술 영역의 개척과 소설적 형식 실험은, 그 자신을 구소련 지역의 명망 있는 작가로 확립하는 데 강한 추동력이 되

---

14) 여러 명의 화자가 등장하는 '다성악'이라고 하는 독특한 서술 기법을 말한다.

었던 것임에 틀림없다.

소설의 메시지를 탑재하는 중심 주제에 있어서도 그렇거니와 이를 담는 그릇으로서의 형식 문제에 있어서도 그는 끊임없는 자가 발전을 진행했던 것이다. 이는 그가 가진 작가로서의 특질을 말하는 것인 동시에, 그가 처했던 민족과 혈통이 강제한 주변인으로서의 자각이 그의 작품 세계에 예리한 경각심으로 작용한 바 적지 않을 것으로 판단된다.

작품 세계의 독특한 면모에 비추어, 그가 서술 방식에 있어서도 선형적 시간 의식에서 이탈하여 과거, 현재, 미래의 시간대를 자유롭게 부유하는 것은 전혀 이상한 일도 새로운 일도 아니다. 그는 작품 세계의 외형적 질서에 구속되어 있기를 거부하고 현상 이면에 잠복한 영혼의 움직임을 포착하는 데 집중했다. 그리고 등장인물의 내면 세계에 자유롭게 개입하는 1인칭 복수형의 화자 '우리'의 사용 등은 당대 문단에 큰 반향을 불러왔다. 이러한 특성을 잘 표현한 작품이 1980년에 발표된 「연꽃」이다.

그러나 그의 작품들이 가진 지나친 특이성과 낯선 문맥은 작품 활동의 후반부로 가면서 수용성의 한계를 드러내어 반응이 쇠락하는 현상을 보이기도 했다. 만약 아나톨리 김이 구소련 지역에 국한되거나 한민족 문화권의 이름으로 타국가 동족의 기림을 받는 작가에 머물지 않기 위해서는, 그가 가진 문학적 특수성을 보편적 문학 체계 위에 설정하는 객관화 과정이 반드시 필요했을 것이다.

그것은 고려인 3세로서 민족적 혈통의 문제에 있어서도 마찬가지이다. 이디오피아 흑인의 혈통을 이어받은 푸시킨, 러시아로 이민 온 스코틀랜드인의 후예 레르몬토프, 우크라이나 이민족 출신의 고골리 등은 그 출신 성분에 있어 주변인이었으나 이를 바탕으로 이들 문화의 중심으로 진입하고 문학적 성과에 있어서도 이름을 얻었다. 그런 점에서 고려인의 혈통은 그에게 있어서 하나의 한계이자 동시에 가능성이기도 했으며, 이는 창작 수행의 환경이 매우 열악한 한민족 문화권의 작가들에게 두루 통용될 수 있는 시금석이기도 할 것이다.

3 방랑자 의식과 민족성으로의 회귀 ── 미하일 박의 소설

미하일 박은 고려인 이민 5세이며, 그의 고조부가 다른 이주민들보다 빠른 시기인 18세기 중반에 월경하여 옌하이저우에 정착했다. 그 시기가 빠른 만큼 그의 가계가 현지 적응 및 정착에 용이했던 측면이 없지 않았을 터이나, 또 그만큼 이민족으로서의 방랑자 의식이 깊었을 것임을 미루어 짐작할 수 있고 그것이 그의 작품 세계에 하나의 특성으로 나타남을 확인할 수 있다.

이 작가의 본업은 화가이며, 1970년 타지키스탄 미술 대학을 졸업한 후 드네프로 페트로프스크, 프룬제, 모스크바, 알마아타, 우랄스크 단체의 미술 전시회에 참여해 왔고 서울에서도 1990년대 중반부터 몇 차례의 개인전을 연 바 있다. 그런 연유로 그의 문체는 다분히 회화적이며 작품 속에 화가가 직업인 인물이 자주 등장한다.[15] 따라서 그 주인공들이 표방하는 '화가의 눈'은, 삶의 현장에 대한 직접적 반응의 양상보다는 그에 대한 예술가적 시각을 약여하게 드러낸다.

작가의 길을 걷기 시작하면서 한글로 소설을 집필하게 되자, 그에게는 혈통 속에 숨어 있던 민족적 정서가 표출되기 시작하고 그것은 선조들의 이주사와 방랑자 의식을 작품에 담는 방식으로 형태화된다. 그가 가진 화가라는 직업으로 인해 러시아와 중앙아시아 일대를 여행하며 떠돈 경험도 이러한 작품 세계의 성립에 일정한 역할을 했을 것으로 보인다.

미하일 박이 스무살 때부터 집필하기 시작했다는 『천사들의 기슭』은

---

15) 미하일 박의 장편 소설 『천사들의 기슭』과 『해바라기 꽃잎 바람에 날리다』의 주인공들은 모두 화가이다. 2001년 재외 동포 문학상 수상작인 『해바라기』의 주인공도 인형극의 무대 장치를 만들기 위해 그림을 그리는 인물이다.

자신을 포함한 젊은 화가들의 세계관을 그린 성장 소설이다. 이 소설의 주인공 "아르까지"는 한 인간이자 예술가로서 그의 삶이 지향해야 할 바에 대해 고뇌한다. 그가 관찰하고 인식하는 세계는 화가의 그것처럼 객관적이고 중립화되어 있다. 때로 구소련 연방의 문화 정책이나 사회주의 체제의 획일성에 대한 비판적 서술이 작품 속에 드러나기는 하지만, 전체적으로 보아 대사회적 관점의 구체성이 지속적으로 유지되지는 않는다.

대타적 세계 또는 문화적 현상에 대한 "아르까지"의 중립적 태도는 고려인의 후예요 방랑자 의식의 계승자라는 신분적 특수성에서 유래한 것이지만, 그것은 한편으로는 고향 의식에 대한 경도와 다른 한편으로는 탈민족적 사고의 형성이라는 양가적 가치를 동시에 형성하는 아이러니를 보인다. 그것은 『해바라기 꽃잎 바람에 날리다』와 같은 작품에서 잘 나타난다.

『해바라기 꽃잎 바람에 날리다』는 이주민 1.5세대인 원국이 화가로 성장해 가는 모습을 다루면서, 당초 목표와는 달리 정착 지역의 이질적인 측면들을 드러내는 탈민족적 방향성을 보여 주었다.[16] 이 작품에서 윤미가 말하는 고향은 현실적 실체감을 가진 것이기보다는 예술가적 관점에서 비롯된 정신적 차원의 성격이 강하다.

그의 작품에 등장하는 조상들의 나라인 조선은 색채 이미지의 '하얀색'으로 특성화된다. 이는 작가 자신 또는 소설의 등장인물이 다가가 하나의 이야기 구조 내부에서 조정력을 발양하면서 이를 체감할 수 있는 것이 아니라, 이미 절대적 의미로 주어진 변형 불가능한 영역에 속한 것이다. 그의 작품 속에 등장하는 민족성의 문제는 이러한 색채 이미지처럼 객관화되어 있으며, 작가는 작품 속에서 자신의 민족성이나 다른 민족성

---

16) 『해바라기 꽃잎 바람에 날리다』는 작가가 이주민인 자신의 선조 이야기를 쓰기 위해 수많은 고증을 확인해 가며 썼다. 그러나 이 작품은 러시아 관리들을 신하게 또 조신의 관리들을 익하게 이분법적으로 구분하고 있고, 주제를 이주민 사회의 보편적인 문제로 확대하지 못하고 원국이라는 주인공의 개별적 차원으로 국한시킨 점 등으로 인해, 용두사미가 되고 말았다는 평가를 받는다.

에 대해 어떤 판단의 기제를 가지고 언급하지 않는다.

고려인 주인공은 민족 정체성에 대해 고민하는 문제적 인물이 아니라 예술가적 기질을 가진 보편적 인간에 머문다. 그의 소설 『쪠가노츠까』, 『밤의 한계선상에서』, 『해바라기』 등에서 고아인 주인공이 등장하는 것은 이러한 작품 세계의 특성과 무관하지 않을 것이다.

그러나 이들 작품에 나타나는 탈민족성의 경향이, 문자 그대로 민족의 혈통 문제에 관한 관심이나 문학적 표현으로부터의 이탈을 뜻하는 것은 아니다. 그가 구태의연한 민족 개념을 작품의 중심 주제로 추구하기를 회피하는 것이지 그 자신의 내부에 잠재해 있는 민족성 자체를 소거할 수 있는 것은 아니다. 이러한 양면적 속성이 곧 그의 문학에 나타나는 방랑자 주인공을 생산하는 원인이 되기도 한다.

『밤의 한계선상에서』는 옥순이라는 인물을 중심으로 여러 인물의 시점을 교차하여 사용하면서, 그 인물들의 내면적 동향을 잘 포착하고 있다. 옥순의 남편 강일배는 이웃 여자의 질투심에 의해 옥순이 살해된 이후 공동체적 생활 환경인 마을을 떠나 "척박한 스텝"에 정착, 기거한다. 다른 인간들, 다른 민족성을 가진 인물들과의 관계를 떠나, 다시 말하면 사회적 친연성을 떠나 정착한 '탈공간' 개념으로서의 '스텝'인 것이다.

그런데 그 탈공간에 기거하던 강일배는, 거기서 고려인 처녀 리나로 인해 상처를 치유받고 다시 공동체의 공간인 사회로 복귀한다. 그 매개 역으로서의 처녀 리나가 '고려인'이라는 사실은, 이 작가의 세계에서는 매우 중요한 일이다. 탈민족적 의식, 탈공간적 환경과 민족성으로의 회귀는, 그에게 있어서 민족 개념에 대한 거부와 수용이 동전의 앞뒷면처럼 밀접하게 상관되어 있는 사실임을 증명한다.

박 미하일의 첫 한글 소설인 『쪠가노츠카』에는 "그리고리 로인"과 "까를루사"라는 청년이 등장하여 축제 밤에 일어난 일들을 보여 준다. 집시의 춤인 "쪠가노츠카"를 주요한 소재로 채택하고 있는 이 소설에서, 그 방랑자의 분위기가 고려인의 민족성과 연관된 부분은 직접적으로 서술되어 있지 않다. 그러나 한글로 제작된 소설의 문면과 "세월은 류수같이", "밭이랑같은 주름살", "머리에는 서리발이"와 같은 한민족의 전통적 표현법에 의해 지배되는 이야기 구조는 소설이 결코 작가의 혈연적 속성과 분리될 수 없음을 반증하고 있다.

2001년 재외 동포 문학상을 수상한[17] 『해바라기』는 앞의 작품보다는 훨씬 더 강하게 민족성 회귀의 양상을 암시한다. 이 소설에 등장하는 주인공 이반은 체첸 그로즈니의 지뢰 폭발 사고로 불구가 되었고, 아파트 단지의 아이들에게 해바라기 램의 모험에 관한 인형극을 보여 주면서 자신의 내면을 치유해 나간다. 이 소설의 이반은 이주 역사의 온갖 고난 가운데서도 삶의 희망을 버리지 않은 고려인의 초상이며, 그에 대한 작가의 따뜻한 인간애를 환기하고 있다.

이반은 아이들에게, "다음에는 한국에 대해서 이야기해 주겠다"고 약속한다. 이와 같은 혈연적 본능에 의한 민족성 회귀와, 앞서 살펴본 방랑자 의식에 의한 탈민족적 경향의 시도 사이에 박 미하일의 소설 세계가 가로놓여 있다. 그리고 화가로서의 예술가적 시각과 작가로서의 객관적 시각의 중간 지점에 그의 소설적 관점이 정초되어 있기도 하다. 이는 고려인이면서 동시에 구소련 지역 출신인 그의 입지와 작품의 성격적 특성을 드러내는 대목에 해당한다.

박 미하일은 아나톨리 김에 비해 그 작품 세계의 의미나 미학적 가치가 뛰어난 작가는 아니다. 그가 한민족 문화권에 알려진 것도 2001년 재외 동포 문학상을 수상하고 난 이후이다. 그러나 그는 구소련 지역에서 한글로 창작 활동을 수행하는 몇 안 되는 작가 가운데 한 사람이다. 그의 작품을 통해 이 지역 고려인들의 삶과 생각, 그 정체성을 확인할 수 있다

---

17) 미하일 박은 그 외에도 1997년 부커 문학상 노미네이트, 1999년 미국 로스앤젤레스의 해외동포 문학상 수상, 2001년 모스크바의 카테프 문학상 수상 등의 여러 차례 수상 경력이 있다.

는 점이 소중하게 받아들여져야 한다.

잘 알려져 있지 않은 그와 같은 작가와 작품을 검증하고, 또 이미 알려져 있는 작가라 할지라도 그들이 공식적으로 발표하지 않은 작품, 다시 말해 사회 체제의 장애와 관련없이 고려인으로서의 생각과 삶 의식을 담은 작품을 발굴할 수 있다면, 이 지역 고려인 문학에 대한 연구도 한층 더 충실해질 수 있을 것이다.

4 그 외의 중요한 작가들

지금까지 살펴본 아나톨리 김이나 미하일 박 외에도 한글로 창작 활동을 해 온 중요한 문인으로 한진, 라브렌티 송, 리진, 양원식, 연성용 등의 문인을 들 수 있다. 이들에 대한 연구와 작품의 보존 등이 한민족 문화권의 문학에 대한 인식과 더불어 절실히 필요하다는 사실은 두말할 필요도 없는 일이거니와, 필자로서는 여력이 부족하여 아직 거기에까지 이르지 못하고 이를 이후의 숙제로 남겨 두었다.

한진은 주로 희곡을 전문으로 창작한 작가이며, 단편 소설도 몇 편이 있다. 그의 희곡들은 역사적 사건이나 민속적 소재를 다룬 작품이 많은 편이나, 고르바초프의 개혁·개방 시대 이후의 단편 소설에서는 강제 이주로 인해 문화적 억압 아래에 있는 카자흐스탄 고려인들의 민족 정체성 문제를 부각시키기도 했다. 그는 고려인들의 민족 말과 민족 글, 그리고 민족 정신의 보존에 있어 중요한 역할을 한 문인이었다.

라브렌티 송은 고려인으로서는 처음으로 1963년 소련 전연방 국립 영화 학교에 입학하여 수학하였으며, 1967년 졸업 후 1985년까지 영화 각본 작가와 영화 감독으로 일했다. 그 이후 '조선극장'과 '카자흐스탄필름 배우양성소'에서 근무하다가 1989년 개인 영화사인 '송 씨네마'를 설립,

현재까지 고려인들을 포함한 소수 민족 대상의 기록 영화를 주로 제작하고 있다. 그는 현지에서 희곡 작가, 소설가, 영화감독으로 알려져 있지만, 그 가운데 희곡 작가로서 가장 많이 인정을 받고 있다. 그 역시 고려인들의 민족적 정서와 말과 글의 보존에 기여한 바 크다.

리진, 양원식, 연성용은 아직 국내에서 체계적인 연구가 이루어지지는 못했으나 구소련 지역 고려인 문학을 논의할 때는 반드시 거론해야 할 문인들이다. 이는 그동안에 이들이 고려인 문학의 유지 및 발전에 보여 준 역할을 말해 주는 것이기도 하고 또 이들의 작품에 대한 비중을 의미하는 것이기도 하다.

리진과 양원식은 이미 국내에 개인 시집이 소개되었다. 이들이 그 이전에 《레닌기치》에 발표한 작품들은, 구소련 지역 고려인들이 강제 이주 이후 삶의 터전을 확립한 자부심과 고향에 대한 그리움 등이 주류를 이루었는데, 국내에 소개된 시집에 실린 시들은 그와는 다른 모습을 보여 주었다. 강제 이주 당시의 어둡고 참혹했던 실정, 현지 타민족과의 따뜻한 감정적 교류 등 이전에 볼 수 없었던 내용들이 등장한다. 이는 이들이 이민족에게서 배운, 그리고 곤고한 체험을 바탕으로 스스로 거두어들인 '세월의 슬기'에 해당하는 것이기도 했다.

소재적 측면에서는 한반도의 정치 상황을 염두에 둔 독재에 대한 비판, 6·25전쟁과 분단 현실에 대한 비판 등의 새로운 경향을 볼 수 있는데, 이는 이들이 북한에서 온 유학생이었다는 신분과도 관련이 있을 것이다. 특히 북한 체제에 대한 강도 있는 성토나 인민들에 대한 연민 및 각성의 촉구 등은 매우 수복할 만한 부분들이다.

연성용은 시와 희곡, 그중에서도 희곡 분야에서 평가를 받으며 현지에서도 문학적 성과를 인정받고 있는 것으로 알려져 있다. 그의 작품 속에는 고려인으로서의 전통적이고 보수적인 민족성이 유지되고 있으며, 이는 앞서 언급한 작자들에게서 살펴본 바와 마찬가지로 한민족 문화권의 시각으로 새로운 평가와 연구가 필요한 경우이다.

구소련 지역 고려인 문학의 성과는 질과 양에서 결코 간과하고 넘어갈 수 없는 한민족 문화권 문학의 한 영역이다. 현지 주류 사회에 진입한 문학도 그렇거니와, 특히 한글로 창작된 작품들의 경우 민족성 짙은 주제 의식이나 전통적 관습을 담은 문장 표현, 척박한 현실적 문화적 환경 속에서 민족어를 지켜 온 노력은 높이 평가되어야 마땅하다.

그동안 사회 체제의 이질성이나 학문적 교류의 어려움 등이 이제 괄목할 만한 수준으로 해소된 만큼 160여 년에 달하는 장구한 이주 역사를 배경으로 본격적인 고려인 문학 연구의 '기치'를 올려야 할 시기가 되었다. 또한 한글을 사용하는 작가의 감소로 인한 물리적 시간 문제에 비추어 보면 이 연구는 그 중요성과 함께 시급성을 요하는 과제가 되었다. 과거에 창작된 작품을 체계적으로 정리하고, 아직 알려지지 않은 작품을 끈기 있게 발굴하는 실질적 연구의 추진이 지금 목전의 과제로 있다.

5 연구 서지 및 작품 목록

1) 재외 한인 문학 일반

■ 단행본

김종회 편, 『한민족 문화권의 문학』, 국학자료원, 2003.

김현택 외, 『재외 한인 작가 연구』, 고려대 한국학연구소, 2001.

서종택 외, 『세계 속의 한국 문학』, 새미, 2001.

설성경 외, 『세계 속의 한국 문학』, 도서출판 새미, 2002.

이명재, 『통일 시대 문학의 길찾기』, 도서출판 새미, 2002.

______, 『소련 지역의 한국 문학』, 국학자료원, 2002.

■ 논문, 평론

홍기삼, 「재외 한국인 문학 개관」, 『문학사와 문학비평』, 해냄, 1996.

■ 문예지·학술지 특집

8·15 특집, 「해외 동포 문단 연구」, 《한국문학》, 1991. 7월.

특집/좌담(참석자: 리진, 권철, 강상구, 가와무라 미나토, 임헌영), 「한민족 문학의 오늘과 내일」, 《한국문학》, 1996. 겨울.

특별 게재, 「세계 속의 한국 문학과 문학인」(1996 문학의 해 기념 '한민족 문학인대회 심포지엄' 발제문), 《한국문학》, 1996. 겨울.

특집, 「세계 문학 속의 한국 문학」, 《한국학 연구》 10집(1998), 11집(1999).

2) 구소련 지역 고려인 문제

■ 단행본

고송무, 『쏘련 중앙아시아의 한인들』, 한국국제문화협회, 1984.

김현택, 『러시아 한인 강제 이주사』, 경당, 2000.

블라디미르 김, 『러시아 한인 강제 이주사』, 경당, 2001.

서대숙 엮음, 『소비에트 한인 백년사』, 태암, 1989.

이구홍, 『한국이민사』, 중앙신서, 1985.

이창주, 『유라시아의 고려 사람들』, 명지대 출판부, 1998.

한 세르게일 미하일로비치, 한 발레리 세르게이비치 공저, 『고려 사람, 우리는 누구인가』, 재외동포재단총서, 고담사, 1999.

한국정신문화연구원 편, 『21세기 재외 한인의 역할』, 1998.

■ 논문, 평론

김달현 외, 『중앙아시아 고려인의 사회·문화 생활과 민족 정체성에 관한 연

구—카자흐스탄, 우즈베키스탄, 키르키즈스탄을 중심으로』, 2000년도 한
국재외동포재단 연구지원 과제, 2001.

김창수,「중앙아시아 한인의 이주 과정 및 생활상」,『한민족공동체』 4권, 1996.

윤인진,「독립 국가 연합의 정치 경제적 상황과 고려인의 당면 과제」,『아세
아 연구』 44권 2호, 2001.

이준규,「소련의 해체와 중앙아시아 고려인」,『민족 연구』 7권, 한국민족연구
원, 2001.

허진,「재소 고려인의 사상 의식의 변화」,『한민족 공동체』 4권, 1996.

3) 구소련 지역 고려인 문학 연구

■ 단행본

김필영,『소비에트 중앙아시아 고려인 문학사』, 강남대 출판부, 2004.

이명재 외,『억압과 망각 그리고 디아스포라—구소련권 고려인 문학』, 한국
문화사, 2004.

■ 학위 논문

이정희, 재소 한인 희곡 연구, 단국대 석사 학위 논문, 1993.

■ 논문, 평론

권철근,「아나톨리 김의『다람쥐』연구: 다람쥐와 오보로쩬」,『러시아연구』
제5권, 1995.

김연수,「재소 한민족과 시 문학」,『캄차카의 가을』, 한국정신문화연구원,
1983.

______,「소련 속의 한국 문학」,《시문학》 제210호, 1989. 1월.

김종회, 「재외 동포 문학의 어제·오늘·내일」, 《어문연구》 124호, 2004.

김필영, 「해삼위 고려사범대학과 한국 도서의 행방」, 한글학회, 《한글새소식》 제299호, 1997.

______, 「《레닌기치》에 나타난 쏘베트 한인 문학 : 강제 이주지 중앙아시아의 시적 심상」, 《비교한국학》 제3호, 국제비교한국학회, 1997.

______, 「송 라브렌티의 희곡 「기억」과 카자흐스탄 고려 사람들의 강제 이주 체험」, 《비교한국학》 제4호, 국제비교한국학회, 1999.

______, 「소비에트 카자흐스탄 한인 문학과 희곡 작가 한진의 역할」, 『한국 문학논총』 제27집, 한국문학회, 2000.

김필립, 「《레닌기치》에 나타난 쏘베트 한인 문학」, 국제비교한국학회, 『비교 한국학』, 1997.

김현택, 「우주를 방황하는 한 예술혼 ― 아나톨리 김론」, 『재외 한인 작가 연 구』, 고려대 한국학연구소, 2001.

리진, 「시에 대한 몇 가지 고찰 : 작시법의 문제」, 『치르치크의 아리랑』, 인문 당, 1988.

______, 「러시아 속의 한국 문학과 문학인」 ― 1996 문학의 해 기념 '한민족 문 학인대회 심포지엄' 발제문, 《한국문학》, 1996. 겨울.

이명재, 「북한 문학에 끼친 소련 문학의 영향」, 《어문연구》 제30권 4호, 한국 어문교육연구회, 2002.

임헌영, 「해외동포문학의 의의」, 《한국문학》, 1991. 7월.

장실,. 「러시아에 뿌리 내린 우리 문학」, 《문예중앙》, 1996. 봄.

장윤익, 「북방 문학의 양상과 수용의 분제」, 《시문학》, 1989. 2월.

______, 「사회주의 국가 속의 교민 문학」, 『북방 문학과 한국 문학』, 인문당, 1990.

조재수, 「중국·소련 한인들의 한글 문예 작품론」, 《문학한글》 제4호, 한글학 회, 1990.

채수영, 「재소 교민 문학의 특징」, 《문화예술》, 한국문화예술진흥원, 1990. 7월.

______, 「재소 교민 소설의 특질」, 『쟈밀라, 너는 나의 생명』, 인문당, 1989.

한만수, 「러시아 동포 문학에 투영된 한국 여성의 초상」, 『한국 문학연구』19권,
　　동국대 한국문학연구소, 1997.

한진, 「재소련 동포 문단」, 8·15 특집 「해외 동포 문단 연구」, 《한국문학》,
　　1991. 7월.

4) 작품집, 단행본 목록

■ 독립국가연합(CIS)에서 발간된 작품집(발간순, *는 러시아어 출간)

박일 편, 『조선시집』, 크솔 오르다, 알마타, 카자흐 국영문예서적 출판사,
　　1958.(고대조선문인시편: 시조 50편 / 현대조선문인시편: 현대시 59편 / 쏘
　　련조선인작가시편: 54편으로 구성)

황동민 편, 『조명희 선집』, 모스크바 쏘련과학원 동방도서출판사, 1959.(1부
　　초기 시 / 2부 망명 전 소설, 수필, 희곡 / 3부 망명 후 시 / 4부 망명 후의 정론,
　　평론, 소품, 서한)

김종세, 『즐거운 편지』(시집), 1961.*

김준, 『십오만원 사건』(소설), 알마아따, 1964.

김종세, 『신기한 배』(시집), 1965.*

우제국, 『아침해』(시집), 1965.*

______, 『한 피 물고 난 형제』(시집), 1970.*

종합 작품집, 『시월의 해빛』, 알마아따 작가출판사, 1971.(25명의 시, 소설,
　　희곡, 평론 139편 / 프로필 / 작품 목록 수록)

공동 시집, 『스텝 지역의 늪차』, 사수싀출판사, 1973.

공동 작품집, 『씨르다리야의 곡조』, 1975.

우제국, 『두 순간』, 1975.*

김준, 『그대와 말하노라』(시집), 알마아따 사수싁출판사, 1977.(주제, 시대 구분 없이 218편 수록)

종합 작품집, 『해바라기』, 카자흐스탄 사수싁출판사, 1982.(21명의 시, 소설, 수필 수록)

연성용, 『행복의 노래』(시집), 알마아따 사수싁출판사, 1983.

김준, 『숨』, 알마아따 사수싁출판사, 1985.

김광현, 『싹』, 알마아따 사수싁출판사, 1986.(시, 서사시, 단편 소설 수록)

김기철, 『붉은 별들이 보이던 때』(소설집), 알마아따 사수싁출판사, 1987.

공동 작품집, 『행복의 고향』, 알마아따 사수싁출판사, 1988.

종합 시집, 『꽃피는 땅』, 카자흐스탄 알마타 사수싁출판사, 1988.(20명의 190여 편 수록)

한진, 『한진 희곡집』, 알마아따 사수싁출판사, 1988.

리진, 『해돌이』(시집), 알마아따 사수싁출판사, 1989.(총 3부 190여 편 수록)

종합 작품집, 『오늘의 벗』, 알마아따 사수싁출판사, 1990.(소련 해체 전 마지막 종합 작품집, 산문만 수록)

■ 국내에서 발간된 작품집

김세일, 『홍범도』(전5권), 제3문학사, 1989~1990.

김 아나톨리, 『푸른섬』, 정음사, 1987.

__________, 『사할린의 방랑자들』, 소나무, 1987.

__________, 『연꽃』, 한마당, 1988.

__________, 『다람쥐』, 문덕사, 1993.

__________, 『페자의 통나무집』, 동쪽나라, 1993.

__________, 『아버지의 숲』, 고려원, 1994.

__________, 『초원, 내 푸른 영혼』(에세이), 대륙연구소 출판부, 1995.

__________, 『켄타우로스의 마을』, 문학사상사, 2000.

__________, 『신의 플루트』, 문학사상사, 2000.

리진, 『리진 서정시집』, 생각의바다, 1996.

____, 『하늘은 언제나 나에게 너그러웠다』, 창작과비평사, 1999.

____, 『윤선이』, 장락, 2001.

____, 『싸리섬은 무인도』, 장락, 2001.

박 미하일, 『해바라기 꽃잎 바람에 날리다』, 새터출판사, 1995.

양원식, 『카자흐스탄의 산꽃』, 시와진실, 2002.

합동 소설집, 『쟈밀라, 너는 나의 생명』, 인문당, 1989.

__________, 『아버지』, 백의, 1993.

합동 시집, 『캄차카의 가을』, 정신문화연구원, 1983.

________, 『소련식으로 우는 한국 아이』, 주류, 1986.

________, 『치르치크의 아리랑』, 인문당, 1988.

고려인 문학의 의의와 작품의 성격

1 고려인 문학의 의의, 작품 소개 및 연구 현황

중앙아시아 지역 고려인들의 문학은, 한글 신문《선봉》이 창간되어 '문예 페이지'를 통해 작품이 발표되기 시작한 1923년 무렵으로부터 약 80년의 역사를 이어 오고 있다. 그러나 한반도 내의 정치 격변과 이후의 냉전 논리에 막혀 남한에는 작품 소개조차 어려웠으므로, 그에 대한 연구 성과는 매우 미미하다. 재외 정치학자 김연수에 의해 시 작품이 한정적으로나마 남한에서 소개된 것이 1983년이니, 이 지역의 한인 문학이 남한에 소개된 지 이제 겨우 20년이 되었을 뿐이다. 더구나 소련의 해체 이후에나 개방에 따른 본격적인 연구의 가능성이 생겼음을 염두에 둔다면 그 연구 기간은 더욱 짧아진다. 짧은 시간일망정 충실한 소개와 연구가 진행되었다면 모르지만, 아직도 자료 수집, 소개 자체가 절대적으로 부족한 상황이다. 이 지역 고려인들은 140년이 넘는 이민의 역사 속에서, 제정 러시아와 소련, 그리고 독립 국가 연합이라는 그 지역 역사의 격변기를 거치면서, 생존을 위해 소련의 정책에 적극적으로 따르면서도 우리 민족의 전통 또한 잊지 않는 이중적 특성을 견지하며 살고 있다. 그리하여 한반도를 벗어난 지역에서의 특수한 삶과 그것의 표현인 그들의 문학은 우리 문학의 영역을 넓혀 줄 수 있는 가능성을 지니고 있다. 그러나 이민의 역사가 오래되고 그 지역의 정치적 격변을 겪으면서 우리말, 우리글을 구사할 수 있는 사람이 급감하고 있는 실정이기 때문에 이에 대한 자료 수집과 연구는 이제 본격적으로 시작되었으면서도 매우 시급한 문제가 되고 있다.

우선 지금까지 우리나라에 소개된 재소 고려인의 문학 현황을 살펴보면, 1983년 재독 정치학자 김연수가, 중앙아시아에서 발행되었던 한글 신문인 《레닌기치》(1938. 5. 15. 창간)에 수록된 고려인들의 시들을 수집해 온 것이 처음이다. 이 작품들은 정신문화연구원에 의해 『캄차카의 가을』(김연수 엮음, 정신문화연구원, 1983)이란 제목으로 100부 한정 출간된다. 이후 김연수는 계속해서 자신이 수집해 온 시와 소설, 희곡 등을 묶어 세 권의 책을 더 펴낸다.[1] 김연수의 소개로 남한에서도 재소 고려인들의 작품을 읽을 수는 있게 되었으나 모두 합동 작품집의 형태로 많은 시인들과 작가들을 다루다 보니 한 사람의 작품이 10편 미만인 경우가 많고 창작 시기에 대한 고려도 미흡하여 본격적인 연구를 진행할 자료가 되기는 어려운 실정이다.

개인 작품집의 경우는 아나톨리 김의 작품[2]이 1987년에 번역된 것을 시작으로 박 미하일,[3] 김세일,[4] 리진,[5] 양원식[6] 등의 작품이 소개되었다.

---

1) 합동 시집 『소련식으로 우는 한국 아이』(주류, 1986);『치르치크의 아리랑』(인문당, 1988). 소설·희곡집 『쟈밀라, 너는 나의 생명』(인문당, 1989).

2) 『푸른섬』(정음사, 1987);『사할린의 방랑자들』(소나무, 1987);『연꽃』(한마당, 1988);『다람쥐』(문덕사, 1993);『아버지의 숲』(고려원, 1994);『초원, 내푸른 영혼』(에세이, 대륙연구소 출판부, 1995);『켄타우로스의 마을』(문학사상사, 2000);『신의 플루트』(문학사상사, 2000).

3) 『해바라기 꽃잎 바람에 날리다』(새터출판사, 1995).

4) 『홍범도』(전5권)(제3문학사, 1989~1990).

5) 시집으로 『리진 서정시집』(생각의 바다, 1996)과 『하늘은 나에게 언제나 너그러웠다』(창비, 1999)가 있고, 소설 『윤선이』,『싸리섬은 무인도』(장락, 2001)가 있다.

6) 『카자흐스탄의 산꽃』(시와 진실, 2002).

　이후 합동 소설집이 한 번 더 나왔고[7] 고송무,[8] 장실,[9] 이명재[10] 등
이 논문 뒤에 몇 작품을 덧붙여 소개하고 있으며, 재외 동포 재단에서 주
최하는 재외 동포 문학상 수상 작품집[11]에 수상작이 수록되어 있다.

　이상의 작품집에는 개인 작품집의 경우를 제외하고는 문인들에 대한
간략한 프로필조차 없다. 사회주의 사회라는 배경의 특성, 전업 문인들
이 아니라는 점, 게다가 수집가가 비전문가라는 점 등으로 인한 자료 수
집의 한계라 하겠다. 작품의 창작 시기가 기록되지 않은 것이 대부분이
고, 한 사람이 여러 이름을 쓰는 경우 다른 사람인 것처럼 따로 수록되어
있는 점, 선택 기준이 다르다 보니 수집하는 사람마다 다루는 작가의 편
차가 크고 따라서 많은 작가들을 발견할 수는 있지만 한 작가의 작품 세
계를 깊이 있게 들여다보는 것은 어렵다는 점 등도 지적될 수 있다. 한
편, 이 지역 고려인 문학에 대한 관심과 연구가 미미하여 기왕에 소개된
작품조차 품절되거나 출판사의 폐업 등으로 아예 자료가 남아 있지 않거
나[12] 구입할 수 없는 경우도 많았다.

　고려인 문학 일반에 대한 지금까지의 연구를 살펴보면 드러난 현상을
언급하는 것에 치중되어 있다. 이때 연구 대상을 정하는 일부터가 난제
인데, 이명재[13]는 특별한 언급 없이 한글로 창작하는 경우로 한정하여
연구를 진행하고 있으면서도 러시아어로 창작하는 작가도 간략히 소개
하고 있다. 연구 대상을 정한다는 것은 그 문학의 문학사로의 편입 문제

---

7) 김영란 옮김, 『아버지』(백의, 1993).

8) 고송무, 『쏘련 중앙아시아의 한인들』(한국국제문화협회, 1984).

9) 장실, 「러시아에 뿌리 내린 우리 문학」, 《문예중앙》, 1996. 봄.

10) 이명재, 『소련 지역의 한글 문학』(국학자료원, 2002).

11) 재외 동포 문학상 수상 작품집, 『재외 동포 문학의 창』(재외동포재단, 1999~2001).

12) 한국에서 출간(발표)되었다는 자료는 있으나 구할 수 없는 작품들은 다음과 같다. 아나톨리 김, 『페
　자의 통나무집』(동쪽나라, 1993); 김 블라디미르, 『바다가 제555호』; 김 블라디미르 드미트리예비
　츠, 『두만강은 국경을 흐르는 강이다』(1994); 『제58호 열차』(1995); 『반세기를 지난 진리』(1999).
　그 외에도 바체슬라브 보리소비치가 한국에서 다수의 소설 및 수필 발표했다고 한다.

13) 이명재, 위의 책; 이명재, 『통일 시대 문학의 길찾기』(새미, 2002).

와 관련되는데, 서종택[14]과 홍기삼[15] 등이 러시아 지역뿐만 아니라 해외 동포 문학 일반에 있어 '누가' 썼느냐 하는 창작자의 문제에 중점을 두는 데 비해, 재러 문인들(리진, 한진)은 '무엇으로' 썼느냐 하는 언어의 문제를 중요하게 여겨 대조를 보인다. 임헌영[16]의 연구는 언어와 내용, 창작 시기 등에 있어 여러 가지 가능한 모습을 변별하고 그 나름대로 객관화하려는 노력이 돋보인다. 아직은 보편적인 합의 없이 범위를 최대한 넓게 잡고 개별적인 연구가 진행 중인데, 어느 정도 연구 성과가 쌓이면 본격적인 논의가 이루어져야 할 것이다.

재외 동포 문학은 이들이 대체로 한반도의 작가들이 정치, 이념적인 이유로 다루지 못한 것을 다루면서 우리 문학사를 풍부하게 채워 줄 수 있다는 점에서 그 의의를 인정받기도 한다. 그러나 이러한 의의는, 어찌 보면 남한에서보다 오히려 더 심한 검열이 진행된 구소련 지역 작품의 경우에는 적용하기 어렵다. 이에 비해 김영무[17]는 한국인은 근본적으로 농경 문화에 속하면서 보수적이어서 도전이나 모험의 전통과는 일정한 거리를 갖고 있는 데 비해, 재외 동포 작가들의 경우는 이러한 한계의 극복이 가능함에 주목하고 있다.

작품에 대한 구체적인 연구라 해도 아직까지는 고려인의 시나 산문 문학의 전반적인 특성에 대한 개괄 연구나 단편적인 언급이 대부분이다. 이 경우 재소 고려인들의 작품의 분위기가 밝다는 점과 이데올로기적인 측면보다는 서정성에 입각하여 창작된다는 점이 지적된다. 전자는 사회주의 리얼리즘을 수용한 것으로, 후자는 일면 가혹한 소수 민족 정책에 그 나름대로 적응한 방식의 결과로 볼 수 있다. 형식적인 면에서의 연구는 거의 전무하며, 내용적인 면에서도 주로 주제를 몇 가지로 유형화하

---

14) 서종택, 「재외 한인 작가와 민족의 이중적 지위」, 『한국학 연구』 10권(고려대 한국학연구소, 1998).
15) 홍기삼, 「재외 한국인 문학 개관」, 『문학사와 문학비평』(해냄, 1996).
16) 임헌영, 「해외 동포 문학의 의의」, 《한국문학》, 1991. 7월.
17) 김영무, 「해외 동포 문학의 잠재적 창조성」, 《한국문학》, 1996. 겨울.

는 정도에 그친다. 본격적인 연구라고 할 만한 작가론이나 작품론은 아나톨리 김에 거의 집중되어 있고 그 외에는 희곡 문학에 대한 것이 있다. 하지만 전자의 경우도 단 두 편 뿐이고[18] 후자의 경우는[19] 해당 지역 거주인의 연구로서 우리로서는 대상 작품을 접할 수 없는 것이다. 그리고 '재외 동포 문학에 투영된 한국 여성의 초상'이라는 공동 주제에 입각한 연구가 한 편[20] 있는데, 이는 문학적 평가와는 거리가 있다.

최근에 이 지역을 세 차례 방문하여 강의도 하고 자료도 수집해 온 이명재 교수에 의해 많은 작가들의 프로필이 정리된 점은 참 반가운 일이다. 또한 그는 그곳에서 발행된 문집 15권도 소개하였다. 그런데 이 15권 중에 김준의 것이 3권인 것으로 보아, 꽤 비중 있는 작가임을 알 수 있으나 그동안 김준의 시는 몇 편만이 소개되었을 뿐이다.

개별 연구자에 의한 연구 외에도 여러 차례 재외 한인 문인에 대한 심포지엄이 있었다.[21] 심포지엄 자료가 모두 나와 있는 것이 아니라서 확실하지는 않지만, 발제문이 공개된 심포지엄이나 혹은 인터넷상에 올라온 참관기를 통해 추측건대 깊이 있는 학술제라기보다는 재외 동포 작가들을 초청하여 그들의 이야기를 듣고 앞으로의 과제를 검토해 본 정도인

---

18) 권철근, 「아나톨리 김의 『다람쥐』 연구: 다람쥐와 오보로쩬」, 『러시아 연구』 제5권(1995); 김현택, 「우주를 방황하는 한 예술혼—아나톨리 김론」, 『재외 한인 작가 연구』(고려대 한국학연구소, 2001).

19) 이정희, 「재소 한인 희곡 연구」, 난국내 석사 학위 논문, 1993.
　김필영, 「송 라브렌티의 희곡 「기억」과 카자흐스탄 고려 사람들의 강제 이주 체험」, 《비교한국학》 제4호(국제비교한국학회, 1999); 김필영, 「소비에트 카자흐스탄 한인 문학과 희곡 작가 한진의 역할」, 『한국문학논총』 제27집(한국문학회, 2000).

20) 한만수, 「러시아 동포 문학에 투영된 한국 여성의 초상」, 『한국문학 연구』 19권(동국대 한국문학 연구소, 1997).

21) 지금까지 개최된 심포지엄은 다음과 같다.
　① 1996. 10. 3. 1996 문학의 해 기념 한민족 문학인 대회 심포지엄(《한국문학》 1996년 겨울호 발제문 게재).
　② 2001. 조선대 재외 동포의 한글 문학 국제 심포지엄.
　③ 2002. 11.1~11. 2 대구 세계 문학제 한국 문학인 대회.
　④ 2002. 12.11~12.12 2002 문학과 번역 서울 심포지엄—세계를 향한 한국 문학.
　⑤ 2002. 12.14. 중앙대 해외 민족 연구소와 한국 문학 번역원 주최 특별 초청 강연회.

듯하다.

이렇듯 연구 대상으로 삼을 해당 작품 자체가 한정적이어서 남한에서의 연구는 한계를 지닌 채 진행될 수밖에 없었다. 따라서 해당 지역의 답사를 통해 자료를 더 확보하는 것이 내실 있는 연구를 위한 필수 선결 과제였으며, 이번 답사를 통해서 어느 정도는 이를 이루었다. 아쉬운 것은 이번에도 역시 희곡 작품과 비평문의 수집은 부족했다는 점이다. 희곡의 경우 소련 국립 조선 극장을 중심으로 계속하여 창작,[22] 상연되고 있으며, 현실적인 문제를 많이 다루고 있다는 점에서 연구의 중요한 부분이 될 것이므로 앞으로 희곡 작품의 수집이 반드시 보완되어야 할 것이다. 비평의 경우도 《레닌기치》에 실리는 작품에 대해 언급이 따른다는 것으로 보아 그들이 추구하는 문학의 방향성 등을 가늠해 볼 수 있는 자료가 될 터인데, 이에 대한 수집은 단 한 편만 있을 뿐이다. 이 부분에 대한 자료 수집 작업도 신속하게 이루어져야 할 것이다.

2 유이민사와 현지 문단 형성 과정

고려인들이 옌하이저우에 이주한 시기에 대해서는 의견이 분분하나 대개 1860년대로 추정하며, 그 이유에 대해서는 흉년 때문이라 본다. 러시아의 적극적인 이주 정책에 힘입어 간도와 만주에서 핍박받던 고려인들이 러시아의 환대 속에 그곳으로 이주하게 되었다. 국내적 어려움, 특히 경제적인 이유로 러시아로 적극 이주하게 되었는데, 러시아 당국은 이주 고려인들에게 그리스 종교에 입교하도록 하고 국적을 부여해 주었으며, 토지 무상 분배, 토지세 감면 혜택을 주었다. 그러나 조선 조정

---

22) 연성용만도 17편을 창작했고 문세준, 김기철, 채영, 태장춘, 한진, 맹동욱, 김이오시프, 전울라지미르 등이 희곡을 창작했다고 한다.

에서는 극형을 줄 만큼 러시아 이주를 억제했다. 조선과 러시아 사이에 1884년 조러 통상 수호 조약이 체결되어 수교가 이루어지자 러시아 측은 조선인 이주자를 다음과 같은 세 종류로 구분하여 다루기 시작하였다.

> 1종: 1884년 이전에 이주한 고려인, 국적 취득 여부에 따라 거주할 것을 허가
> 2종: 1종 해당자 외 사업 정리를 위해 일정 기간(2년 내) 후에 귀한을 요하는 자(여권 필요)
> 3종: 일시적으로 러시아에 왕래하는 자(여권 필요)

이러한 구분을 통해 결국 러시아로 입국하는 고려인들을 규제하려 했으나, 그 이후에도 끊임없이 고려인들은 러시아로 이주했다.

이주 동기가 1800년대 후반에는 기근과 국내 사정의 불안이었으나 1900년대 초에는 일본의 침략에 반대하여 도피하는 경우가 많았다. 조선 사람들은 중국이나 만주 사람에게는 적대감을 가지고 있었으나 러시아 사람들에게는 호기심을 가지고 있었다. 조선인들의 공통적인 이주 목적은 우선 정착을 하는 데 있었다. 고려인들이 너무 많이 이주해 오자 당황한 러시아 당국은 이 문제를 해당 지역 총독 개인의 판단에 맡겨 처리하도록 했다. 소비에트 시대(집단 농장 체제)에는 강력한 행정력을 발동하여 이주 고려인에게는 엄격한 규제를 하고 자국인에게는 많은 혜택을 주면서 고려인과 러시아인 간의 마찰이 자주 발생하게 되었다.

1921년 옌하이저우 자유시 알렉시예프에서 일어난 고려 혁명군과 대한 의용군 간의 전투에서 러시아 볼셰비키 적군의 지원을 받은 고려 혁명군이 승리를 거두자 극동 지역의 조선인 사회는 급속도로 러시아 공산당에 편입되었다. 러시아 혁명을 완성한 볼셰비키들은 옌하이저우를 무대로 항일 투쟁을 하는 고려인 세력을 통합했다. 또한 극동 지역 공산화를 위해 일본 제국주의 식민지 정책에 격렬하게 저항하고 있는 고려인

유격대의 역할이 절대적임을 갈파했다.

이러한 전략에 따라 1920년대 러시아는 조선인에 대한 지원 정책과 동화 정책을 병행 실시했다. 민족 고유 문화를 허용하고 국적 취득 문제도 간소화하는 등 상당한 유화 정책을 실시했다. 이러한 영향으로 1920년대 조선인의 러시아 이주는 최고조에 다다랐고 극동 지역에만 조선족 수가 16만을 넘어섰다. 유치원에서 사범 학교에 이르기까지 176개의 조선인 학교와 300여 개의 문맹 퇴치 학교가 설립되고 정치·행정 기구로 진출, 협동 조합, 집단 농장과 같은 자체적 경제 조직이 운영되어 조선족 자치구 설립 문제까지 논의하는 데에 이르렀다.

이때 소련은 조선족 내에 조선 공산당 창건 사업을 적극적으로 시작했다. 프롤레타리아 혁명을 목표로 하는 소련 공산당은 조선인의 항일 정신과 그 투쟁 열기를 대제국주의 투쟁 및 부르주아 투쟁으로 발전시키는 것이 가장 중요하다고 판단했다. 항일 망명자, 소작농들이 주류를 이루었던 조선족들은 국제 공산당 조직에 쉽게 합류하였다. 역사적으로 보면 조선 공산당이 중국 공산당보다 먼저 창건되는 데 이러한 배경이 있었다.

그러나 1920년대 조선인 옌하이저우 정착과 우리 현대사에서 지울 수 없는 참혹한 사건인 옌하이저우 고려인 집단 강제 이주가 일본의 침략 정책에 따른 러시아의 정치적 수단이었음을 지적하지 않을 수 없다. 1937년 8월 21일 스탈린과 몰로토프의 서명으로 이루어진 고려인 강제 이주 명령서는 러시아 고려인이 일구어 놓았던 밭과 가정, 농산물을 그냥 버려 두고 행선지도 모른 채 화물 열차에 몸을 실어야 했던 고려인들의 비극적인 사건이었다.

고려인 소부락 설치를 포기하고 이들을 분산시키는 정책으로 바뀐 것인데 이는 고려인들이 동화도가 높긴 하지만, 한민족의 특성은 변화하지 않는다고 판단했기 때문이다. 훗날 밝혀진 고려인 집단 강제 이주의 원인은 첫째 일본이 러시아 극동 지역 침략 전략으로 조선인을 이용코자

했기 때문이며, 둘째 소련 일본 간의 전쟁이 발생할 경우 상당수의 조선인들이 일본군에 협력할 가능성이 크며, 셋째로 이미 조선인 일본 스파이가 활동하고 있다는 판단에서였다. 조명희의 처형도 이러한 이유로 연유한 것이 아닌가 추정해 볼 수 있다.

강제 이주 전 러시아 고려인들은 거의 대부분 러시아 혁명과 조선 독립 운동을 해 온 민족 세력이다. 이들이 흘린 피와 땀, 고통의 대가로 돌아온 것은 비참한 삶뿐이었다. 지금 독립국 연합에 산재해 있는 고려인들은 1920년대 옌하이저우에서 가졌던 조선학교와 모국어도 잃어버린 채 살아가고 있다.

1959년부터 11년 동안 고려인들의 인구가 14퍼센트 증가했다고 조지 긴즈버그 교수는 '소연방에서의 한인의 지위'에 대한 보고서를 통해 밝혔다. 이 수치는 소연방 내 0.14퍼센트를 차지하며(1970년 기준), 이는 1959년에 비해 14퍼센트 증가한 수치이지만 소련 내 인구 증가율 15.7퍼센트에 비해 조금 낮은 편이다. 젊은 세대의 등장, 그 지역 문화에 동화된 이주 고려인들. 두 가지 언어를 말할 수 있다고 등록된 사람 중 16.6퍼센트가 한국어를 모국어로 계속 인정하고 있는 사람의 전부라고 볼 수 있다. 또한 소련 거주 고려인 중 68퍼센트가 도시에 거주하고 있음을 알 수 있다. 고려인 사회의 도시화는 낮은 인구 증가율을 보이는 이유가 된다. 언어는 66퍼센트가 한국어를 모국어로 생각하고 있으며, 34퍼센트가 소련의 토착어 중 하나를 선택 사용하고 있다.

고려인과 고려인 사회는 앞서 언급한 바와 같이 강제 이주로부터 시작된 중앙아시아 지역 생활 속에서 그들 나름대로 정치, 사회, 경제 체제에 적응하고 정착하는 과정에서 본의든 그렇지 않든 60여 년 동안에 끊임없는 변화를 겪어 왔다. 이러한 변화는 의식주 등 생활 방식 전반에 걸쳐 일어났고, 특히 민족 정체성의 가장 일반적인 기준으로 이용되는 민족 언어의 사용에서도 나타났다. 지금은 비록 한국어를 잘 못하는 사람들이 상당수이고 민족 문화를 원형 그대로 완전히 전승해 오지 못했으나 이들은 분명 한국인의 후예임을 분명히 인식하고 자부하며 살아가고 있다.

이러한 고려인들은 문학 창작을 통해서도 정체성을 지키고자 노력했다. 1923년에 최초의 우리말 신문 《선봉(아방가르드)》이 블라디보스토크에서 창간되어 문학에 소질이 있는 젊은 고려인 작가들이 이 신문의 문단을 중심으로 모여들기 시작했다. 조명희, 조기천, 한 아나톨리 등 수십 명의 손꼽히는 시인, 소설가, 극작가들이 창작시, 소설, 희곡 그리고 번역 문학 등으로 참여한 《선봉》은 신문의 이름처럼 오늘날 구소련 지역 고려인 문학의 초석이 된 것이다.

이 지역에서 고려인 문단이 형성되기 시작하는 데는 포석 조명희의 역할이 결정적이라고 보아야 할 것이다. 그의 발기, 지도 아래서 구소련 지역에서 고려인 작가와 시인들의 작품을 담은 첫 잡지 《노력자의 고향》이 1935년에 발간되었다. 그러나 조명희는 《노력자의 고향》 2호를 발간한 후 일제 간첩이라는 누명으로 처형되었다. 1930년대 그의 영향 아래 강태수, 유일용, 김해운, 한 아나톨리, 조기천, 전동혁, 김증송, 주성원, 이기영 등 시인들의 창작이 활기를 띠기 시작하였다.

그러나 1937년 고려인들에 대한 중앙아시아로의 강제 이주 정책으로 고려인 문단은 말살 상태에 처해 있었다. 조명희, 강태수가 체포되어 행방불명되었고, 유일룡은 세상을 떴으며, 조선사범대학과 사범전문학교를 비롯하여 일체 조선인 학교들이 노어화로 넘어가 버렸다. 그러나 민족의 문화 전통을 몽땅 없애 버릴 수는 없었다. 1938년부터 발간된 조선말 신문 《레닌기치》와 조선극장을 토대로 조선인 문화의 불빛은 다시 피어나기 시작했다. 이주 후 조선인 문단을 소생시키려 한 아나톨리가 힘겨운 노력을 경주하였다. 특히 조선극장이 연성용, 채영, 태장춘과 같은 희곡 작가들을 단결시키면서 무대 활동을 전개하였다. 《레닌기치》 신문은 고려인 문단의 유일한 활동 무대가 되면서 체계적으로 문예면을 활용하여 문인들을 키워 나갔다.《레닌기치》에 발표되었던 작품의 경향과 당시 사회 상황을 참작하면 고려인 문학은 다음과 같이 시기 구분을 할 수 있다. 제1기는《레닌기치》창간부터《레닌기치》가 카자흐스탄 소비에트 사회의 공화국 신문으로 승격되기 직전인 1953년까지로, 강제 이주로 말미암은 민족적 억압으로 인해 자유로운 문필 활동이 어려웠던 시기이다. 따라서 고려인 문학의 태동기에 해당하면서 동시에 민족 문화의 암흑기가 된다. 제2기는《레닌기치》가 카자흐스탄 소비에트 사회주의 공화국 신문으로 지위가 승격된 1954년부터 페레트로이카 직전인 1985년까지로, 고려 사람들도 공화국 시민으로 인정되어 문학적으로 가장 왕성하게 작품 활동을 한, 고려인 문학 형성기에 해당하는 시기이다. 게다가 이 시기에 북한에서 리진, 한진, 양원식 등의 작가들이 합류하면서 더 풍부해졌다. 개편 정책이 실시되면서 카자흐스탄 작가 동맹 조선 문학 분과는 조선인 문인들을 집결하면서, 근 10개의 작품집을 출판하였다. 제3기는 페레스트로이카가 시작된 1986년부터《레닌기치》가《고려일보》로 바뀌기 직전인 1990년까지로, 페레스트로이카와 글라스노스트 정책의 영향으로 언론 통제가 어느 정도 완화되는 문화적 해빙기이며 민족 감정의 문학적 표현이 어느 정도 허용되며 동시에 사회적 격변기로 문인들이 심리적으로 시달리던 시기이다. 제4기는《레닌기치》가《고려일보》로 바뀌고 소련이 해체된 1991년부터 현재에 이르는 시기로, 고려인 문학은 과도기를 맞아 작품의 내용에 뚜렷한 특성이 없다.

　그러나 냉전 시대의 종결에도 불구하고 고려인 문단의 비극은 계속되고 있다. 출판되는 작품집을 읽을 사람이 없는 것이다. 하지만 1980년대 후반부터 한국에서 구소련 지역 고려인 시인들의 작품이 발간되었는데, 이것은 정말 기적적인 현상이다. 이는 고려인들이 민족 문화 말살 정책에도 불구하고 시 문학의 목숨을 살려 온 긍지를 말해 주고 있다. 그리고 이어 한국의 잡지들이 계속해서 이 지역 작가, 시인들의 작품을 게재하면서 고려인 문인들의 새로운 활동 무대가 되고 있다.

3 전반적 개관 및 평가

1) 작품 형태상 특징

고려인 문학의 가장 많은 부분을 차지하고 있는 것이 시이다. 일반 서정시를 비롯하여 노랫말(가사), 동요, 장편 서사시, 연시 등을 볼 수 있다. 특히 노랫말로 쓴 시가 많다는 점이 주목되고, 이들 장편 시의 선구는 망명 작가 조명희의 산문시 「짓밟힌 고려」(1928)였으리라고 생각된다.

소설의 경우에는 단편이 압도적으로 많다. 특히 구소련 지역 동포 문학에서 장편 소설이 적은 것은 그 문학의 규모나 한계를 생각할 수 있게 하는 점의 하나로 볼 수 있겠다. 작품의 구성이나 전개를 폭넓게 펼쳐 나가야 하는 장편 소설의 엮음새를 생각해 볼 때 단편적인 문학성으로는 어려운 것이다. 흔히 장편 소설의 소재로는 역사적 사건들이나 사회 계몽적 주제들을 들 수 있다. 따라서 그러한 소설을 쓸 수 있는 문학적 바탕은 역사나 삶(생활)에 대한 포괄적 인식과 경험의 축적에 있을 것이다.

구소련 지역 고려인들의 역사나 삶에서 그러한 장편의 소재나 문학적 역량이 없었다고는 할 수 없다. 100여 년의 그 삶의 발자취란 유례가 드문 파란만장한 그것이 아니었던가. 가난한 고향과 모국을 등진 고달팠던 이주와 개척의 몸부림에서부터, 사회주의 혁명의 소용돌이, 항일 무장 투쟁, 특히 스탈린 치하의 강제 이주에 따른 희생과 새 삶의 긴 역정은 고달팠던 이주 민족의 과거사이기도 하지만, 반성과 형상화로 일깨워야 할 민족 문학의 소재들이 아닐 수 없다. 그런데 이러한 내용들을 총체적으로 담아낼 수 있는 장편 소설이 드문 것은 그만 한 까닭이 없지 않았다. 고난과 통제 때문이다. 고려인 문학이 1930년대 옌하이저우에서 꽃피기 시작하다가 1937년 강제 이주로 말미암아 모두 상실되고 모국어 교육마저 금지당한 사실은 그 저간 사정을 그대로 설명해 준다. 오늘날 한국의 독자가 읽을 수 있는 유일한 한글 장편 소설은 김세일의 『홍범도』뿐이다. 이렇듯 장편 소설이 위축된 상황은 앞으로도 더 어려운 상황으로 갈 것이다. 우선 모국 말글 인구가 감소해서 오늘날 고려인 4세, 5세들은 한국 말을 잃어버렸기 때문이다. 그런데 개혁, 개방 시대를 맞은 오늘날의 사회 사정은 창작 활동에 새 힘을 불어넣을 수 있게 되었다. 여기에서 우리는 다시 구소련 지역 고려인 문학의 부활을 생각하며, 장편 대작을 기대해 본다.

희곡의 경우, 구소련 지역 고려인 문학에서 꽤 두드러진 점이 발견된다. 구소련 지역 고려인 문학에서 희곡이 발달한 것은 1932년 블라디보스토크의 고려인 사회에서 우리 연예 활동의 모체인 '조선극단'을 조직 운영한 것을 보아도 그 뿌리가 깊음을 알 수 있다. 이는 바로 민족 연예의 유지와 러시아 극 문학의 영향 등으로 발전되어 온 것으로 보인다. 그 밖의 작품 형태로는 수필, 평론을 들 수 있는데, 이 부분도 장편 소설처럼 그렇게 두드러지지 않은 것 같다. 다만 한 가지 참고할 사실은 구소련 지역 고려인 작가들의 경우 시인, 소설가, 희곡 작가, 평론가 등의 구분이 없어 보이는 점이다. 전문 창작 영역이 따로 없다는 것이다.

2) 작품의 주제 양상

이른바 사회주의 리얼리즘의 바탕에서 삶의 형상화와 자연에의 서정을 묘사하는 것이 그동안 이곳 고려인 문학의 일반적인 경향이다. 이와 관련하여 주제가 몇 가지로 요약된다.

먼저 시 분야에서 드러나는 주제를 살펴보자. 가장 두드러지는 주제는 레닌에 대한 예찬과 10월 혁명에 대한 칭송이다. 이 주제의 시들은 레닌의 이름을 직접적으로 언급하면서 조국으로서의 소련을 예찬하는데, 이는 레닌 혁명으로 인한 현재를 자랑스러워하는 마음뿐만 아니라 미래에 대한 희망이 담긴 것이라고 볼 수 있다. 공산 체제와 특정 인물에 대한 찬양은 약소 민족으로서 공산권의 철권 통치 아래에서 살아남기 위한 어쩔 수 없는 결과로 볼 수도 있지만, 북한의 주체 사상 문예의 영향과 러시아 혁명에서 희망을 찾았던 순수한 의미로 볼 수도 있겠다. 사회주의 건설에 참여한다는 연대감과 공감대가 표출된 작품들인 것이다.

둘째로 가난에 대한 한탄과 가난을 떨치고자 한 의지를 들 수 있다. 중앙아시아로 강제 이주되었을 때, 그곳은 황무지였으나 고려인들은 이에 좌절하지 않고 특유의 근면함으로 그 땅을 비옥하게 바꾸어 놓았다. 따라서 그곳은 고려인들의 미래를 밝혀 주는 새로운 삶의 터전이 되었고, 자신들이 이루어 놓은 터전에 대한 자부심과 그 터전에서 거둬들이는 풍요와 평화로움 등을 시의 주제로 삼게 되었다. 국내에 소개된 작품들 중에는 이 주제의 시가 특히 많은 분량을 차지한다.

셋째로 친선과 평화인데, 이는 위의 주제와 연결된다. 척박한 땅에서 터전을 일구는 데 성공했다는 자부심은 다른 민족도 포용할 수 있는 여유를 가질 수 있도록 하였으며, 이는 동포들과 소련의 전체 민족들과의 친선을 강조하는 것이나, 평화에 대한 것은 반전을 내세우며 파쇼들의 침략 만행을 규탄하고, 핵무기 개발과 핵 전쟁을 경계하는 것으로 나타나기도 한다.

넷째는 고향을 그리는 마음인데, 이때 고향은 그 문인들이 태어나 자란 옌하이저우이거나 중앙아시아 등지이다. 이는 강제 이주 후 삶의 고단함을 말해 주는 또 하나의 방법일 수 있다. 구소련 지역 고려인들의 시에 나오는 가을은 대부분 풍요와 기쁨의 계절로 묘사되는데, 고향을 그리워하는 마음이 가을과 만나면 가을은 쓸쓸함으로 그려진다. 그래서 눈에 보이는 풍요의 계절을 마음에 진눈깨비가 내리는 겨울로 인식하게도 한다. 자연을 소재로 한 시들이 이 주제와 많이 연관되는데, 닮은 곳이라

곤 없어 보이는 중앙아시아의 자연물에서 고향의 모습을 찾는다는 것은 늘상 고향에 대한 생각을 품고 산다는 것에 다름 아니다. 정치적 제약 때문에 돌아갈 기약을 할 수 없어 고향은 더욱 애틋하게 그려진다. 이밖에 다양한 사랑시들과 어머니에 대한 그리움을 기리는 시편들도 눈에 띈다.

소설 작품의 경우에는 반봉건주의와 반제국주의를 주제로 한 작품이 많다. 그러나 반체제, 반독재의 저항 문학은 있을 수 없었다. 특히 스탈린 시대의 탄압과 희생에 대한 고발 문학도 역시 고려인 문학에서는 나올 수 없었다. 그러기에 이들 소설은 주로 생활과 신변의 소재로 단편을 써 왔다. 따라서 이성과의 갈등과 가족과의 갈등을 부각시킨다거나 실존의 위기를 형상화한 작품이 많다. 또한 인간성의 복원과 자연으로의 회귀가 드러나기도 한다.

4 주요 작가·작품[23]

1) 한진(1931~1993)[24] ──고려인의 정체성을 찾아 주려는 희곡 문학

한진은 몇 편의 단편 소설을 발표하기도 했지만, 희곡을 전문으로 창작한 작가이다. 주로 역사적 사건이나 민속적인 소재를 다룬 희곡 작품을 써 왔으나, 페레스트로이카 이후에 발표한 단편 소설에서는 강제 이주로 말미암아 문화적으로 억압당하는 소비에트 카자흐스탄 고려 사람

---

23) 아나톨리 김과 미하일 박은 발표한 작품노 않고 매우 숭요한 삭가늘임에 틀림없으나, 이는 다른 연구자들이 언급하고 있으므로 생략하고, 여기서는 중요하면서도 그동안 제대로 소개되거나 연구되지 못한 작가들에 대해 개관하도록 하겠다.

24) 김필영에 의하면 한진은 많은 작품을 썼을 뿐만 아니라, 러시아 지역 고려인 문학사에서 중요한 인물이지만, 그의 희곡 작품은 국내에 전혀 소개된 바가 없고, 소개된 소설도 몇 작품에 국한된다. 따라서 국내에서는 한진에 대한 연구가 전무하다. 이 부분은 카자흐스탄 크즐오르다대학교 교수인 김필영의 「소비에트 카자흐스탄 한인 문학과 희곡 작가 한진의 역할」,『한국문학논총』제27집(한국 문학회, 2000)을 요약하는 것으로 대신한다.

들의 민족 정체성 문제를 주제로 부각시킨다. 이는 정치적 망명이라는 그의 생애와 밀접한 관계가 있는 것으로서, 소외당한 고독한 작가 정신의 반영이라고 볼 수 있다. 고려 사람들이 가슴속에 간직해 오던 강제 이주와 관계된 비밀들을 뒤늦게나마 문학적으로 형상화한 그의 소설 작품은 당시 역사적 현실을 이해할 수 있는 중요한 실마리를 제공한다.

한진은 1965년에 카자흐스탄 소비에트 사회주의 공화국 국립조선극장 문학부장으로 임명되면서 희곡을 쓰기 시작했다. 첫 작품「의부 어머니」는, 애 딸린 남자와 결혼한 젊은 여인이 남편의 외도에도 불구하고 아이들을 훌륭하게 키워 내자, 아이들은 생부보다 의붓어머니를 택한다는 이야기로, 가정의 윤리 문제를 본격적으로 다룬 최초의 작품이다. 이 희곡의 소재는 당시 소련 사회에서 흔히 있는 사건이었지만, 이런 사회적 문제를 연극이란 매체를 통해 고발하여 해결의 실마리를 찾으려는 작가의 의도가 반영된 작품으로는 처음 있는 일이다. 1967년 작「고용병의 운명」은 월남전에 참가한 한국 병사가 겪는 수모를 소재로 한 작품으로서, 굶주림 때문에 월남전에 참전한 주인공과 같은 의용병의 운명은 박정희 정권이 낳은 결과라는 사실을 강조하고 있다는 평가를 받는다. 이후 한진은 틈틈이 타 민족의 희곡 작품을 번역(1972년에 친기즈 아이트마토프의「모성의 들에」번역 등)하여 조선극장 무대에 소개하여 민족 말 보전에 기여하는 한편, 역사적인 사건이나 민속적인 소재를 바탕으로 창작한「양반전」(1973),「봉이 김선달」(1974),「어머니의 머리는 왜 세였나」(1976),「산부처」(1979),「토끼의 모험」(1981),「너 먹고 나 먹고」(1983),「폭발」(1985),「나무를 흔들지 마라」(1987),「1937년, 통과인 정 블라디미르」(1989) 등 12편의 희곡을 조선극장 무대에 올려 카자흐스탄 고려 사람들로 하여금 민족 문화에 대한 인식을 새롭게 한다. 1988년에 첫 희곡 작품선집『한진 희곡집』이 출간된다.

소련의 페레스트로이카와 글라스노스트의 영향으로 언론의 통제가 어느 정도 완화되기 시작한 1980년대 말에는 작가의 민족주의적 성향이 반영된 단편 소설을 발표하기도 한다. 《레닌기치》에 발표된 한진의 단편 소설 작품으로는 「서리와 별」, 「축포」, 「소나무」, 「녀선생」, 「공포」(1989), 「그곳을 뭐라고 부르는지?」(1988) 등이 있다. 「공포」는 강제 이주로 인하여 문화적으로 억압을 당한 카자흐스탄 고려 사람들의 과거 역사의 한 면을 형상화한 작품이다. 이 작품을 통하여 소련의 가혹한 정책이나 사회 구조의 모순에도 불구하고, 민족 문화의 보존을 위해 물불을 가리지 않은 이주 고려 사람들의 민족정신을 후세들에게 보여 주고 있다. 「그곳을 뭐라고 부르는지?」는 다시는 돌아갈 수 없는 고향에 대한 작가 자신의 향수를 상징적으로 표현한 작품이다. 민족적인 색채를 바탕에 깔고 있는 이 작품에는 소비에트 카자흐스탄 고려인 사회에서 점점 잊혀지고 사라져 가는 민족 말과 민족 문화를 애석해 하는 작가의 민족의식이 잘 나타나 있다. 강제 이주로 인하여 고향에 묻힐 수 없는, 임종을 앞둔 한 여인이 내뱉는 "사람이 태어난 곳은 고향이라고 하지만 사람이 죽어서 묻히게 되는 곳은 뭐라고 부르는지?"라는 말 한마디는 고려 사람들에게 자신들의 민족 정체성에 대하여 생각해 보도록 하고 있다.

한진은 강제 이주로 인하여 민족 말과 글을 제대로 배우지 못한 카자흐스탄 이주 고려인 2세대들의 문화적 공백을 메워 주고, 문학 작품 창작에 관심을 가진 젊은 고려 사람들을 지도하여 후배 작가 양성에 공헌한, 소비에트 카자흐스탄 고려인 문단 발전에 중요한 역할을 한 작가이다. 또한 타 민족 작가들의 희곡 작품을 민족 말로 번역하여 고려 사람들이 민족 말 보전과 발진에 기여하고 한민족의 역사적 사건이나 민담들을 희곡화하여 고려 사람들에게 민족의식을 고취시키며 고려 사람들의 민족 문화 보존에 크게 기여한 민족주의자이다.

2) 라브렌티 송(1941~   )[25] ──강제 이주의 비극을 형상화한 희곡 문학

라브렌티 송은 1963년에 고려 사람으로서는 처음으로 소련 전연방 국립 영화 학교에 입학하여 1967년에 졸업하였다. 학업을 마친 후 카자흐스탄 영화 제작소 "카작필림"에 입사하여 1985년까지 영화 각본 작가와 예술 영화 감독으로 일하였다. 이 시기에 발표된 그의 대표적인 영화 각본으로는 「특별한 날」, 「선택」, 「사랑의 고백」, 「가족 사진첩」, 「추가 질문들」, 「소금」, 「쎄릭꿀의 시간」, 「싸니 산에 오르락 내리락」, 「달의 분화구 가장자리」 등이 있다. 이후 조선극장과 카작필림 배우 양성소에서 근무하다가 1989년에 개인 영화사인 "송 씨네마"를 설립하여 현재까지 소수 민족을 대상으로 한 기록 영화를 주로 제작하고 있다. 그는 카자흐스탄에서 희곡 작가, 소설가, 영화 감독으로 알려져 있지만, 소설가로서의 평판은 대단하지 않고(단편 「여러 차례 여름을 회상함」과 「삼각형의 면적」이 있다.) 주로 희곡 작가로 통하는 편이다.(초기 희곡 작품으로 「봄바람」과 「생일」이 있다.)

여기서는 1997년 작 「기억」(미출판)에 반영된, 이주지 카자흐스탄에서 겪은 고려인들의 정착 체험을 통해 강제 이주가 고려 사람들에게 어떤 의미를 부여하는가를 살펴볼 것이다. 「기억」은 보기 드물게 고려 말로 쓰인 작품으로 사라져 가는 고려 사람들의 글말 보존에 크게 기여하고 있다. 작가는 이 작품에서 소련 원동에서 카자흐스탄으로 강제 이주된 고려인들의 초기 정착 과정을 1937년부터 1942년까지 문학적으로 현실감 있게 묘사하고 있다. 전체 2막 10장의 구성에 지주 계층인 김영진 가족과 무산 계층인 박뾰트르 가족, 카자흐스탄 인 양 몰이꾼 오른바이 가족,

---

25) 라브렌티 송의 작품도 한진의 경우처럼 국내에 소개된 바가 없다. 그러나 러시아 지역 고려인 문학이 조선극장을 중심으로 희곡 분야에서 활발히 전개되었으며, 라브렌티 송은 그 흐름의 중요 인물 중 한 사람이므로 소홀히 할 수 없다. 역시 유일한 연구 자료인 김필영의 「송 라브렌티의 희곡 「기억」과 카자흐스탄 고려 사람들의 강제 이주 체험」, 《비교한국학》 제4호(국제비교한국학회, 1999)를 요약하는 것으로 대신한다.

성적으로 자유분방한 리자 등이 주요 인물로 등장한다. 등장인물들의 성격 설정이 분명하고, 시간과 공간과 행동이 상상적으로 확장되며 전개되는 장면 구성이 치밀한 반면, 무대 배경이나 등장인물의 행동 묘사에 관한 구체적 설명이 불충분한 것이 연극 대본으로서의 흠이라 할 수 있다. 그러나 한편으로는 바로 이러한 점이 연출가의 상상력을 동원하도록 하여 나름대로의 독창적 예술성을 보탤 수 있는 여건이 되기도 한다. 오히려 문제는 인물 간에 발생하는 갈등이 너무 작위적이고 사건들이 심도 있게 점차적으로 발전되지 못하고 안일하게 급속도로 처리된 구성이라고 할 수 있다. 더욱이 갈등의 해결을 의도적으로 마무리하기 위해 불행과 행복을 인위적으로 조합시킨 도식적인 사건 해결로 말미암아 작품의 문학적 긴장을 획득하는 데 실패했다.

강제 이주를 피압박 민족의 정서적 측면에서 묘사한 결과 비사실적 체험이 「기억」에서 자주 언급되고 있다. 역사적 사실성과 예술적 허구성이 적절히 조화되었더라면 한층 더 설득력을 가졌을 것이다.

카자흐스탄 고려 사람들에게 민족의 전설처럼 대대로 전해지는 강제 이주의 비극적 상황을 연극으로 형상화한 라브렌티 송의 선구적 공적이 희곡 구성상의 결점으로 인해 과소평가되어서는 안 된다. 희곡 「기억」은 고려 사람들의 민족 문학 발전과 고려 말의 보존이라는 중요한 역할 외에도 무대 공연을 통하여 고려인 젊은 세대들에게 민족의 뼈저린 역사적 현실을 시각적으로 경험케 하고, 잊혀져 가고 있는 강제 이주 사실을 상기시키는 데 크게 기여하고 있다.

3) 리진, 양원식 그리고 연성용 ─ 고려인 문학의 또 다른 모습

리진, 연성용, 양원식은 그들의 작품을 다룬 소논문조차 국내에서는 찾아보기 힘든 실정이다. 그러나 이들은 해당 지역에서 고려인 문학을 논할 때 꼭 이름이 거론된다. 이는 이들이 현지의 문학 현장에서 상당한 비중을 차지하고 있다는 방증이 될 수 있다. 리진과 양원식은 국내에 개인 시집이 소개되기도 하였다. 그런데 리진과 양원식의 작품을 통해서 우리는 새로운 것을 볼 수 있었다. 즉 지금까지 소개된 구소련 지역 고려인들의 문학에서 다루어지는 내용은, 강제 이주 후 척박한 곳을 비옥하게 만들어 낸 자부심과 그 땅에서의 풍요를 기대하는 내용, 그리고 고향에 대한 그리움과 관련된 것이 대부분이었다. 그것은 《레닌기치》에 실린 리진이나 양원식의 작품에서도 다르지 않았다. 그런데 국내에 소개된 개인 시집에서는 두 사람 모두 사뭇 다른 모습을 보여 준다. 양원식의 경우에는 개인 시집의 작품을 통해 강제 이주 당시의 힘겹고 참혹했던 체험을 이야기한다. 이전의 삭품들에서 희망찬 모습만이 등장했던 데 비해, 그 땅으로 이주하면서 또는 이주하여 터전을 닦으면서 숨겨 가기도 했던 고달픈 모습을 보여 준다.

또한 그렇게 참혹하게 맨몸으로 강제 이주 당한 고려인들에게 호의를 보여 준 카자흐스탄 사람들의 인류애를 다룬 작품도 보인다. 이 점은 리진도 다르지 않아서, 중앙아시아 지역을 여행하면서 쓴 시들에서 타민족과의 감정적 교류를 따뜻하게 다루는 시들을 볼 수 있다. 이민족과의 교류는 합동 시집에서는 보기 드문 소재여서 이채롭다. 강제 이주의 힘겨움을 이길 수 있도록 돕고, 노독을 풀도록 따뜻하게 대해 주는 이민족에게서 시인은 '세월의 슬기'도 배운다. 이러한 깨달음은 한반도의 협소함 속에서 다소 배타적인 정서를 지닌 우리에게 새로운 시각을 열어 준다.

소재면에 있어서도 새로운 모습을 볼 수 있는데, 그중 6·25전쟁과 분단 현실, 독재에 대한 비판 등은 놀랍기까지 하다. 이것은 그들이 북한에서 온 유학생이라는 신분과도 관련이 있을 것이다. 리진의 경우 북한 체제에 대한 비판적 입장에서 망명한 경력에서 알 수 있듯이, 북한 체제에 대한 강도 높은 비판의 시들이 많다. 그런데 이런 작품들의 경우 초기에는 북한 체제에 대한 직접적인 성토가 주를 이루었지만, 후대로 가면서 그 체제 밑에서 고통받는 인민에 대한 안타까움과 그들의 각성을 촉구하는 것, 혹은 알레고리적 수법으로 돌려 말하는 것 등 여러 새로운 모습을 보여 준다.

두 사람의 개인 시집 전반에 흐르는 감정도 이전의 작품들과 차이를 보인다. 이전의 작품들은 밝고 희망에 찬 것들이 대부분을 차지하고 있었음에 비해 안타까움, 슬픔, 불안, 냉소 등의 다양한 감정이 드러난다.

리진과 양원식의 개인 시집을 살펴보면, 구소련 지역 고려인들의 문학이 습작 수준이라든지 우리나라의 1910년대 작품과 비슷하다든지 하는 논의가 이들에게는 전혀 어울리지 않는 말임을 알게 된다. 따라서 앞으로 이들에 대한 자료 수집과 더불어 심도 있는 논의가 진행되어야 할 것이다. 더욱이 이들은 시간이 지날수록 한글 해독률이 낮아지고 있는 현지 상황에 비추어 보건대, 어쩌면 이들이 구소련 지역 고려인 문학에서 한글을 매체로 작품 활동한 마지막 세대인지도 모른다.

연성용은 주로 시와 희곡, 그중 특히 희곡 분야에서 좋은 평가를 받고 있는데, 국내에는 전혀 작품이 소개되지 않았다. 그도 현지에서는 높은 문학적 재질을 갖추었다고 평가받는다. 그의 시는 시로서의 본질에 접근하지 못했지만, 산문에서는 탁월한 재능을 보인다.

「영원히 남아 있는 마음」은 나무를 재미로 기르는 창세와 낙천 두 노인 친구들의 이야기이다. 그늘의 자식들은 도시로 부모를 모셔 가고 싶어 하지만, 그들은 받아들이지 않는다. 그들의 생각은 죽은 아내의 무덤과 친구들이 있는 곳을 떠나지 않으려는 한국적 보수성, 전통적인 한국 사상을 견지한다. 하늘과 땅이 무너진다는 비유는 아버지와 아들의 관계가 소멸된다는 사상과 직결되고 있다. 고향 땅을 잊지 말아야 한다는 것도 같은 맥락이 된다.

지나치게 작위적인 우연성이 보이는 흠도 있지만, 결국 고향에서 부모를 모시고 살기 위해 도시의 편리와 깨끗함을 포기한다는 내용으로, 구성이 매끄럽고 다양한 표현과 기교로 신선하지 못한 소재를 덮고 있다.

5 맺음말

이상으로 개략적이나마 구소련 지역의 고려인 문학을 살펴본 바에 의하면, 구소련 지역에서 이루어진 고려인들의 문학적 성과는 그 양적인 면만 봐도 무시할 수 없다. 한글로 창작된 작품들의 경우, 비록 짙은 주제 의식이나 직설적인 문장 표현, 다분히 습작품 같은 기교상의 투박성 등으로 미학적 성과는 미미하다 할지라도, 어려운 여건 속에서도 모국어를 지키려는 노력은 소중한 것이라 하겠다.

그동안 지리적인 거리상의 문제뿐 아니라 냉전 논리에 의해서도 이 지역의 동포 문학을 접할 기회가 적었다. 소련의 붕괴와 국내의 해금조치로 인해 이제야 이 분야의 연구가 시작되었다. 그런데 구소련 지역의 경우 160여 년에 달하는 긴 이주의 역사로 인해 국내와의 이질감이 커질 수밖에 없었다. 뿐만 아니라 이주민들은 현지의 정치적 상황에 의해 강제적으로 뿔뿔이 흩어져 민족적인 것은 억압당하며 살아왔기 때문에, 현재로서는 한국 말과 글을 아는 사람이 매우 적어서, 한글을 사용한 작품 창작의 가능성이 점차 희박해지고 있다. 물론 고려인 3세, 5세로 이어지는 훌륭한 문학적 성과가 없는 것은 아니지만, 러시아어로 창작한다는 점에서 매체로 사용하는 언어의 문제가 걸릴 뿐만 아니라 내용적 측면에서조차 정체성이 모호해지는 경우가 많기 때문에 보편적인 문학의 범주에서 다룰 수는 있을지 몰라도 '민족 문학'의 범위에서 다루기엔 여러 가지 난점이 있다. 즉, '민족 문학'의 확장이라는 측면에서의 구소련 지역 고려인들의 문학에 대한 연구가 이제 시작되었는데 연구 대상은 곧 사라져 버릴 수도 있는 급박한 상황인 것이다. 현재와 미래의 상황이 이렇게 위태로운데, 거기에 덧붙여 기존에 창작된 과거의 작품조차도 제대로 관리되지 못하는 형편이다.

리진이나 양원식의 경우처럼 합동 시집에 수록되어 소개된 것들과 개인 시집에 실린 작품들 간에 상당한 차이가 있음을 볼 수 있다. 이로써 한 가지 의구심이 인다. 이를테면 《레닌기치》 등에 발표하는 대외적인 작품과는 별도로 진솔한 감정을 다룬 작품들은 공개되지 않은 채 묻혀 있지 않을까 하는 것이다. 때문에 이렇게 숨어 있는 작품의 여부도 확인해야 하므로 자료 수집 자체도 수월한 일은 아니다. 그러나 이것은 구소련 지역 고려인들의 작품을 민족 문학사에 수렴하기 위해서 어렵더라도 반드시 수행해야 할 과제이다. 변방에서 울리는 이러한 작품들에 대한 연구들이 망라될 때, 우리 문학은 한반도의 협소함을 벗어나 더 크고 보편적인 울림을 지닐 것이다.

^{4장} **종교와 문학의 접점**

개화기 천주 가사의 세계
─새로운 연구 방향의 모색을 위한 시론

1 서론

이 글은 개화기 천주 가사의 의미 영역과 작품 세계를 개괄적으로 살펴보고, 이를 통해 종교와 문학의 상관성이 형성한 천주 가사의 의의와 역할을 구명하는 것을 목표로 한다. 주지하는 바와 같이 천주교는 기독교의 구교이며, 관례상 개신교를 구교와 구분하여 기독교로 호칭한다. 그러나 종교와 문학의 관계를 검토하기 위한 서론에서는, 그 명칭을 범박한 의미의 기독교로 사용하기로 한다.

기독교 문학은 서양 정신문명의 근원에서부터 그 시발을 찾는 것이 상례이다. 헤브라이즘과 헬레니즘이라는 두 줄기가 나누어 점유하고 있던 서양 정신사의 흐름이 313년 콘스탄티누스 황제의 밀라노 칙령 이후 헬레니즘의 영향권 안으로 합류되었고, 우리가 2세기 전에 접할 수 있었던 기독교의 구교는 헬레니즘의 전통에 의해 포장된 것이었으되 거기에는 헤브라이즘의 배타성과 헬레니즘의 합리성이 공존하고 있었다.

기독교가 특정한 사회 제도의 준거 틀과 접촉할 때는 합리성의 측면이 전면에 나서지만, 그 가운데서 절대자의 존재에 대응하는 개인의 정신과 부딪칠 때는 배타성의 측면이 강화된다. 이때의 배타성이란 여하한 정황에 처하여도 후퇴할 수 없는 절대자의 지위, 또는 권위의 다른 이름이다. 그리하여 성서에는 현자들의 사상도 허영에 불과하다[1]고 단정적으로 기록되어 있으며, 서양 문학의 역작들 속에 잠복해 있는 기독교 사상의 성향도 거의 공통적으로 절대자의 권능에 순복한 외양을 보인다.

우리 근대 문학의 초기에 기독교 사상이 단편적으로 도입된 최남선, 이광수, 주요한의 작품들을 비롯하여 윤동주, 박두진, 김현승의 작품들에서 더욱 직접적인 육성으로 드러나기까지, 이 도저한 배타성은 한 개인의 정신적 입지로는 허물기 어려운 완강한 울타리를 유지한 형편이었다. 이는 때때로 동양 문명의 바탕 위에서 오랜 관습으로 굳어진 직관 빛 보편성의 관점과 상충할 수밖에 없었다. 예컨대 김현승의 시에 나타난 외형적 굴곡도 궁극적으로 서로 대립되는 두 이류를 함께 체득함으로써 발생한 갈등의 표출이었다 할 수 있을 것이다.[2]

기독교 사상이 문학으로 치환된 가장 기본적인 예는 성서 자체가 문학적 기술의 성격을 약여하게 갖고 있다는 데 있다. 성서를 예언 문학, 묵시 문학, 지혜 문학 같은 호칭으로 부른다든지 「시편」, 「잠언」, 「전도서」, 「아가」 등이 노랫말의 운율로 이루어져 있다든지 「룻기」, 「에스더」가 단편 소설의 형식적 특성을 그대로 구비하고 있다든지 하는 사실이 그에 대한 좋은 반증이 된다.

옥스퍼드 대학교의 바(J. Barr) 교수는 성서 연구에서도 신학적, 역사적, 문서적 연구 외에 미적, 문학적 연구가 수행되어야 한다는 주장을 내놓았다. 영국의 문인 루이스(C. S. Lewis)가 인간을 수륙 양서의 동물이라고 정의한 바 있지만, 그 정의가 내포하는 의미처럼 성서는 지상의 육신과 영적 피안을 아울러서 있을 수 있는 모든 인간 체험을 다루고 있다.

---

1) 「전도서」에서는 지속적으로 "모든 것이 헛되다"라고 기록하고 있으며 "지혜가 많으면 번뇌도 많아서 지식을 더하는 자는 근심을 더하느니라"(전 1:18)라고 적고 있다.
2) 그 갈등의 표출 양상을 대변하는 것이 「견고한 고독」, 「절대 고독」 등의 시편들이다.

　　그러나 우리가 기독교 사상의 문학적 변용이라는 명제를 우리 문학에 적용할 때, 그처럼 직설적인 교의의 발화법을 모두 수긍할 수 있는 것은 아니다. 성서에 기술된 문면에 집착하여 그 범주 자체를 신성시하는 태도가 우세하다면, 그것은 '종교로서의 문학'일 뿐 '문학의 종교적 경향'이 아니기 때문이다. 따라서 비록 종교적 체험이 체질화되어 있는 경우라도 그것이 스스로의 문학성을 고양하여 문학사에 비중을 둘 수 있는 작품의 산출에까지 나아가야 한다는 요구를 수반한다.

　　그러할 때 "교의는 진정한 시에서는 그 모습을 나타내지 말아야 한다. 혹 나타내더라도 교의로서가 아니라 순수한 환상이어야 한다"[3]고 글릭스버그(C. I. Glicksberg)가 『문학과 종교』에서 내세운 논리는 기독교 문학의 존립 근거를 잘 말해 준다.

　　천주교 2세기, 개신교 1세기의 역사를 가진 한국의 기독교 문학은 개화기 이후 구조화된 윤리와 인습의 각질로부터 탈출하려는 계몽주의적 수단으로, 일제 강점기 아래서의 피압박 민족으로서 저항 및 자립 운동의 정신적 버팀목으로 효율적인 수용의 과정을 보였다. 또한 그 이후의 곤고한 역사 과정을 거치면서 개인적 신앙 고백에서부터 사회사적 관점의 표출에 이르기까지 다양한 반응 양상을 보였다. 최근에는 기독교에 대한 부정적 인식을 강력하게 드러내는 작품들도 적잖이 눈에 띈다.

　　기독교 문학은 범박한 의미에 있어서 종교 문학이다. 종교적 인자가 문학의 예술성을 부축해 주고, 문학이 종교적 교리의 의미를 평이한 해석의 차원으로 끌어낼 수 있을 때, 우리는 탁발한 종교 소재의 문학 작품을 만나게 될 것이다.

　　2세기를 벌써 넘어선 전교 역사를 가진 기독교 구교의 초기 천주 가사는, 그것이 산출된 시기가 개화기였다는 점, 그 시기의 문학적 장르로서 가사 형식을 빌고 있다는 점, 각박한 시대적 환경 속에서 생명을 담보로

---

3) C. I. Glicksberg, 최종수 역, 『문학과 종교』(성광문화사, 1981), 272쪽.

한 전교의 사명을 추구했다는 점 등 독특한 성격을 보인다. 그 가운데서도 문학적 표현으로서의 가사와 전교 방안으로서의 종교성이 결합하는 양상은 개화기 종교 문학의 한 범례로서 주의 깊게 관찰할 가치가 있다.

2 천주 가사에 대한 연구와 그 방향성

천주 가사의 목적론적 창작 의도나 개화기 가사의 평이한 운율에 의한 표현 방식 등으로 인해, 이에 대한 연구도 자료 정리에 치우친 경향이 많았다. 단순한 자료 소개에 그친 연구가 있는가 하면 종교적인 면, 문학적인 면, 음악적인 면의 한정적 주제에 따라 연구되어 오다가 오숙영, 하성래 등의 연구자에 이르러 본격적인 작품 연구가 시작되었다. 오숙영은 음악적인 측면에서 천주 가사를 심도 있게 고찰하는[4] 성과를 거두었고, 하성래는 작품 분석에 관한 몇 차례의 논문을 거쳐 이를 집대성한 단행본 『천주 가사 연구』[5]를 상재했다.

신학적인 측면의 연구로는 민중 의식의 시각으로 천주 가사를 본 김진소[6]와 기존 종교와의 영향 관계를 연구한 조신형[7]의 연구가 있다. 문학적인 측면의 연구로는 《경향신문》에 발표된 41편의 작품을 중심으로 문학으로서의 내용과 형식적 특성을 다룬 심재근[8]과 《경향잡지》에 실린 42편의 작품을 고찰한 진연자[9]의 연구가 있다. 그리고 음악적인 측면의 연구로는 앞서 언급한 오숙영의 연구 외에도 경상도 내의 구전 천주 가

---

4) 오숙영, 「천주교 성가가사고—최도마 신부의 성가를 중심으로」, 숙명여대 대학원 석사 학위 논문, 1971.
5) 하성래, 『천주 가사 연구』(성황석두루가서원, 1985).
6) 김진소, 「천주 가사 사상 연구 시론」, 『최석우 신부 회갑 기념 한국교회사논총』(한국교회사연구소, 1982).
7) 조신형, 「조선 후기 천주 가사에 관한 신학적 고찰」, 가톨릭대 대학원 석사 학위 논문, 1994.
8) 심재근, 「천주 가사연구」, 원광대 대학원 석사 학위 논문, 1982.
9) 진연자, 「천주 가사 연구」, 한남대 교육대학원 석사 학위 논문, 1992.

사를 중심으로 초기 천주교 교회 음악을 연구한 최필선[10]의 연구가 있다.

또한 1997년 천주 가사에 대한 총체적인 연구로 박사 학위를 받은 이경민[11]의 연구와 2000년대 이후 상당한 활기를 띠기 시작한 윤미영,[12] 김인혜,[13] 이혜정[14]의 연구가 주목되고 2003년「한국 현대시에 나타난 기독교 정신 연구」에서 천기수[15]는 천주 가사를 한 항목으로 다루고 있다.

이상에서 살펴본 연구 서지들은 대체로 학위 논문이 주류를 이루고 있으며 천주 가사의 내용과 형식 전반을 다루거나 아니면 종교, 문학, 음악적인 면을 중점으로 다루거나 간에 자료의 제시와 그에 대한 분석적 의견을 제시하는 수준에 머문 것이 대부분이다.

앞으로 이 분야의 연구가 더 진척되고 성과를 거두기 위해서는 당대의 시대적 상황과 기독교의 관계를 보다 면밀하게 탐색하고 기독교의 교리와 시대 현실의 접목을 정치하게 검토하는 등, 종교와 문학의 두 축이 하나의 의미로 형성되는 상관성에 보다 유의해야 할 터이다. 그러하기 위해서는 가사라는 문학 장르의 성격과 시대적 기능, 거기에 탑재된 천주 가사의 의미와 목적론적 효용성 등이 함께 연구되어야 할 것이다.

3 천주 가사 출현의 의미와 시대적 배경

우리나라에서 천주교의 시발은, 1610년 허균이 중국에서 천주교의 기도문인『게』12장을 가지고 온 시점인 것으로 알려져 있다. 1614년 이수

---

10) 최필선,「초기 가톨릭 교회음악에 대한 연구」, 동아대 대학원 석사 학위 논문, 1989.
11) 이경민,「천주 가사 연구」, 전남대 대학원 박사 학위 논문, 1997.
12) 윤미영,「박해 시대 천주 가사(교리)와 서한 연구를 통한 최양업 신부의 영성」, 서강대 수도자대학원, 2000.
13) 김인혜,「18세기말 천주 가사와 벽이 가사 연구」, 연세대 교육대 석사 학위 논문, 2001.
14) 이혜정,「천주 가사의 저작 배경과 내용의 변화」,《종교연구》, 2004년 봄, 391~420쪽.
15) 천기수,「한국 현대사에 나타난 기독교 정신 연구」, 영남대 대학원 박사 학위 논문, 2003.

광이『지봉유설』에서 마테오 리치의『천주실의』를 소개하고 이익이 이를 논평하는 등 실학파와의 관계에서 알 수 있는 바와 같이, 천주교는 전통적 관습이 편만한 조선 사회에 처음부터 실사구시의 새로운 시대정신을 유포하며 등장했다. 교육, 출판, 특히 성서의 번역과 발간 등 천주교의 초기 전교 사업은 서민층의 언어인 한글 발전에 기여하고 서민 의식의 성장을 돕는 기능을 발휘하기도 했다.

첫 세례를 받은 이승훈과 조선 교회 창설에 헌신한 이벽, 초기 입교자인 권일신, 권철신, 정약용, 정약종 등과 자신의 집에 예배처를 마련한 김범우 등이 우리나라 천주교의 주추를 놓은 이들이다. 1869년 극심한 탄압으로 말미암아 외국인을 포함한 9인의 신부와 8000여 명의 교인이 순교하는 처참한 역사를 시작으로, 초기 천주교는 한편으로는 신앙심을 부양하고 다른 한편으로는 지속적인 전교를 실행하려는 사명감에 충일해 있었다. 천주 가사는 바로 이러한 시대적 상황과 교회 내부적 요청에 의해 발현된 문학 형식이었다.

유학의 전통적 가치관이 서민 대중에게 미치는 절대적인 영향력이 점점 쇠퇴하고 실학 사상이 실질적 삶의 국면에 소용되는 가치관을 중시하기 시작하면서, 천주 교리와 그 표현 방식으로서의 천주 가사는 새로운 정신적 영역으로 그 자리를 마련할 수 있었다.

이혜정은 천주 가사의 시기 구분에 있어 이를 제작 시기별로 크게 세 모둠으로 구분하고 있다. 첫째는 일명 '주어사 강론'이라고 불리는 강학 모임을 중심으로 저작된 작품들로 이승훈의 문집『만천유교』에 실린 것과 이기경의 반천주 가사들, 둘째는 최양업 신부가 국내에서 전교 활동한 시기에 지어낸 것, 셋째는《경향신문》과《경향잡지》에 게재된 것, 그리고 동일한 시대에 필사본으로 전해진 것들이다.[16]

천주교와 조선 사림의 연계는 정조의 보살핌을 받은 남인 학자들로부

---

16) 이혜정, 앞의 글, 394쪽.

터 비롯되었고, 이는 앞서 언급한 실학 사상의 실행과 관련을 갖는다. 철종 시대에는 당시 국내 유일한 조선인 신부였던 최양업 신부의 적극적인 전교 활동과 그 방안으로서 천주 가사의 출현을 볼 수 있으며, 고종 즉위 직후부터 병인박해를 비롯한 천주교 박해가 시작되어 많은 인명 피해를 목도한다. 이러한 과정을 거치면서 천주 가사는 박해 사건이 소강 상태를 이룰 때마다 전교의 수단으로 제작되었다.

천주교의 전교 활동은 동학의 창건과 경쟁적 상황을 유발하면서, 한층 더 탄력을 받은 측면이 있다. 동학의 교주 최제우가 포교 활동을 시작한 것은 1859년이며, 동학의 교리를 가사 형식으로 치환하여 서민 계층에 유포하기 시작한 것이 상대적으로 천주 가사의 활성적인 제작과 전교를 촉발한 자극제가 되었을 것으로 보인다.

일제 강점기, 특히 3·1운동 이후에 조선 천주교회는 개신교보다 훨씬 더 앞장서서 일제와 화해하는 태도를 견지했다. 이에 따라 천주 가사를 통한 천주교의 전교 방식도 활발한 외부 지향적 활동이 침체되고 교회의 내부적 통합과 유지를 강조하는 소극적 면모를 보였다. 이상과 같은 경과 과정, 곧 시대적 정치적 상황 변화와 관련하여, 천주 가사 내용의 변화를 학문에서 신앙으로, 객체에서 주체로, 밖에서 안으로 변화했다고 분석한 이혜정[17]의 논문은 천주 가사의 내용 분석에 있어 구조적이고 치밀한 성과를 거두고 있다.

'학문에서 신앙으로'는, 조선 사람의 일부 인사가 신문물로 정한 천주교를 학문적 연구의 대상에서 신앙적 경배의 대상으로 그 접근 태도를 변경해 간 것을 말한다. '객체에서 주체로'는, 최양업의 천주 가사를 중심으로 서양의 전교 대상 지역에 해당하는 객체에서 적극적인 전교 실천의 주체로 인식을 변화시켜 간 것을 의미한다. 그리고 밖에서 안으로는, 1906년에서 1930년까지 《경향신문》과 《경향잡지》에 게재된 천주 가사

---

17) 이혜정, 앞의 글.

115편과 필사본 20편을 중심으로 일제 강점기의 천주교회 내부적 행사에 치우친 창작 경향을 일컫고 있다.

이 글에서는 이와 같이 여러 시기에 걸친 천주 가사의 의미와 성격 가운데서도 1911년에서 1918년까지의 《경향잡지》에 실린 작품들을 구체적으로 분석해 봄으로써, 천주 가사의 특징적 면모를 검토하고 이를 통해 당대적 상황 속에서 종교와 문학의 의미를 살펴보려고 한다.

4 《경향잡지》에 실린 천주 가사의 작품 세계

이인직의 「혈의 누」를 발표하던 1906년에 《경향잡지》가 창간되고 여기에 새로이 발표 지면을 얻은 천주 가사는, 형식적인 면에서 7·5조의 개화기 단형 시가 형식(창가 형식)으로 변형되었으며 초기에 보여 주던 유학에의 저항성도 사라지고 자신의 신앙생활을 반성하는 보다 내밀한 작품들이 많이 나타난다.[18] 《경향잡지》에 실린 천주 가사 42편은 신과 인간, 자기 성찰에 관한 주제를 주로 다루고 있다.

이 천주 가사의 천주를 향한 구원 신앙은 한국의 해원 문화와 자연스레 어울린 것이다. 따라서 신앙심의 표현으로서의 특성과 한풀이 방식으로서의 특성은 《경향잡지》에 실린 천주 가사의 내용을 설명하는 두 중심축이 될 수 있다. 진연자는 이 점에 착안해 42편의 천주 가사를 다음과 같이 주제별로 분류하고 이를 한풀이와 신앙심으로 구분하여 설명했다.[19]

■ 《경향잡지》에 실린 천주 가사의 주제별 구분
• 신에 관한 작품: 예수 부활 4편, 그리스도 탄생 3편, 성모신심 2편,

---

18) 진연자, 「천주 가사 연구」, 한성대 교육대학원 석사 학위 논문, 1992, 14쪽.

성신신심 1편, 예수의 고난 1편

- 인간관계: 신년 축하 7편, 축하가 9편, 고담 1편
- 자기성찰: 기도 8편
- 기타: 6편

천주 가사의 천주를 향한 신앙심 표현에 있어 중요한 사실은, 그것이 종교적 공동체의 인식을 그 바탕에 깔고 있다는 사실이다. 이는 기독교의 초대 교회가 신앙 공동체이자 생활 공동체였던 성경적 기록을 현실적인 삶 가운데 받아들이는 것이기도 하고, 근본적으로 공동체적 사유 방식에 익숙한 우리 민족의 심성을 반영하는 것이기도 하다.

전국동포 일심되야 이복록을 뉘라준고
무궁복록 갓히맛네 우리쥬의 덕택일세

쥬의은덕 광대하야 이은덕을 갑자하면
동포자매 품에품네 무엇으로 갑하볼까

새로마암 회개하고 동포형뎨 손목잡고
젼죄를낭 속죄하이 텬국으로 삿히가세[20]

하늘로부터 임하는 복록의 수혜 대상을 "전국동포"로 설정하고 구체적으로 "동포자매"나 "동포형뎨"가 속죄의 신앙과 함께 "텬국"으로 같이 갈 것을 권유하고 있다. 기독교적 사해동포 사상을 민족 단위에 적용한 것은, 국적 있는 신앙으로서의 기독교 정신이 작동하는 건전한 측면

---

19) 진연자, 앞의 글, 15쪽.
20) 「신년축하가」, 《경향잡지》 6권, 2쪽.

이기도 하고 동시에 전체주의적 발상에 단련되어 있는 민족적 속성에 호소력있게 접근하는 측면이기도 하다.

전국 동포들에게 아직 낯선 천주 신앙을 권유하는 것은 확고한 신앙적 징표를 제시하지 않고서는 설득력을 얻기 어렵다. 종교를 성립시키는 세 가지 기본적 요건, 즉 절대자와 그를 설명하는 경전과 생명현상을 넘어서는 사후 세계에 대한 설명 가운데 마지막 항목을 분명하게 강조하는 것이 이 경우의 가장 강력한 전제조건이 될 수 있을 것이다. 그래서 예수의 부활, 동정녀 탄생, 개신교와는 현격한 차이가 있는 성모승천 등이《경향잡지》천주 가사의 주요한 주제로 나타나고 있다.

알네뉘아 알레뉘아 예수부활 알네뉘아
부활절이 언제인가 오늘날이 부활일세

인류됨을 혐의안코 뎐쥬강생 우엔일고
우리인류 구속코져 십자가에 못박혔다

거룩하다 부활이여 깃브도다 알네뉘아
예수부활 아니시면 모든공부 헛것이다[21]

예수의 부활에 대한 신앙이 없으면 "모든공부 헛것이다." 기독교는 '사람의 아들'로 세상에 와서 인류의 죄를 대신하여 십자가에 죽은 후 3일 만에 부활한 예수의 이적을 신앙적 판단의 기초로 하는 종교이다. 이성적 논리적으로 불가능한 이 사실을 믿으면 그로부터 비로소 기독교 신앙의 반열에 들어서는 셈이다.

그러기에 사도 베드로는 성경에서 "우리가 주는 하나님의 거룩하신

---

21) 「예수 부활 찬양가」, 《경향잡지》 6권, 148쪽.

266

자신 줄 믿고 알았삽니이다"[22]라고 고백한다. 믿고 아는 것이지 알고 믿는 것이 아니라는 기독교적 사리분별, 논리의 신앙이 아닌 체험의 신앙을 이 천주 가사는 노래로써 가르치려는 것이다.

이러한 신앙적 표현은 다른 「예수 부활 찬양가」나 「성탄 찬양가」 등에서도 동일하게 나타나는 현상이다. 다만 가사의 문면이 기독교의 교리를 이해시키고 그 이해에 근거하여 신앙적 성숙을 가져오게 하기에는 너무 일반적이고 평이한 내용을 담고 있으며, 이는 그것이 당대의 새로운 시대정신으로 부상한 문화 충격이라는 사실에 비추어 보면 쉽게 이해할 수 있는 대목이다. 당시로서는 그것에 접촉하는 것만으로도 획기적인 변혁의 체험이었던 것이다.

천주교는 개신교에 비해 성모 마리아에 대한 관심과 의식의 비중이 크고, 그래서 '성모 승천'에 대한 논리가 개발되어 있는 상황임을 천주 가사를 통해서도 확인할 수 있다. 이러한 종교적 입장 차이에 대해 여기서 자세하게 거론할 필요는 없겠으나, 7권에 실려 있는 「성모 승천 찬미가」와 9권에 실려 있는 「성모 승천 경축가」를 보면 성모에 대한 찬미가 초기 천주교 신앙에서도 주요한 부분을 차지하고 있었음을 확인하게 된다.

또한 천주를 향한 신앙을 일상적인 삶 속에 편만하게 유지하기 위한 '성신론'을 노래로 부른 것이 「성신 강림 찬송가」이다. 이는 성부·성자·성신의 삼위일체 신앙을 강조하고 그것을 전교 현장에 적용하기 위한 것으로, 특히 시간적 공간적 세약 소건을 넘어서는 성신의 활동을 신앙으로 경배하는 형식을 취한다.

성경말삼 살펴보니 텬쥬세위 한례시오
한례에는 세위시나 부와자와 성신이라

셩신위를 말할진대 차례로는 셋재시나
선후분별 업사시며 존비등분 업사시고

한가지로 하톄시오 한셩이오 하텬쥬라
셩신뜻을 말한진데 항상업난 령톄시라[23]

(후략)

기독교의 성신론 또는 성령론은 종말론과 함께 교리 해석의 가장 어렵고 민감한 부분들을 포함하고 있는 대목이며, 그에 대한 해석의 차이로 말미암아 다수의 이단 종파들이 출현한 실례를 보여 주고 있다. 성신의 존재론적 지위를 정형적 운율에 갇혀 있는 짧은 가사를 통해 그 가사의 음송자에게 인식시키는 것은 당초부터 무리한 일이지만, 그러한 시도 속에는 천주 가사 창작자들의 신실한 신앙심이 개재되어 있고 그것이 가사를 통한 전교의 열정으로 나타났다고 할 것이다.

다음으로 천주 신앙을 삶의 어려움과 현실적 고통, 그리고 오래 묵은 한의 해소에 연계하는 해원 주제의 가사들이 있다. 이는 신앙이 감당하거나 극복하기 어려운 현실로부터 도피처가 될 수 있다는 인식의 방식, 곧 정신적이고 영적인 차원의 변화를 동반하는 가사들의 세계를 말한다. 한국 현대 소설에서는 이청준이 바로 이러한 인식의 발화 방식으로 몇 편의 수발한 작품을 썼다.[24]

이러한 인식의 방식이 작동하기 시작하면, 인식 가능한 세계는 곧바로 천상과 지상의 이원론적 구조로 변화한다. 이 이원론적 구조를 저항없이 수용하면 신성의 영역을 바라보게 되고 여기에 인본주의적 시각으로 이

---

23) 「성령 강림 찬송가」, 《경향잡지》 6권, 220쪽.
24) 이청준의 중편 「이어도」와 「비화밀교」, 장편 「당신들의 천국」 등 지적 유토피아의 세계를 다룬 작품들이 이에 해당한다.

의를 제기하면 그로부터 신성과의 갈등이라는 혹독한 체험과 마주쳐야
한다. 한국 현대 소설의 작가 김동리는 이 갈등의 양상을 소설로 쓰고,
이를 자신의 대표작으로 치부했다.[25]

> 동포들아 경계하야 보호하을 밋지마소
> 사람이면 다갓흐니 엇지나를 보호하리
>
> 보호함을 구하려면 쥬셩모 쮜구흙지다
> 이밧게는 셈기샹에 잇을곳이 업나니다[26]

　제목이 「사슴과 소」로 되어 있는 가사의 끝부분이다. 사슴의 피난을
중심 주제로 하여 '주님'과 '성모님'에게만 구원이 있음을 밝히고 있다.
상대적으로 사람과 세상은 전혀 믿을 수 없는 것이며, 세속과 구분된 신
성의 영역을 바라볼 것을 권유하는 내용이다. 만일 가사의 수용자가 이
러한 이원론적 세계 인식의 방식을 수용한다면, 그는 현실적 어려움 너
머에 있는 정신적 피안을 구하는 종교적 승급을 추구하게 될 것이다.

> 육신은 이세샹에 슈강하시고
> 령혼은 후세샹에 텬국에올나
>
> 텬당 무두렷이 열어드릴제
> 영원고 울니쇼서 둥둥둥[27]

---

25) 김동리의 장편 「사반의 십자가」는 신성과 인본주의의 접점에 일원론적 구조의 시각으로 접근한 소
　설이다.
26) 「사슴과 소」, 《경향잡지》 5권, 18쪽.
27) 「회갑창가」, 《경향잡지》 7권, 510쪽.

신앙 동료의 회갑에 부친 가사이다. 일상생활 속에서도 지속적으로 "텬국"과 "텬당"에 대한 소망을 표현하고 있으며, 이러한 지향성을 가진 발화자의 세계관은 현실 일탈 또는 현실 도피적 성격을 나타내기 마련이다. 동시에 발화자는 가사의 수용자에게 그 세계관에 동화할 것을 촉구하는 형국이며, 그로써 현실적 어려움을 넘어서는 새로운 차원의 삶을 권유하는 것이다. 이것이 곧 천주 가사가 의도하는 전교 사명의 실천이다.

> 령신은혜 갓히벗고 귀동자와 귀동녀도
> 일심협력 교훈하여 성가표양 직히다가
>
> 찬류세계 지나거든 자녀들의 손을쓸고
> 텬국본향 들어가서 일가동작 살지어도[28]

「친척의 영혼을 힘써 구할 일」이라는 가사의 말미 부분이다. 한 가정과 일가 친척이 "텬국본향" 들어갈 것을 희구하는 문면은 현실 일탈에의 권유가 개인적 차원에서뿐만 아니라 공동체적 차원에서 이루어져야 한다는 전교의 확산을 의도하고 있다. 유림 사대부 중심의 봉건 군주 체제나 일제 강점기의 식민 지배 체제를 막론하고 그 장막 아래에서 삶의 고통스러움에 당착했던 천주교도들은, "텬국본향"이라는 유토피아를 비장의 무기처럼 지니고 살았을 것이다. 이 가사는 그러한 영혼 구령과 삶의 어려움 해소라는 두 가지 문제에 동시에 접근하는 특성을 보인다.

이상에서 살펴본 각기 다른 유형의 천주 가사들은 거개가 초보적이고 일반론적인 신앙의 권면에 머물고 있고, 그에 대한 연구들도 가사의 문면 그 자체를 넘어서기 어려운 실정에 있는 것이 사실이다. 그런데 그러한 외형적 형상에서 한 걸음 더 나아간 시대적 성격, 사상사적 의미, 장

---

28) 「친척의 영혼을 힘써 구할 일」, 《경향잡지》 10권, 99쪽.

르적 특성 등에 대한 복합적이고 체계적인 연구는 아직 충분히 이루어지
지 않은 것으로 보인다.

그러나 오늘날의 정돈된 시각으로 볼 때 외형이 초라하게 느껴지는 이
천주 가사들의 세계는, 당대의 역사적 삶과 그 현장의 문제로 되돌렸을
경우 그것의 창작과 음송이 때로는 생명을 담보로 해야 하는 극단적인
경우에 처하기도 했음을 유의하며 검토해야 할 것이다. 동시에 우리 문
학사의 한 장르로서 천주 가사가 갖는 성격에 있어서도, 다각적이고 입
체적으로 조명하는 연구 방법의 새로운 설정이 모색되어야 하겠다.

5 맺음말

개화기 천주 가사의 세계를 살펴본 이 짧은 글에서는 당초 목표로 했
던 천주 가사를 통한 문학과 종교의 상관성 검토라는 과제에 대해 일반
론적인 논의만 제시했을 뿐 그 핵심에 이르지 못했다. 그러한 과제의 본
격적 논의를 위해서는 개화기 천주 가사의 종교적 함의를 보다 면밀하게
검증하고 이를 가사 문학의 특성과 연계하여 그 효율적 성과와 미비한
결점을 체계적으로 분석해야 했다. 그러나 이는 보다 장기간의 자료 정
리와 연구 수행을 요구하는 일이었다.

종교적 측면에 있어서는 개화기 천주 가사를 배태시킨 시대적 상황과
그에 대응한 가사의 주제 의식, 오늘날까지 천주교회의 의례에 전이되어
온 음송의 방식과 교회 음악적 요소 등이 총제적으로 연구되어야 할 것
이다. 문학적 측면에 있어서는 개화기에 있어서 유교, 불교, 개신교의 가
사 등과 함께 비교 연구를 수행하면서 가사 문학 그 자체의 발생론적 특
성이 천주 가사에 도입된 전후 문맥에 관한 연구도 병행되어야 할 것이다.

그런 연후에 이 양자의 연구를 대비 또는 조합하면서, 한 특정한 시기

의 종교 문학이 생성시킨 시대적 의의와 문학적 가치를 도출하는 절차가 필요할 터이다. 하지만 이 소략한 글을 통해서도 개화기 천주 가사가 종교적 사명감의 충일과 그 실천에 있어 극대화된 효용성을 도모하면서, 당대의 가장 호소력 있는 문학 장르로서 가사의 노래 방식을 선택했음을 목도할 수 있다.

이것은 극단적 압제의 시대였던 그 당시로서는 최선의 방안이었고, 이 글의 서론에서 논의했던 '종교로서의 문학'이나 '문학의 종교적 경향' 따위를 운위할 게재가 되지 못했던 형편이었다. 천주교 전래 2세기를 넘어선 오늘날, 그 초기 시대의 생명을 위협하는 어려움을 헤치고 곤고한 현실 극복의 인식과 전교 실천의 사명을 끌어안았던 천주 가사는 그 값어치를 신실하게 존중받아야 옳겠다.

그렇게 '종교'가 앞서고 앞선 종교를 뒤쫓아 가기에 '문학'이 수단으로서의 역할밖에 할 수 없었던 시대, 문학이 한정적 범주 안에 차폐되어 있던 시대의 천주 가사는, 문학적 성과에 무게 중심을 두고 논의될 수 있는 정황을 확보하지 못했다. 이것은 그동안 이 분야에 대한 연구들이 종교성과 문학성의 상관 관계 구명을 소홀히 한 원인이 되기도 했을 터인데, 그러기에 가사 장르 자체의 문학성 연구에서 출발하는 새로운 방식이 필요할 것 같다.

이 불가피한 한계는 가사 장르를 비롯한 우리 고전 문학 일반이 공통적으로 당면하는 문제이기도 하거니와, 유혈의 박해를 배경으로 생장한 천주 가사는 그 순교자적 기능만으로도 일정한 존재값을 매길 만하다. 이는 우리 역사 과정에 있어서 논리적 분석 이전에 선험적 공감의 차원이 작용할 수 있는, 그리 많지 않은 사례 가운데 하나라 할 것이다.

만해 문학의 서사성

1 왜 지금 다시 만해인가

과거의 역사에서 교훈을 얻지 못하는 민족에게 과연 미래가 있을 것인가. 더욱이 그 과거사라는 것이 말할 수 없는 고통으로 점철되고 그로부터 벗어나는 데 수많은 희생이 지불되었음에도 불구하고 이를 경홀히 응대하고 있는 형편이라면 어떨까. 이는 그 민족 공동체가 자기 정체성과 당면한 좌표에 대해 그야말로 예리한 경각심을 발동하지 않으면 안되는 지점에 와 있다 할 터이다.

이와 같은 도덕 교과서적 발상의 잣대를 들이대는 어색함을 무릅쓰고서도, 오늘날과 같이 올곧은 가치관이나 정신적 질서가 유실된 상황에 있어서 범민족적으로 새롭게 환기해야 할 인물이 바로 만해 한용운 선생이라고 본다. 선생의 생애와 문학을 주의 깊게 일별해 본 이라면 여기에 미소한 이의라도 제기하기 어려울 것이다.

한 세기를 획한 탁발한 학문과 문학, 고승으로서의 경지와 시대를 꿰뚫어 본 혜안, 나라의 독립을 주창함에 주저함이나 거칠 바가 없었던 기개……. 가히 선생은 존중할 만한 민족적 지도자요 그 내면이 광대한 선각자였다. '만해 문학의 서사성'이란 주제로 선생의 세계에 문학적 분석을 목표로 접근하던 필자는, 순간 그처럼 근시안적이고 구태의연한 태도를 버려야겠다는 생각에 이르렀다.

기실 그러한 문학적 연구는 그간의 축적된 논의를 통해 충분히 이루어졌다. 거기에 작은 돌 하나를 더 갖다 얹는다는 것이 별반 뜻이 없을 것이라는 생각과, 선생의 웅혼 활달한 세계관에 근접한 감명이 필자로 하여금 원래의 본분을 좀 벗어나도 좋겠다는 판단에 이르게 했다.

그러나 선생에 대한 감명과 존경의 심정을 주로 앞세워 나간다면 마침내 논의 자체가 공소하게 겉돌 수밖에 없을 것이므로 여기에서는 선생이 남긴 서사 문학, 곧 소설 작품을 중심으로 그 가운데 선생의 세계 인식과 문학적 표현 방식이 어떻게 악수하고 있는가를 검토해 볼 요량이다.

그리하여 선생이 남긴 그 문학 속의 깨우침이 어떻게 후세의 경계가 되며 후인들이 어떻게 이를 계승해야 할 것인가에 대한 인식의 근거 자료를 마련해 보고자 한다. 그것은 곧 오늘날 왜 선생이 지속적인 문제의 인물로 우리 앞에 서 있는가를 해명하는 일이기도 하겠다.

2 만해 소설의 당대적 의미

만해의 시는 그간 그 시기 문학사의 대표적 성과로 평가받아 왔지만, 소설은 그다지 크게 주목을 받지 못했던 것이 사실이다. 미상불 그의 소설들은 개화 세대의 소설적 특성을 반영하는 여러 면모를 끌어안고 있고, 그것은 때로 미숙한 문학적 수준을 드러내거나 기술상의 또는 구조적 취약성을 여과없이 보여 주기도 한다. 그러나 그러한 까닭으로 오히려 그 시대의 당대적 의식과 문제점을 극명하게 반영하는 양가성을 갖는다.

만해의 소설은 모두 다섯 편이 전하는데, 발표된 네 편의 소설 중에서

『흑풍(黑風)』[1]과 『박명(薄命)』[2]은 완결되었으나 『후회(後悔)』[3]와 『철혈미인(鐵血美人)』[4]은 미완으로 끝났다. 그리고 창작 시기는 알 수 없으나 소설의 내용으로 보아 3·1운동 직후에 창작되었을 것으로 예상되는 중편 분량의 『죽음』[5]이 발굴되었다.

만해 시에 대한 연구가 그 양과 질에 있어 대단한 성과를 보여 주고 있는 데 비하면, 소설의 성가(聲價)가 그러한 만큼 연구의 성과도 그다지 괄목할 만하다고 보기는 어렵다. 일찍이 한용운 전집에서 백철[6]이 만해의 소설을 소개한 이래 김우창,[7] 이명재[8] 등의 평문 및 연구가 알려져 있고 본격적인 만해 연구의 일환으로 소설 장르를 검토하고 있는 김재홍[9]의 연구가 있으며 만해 소설의 탈식민주의적 경향을 살펴본 송현호,[10] 이선이[11]의 연구가 주의를 요한다. 또한 1990년대 초반부터 나오기 시작한 석박사 학위 논문을 통한 연구가 근자에 와서 더욱 증가되고 있다.

이 연구들에서도 언급되고 있지만, 만해가 이미 뛰어난 시적 성취를 이룬 시인이면서도 소설 장르를 선택한 이유는 대체로 다음의 몇 가지로 요약될 수 있다.

우선 만해의 신분적 환경이나 세계관이 발양하는 '주제 의식'에 관한 강박감이다. 민족적 선각자로서 일제 치하의 시대적 상황 아래에서 계몽 의식을 고취하는 데는 비유적이고 암시적인 시보다 직접적으로 논증하

---

1) 《조선일보》 1935. 4. 9~1936. 2. 4(연재).
2) 《조선일보》 1938. 5. 18~1939. 3. 12(연재).
3) 《조선중앙일보》 1936. 6. 27~1936. 7. 31(미완).
4) 《불교》 1937. 3~1937. 4(미완).
5) 《창작과 비평》 1976. 가을호 게재.
6) 백철, 「시인 한용운의 소설」, 『한용운 전집』 5(신구문화사, 1973), 6~16쪽.
7) 김우창, 「한용운의 소설」, 《문학과지성》, 1974. 가을호.
8) 이명재, 「만해소설고」, 《국어국문학》 70호, 1976. 3.
9) 김재홍, 『한용운 문학 연구』(일지사, 1982), 107~130쪽.
10) 송현호, 「만해의 소설과 탈식민주의」, 《국어국문학》 111호, 1994. 5, 249~265쪽.
11) 이선이, 「만해 한용운 문학에 나타난 탈식민주의적 인식」, 《어문연구》 118호, 2003. 6, 245~263쪽.

고 해설할 수 있는 소설이 보다 유용했을 수 있다. 실제로 그의 소설 문면이 민족주의적 계몽 의식으로 충일해 있음을 염두해 두면 이는 한결 설득력을 더할 것이다.

다음으로 앞서의 '주제 의식'이 자발적 대응에 해당한다면, 이와는 다른 타의적 원인을 찾아볼 수 있을 것이다. 주위의 권유, 특히 신문사의 집필 의뢰가 촉발한 여러 가지 동인(動因)들을 들 수 있겠다. 신문사로서는 만해와 같은 지명도를 가진 인사를 필자로 확보하는 반면, 만해 자신은 이를 통해 생활의 문제를 해결할 수 있는 이점이 있었을 것으로 보인다.

김재홍은 이와 같은 안팎의 사정을 두루 고찰하여 다음과 같이 총괄적인 원인 분석을 내놓았는데, 그 가운데 만해가 소설을 선택한 사유는 모두 포함되어 있는 것으로 사료된다.

① 신문사의 집필 의뢰(민족 운동의 지원 방편 내지 사회사적 이념 지향성)

② 만해 자신의 소설의 중간 장르적 고유 기능 인식(논설문의 직접성과 시의 상징성을 동시에 표출할 수 있는 장르)

③ 모더니즘 시와 시론에 대한 반동 성향(서정적 포에지의 상실과 시단에 대한 불만감)

④ 당대 시단에 대한 선민의식(육당, 춘원 등과 비견되는 민족적 선구 불만감)

⑤ 어려운 현실 생활에 원고료가 도움을 준 점(개인적인 사정)[12]

이중 ③과 ④ 항목은 만해 문학 전반, 그리고 당대의 문학적 현실을 총체적으로 검색한 시각과 더불어 가능한 평가일 터이다.

다만 만해의 소설 창작 사유에 관한 이명재의 언급 가운데 시 창작적인 역량의 한계를 지적한[13] 대목이 있는데, 이는 시를 창작하는 문필가

---

12) 김재홍, 앞의 책, 111~112쪽.

276

만해의 재능이 부족했던 것을 말하기보다는 시 창작의 환경 조건이 가져
오는 한계와 결부하여 설명되어야 옳지 않을까 한다.

　3 공동체 인식과 애정 윤리의 이중 구조 ──『흑풍』

　만해가 쓴 다섯 편의 소설 가운데 가장 대표적인 작품을 고르라면 아
마도『흑풍』을 지목해야 할 것이다. 장편으로서의 분량도 그렇지만, 이
야기의 스케일이나 구조, 작품의 배경에 있어서도 그러하며 무엇보다도
민족적 계몽 의식에 의거한 주제 의식에 있어서도 그러하다.
　특이한 것은 이 소설의 발단이 중국 청나라에서 시작되며, 주인공이
중국인으로 그려지고 있다는 점이다. 이는 1930년대 중반 일제의 탄압과
검열을 방법적으로 비켜 가기 위한 하나의 장치로 보이는데, 논자에 따
라서는 중국을 무대로 하는 고대 소설의 잔재로 보는 시각도 있다.[14] 만
해가 가진 진취적이고 선각적인 의식은 그것대로 약여하기 이를 데 없으
되, 이를 작품 속에 갈무리하는 기법에 있어서는 아직 개화 세대의 전근
대적 미숙성으로부터 자유롭기가 어려웠을 터이다.
　『흑풍』은 그 이야기의 무대를 미국 대륙까지 넓혀서 매우 광활한 공간
적 배경을 설정하고 있다. 미국의 시카고라는 도시를 만해가 여러 작품
에서 등장시키고 있는 것은 따로 탐색해 볼 바인 듯하며, 만해의 측량으
로는 일본이나 중국의 경계를 훨씬 넘어서 있는 미국이 새로운 주의 주
장 또는 생활 방식의 표본적 산실로 간주되었을 것으로 여겨진다.
　이 소설의 중심인물 왕한은 매우 드라마틱한 일생의 여정을 보여 주
는, 포스터의 분류법에 의하면 여러 단계로 그 성격이 발전해 가는 입체

---

　13) 이명재, 「한용운 문학 연구」, 『중대논문집』 20집(인문사회과학편), 1976, 151~152쪽.
　14) 김재홍, 앞의 책, 113쪽.

적 인물이다. 그는 당초 빈한한 소작농의 아들로 일자리를 찾아 객지로 떠돌던 자였으나, 여동생 영애를 첩으로 데려간 악덕 지주 왕안석을 혼내 주면서 평범한 삶의 궤도를 넘어선다.

그는 상하이로 나가 악덕 자본가 장지성을 살해하고 돈을 빼앗아 빈민을 구휼하는가 하면, 베이징에서 계략을 꾸며 경찰청장 소욱을 구해 주고 강도살인에 관한 죄를 면책받기도 한다. 소욱의 주선으로 미국 유학을 떠나는 배 위에서 나중에 자신의 아내가 되는 호창순을 구해 주는가 하면, 시카고에서 유학 생활 중 콜란이라는 여자를 만나 연애를 하기도 한다. 콜란은 나중에 장지성의 딸로 밝혀지는데, 그녀는 왕한에게 복수하려다 오히려 자신이 다쳐 죽게 된다.

유학 시절부터 마음이 기울었던 '혁명'에 뛰어들어, 귀국 후에는 혁명 본부의 일을 맡아보았으나 경찰의 검거를 피해 동지들이 뿔뿔이 흩어진다. 아내 창순과 함께 벽촌에서 농사를 지으며 한가롭게 살고 있는 왕한을 혁명 본부에서 여러 차례 불렀으나, 전원의 안일에 묻힌 그는 듣지 않는다. 마침내 자기 때문에 벽촌에 묻힌 왕한을 일깨우기 위해, 왕한의 앞날과 혁명 사업을 위해 창순은 자살을 선택한다.

이 소설은 너무도 많은 제재를 그 내부에 저장하고 있는 셈인데, 이와 더불어 왕한을 비롯한 여러 인물들의 행동 유형이 보여 주는 객관적 사실성 결여, 작품 속에서 일어나는 갈등 양상의 지나친 도식성, 이야기 전개에 있어서 빈번한 우연성의 남발 등 여러 단처를 함께 내포하고 있다. 그러나 결말의 호창순 자살이라는 극단적 처방을 통해 보듯이, 작가가 전달하려는 메시지의 주관적 관점은 매우 선명하다.

전근대적인 지주 제도, 일상적인 삶에 미치는 정부의 부당한 통치 형태, '혁명'을 중심으로 한 사회 내부의 극단적인 갈등 등을 디테일하게 제기하는 동시에 이들을 혁파할 혁명적 사회 운동 등 새로운 시대를 향해 나아가야 할 실천적 덕목들을 한데 결집시켜 놓은 형국이다.

　이러한 소설적 논리를 중국이 아닌, 조선의 현실에 적용해 보면 어떻게 될까. 이는 곧 식민 통치의 이념적 근거와 실제적 운용 전반에 대한 비판이요 거부가 될 터이다. 만해가 소설의 무대를 중국으로 가져갈 수밖에 없었던 이유가 이로써 명백해진다.

　호창순의 자살은 혁명 사업이 사랑보다 우선이라는, 곧 개인적인 삶의 소중함을 지키는 것보다 공동체적 목표의 실현이 먼저라고 확신하고 그렇게 일관한 만해의 세계관을 단적으로 드러낸다. 왕한이 겪는 여러 사랑의 이야기들은 이 주제를 드러내는 효율적인 보조 기능을 수행한다. 일견 통속적 빛깔을 띤 사랑 이야기가 소설의 재미를 더하는 일방, 소설적 형상력이 목표로 하는 바를 상대적으로 부양하는 역할을 맡고 있는 것이다.

　이러한 표현 방식은 만해의 경직되지 아니한 품성과 세계 인식을 반영하는 측면이기도 하다. 또한 이는 만해가 가졌던 종교적 박애주의의 정신과도 두루 상통한다. 만해는 그의 소설 여러 곳에서 불교적 세계관에 바탕을 둔 인과응보, 사필귀정, 회자정리 등의 인간사는 말할 것도 없고 하나님의 구원, 사자, 신, 천사, 구주 등의 기독교적 용어 내지는 표현까지도 서슴지 않고 구사하고 있다.[15]

　신소설 또는 고대 소설의 패턴을 유지하고 있으면서도 그 정신에 있어서는 한 시대의 진행 방향을 매우 멀리까지 조망한 소설이 만해의 『흑풍』이다. 그 가운데는 인간사의 근본인 평등과 자유의 사상, 사소취대(捨小取大)의 대중 불교적 사상, 민족 현실을 혁신하기 위한 계몽적 사상 등이 고루 용해되어 있어, 형식적 단처만 보고 그 사상의 웅혼함을 간과한다면 이는 올곧지 않은 일이 된다. 또한 이는 신문학 100년에 있어 부분적으로 단절된 도의적 정신사의 흐름을 복원하는 하나의 근거가 될 수도 있을 것이다.

---

15) 송현호, 앞의 글, 262쪽.

4 여성 인물의 부각, 만해판 '여자의 일생' ── 『박명』과 『죽음』

만해의 근대적 주제 의식을 가장 잘 드러낸 대표작이 『흑풍』이었다면, 그의 소설 가운데 문학적 완성도가 가장 높은 작품은 『박명』일 것이다. 물론 이 작품에도 앞서 살펴본 바와 같은 단처들이 소거된 것은 아니지만 스토리의 사실성이나 플롯의 견고함이 한결 더하여 그와 같은 단정을 가능하게 한다.

『흑풍』이 세계를 무대로 유전(流轉)하는 삶의 극적인 장면들을 소설 속 여러 곳에 매설하고 있다면, 『박명』은 한 여자의 일생을 비교적 설득력있게 그리면서 사랑과 용서의 참 의미를 소설의 표면으로 밀어올리고 있다. 만해 자신도 '작자의 말'에서 "나는 내 일생을 통하여 듣고 본 중에 가장 거룩한 한 사람의 여성을 그려 볼까 합니다."[16]라고 적고 있다. 이 소설 창작의 방향성이 큰 무리없이 알뜰한 소설적 성과를 추수하는 요인이 되었을 것이다.

만해 소설의 여성 인물, 곧 여성 주인공을 내세운 발화 방식은, 미발표작이었던 『죽음』이나 미완성작인 『후회』 및 『철혈미인』에도 그대로 이어진다. 그리하여 여성적 시각으로 삶의 여러 굴곡에 대한 서술을 전개하는 방식이 가진 장점을 비교적 잘 활용하고 있다.

그의 여성 인물은 대체로 봉건 사회의 인습적 전통에 익숙해 있으며, 남자의 전횡에 인고의 세월을 보내거나 아니면 그 남자를 헌신적으로 뒷받침하는 수동적 자세를 견지한다.

물론 『흑풍』에서 제시하고 있는 '여성해방회'와 같은 단체나 여성 주권에 대한 변론이 등장하는 경우도 없지 않으며, 중심적 여성 인물에 대응하는 신여성적 인물이 나타나기도 하지만, 그것은 소설의 중심 주제와는 거리를 둔 자리에 있다. 이러한 여성 인물의 입지를 두고 이를 가부장적

---

16) 「작자의 말」, 『한용운 전집』 6(신구문화사, 1973), 6쪽.

유교 관념에서 나온 것이 아니라, 「님의 침묵」의 '님'처럼 남자 곧 '님'을 절대자로 가정한 구도(求道)의 차원에서 파악해야 한다는 주장도 있다.[17]

『박명』의 여성 주인공인 '순영'은 시골 훈장의 딸로 성장하여 계모의 학대를 견디다가 퇴기 송씨와 동네 친구였던 운옥을 따라 경성으로 나온다. 경성에서 사숙으로 '소리'를 배우고 인천의 색주가로 팔려 가는데, 이 색주가는 근자의 인식과는 달리 술과 음식 시중을 들 뿐 몸을 파는 곳은 아니다.

월미도로 놀러갔다가 김대철을 만난 순영은 종내 그와 결혼한다. 그는 순영이 경성으로 나올 때 원산에서 물에 빠진 것을 건져 준 자였으나, 그 본색은 무위도식하는 사기꾼이었다. 김대철은 철저히 순영을 배신하고 그 와중에서 둘 사이에서 태어난 아이 수복도 죽는다. 혼자 사는 순영 앞에 다시 나타난 김대철은 구제불능의 아편 중독자가 되어 있다.

순영은 자신이 거지가 되는 것도 마다하지 않고 그를 돌본다. 알고 보니 그가 물에서 건져 준 것도 어느 여승으로부터 돈을 받고 한 일이었다. 김대철이 죽자 순영은 그 여승을 찾아 환희사로 가고, 이윽고 '선행'이라는 법명과 함께 불교에 귀의한다.

한 여자의 일생이 얼마나 기구할 수 있는가라는 질문에 최대치 답변을 보여 주려 시도한 듯한 줄거리이다. 사정이 그러할 때 김대철을 받아들이는 순영의 헌신적 포용력은 그것이 가부장적 제도의 인습에 의한 것이라기보다 절대자를 향한 구도의 경지를 닮아 있다는 주장을 납득할 만하다. 이 문제 제기에 대한 답변 시위라도 하듯, 순영은 상좌승이 되어 불문의 제자가 된다. 순영의 '팔사'가 기구하면 할수록 불가로의 귀의는 더욱 탄력적인 결말로 확장되는 구조인 것이다.

비록 외형에 있어서는 봉건적 잔재의 너울을 둘러쓰고 있는 것으로 보이지만, 만해는 여성의 주권과 인간적 처우의 확립이 대결과 투쟁으로

---

17) 권오현, 「만해 한용운 소설 연구」, 『계명어문학』(1997), 133쪽.

얻어지지 않으며 진실한 사랑의 완성과 더불어 가능하다는 인식을 표현하려 한 것 같다. 『박명』 가운데 서술되는 한 인물의 말이 이를 뒷받침한다.

저런 일이라도 구도덕이나 소위 사회 이목을 구속받지 아니하고 자유의사에 의하여 하는 일이라면, 저보다 더한 일을 한대도 관계가 없겠지. 그 역시 개성을 발휘하는 것이니까. 그렇다면 남편을 위하여 일평생을 희생하는 것도 좋고 남편이 죽으면 따라서 죽는 것도 좋지. 이것은 구도덕에서 보는 정조 관념이라든지, 남자들이 주장하는 절대 복종의 의미로 말하는 것이 아니라, 자기의 자유 의사로 하는 일이라면 무엇이든지 좋다, 이런 말이야. 우리 운동을 위하여 희생하는 것이나 정신에 있어서는 마찬가지거든. 하니까 저런 여자의 행동도 덮어 놓고 무시할 것은 아니라 이런 말이야.[18]

이 대목은 만해가 가졌던 포괄적 세계관이나 박애주의적 정신과도 관련이 있다. 그리고 그 결말이 종교적 해결을 찾아가는 것은, 종교인으로서 만해가 신봉했던 진리의 세계를 자연스럽게 원용하고 있는 모양새가 된다.

『죽음』 또한 한 여자의 기구한 일생을 그리기는 마찬가지이나, 『박명』에 비해서는 문학적 짜임새나 사실적 설득력이 떨어지는 작품이다. 전체적으로 보아 이 소설의 이야기는 너무 급박하며 상당 부분 우연성의 사건 전개에 기대어 있다. 최영옥의 남편 종철의 유학이나 결미의 죽음 등이 『박명』만 한 사실성의 획득에 미치지 못하고 있는 것이다. 사랑의 복수를 위해 어린아이조차 남겨두고 목숨을 초개같이 버리는 최영옥을 보면 그러한 면모를 쉽게 찾아볼 수 있다.

그러나 그렇게 단호히 죽음을 선택할 수 있다는 결연한 의지는, 당대 다른 작가들의 작품에서 찾아보기 어려운 것으로, 이를테면 만해 자신

---

18) 『박명』, 『한용운 전집』 6(신구문화사, 1973), 269쪽.

이 가졌던 결연한 의지 또는 의협의 반영이라고 할 수 있을 터이다. 이러한 죽음을 당대 현실의 부정적 측면에 대한 저항의 논리로 환산해 보면, 겉보기에 불안정해 보이는 이 소설의 얼개 아래에 어둡고 힘겨운 시대를 관통하는 만해의 정신적 예기가 잠복해 있음을 인정할 수 있지 않을까.

종철의 유학을 두고 "신조선을 건설하는 일꾼"이 되기 위한 것이라고 언명하는 것을 보면, 이 소설 역시 만해의 확고한 시대 인식과 사랑의 논리를 중층적 이중 구조로 교직하고 있다고 보아 무방하겠다. 그리고 지나친 분석적 방법을 버리고 그러한 전체적이며 시대사적인 시각에 근거할 때, 만해 소설이 가진 장점이 보다 잘 촉발되리라 여겨진다.

5 미완의 소설, 미완의 꿈

만해가 남긴 미완의 소설 『후회』와 『철혈미인』은, 각각 1936년과 1937년에 연재 형태로 집필이 시작되었으나 모두 시작된 그해에 중단되었다. 시작하면서 곧 중단된 작품들이라 소설적 분석의 대상으로 삼기는 어려우나, 두 작품 다 앞서 언급한 바와 같이 기구한 운명의 여성 인물을 내세워 시대적 인식과 애정 윤리의 양자를 결부시키는 거멀못의 기능을 감당하게 했다.

『후회』는 지식인 남편이 이른바 '신여성'과 외도하면서 그 아내에게 부여하는 역경의 삶을, 『철혈미인』은 전장의 군인이었던 아버지의 원수를 갚는 딸의 파란만장한 삶을 예고한다. 그런데 지금까지의 소설과 그 분위기에 있어 크게 다를 바 없는 이 소설들의 연재가 왜 신문 또는 잡지에서 중단되었는지는 분명하게 알려져 있지 않다. 다만 『철혈미인』의 경우 연재를 시작할 때의 작명이 성북학인(城北學人)[19]이었고 작품의 무대도 중국으로 하여 우회적인 태도를 취하였는데, 그 내용에 보다 과감한 직설(直說)이 내포되어 있음을 미루어 보아 당국의 압력을 받았을 것이라 짐작할 수 있다.

이 두 소설이 미완의 작품으로 그치고 있듯이, 자신의 시대를 오연한 기개로 살면서 나라와 문학과 불교의 일에 불퇴전의 열망을 가졌던 만해 선생은 그 뜨거운 꿈들을 미완으로 남겨 놓고 갔다. 선생의 입적(入寂) 60년을 바라보면서 다시금 그 삶과 문학을 되새겨보는 일이 절박한 것은 선생이 가졌던 꿈의 길이 모양만 다를 뿐 여전히 난감한 과제와 함께 우리 앞에 펼쳐져 있는 까닭에서이다.

일제의 식민 통치는 사라졌으되 국제 사회에서 자주적 정체성을 확보하지 못한 나라의 현실이 그러하고, 언설의 표현에 대한 속박은 없어졌으되 한 줄 문장에 명운을 담는 진지한 창작 태도가 실종된 문학의 현실이 그러하며, 신앙적 자유와 다양성이 넘치는 가운데 진실된 구도자의 자세가 아쉬운 종교의 현실이 또한 그러하다.

그러하기에 '지금 여기'에서 다시 '만해'인 것이다. 우리는 선생의 생애와 문학이 우리에게 공여하는 그 교훈과 감동의 폭발력을 우리 사회의 바람직한 동력(動力)으로 전화할 책임 아래에 있다. 한 민족의 정신적 사표(師表)는 그것이 주어져 있는 존재 양식만으로서는 전혀 효용성이 없다. 이 사표를 현실적인 삶의 구조 속에 수용하고 본받으며 활용하기를 프로그램화해야 그 값어치가 살아난다.

왜 우리는 오늘 다시 선생을 생각하면서 선생을 기리는 사업을 전민족적 관심과 목표 아래 힘있게 이끌어가야 하는가. 그것이 바로 선생을 비롯한 우리 선각들이 근대사의 현장에서 못다 이룬 꿈을 계승해 나가는 일이기 때문이다. 다시 선생의 깨달음과 가르침으로 돌아갈 때, 나라의 앞날과 각기 사람들의 앞날이 한가지로 온전한 방향성을 붙들고 나아가리라는 믿음 때문인 것이다.

---

19) 이명재, 앞의 글, 155쪽.

사유의 극점에서 만난 종교성의 두 면모
—김달진의 불교적 정신과 기독교적 정신

1 종교 문학과 사상성의 깊이

우리 문학이 안고 있는 취약성 가운데 그 정도가 오래고 깊은 항목 하나를 들기로 한다면 사상성의 부재, 혹은 사상을 담은 걸작의 부재를 지적할 수 있을 것이다. 동시대 서양의 다른 나라에 비해 문학 기법은 후진하고 사상이 범람하던 괴테의 독일이나 도스토예프스키의 러시아가 문필가라기보다는 사상가라고 해도 좋을 그 문학적 중심인물의 작품과 더불어 세계 문학의 중심부로 진입하였음은 유익한 타산지석이라 할 수 있겠디.

문학에 있어서의 사상성을 발양하고 보완하는 여러 의미 구조와 장치들이 있겠으되, 그와 관련하여 종교 문학, 종교적 주제 또는 소재를 다루는 문학을 상정해 부는 것은 크게 효용성이 있이 보인다. 필사는 다른 지면에서 "종교적인 인자가 작품의 문학성을 부축해 주고, 문학성이 종교적 교리를 평이한 해석의 차원으로 끌어낼 수 있을 때, 우리는 탁발한 종교 소재의 문학을 만나게 될 것"[1]이라고 언급한 바 있다. 문학의 미학

---

1) 김종회, 「깨달음에 이르는 길」, 『위기의 시대와 문학』(세계사, 1996), 300쪽.

적 가치에 내포적인 부피가 광대한 종교성의 조력이 공여된다면, 사상을 담은 문학이라는 아포리아는 활달한 해소의 길을 열 수도 있을 터이다.

여기서 분석의 대상으로 하는 김달진의 문학은 근본적으로 불교적 사유 체계 위에 형성되어 있다. 그가 1939년 중앙불교전문학교를 졸업했고 한때 입산하여 수도 생활을 했으며, 1960년대 이후 은둔하면서 동국대학교 역경위원(譯經委員)으로 불경 국역 사업에 혼신의 힘을 기울인 경력만 보아도 익히 짐작할 수 있는 일이다. 더욱이 1983년 '불교정신문화원'에 의해 한국 고승 석덕(韓國高僧碩德)으로 추대되기도 했으니 더 말할 나위가 없다.

그의 장편 서사시집 『큰 연꽃 한 송이 피기까지』(1974)나 번역서 『법구경』(1965), 『금강삼매경론』(1986), 『붓다차리타』(1988), 『보조국사전서』(1988) 등의 제목을 열거해 보아도 그 내면 세계가 불교적 사상성에 바탕을 두고 있음을 알 수 있다. 또한 이처럼 불교의 꼬리표를 달지 않은 다른 시집이나 저술도 동양의 고전과 선(仙)의 세계를 담고 있어 불교적 세계관과 그다지 멀리 떨어져 있지 않다. 미상불 불교 사상이 그의 삶과 정신, 시의 창작과 고전의 번역에 있어 확고한 척도가 되었을 것임은 명약관화한 일이다.

그런데 매우 이질적이고 뜻밖으로 그의 의식 세계, 특히 산문 전집인 『산거일기』[2]에 나타난 인식의 내면을 들추어 보면, 거의 전권에 걸쳐 기독교에 관한 관심이 도출되는 기이한 현상을 목도할 수 있다. 김달진 자신이 쓴 「나의 인생, 나의 불교」[3]를 보면, 13세 되던 1920년 고향인 당시 경남 창원군의 계광(啓光)보통학교를 졸업하였고 이후에 상경하여 경신중학을 다녔다. 이러한 기독교 계통의 학교에서 수학한 체험과 또 계광학교에서 7년간 교편을 잡고 있었던 체험이 그로 하여금 자연스럽게 성

---

2) 김달진, 『김달진 산문 전집 — 산거일기』(문학동네, 1998).
3) 김달진, 「나의 인생, 나의 불교」, 《불교사상》, 1984. 6.

286

경 지식과 기독교적 세계관에 익숙하도록 했을 것으로 추론된다.

더욱이 그가 "어떤 새로운 세계에 대한 무조건적인 절대(絶對)에의 귀의(歸依) 같은 황홀경"을 좇아, 부모 처자를 버리고 고향 김해를 떠나 입산하는 대목을 기술하면서, "우리 배달민족에 대한 하나님의 가호만을 기원하던 예배당(교회)을 멀리하게 되었다"고 토로하고 있다.[4] 이는 상대적으로 그 이전 기간에 자신의 내면에 상당 부분 기독교적 의식이 잠재해 있었음을 반증하는 셈이다.

한 인물의 내부에 깃드는 사유의 뿌리는, 그 처음은 미약하나 나중은 심대한 법이다. 그가 입산 수도자가 되어 금강산 유점사에서 지내던 1941년께의 「산거일기」와, 『법구경』을 간행한 1965년께의 「삶을 위한 명상」을 보면, 처처에 기독교적 발상과 인식이 마치 '낭중지추(囊中之錐)'처럼 돌출되고 있다. 앞의 글은 34세 무렵, 뒤의 글은 58세 무렵이니, 24년의 세월을 격하고도 그의 내부에 펼쳐진 그 흥왕한 불교적 사유의 파노라마 가운데 기독교적 세계관의 편린들이 틈입해 있는 형국이다.

불교와 기독교는 분명 동서 문명의 정신적 정화(精華)를 대표하는 종교이며, 그 교리의 방향도 전혀 다르다. 불교가 보편타당성의 교리로 세계를 널리 감싸 안는 원심력으로 작용하는 데 비해, 기독교는 절대타당성의 교리로 세계를 한 방향으로 이끄는 구심력으로 작용한다. 전자가 평범한 사람으로부터 절대적 존재에 이르는 상향 종교인 데 비해, 후자는 전지전능한 절대자로부터 범인에 이르는 하향 종교의 방향성을 가졌다.

그러나 종교적 절대정신을 현실적인 삶 속에 시현하는 그 실천적 항목에 있어서는, 자비와 사랑이 전혀 상충없이 하나로 소통되는 종교성의 미덕을 나타낸다. 김달진의 내부에 사뭇 조화롭게 공존하고 있는 종교성의 두 면모도, 결국 이 조화로운 악수의 방식을 닮아 있을 수밖에 없다.

---

4) 김달진, 앞의 글.

2 종교적 사상성, 불교와 기독교의 만남

김달진의 시에 대한 불교적 접근과 해석은 이미 여러 논자들에 의해 다양하게 시도되었다. 장호의 「김달진의 불교 문학—선운(仙韻)과 우주 유비(宇宙類比)」[5]와 김윤식의 「시와 종교의 길목—월하 김달진의 경우」[6]처럼 직접적으로 종교성의 문제를 다룬 글들이 있는가 하면, 김재홍의 「김달진, 무위자연과 은자의 정신」[7]과 최동호의 「김달진의 시와 무위자연의 시학」[8]처럼 노장적 사상의 시적 발현을 다룬 글들도 있다. 특이할 만한 사실은, 김달진의 시가 직접적으로 불교적 색채를 드러내거나 종교성의 맨얼굴을 생경하게 노출시키지 않는 장점을 가졌다는 사실이다. 일찍이 글릭스버그(Charles I. Glicksberg)가 『문학과 종교』에서 "교의는 진정한 시에서는 그 모습을 나타내지 말아야 한다. 혹 나타낸다 하더라도 교의로서가 아니라 순수한 환상이어야 한다."라고 언표한 것처럼 말이다.

김달진의 불교적 정신과 기독교적 정신이 그 교리의 빙탄불상용(氷炭不相容)에도 불구하고 그의 내부에서 화해할 수 있는 것은, 교리의 근본이 아니라 그 실천의 덕목에 의거해 있을 때임은 앞서 살펴본 바와 같다. 그런데 그 어려운 더부살이가 불교적 세계관으로서는 크게 어려울 바 없겠으나 기독교적 세계관으로서는 만만치 않은 저항을 불러올 수 있다. 적어도 기독교 교리의 이 부분은 절대자와의 수직적 관계로서는 설명이 되기 어렵다. 그러할 때 이를 인간과 인간 관계의 수평적 구도로 풀어보는 것이 하나의 해명 방법이 된다.

성경에서 "너희 안에 거하시는 하나님"이라고 할 때, 그 "너희 안"은 'in your heart'가 아니라 "among you"이다. 다시 말하여 '너희 마음속에

---

5) 장호, 「김달진의 불교 문학—선운(仙韻)과 우주유비(宇宙類比)」; 김달진, 앞의 책, 247쪽.
6) 김윤식, 「시와 종교의 길목—월하 김달진의 경우」; 김달진, 위의 책, 278쪽.
7) 김재홍, 「김달진, 무위자연과 은자의 정신」; 김달진, 『김달진 시 전집』(문학동네, 1997), 523쪽.
8) 최동호, 「김달진의 시와 무위자연의 시학」; 김달진, 위의 책, 551쪽.

계시는 하나님'이 아니라 '너희들 관계 속에 계시는 하나님'이라고 해석해야 옳다는 말이다. 이 사람들 사이의 관계는 기독교적 세계 인식에 있어 수직의 축과는 다른 수평의 축이 존재하는 근거와 양식을 말하며, 그것의 기반은 서로간의 화평하고 은혜로운 교제에 있다.

엄밀한 의미에서, 또 구약 성경적 의미에서 한 개인의 신앙이 바로 서 있다는 것은 그와 하나님의 수직적 관계가 건강하다는 의미이다. 인간은 키에르케고르의 표현처럼 신 앞에 단독자로 서야 하는 실존적 존재이며, 각기 개인이 신성의 주체와 일대일의 대응 관계를 갖는다. 아브라함의 하나님, 이삭의 하나님, 야곱의 하나님은 이스라엘 열조의 하나님이면서 동시에 각자에게 유일한 하나님이다. 한 신앙인이 하나님을 '아버지'라 부를 때, 그의 자녀 역시 하나님을 '아버지'라 호칭한다.

그런데 "among you"라는 표현은, 이 수직적 관계에 못지않게 중요한 사람들 상호간의 상관성을 지칭하며, 예수 스리스도의 십자가 희생은 이 두 축의 교차 지점을 상징한다고 할 수 있다. 예수 그리스도를 화목제의 제물이라고 한다면 그것은 신과 사람들, 사람과 사람들 사이의 관계 회복을 목표로 한다고 해야 옳다. 이 수직의 축을 '성(聖)'으로, 수평의 축을 '속(俗)'으로 호명할 수 있다면, 이는 신화문학론자 멀치아 엘리아데가 기독교적 시각에서 종교의 본질을 기술한 저서의 제목 '성과 속(The sacred and the profane)'으로 그 개념을 요약할 수 있겠다.

김달진의 의식 세계 속, 불교적 세계관 속의 기독교적 의식은, 바로 그와 같은 수평의 축에 근거하여 그 존재의 방식을 규정짓고 있다고 할 수밖에 없다. 그것은 김달진 사신의 정신적 균형 감각을 말하는 것이기 이전에 이미 기독교적 교리의 선험적이고 배타적인 유형 및 양식에 관련되어 있는 문제이다. 이 두 종교성의 면모가 한 인간의 내면에 각기의 색깔로 어울려 있다면, 그것은 그 인간의 성정이 두 종교의 실천적 덕목에 배치되지 않도록 맑고 순수하지 않아서는 안 될 일이다.

　　종교의 고결한 이치를 올곧은 품성으로 삭여 낸 김달진의 시가 "욕망
의 극소화와 자기무화(自己無化)의 세계"[9]로 가는 것은 당연한 수순이요
이치이다. 그의 시가 표방하듯 청정한 사유의 극점에서 만난 두 종교성
의 모습, 이는 우리 문학사상 보기 드문 정신주의의 개가(凱歌)라 할 만
하다.

3 김달진 문학 세계 속의 기독교적 인식

　　30대 중반으로 접어드는 시기의 김달진은, 금강산 유점사에서 수도 정
진의 시기를 보내며 「산거일기」를 썼다. 험난한 시대에 다기한 체험을
끌어안고 있었다 해도, 이제 겨우 장년의 초기인 연륜에 그만한 관조적
세계관에 침윤했다면 그는 이미 범상한 내력의 소유자가 아니다. 그 자
신이 정의하고 있는 '종교'는 다음과 같은 문면으로 되어 있다.

　　인간의 삶이란 의욕과 희망과 재미로써 영위되어 가는 것이다. 의욕에서
무심으로 구속에서 해탈로 나아가는 것이 종교생활의 극치요 또 종교의 목적
이다.
　　사람들이 행복과 쾌락과 선과 정의에서 삶을 구하고 삶의 의의와 가치를
느낄 때에 우리는 선악과 행, 불행을 뛰어넘은 절대의 세계, 삶 그 자체에 의
의를 느끼려고 하는 것이다. 이 절대의식 — 이것이 종교의식이다.[10]

　　종교의 목적과 종교의식을 언표하는 이 짧은 문면에서, 김달진은 '인
간의 삶'과 '종교 생활'을, 그리고 '사람들'과 '우리'를 대칭적으로 구분

<hr>

9) 조정권, 「욕망의 극소화와 자기무화(自己無化)의 세계 — 월하 선생의 생애와 시」; 김달진, 위의 책,
　　571쪽.
10) 김달진, 「산거일기」, 『김달진 산문집 — 산거일기』(문학동네, 1997), 13쪽.

하여 기술하고 있다. 그렇게 세상과 자기 자신을 구분하는 일은 수행자로서의 정체성을 확립하는 초동 단계였을 것이다. 그것은 또한 세상의 생각에서 놓여나 온전한 수행자가 되기를 갈망하는 자기 단련의 시발이었을 것이다. 그러한 분별을 갖춘 자신이 사유의 중심에 있는데도 "내가 나를 유혹하고" 있으며 "아담과 이브를 유혹한 것은 뱀이 아니요, 아담 이브 자신"이라는 레토릭이 사용된다.

일념의 잘못이 얼마나 무서운 것인가? 아담과 이브가 한 생각 전에는 천국에 살았다. 그러나 선악의 한 생각이 일어났을 때는 천국을 잃었다. 중생과 부처, 극락과 지옥, 오(惡)와 미(迷), 성(聖)과 범(凡)의 경계의 차이가 일념에 있다 생각하면 얼마나 무서운 찰나 찰나인가?[11]

김달진은 '유혹의 마(魔)'를 말하는 이 부분에서 기독교와 불교의 개념적 소재를 혼합하여 쓰고 있다. 그렇다고 해서 그가 기독교 신앙의 자기 고백이나 그 순복의 지경에 한쪽 발이라도 들여놓고 있다고 볼 수는 없다. 그에게 있어 기독교는 경험과 이해의 대상이지 불교에의 귀의와 같은 투신(投身)의 대상이 아니었다. 그러기에 자신의 생일날 쓴 일기에서, "오늘은 내 생일이다. …… 하나님이 나를 창조하지 않았고, 하늘이 나를 내지 않았으며, 나는 나의 생탄의 의의를 생각하고 싶지 않다."[12]고 기록하고 있다.

그렇다면 당연히 종교적 신앙고백이 없는 기독교에 대한 이해의 수준 자체가 그렇게 중요한 문제가 될 수 있느냐는 반문이 제기될 것이다. 물론 그럴 수 있다. 그러나 종교적 신앙심의 깊이를 말하는 자리가 아니라 그것의 문학적 변용을 말하는 자리일 때, 또 김달진의 경우처럼 종교의

---

11) 김달진, 앞의 글, 16쪽.
12) 김달진, 위의 글, 48쪽.

실천적 덕목을 자기 안에서 용해할 수 있을 때는, 그 본질로부터 파생된 의미와 구성 성분과 영향 관계를 가늠해 보는 일이 일정한 가치를 생성할 터이다. 그의 표현처럼 "고금의 많은 둔세자(遁世者) 속에서 우리는 얼마나 많은 착세자(着世者)를 발견하는가"[13]의 문제이다.

> '나를 버리고 오직 부처의 뜻을 따르라'는 부처님의 말씀이나 '구하라, 줄 것이다'는 예수님의 말씀이 어찌 우리에 속임이 있으랴! 나를 버려라, 이웃을 사랑하라 하실 때 우리는 그 결과를 생각하거나, 더구나 그 결과의 허실을 의심할 것이 아닌 것이다. (중략)
> 사실 우리는 얻지 못하였기에 믿지 않는 것이 아니라, 믿지 않았기에 구하지 않은 것이요, 구하지 않았기에 얻지 못한 것이다.[14]

그가 비록 기독교 신앙의 수용자가 아니었더라도 위의 인용문을 보면 기독교와 불교를 망라한 종교적 믿음의 근본적인 존재 양식을 예리하게 투시하고 있음을 확인할 수 있다. 성경의 「요한복음」에서 사도 베드로의 고백, "우리가 주는 하나님의 거룩하신 자신 줄 믿고 알았삽나이다"[15]는 바로 이 점을 말하고 있다. 곧 '알고 믿는' 논리의 신앙이 아니라 '믿고 아는' 체험의 신앙이 종교적 믿음의 본질이라는 뜻이다. 하지만 역으로 기독교적 세계관에 근거하여 그의 기독교 이해를 검증해 보면, 그 단순 명료한 논리에는 반박할 곳이 많이 보인다. 예컨대 다음과 같은 언급들이 그러하다.

> '원수를 사랑하라'는 예수의 말씀은 평화주의자의 동정심도 아니요 패배자의 낭만벽도 아니다. 그것은 자기에의 확신, 어렵게 견딘 시련에의 감사, 생

---

13) 김달진, 앞의 글, 52쪽.
14) 김달진, 위의 글, 71쪽.
15) 「요한복음」 6:69.

명력에의 신념이요, 그리고 '적은 강할수록 좋다'는 정복자의 오만스런 개가인 것이다.[16]

"신은 죽은 자(영적 의의에 있어서)의 신이 아니라, 산 자(영적 의의에 있어서)의 신이다." ——「마태복음」 20장 31절.

그러나 나는 말하고 싶다. 신은 산 자(영적 의의에 있어서)의 신이 아니라, 죽은 자(영적 의의에 있어서)의 신이다.

전자의 말이 결과에 있어서의 뜻이라면 후자의 말은 그 동기에 있어서의 뜻이라 할까? 그리고 전자는 사람의 입장에서라면, 후자는 신의 입장에서라 할까?[17]

앞의 인용문은 "원수를 사랑하라"는 예수의 가르침을 매우 인본주의적으로 풀어 보이고 있는 것이며, 뒤의 인용문은 복음서의 교리를 결정론과 동기론으로 풀어 보이되 인본주의와 신본주의의 관점에 있어서는 기술자 자신이 혼동된 모습을 보이고 있다. 이러한 현상은 앞서 상고해 본 바 '믿고 아는' 신앙의 방정식을 위반하는 것이며, 그 가장 중요한 이유는 그가 기독교 이해의 깊이를 가졌다 해도 결코 기독교인의 믿음을 소유하며 살지 않았다는 데 있다.

갖가지 형태와 본실을 지니고 역사에 나타난 모든 신은 결국 인간의 신이었다. 신의 신은 아니었다. …… 그러므로 우리는 신에게서 인간밖에 본 것이 없다.[18]

마침내 그의 신관(神觀)이 궁극에 있어서는 가장 인본주의적인 전형으

---

16) 김달진, 앞의 글, 88~89쪽.

17) 김달진, 위의 글, 95~96쪽.

18) 김달진, 「삶을 위한 명상」, 앞의 책, 121쪽.

로 드러날 수밖에 없음을 증명하는 구절이다. 이 글은 그의 연륜이 58세에 이르렀을 때의 신관이다. 그런데 불교적 교리는 이 대목에 석연할 수 있어도, 기독교적 교리는 정면 대결의 양상을 띨 수밖에 없다. 이것이 두 종교의 조화로운 만남을 자신의 정신세계 안에서 성취하고 있으면서도 그 양자의 혼융을 통한 자가발전의 다음 단계를 짚어 나갈 수 없었던 그의 한계 지점이다. 그리고 그것은 김달진 세계관의 한계이기보다는 두 종교의 상호 충돌하는 교리적 근본주의의 문제라 해야 옳겠다.

4 인본주의적 시각의 정처

앞에서 김달진의 기독교적 세계관이 신앙인의 시각과는 다른 궤도 위에 서 있음을 확인했으되, 그가 기독교 신앙의 원론에 대한 이해를 퇴색시키거나 그 신앙의 본질을 폄하하는 태도를 가졌던 것은 전혀 아니다. 그는 당초부터 한 종교의 교리와 그것의 구현에 대한 질서를 거스를 만큼 적극적 악의를 가져 본 적이 없는 품성의 인물이었다. 일찍이 자기 내부에 뿌리 내렸던 그 기독교적 의식이, 자기가 일생을 두고 추구한 불교적 의식과 어떻게 만나고 조화하며 또 반목하는가를 정직하게 노출시키고 있을 뿐이다. 우리 문학사의 문인 가운데 그러한 양가적 경험의 정직성을 깊이 있게 드러낸 이가 드물다는 측면도 주목에 값할 만하다.

십자가 위의 예수의 사형!
이때처럼 인간의 잔학성을 보인 일은 인류 역사에 없었으리라.
그러나 이때처럼 인간의 깊은 사랑과 신뢰를 세상에 보인 일은 역사의 어느 곳에도 보이지 않으리라.[19]

---

19) 김달진, 「산거일기」, 앞의 책, 104쪽.

예수가 인자(人子)이며 말씀이 육신의 몸을 입고 온 성육신(incarnation)의 존재이므로 '인간'이지만, 기독교적 시각으로는 절대자의 다른 모형인 성삼위일체 가운데 한 존재이다. 이를테면 예수를 신으로 보느냐 인간으로 보느냐가 김달진이 기독교 교리와 나누어 서는 대목이 되며, 이는 또한 세상의 모든 신본주의와 인본주의, 그리고 모든 신본주의적 종교와 인본주의적 종교의 교리가 서로 나누어 서는 대목이 된다. 그의 인본주의적 시각은 위와 다른 글에서 한 걸음 더 앞으로 나아가 다음과 같은 문장을 생산한다. "예수의 십자가는 육체적 불쾌가 정신적 쾌락을 보다 거대하게 만들고 있다."[20]

> 괴로움의 숲 아래서 명성(明星)을 보고, 광야에서 하늘의 계시를 받음에 석가, 예수의 종교적 천재아의 위대성이 있는 것이다.
> 그러나 오도(惡道)도 석가의 오도요, 수계(受啓)도 예수의 수계인 것이니, 그 위대가 우리에게 무슨 교섭이 있으랴!
> 그보다 '나도 너, 너도 나, 나를 이용하라. 그리하여 너는 너 자신이 되라'는 간곡한 자비에 석가, 예수의 진정한 종교적 위대성이 있는 것이다.[21]

마침내 두 종교의 의미와 성격에 대해 김달진이 도달한 득음(得音)의 사리는, 불교적 인본주의의 세계이다. 예수를 "종교적 천재"라 호칭하는 것은, 예수의 신성(神性)을 인정하지 않는 반대자의 오래고도 전통적인 발화법이다. '나'를 통해 "석가, 예수의 진정한 종교적 위대성"을 발굴하는 방식도 동일한 시각이다. 사정이 그러할 때 김달진의 문학적 의식 세계 속에 등장하는 기독교는, 그와 여러 모로 교류가 있었던 김동리가 『사반의 십자가』에서 보여 준 기독교관이 그러했던 것처럼, 인본주의적 의

---

20) 김달진, 「삶을 위한 명상」, 앞의 책, 211쪽.
21) 김달진, 「산거일기」, 앞의 책, 108쪽.

장(意匠)의 외형으로 나타난다. 그리고 그 인본주의적 방식은 불교적 교리로는 큰 난관 없이 수용이 가능한 상황에 있다.

종교적 절대주의에 입각하여, 그 말과 생각의 표현으로 신심의 수준에 잣대를 가져다대는 평가 방법에 있어서 인본주의는 극심한 타기의 대상이 될 수 있다. 그러나 그것이 신앙의 범례가 아니라 인간 자신과 그 표현으로서의 문학이 논의의 대상이 되는 경우라면 전혀 다른 조명이 가능하다. 이때의 인본주의나 인간중심주의는 인간을 인간답게, 문학을 문학답게 하는 강력한 촉매제로 기능할 수 있다. 더욱이 그것이 종교적 청정심의 후광을 입고 있다면 더 말할 것도 없다.

요컨대 신앙의 깊이와 인간성의 발현이라는 서로 다른 방향성을 가진 문제를, 대립적 관점으로 보지 않고 조화로운 만남의 자리로 인도하는 방식의 장점인 것이다. 김달진의 경우 이 장점이 잘 발양되어 문학과 종교는 어떻게 서로 같거나 다른지를 증거한다. 세상의 모든 사람들이 모두 욕망의 저잣거리로 서슴없이 달려가 버리는 시대에, 그의 시와 산문이 진흙 속에 핀 연꽃의 법문처럼 청신한 울림을 주는 것은 바로 그 장점에 많은 부분이 의탁되어 있다.

우리 시사(詩史)에서 가장 깊이 있게 정신주의의 문학 세계를 천착했던 김달진의 경우는, 그 문학적 성과의 중심을 이제까지 살펴본 바와 같은 종교적 사상성에 빚지고 있는 바 크다. 그리고 그 주된 분량은 그가 일생을 통해 신명을 던졌던 불교적 세계관으로 채워져 있다 하겠으나, 어린 시절부터의 실제적 체험과 관련된 기독교적 세계관이 이 정신적 행로에 합류함으로써 보다 그 깊이와 넓이를 더했다 할 수 있겠다. 이와 같은 김달진 문학의 장점을 통하여 서두에서 거론한 바 있는 '사상을 담은 문학'을 폭넓게 실현할 하나의 표본 모델을 정립해 볼 수도 있을 것이다.

현대 문학과 기독교 사상

1 기독교 사상과 문학

한국 현대 문학에서 '사상을 담은 문학'이라는 잣대를 통해 당대에 이름을 얻은 작품들을 검증해 보는 일은 그다지 유쾌하지 않다. 현대 문학사가 포괄하고 있는 작품들의 부피나 개별적인 성과에 비추어 사상성의 집적 및 심화라는 항목이 여전히 긴요한 숙제로 남아 있기 때문이다. 문학 기법은 후진하고 사상이 범람하던 괴테의 독일이나 도스토예프스키의 러시아가 작가라기보다 사상가라고 해도 좋을 이들의 문필에 힘입어 '세계 수준의 문학'으로 세계 문학의 중심부로 진입할 수 있었던 것은, 이와 같은 경우의 우리에게 하나의 부러움이자 우리 문학이 아직도 넘어서기 어려운 주변부의 한계를 환기시킨다.

문학의 바탕 또는 뿌리로서 웅숭깊은 사상성이 확보되어 있는 작품을 전제로 할 때, 한 작가가 가진 종교적 성향이 여기에 유익한 조력자가 된다는 사실은 두말할 나위도 없다. 동서고금을 막론하고 종교적 소재를 다룬 작품이 문학사의 고전이 되어 온 사례는 부지기수이다. 한국 현대 문학에 나타난 기독교 사상, 그리고 기독교 의식의 본질과 그것이 문학

의 형상으로 치환되는 상관 관계의 문맥을 살펴보는 일은, 그러므로 한
국 문학에 있어서 사상성의 문제를 살펴보는 일과 다르지 않다.

이 글에서는 4장의 서론 부분에서 기술한 바와 같은 기독교 사상에 관
한 의미 영역의 기준과 범주에 비추어 김동리의 『사반의 십자가』,[1] 유재
용의 『성자여 어디 계십니까』[2], 그리고 이승우의 기독교 소재 소설[3]들
을 집중적으로 분석해 볼 것이다. 그리하여 종교와 문학, 또는 성과 속의
의미가 작품 속에서 어떻게 나타나며, 그것은 또 어떻게 대비될 수 있는
가를 살펴보려 한다.

이 세 작가의 작품들은 종교와 문학, 혹은 종교 문학으로서 기독교의
사상적 바탕을 문학에 효율적으로 적용시킨 사례에 해당한다. 그리고 그
반영 방식에 있어서도 신성과 인본주의, 신의 실재성과 세속의 논리, 성
과 속의 구분·대비·연관·통합을 통해 우리 문학의 사상사적 지평을 넓
히고 있는 작품들이라 규정할 수 있다.

2 한국 현대 문학에 반영된 기독교 사상

1) 성경과 소설의 직접적 대비——신성과 인본주의의 접점: 김동리의 『사반의 십자가』

김동리는 1913년 경북 경주에서 태어나 기독교 계열의 학교인 경주 계
남소학교와 대구 계성중학교를 다녔다. 어린 시절 기독교 문화와의 접촉
은 나중에 작가가 된 그로 하여금 기독교 또는 종교 소재의 작품을 쓸 수
있도록 하는 계기가 되었다.

---

1) 김동리, 「사반의 십자가」, 《현대문학》, 1955. 11~1957. 4.
2) 유재용, 「성자여 어디 계십니까」, 《동서문학》, 1990. 12~1992. 여름호.
3) 이승우의 「에리직톤의 초상」 이래 근작에 이르기까지 거의 모든 작품이 기독교적 의미를 내포하고
   있다.

종교 문제를 소재로 한 그의 소설들은 샤머니즘의 전통 신앙과 기독교 신앙의 상충으로 인한 한 가족사의 비극을 그린 「무녀도」, 기독교의 절대적 신앙과 교리를 민족 해방을 갈망하는 인본주의적 투쟁의 시각으로 추적한 『사반의 십자가』, 불교의 수도와 정진의 단계를 소신공양이라는 극단적 지점까지 밀고 나간 「등신불」 등 그의 작품 세계 내부에서도 압권을 이루는 것들이다.

그중 『사반의 십자가』는 작가 자신이 이에 대하여 "작가 생활 25년 만에 처음으로 작품을 가지게 되었다는 자신이 들었다"고 서슴없이 토로할 만큼 공을 들였고 애착을 가졌던 작품이다.[4]

이 소설의 주인공은 사반이라고 하는 유대 민족주의의 골수 분자이다. 예수 그리스도의 직접 사역 당시, 로마의 압제 아래에 있던 이스라엘 백성들이 무장 투쟁을 서슴지 않는 열심당(Zealots)을 결성하고 로마의 철권 통치에 맞서던 시대를 배경으로 한다.

궁극적으로 사반은 예수의 십자가 처형에 함께 매달린 좌우의 두 강도 가운데 끝까지 종교적 구원을 거부하고 현실적 인간으로 죽어 간 왼편 강도가 된다. 성경의 정경 어디에도 그의 이름이 사반이라고 밝혀진 바가 없으나, 김동리는 그에게 그 이름을 부여하고 그를 생동하는 인간의 모습으로 그렸던 것이다.

김동리는 이와 같은 인물 설정과 인적 구성을 토대로 신성과 인본주의기 서로 대립힐 때 인본주의의 목소리가 어떻게 들리게 되며 그것을 어떻게 수용해야 할 것인가라는 난해하고 형이상학적인 문제를 추구해 나갔다.

그런데 왜 김동리는 우리의 삶 또는 문학과 먼 상거를 가진 지역, 그리고 전통에서 창작의 동기를 일으켰던 것일까? 예수 그리스도의 사역 현

---

4) 『사반의 십자가』는 김동리가 43세가 되던, 그러니까 필력이 한창 무르익은 시기였던 1955년부터 《현대문학》에 연재되기 시작하여 1957년에 간행된 소설로, 그는 1958년 첫 예술원 문학 부문 작품상을 수상했다.

장과 유대인들의 가열한 민족 해방 의지를 함께 바라보면서, 그는 무엇을 우리 문학과 우리 문학의 독자들에게 발화하려 했을까?

거칠게 답변부터 말하자면, 김동리는 이 작품을 통하여 인간의 문제를 인간의 의식과 사고 속에서 해결하려는, 작가 자신의 표현을 빌릴 때 '인간주의의 틀' 속에서 해결해 나가 보려는 열망을 펼쳐 보이려 했다. 예수의 신성과 신앙적 초절주의를 거부하고 굳은 땅에 굳게 두 발을 딛고 선 인간의 의지를 그 극점까지 추구해 보려고 한 문학적 시도의 소산이 곧 이 작품인 셈이다.

종교 문제를 소재로 한 그의 다른 작품들에서도 이와 같은 도식은 공통적으로 적용될 수 있는데, 이러한 문제를 논리화하고 확대해 나가면 그의 이른바 '제3휴머니즘'이나 '한국 인간주의'와 마주친다.[5] 김동리는 「한국 문학과 한국 인간주의」라는 산문에서 서양 문화의 두 원류인 헬레니즘과 헤브라이즘의 속성을 명료하게 구분하고 이 둘의 변증법적 지양을 통해 '한국 인간주의'라는 개념을 도출하는데, 이러한 논리적 지향점은 곧 그의 고뇌에 찬 세계관의 갈등이 그 나름의 출구를 찾은 것으로 설명될 수 있다.

『사반의 십자가』는 역사적 사건을 소재로 한 역사 소설이다. 그것도 사상 최대의 베스트셀러인, 그리하여 여러 사람에게 익숙한 성경이라는 구체적 전범을 모태로 한 역사 소설이다. 기실 작품의 소재가 널리 알려진 것일수록 작가가 운신할 수 있는 문학적 공간은 비좁아지고, 작품을 진행해 나가기가 쉽지 않을 것이다. 성경의 문학적 해석이 쉬울 수 없고, 자칫 어느 곳에서 예기치 않은 해석상의 누수 현상이 발생할지도 모른다. 경우에 따라서는 어떤 사건이나 현상을 자의적으로 해석하여 무리한 결과를 가져올 수도 있다.

---

5) 김동리, 「한국 문학과 한국 인간주의—한국 문학은 한국 정신의 소산이라야 한다」, 『김동리 문학 앨범』(웅진출판, 1995), 157쪽.

　이 소설에서는 실제로 그러한 사례가 적잖이 발생하고 있으며, 그것이 작가의 인본주의적 시각을 발단 사유로 하고 있기 때문에 그 자의적 해석의 유형들을 검색해 보는 일은 곧 이 작가가 표출하고 있는 관점을 확인하는 일과 다르지 않다.

　우선 작가는 성경에 그 이름이 나오는 적지 않은 인물들을 소설 가운데서 형상화하여 그들에게 소설의 전개에 조응하는 임무를 부여한다. 앞서 언급한 막달라 마리아나 예수의 제자이며 혈맹단의 주요한 구성원으로 나오는 도마와 유다는 말할 것도 없고, 역시 열두 제자 중 하나이면서 막달라 마리아의 이종사촌 오빠인 빌립, 예수 사후 엠마오 도상의 두 제자 중 하나인 글로바, 예수의 능력으로 종의 목숨을 구한 백부장 등 많은 인물들이 성경 문면에서는 나타나지 않은 구체적 직임을 소설 속에서 수행하고 있다.

　그중에서도 산헤드린의 대제사장에게 예수를 판 유다의 행위를, 단순히 은자 몇 푼을 욕심 낸 것이 아니라 유대 민족주의의 열망이 수납되지 아니하고 좌절된 데 대한 반작용이라고 해석하는 것은, 인본주의적 관점 가운데서도 상당한 설득력이 있는 대목이다.

　또한 예수의 성장 과정 중 유일한 기록으로 나타나 있는 12세[6] 때와 5세[7] 때 생각을 구체화한다든지, 세례 요한과 더불어 메시아로서의 사명을 자각한다든지, 십자가의 희생을 향해 가는 두 번째의 예루살렘 행을 오히려 그곳이 위험이 널하기 때문이라고 해석한다든지, 예루살렘 입성　때의 호산나 외침이 마지막 기회의 소망을 건 혈맹단에 의해 주도되었다든지 하는 부분들은 소설의 성격에 맞도록 상황을 구성한 것으로서 어떤 면에서는 이 소설을 소설답게 하는 장점이 있다.

　그러나 지면 관계상 여기에 다 열거하지 못하는 몇 가지 시각은 소설

---

6) 누가복음 2:40.

7) 누가복음 2:42.

의 기본적인 텍스트인 성경 해석에 오류를 범하고 있고, 언제든지 이의와 논란이 제기될 여지가 있다. 이러한 단편적인 취약점들이 많으면 많을수록 신성과 인본주의의 접점을 탄력성 있게 유지시키고 있는 이 소설의 대립 구조, 즉 소설의 기본적인 골격은 부실해질 수 있다.

김동리에게 있어 신성과 인본주의는 영원히 만날 수 없는 대극의 자리에 있다. 김동리 또한 인본주의의 관점에 주력하여 소설을 쓰되, 양자택일의 판결은 보류해 놓았다. 이론적으로는 이러한 입장이 작가가 개진한 '신인간주의'로 연계되며, 이 작품에 대한 어떤 논자의 "신인간주의를 우리의 신문학사상 일찍이 유례가 없는 웅혼정대한 스케일로 전개시킨 장편"이라는 다소 격앙된 평가를 통해서도 이를 입증할 수 있다.

인간주의 또는 인본주의의 관점에서 바라보는 김동리의 기독교는 기독교 본래의 신앙적 교리에 잇대어져 설명되지 않으며, 차라리 동양적 정신사의 원형에 그 맥이 닿아 있다고 하는 편이 옳을지도 모른다. 종교 문제를 소재로 한 그의 작품들에서도 인간중심주의의 사고가 유사한 형태로 나타나고 있다는 사실은 그 하나의 예증이라 할 수 있다.

2) 실천 신학의 사회사적 의미 천착 ──신의 실재성 또는 종교적 범주의 와해: 유재용의 『성자여 어디 계십니까』

유재용은 1936년 강원도 김화에서 출생했으며 1969년 《현대문학》에 단편 「손 이야기」와 「상지대」가 추천되면서 문단에 나왔다. 등단 초기부터 지금까지 30여 년에 이르도록 한결같이 정통적인 사실주의 기법의 소설을 써 온 그는, 당대 문학에서 작가로서의 성실성과 이야기를 만들어 내는 능력이 조화롭게 악수한 사례로 꼽힐 만하다.

처녀작 「손 이야기」가 신인 예술상을 받은 이래 그는 1979년 「두고 온 사람」 및 「호도나무골 전설」로 현대 문학상을, 그리고 1980년 「관계」로 이상문학상을, 1987년 「어제 울린 총소리」로 동인문학상을 받았다. 그러면서 계속해서 「누님의 초상」, 『화신제』, 『나는 살고 싶다』, 『성역』, 『침묵의 땅』, 『성자여 어디 계십니까』 등 역작들을 발표해 왔다.

장편 소설 『성자여 어디 계십니까』는 선택된 주제를 이야기로 꾸미는 데 중견 작가다운 진중함과 완숙함을 큰 미덕으로 갖추고 있다.[8] 주인공인 전도사 박요단이 교회를 개척하기 위해 계림이라는 신생 도시를 찾아가고 여러 우여곡절 끝에 창녀 출신의 권미림이라는 여자를 아내로 맞아 살면서, 그의 곤고한 목회를 통해 신과 인간과의 계층적 갈등을 드러내는 것이 이 소설의 주된 줄거리이다.

그런 만큼 이 소설에서는 천지만물을 창조하고 길흉화복을 주재하는 절대자로서의 신이 과연 실재하는가, 또 그러하다면 인간의 구체적인 삶에 대한 신의 권능과 역할은 무엇인가라는 기독교 역사 이래의 의문점을 하나의 축으로 삼고 있다. 그러면서 식자 계급의 남자와 창녀의 사랑이라고 하는, 우리가 국내외의 소설 작품들을 통하여 익히 보아 온 담화의 도식을 또 다른 하나의 축으로 세우고 있다.[9]

기독교의 절대자와 그 존재 방식에 대한 질문은 근본적으로 직관적이고 종합적인 성향을 띠는 동양의 문화 전통 아래에서가 아니라 논리적이고 분석적인 성향을 나타내는 서양의 문화적 관습 아래에서 답변이 제시될 수밖에 없다. 그것이 헤브라이즘적 해석으로 시도되느냐 아니면 헬레니즘적 해석으로 시도되느냐에 따라서, 그리고 그것이 신화문학론적 차원에서 설명되느냐 아니면 문화사회학적 차원에서 설명되느냐에 따라서 답변의 방향도 달라질 수밖에 없는데, 그 다른 방향이란 단순한 이질성의 수준이 아니라 극단적인 상치의 외양을 보이게 마련이다. 기독교 소

---

8) 유재용의 『성자여 어디 계십니까』는 《동서문학》 1990년 12월호부터 1992년 여름호까지 연재되었던 것을 단행본으로 묶은 장편 소설이다.

9) 우리 문단에서는 유재용의 이 작품 외에도 이승우의 『황금 가면』이나 정광숙의 『순교자의 피』처럼 종교와 신의 의미를 새롭게 탐색해 보려는 장편 소설들이 계속 출간되어 관심을 끌고 있으며, 그간에 있었던 이문열이나 조성기 등의 작가가 쌓아 온 이 분야의 성과와 더불어 이제 보다 체계적인 검증이 요청되고 있는 형편이다.

재의 문학에서 가치 지향적 전범으로서의『실낙원』과 가치 부정적 전범으로서의『데카메론』이 표방하는 상극의 대립이 이를 잘 말해 준다.

"신은 죽었다"고 니체가 선언하고 "신은 구름 뒤로 숨어 버렸다"고 골드만이 단정하는 수사가 쉽사리 설득력을 가질 만큼 패악해진 이 시대에, 신의 위상이란 진정 어떠한 것인가. 이 작가는 이 무거운 명제에 어떤 답안을 내놓을 작정으로 이 소설을 썼는가. 결론부터 말하자면 작가는 답변을 유보하고 말았다. 그것은 어쩌면 한 편의 소설로 온전하게 대응할 수 없는 주제인지도 모른다. 책으로는 완성되었지만 이야기가 완결되지 않았으므로 그의 후속 작업과 정제된 결론을 기다려 볼 필요도 있겠다.

지식인 또는 상류 계급의 청년과 창녀의 사랑이라는 모티프는 우선 그 상대역 선정의 파격성으로 인하여 소설적 흥미를 유발하는 요인이 된다. 그런가 하면 바로 그 요인으로 인하여 독자의 기호에 영합하는 천박성이 지적되거나 때로는 진부하다는 평가를 유발할 수도 있다.

문제는 결국 이 낯설지 않은 소재를 다루는 작가의 솜씨에 달려 있다 하겠는데,『춘희』나『죄와 벌』같은 작품들이 그 좋은 반증이다. 창녀와의 사랑에 따르는 감정적 정직성과 친권 윤리의 배타성이 상충함으로써 마침내 우울한 결말에 이르는『춘희』나, 철학적 논리에 의한 살인과 죄에 대한 참회를 감싸안음으로써 절대적인 사랑의 추출에 이르는『죄와 벌』의 경우에서, 우리는 범상한 주제를 인본주의의 극점 또는 세계사적 전망의 높이로 끌어올린 작가 의식을 만날 수 있다.

그러기에 존 메이시는 그의『세계 문학사』에서『죄와 벌』을 두고 "라스콜리니코프와 소냐라는 두 젊은이의 사랑이 러시아와 세계 전체를 구제하는 장래를 꿈꾸었다"고 기술하고 있으며,[10] 게오르그 루카치는 그의『소설의 이론』말미에서 바로 이러한 총체적 전망을 평가하여 "도스토예프스키는 단 한 편의 소설도 쓰지 않았다", 즉 그의 소설은 지금까지

---

10) 존 메이시, 박준황 역,『세계 문학사』(종로서적, 1981), 407쪽.

의 소설들과는 다른 전혀 새로운 서사 세계에 속한다고 매우 도전적으로 단언하고 있는 것이다.[11]

그렇다면 이 작가는 전도사와 창녀의 결혼이라는 문제를 어떻게 다루고 있는가. 거기에 어떤 사회사적 의의를 포함시키고 있는 것일까. 여기에는 앞의 두 작품에서 볼 수 있었던 신실한 사랑의 그림자는 찾아볼 수 없다. 박요단과 권미림은, 아니 박요단은 권미림과 사랑의 내적 충동에서 결혼하는 것이 아니라 사명감에 입각한 외적 당위론에서 결혼한다.

다시 말하자면 이 소설은 기본적으로 인간과 인간 사이의 농밀한 사랑 이야기가 아닌 셈이며, 신과 인간의 관계를 파격적 남녀 관계의 구도를 통해 짚어 보려는 의도의 소산인 것이다. 그러할 때 우리가 제기한 두 개의 모티프는, 전자가 후자를 포괄하고 후자는 전자에 종속되는 모습으로 정돈된다.

3) 성과 속의 교직과 내면화 —수직, 수평의 축 구도와 새 방향 탐색: 이승우의 기독교 소재 소설

이승우는 1959년 전남 장흥, 그에 앞서 이청준과 한승원을 세상에 내보낸 땅에서 출생했다. 중앙대 부속 중고등학교를 졸업하고 서울신학대학에 재학중이던 1981년, 《한국문학》 신인상에 매우 독특한 중편 「에리식톤의 조상」이 당선되면서 문단에 나왔다.[12]

이 작가의 신학 대학 및 대학원 수학이라는 이력에서 짐작할 수 있듯이, 이승우는 드물게 보는 기독교의 이해에 정통한 작가이다. 그는 첫 작품부터 시작해서 종교적인 수직의 축과 사회사적인 수평의 축을 소설 제작의 두 가닥 줄거리로 상정하였으며, 종교적 성향이 소설의 폭과 깊이를

---

11) 게오르그 루카치, 반성완 역, 『소설의 이론』(심설당, 1985), 205쪽.

12) 이승우는 1987년 첫 창작집 『구평목씨의 바퀴벌레』를 출간한 이래 『일식에 대하여』, 『세상 밖으로』, 『미궁에 대한 추측』 등의 창작집을 내놓았으며 1991년 데뷔작을 개작한 장편 『에리직톤의 초상』을 비롯하여 『가시나무 그늘』, 『따뜻한 비』, 『황금 가면』, 『생의 이면』 등의 장편 소설을 상재했다.

제한하는 부정적 도그마로 작용하지 않고 오히려 그것을 기력 있게 발양하는 강점을 보여 준다.

엄밀한 의미에서, 또 구약 성경적 의미에서 한 개인의 신앙이 바로 서 있다는 것은 그와 하나님의 관계가 수직적으로 건강하다는 의미이다. 우리는 키에르케고르의 표현처럼 신 앞에 단독자로 서야 하는 실존적 인간이며, 각기 개인이 신성의 주체와 일대일의 대응 관계를 갖는다.

그런데 이 수직의 축과 대비하여 이승우가 마련하고 있는 수평적 세계 인식의 방법은 주로 1980년대의 군사 독재와 압제적 상황을 지속적으로 환기하면서, 권력의 부당한 힘과 그로 인한 피해의 상황을 점진적으로 들추어나간다. 수직의 축을 '성'으로, 수평의 축을 '속'으로 호명할 수 있다면, 그의 소설은 엘리아데가 종교의 본질을 기술한 저서의 제목 '성과 속'[16]으로 그 개념을 요약할 수 있겠다.

먼저 수평의 축에 중심을 두고 이승우의 소설을 살펴보면, 몇 가지 테마에 따라 다음과 같은 분류가 가능해진다.

① 동시대 현실에 관심을 가진 작품, 운동권 젊은이들을 내세우거나 소규모의 편집실에서 일하다가 불안감과 강박관념에 쫓겨 숨어야 하는 사정을 그린 작품:「구평목씨의 바퀴벌레」,「아틀란티스」

② 한 개별적 인간이 가지는 심적인 고통과 권력의 메커니즘을 조합한 작품:「그의 실종」,「수상은 죽지 않는다」

③ 평범한 현실을 살아가는 소시민의 애환과 그 질박한 삶의 언저리를 사실적으로 드러낸 작품:「신들의 질투」,「홍콩박」

④ 민족사적인 분단의 비극과 숨겨진 가족사의 비극을 다룬 작품:「유산일지」,「일식에 대하여」

---

13) 『성과 속』에는 '종교의 본질' 이라는 부제가 붙어 있으며, 성과 속의 상관성을 통해 현대인의 종교에 대한 인식을 신화문학론의 시각으로 분석하고 있다.

⑤ 장편 가운데 수평의 축을 위주로 한 작품:『따뜻한 비』

이상에서 언급한 작품의 성격은 주로 수평적 관점에 근거한 것이지만, 이승우는 이 이야기들의 행간을 곳곳에서 수직적 담화로 채워 놓고 있다. 직접적인 발화의 유형을 보이지 않는 작품에서도, 그 내면을 흘러가는 기층적 사유 체계에 그러한 성향이 잠복해 있음을 느낄 수 있다.

반면에 겉모양의 이야기는 매우 다양 다채하다. 예를 들어「미궁에 대한 추측」같은 작품은 미궁의 건축 동기를 네 개의 가설로 나누어 살펴봄으로써, 마치 네카의 입방체와도 같이 진리는 여러 방면에서 관찰이 가능하다는 레토릭을 입증해 보인다.

그가 아무리 종교적 인자를 유다른 후원군으로 확보하고 있어도 현실적이고 수평적인 이야기의 축조에 능란하지 못하다면, 우리는 좋은 작가로 그를 만날 수 없었을 것이다.

다음으로 수직의 축을 중심으로 그의 대표적인 작품들을 살펴보자. 이승우의 데뷔작인「에리직톤의 초상」은 에리직톤(Erisichton)이란 홍미로운 존재의 입지점을 어떻게 해석하느냐에 따라, 그 해석의 프리즘을 통과한 소설의 태깔이 달라지도록 되어 있다. 에리직톤은 그리스 신화에 나오는 인물로, 신의 징벌에 의해 자기 살을 뜯어 먹다 죽고마는 비극적 결말의 주인공이다.

만약에 우리가 수직의 축을 강조하여 설명하자면, 에리직톤은 오늘날 종교적 진리와 대척적인 자리에 선 현대인들의 초상이라 규정할 수 있다. 종교적 신성을 세속의 물살에 흘려보내고 마침내 그 응답으로 황폐한 자리에 설 수밖에 없는 현대인들은 우리 주변 처처에 널려 있다.

그러나 수평의 축으로 무게중심을 이동시켜 관찰하자면, 에리직톤은 강압적 권위와 무차별한 폭력에 저항 정신의 의지력으로 맞서는 자유인의 표본이라 할 수 있다. 권력과의 싸움은 그것을 가지지 못한 자의 감당하기 어려운 고통이요 대개의 경우 무참한 패배로 끝나는 것이지만, 정신적 자유주의자들이 그 과정 자체에 의미를 두는 한 작위적인 의지를 말살할 수 없다. 소설 속에서 "알렉산더 델브뤽크"라는 인물이 기독교 교리에 대하여 세속적 관점의 해석을 내놓는 대목도 이와 관련하여 생각해 볼 부분이다.

그러면서 작가의 수평적이고 현실적인 인식의 촉수가 닿아 있는 곳은 저 1980년의 남쪽 '광주'이다. 미리 던져진 관념의 그물망에 의해 이 작품은 동시대에 '광주'를 다룬 다른 소설들이 안고 있는 획일적인 창작 방법으로부터 아주 멀리 떨어져 있다. 이 작품을 통하여 이승우는, '광주'에 대한 부분적인 외형의 조작과 상관없이 그 본질이 이미 폭압적 권력에 의해 강요된, 회피할 수 없는 희생양이었음을 반증하고 있다.

수직의 축이 현저히 강조되어 있는 작품으로는 그 외에도 「예언자론」, 「못」, 「고산지대」와 장편 『생의 이면』 등이 있다.

작가 이승우가 이 수직 및 수평의 두 갈래를 하나로 통합해 보이려는 시도는 단편 「고산지대」에서 적극적으로 시도되고 있다. 민중 신학적 신앙관을 가진 최찬익, 신비주의적 신앙관을 가진 몽크 김, 그리고 관찰자인 화자의 삼분법은 이 작가의 세계에서 익히 보아 오던 도식이다. 다만 다소 조작적으로 보이기는 하나 마지막 장면에서 몽크 김을 통해 두 상반된 지류를 한 줄기로 통합해 보려는 노력은 온전한 세계관의 정립에 관한 작가 자신의 고뇌를 반영하고 있다.

수난절에 십자가의 고난을 재현하는 몽크 김의 행위가 실행은 물론 의미 규정에서도 간단하지 않은 것처럼, 수직과 수평의 축을 통합하려는 시도가 용이할 리 없다. 종교적으로는 그것을 위해 예수 그리스도가 십자가에서 죽었던 것이다. 그러기에 이승우의 이 어려운 길 찾기는 소설적 성과에 앞서 그 시도에서부터 주목할 만하며, 우리 문학은 그러한 이승우를 낯설고도 소중한 작가로 끌어안고 있는 것이다.

3 마무리

우리 문학의 기저에 자리하고 있는 기독교 의식의 본질과 그것이 작품으로 형상화되는 상관 관계를 검토하는 동안, 여기서 논거된 문학의 일상적 면모가 기독교 사상의 초월적 면모로부터 끊임없이 간섭받고 또 일정한 사상성의 자양을 섭생했다는 판단을 추출할 수 있다. 그리고 그러한 기독교적 기반이 창작의 실제에 사상성의 힘을 공여하고 그것이 확장된 문학적 성과를 수확하게 하였음을 확인할 수 있다.

물론 기독교 2000년 역사를 뒤따라가며 그 정신적 열매를 추수하고 있는 기독교 문학을 한두 마디의 언어로 정의할 수는 없다. 한국에 기독교가 전파된 지도 어언 200여 년의 세월이 지났다. 한국의 기독교 문학에 있어서 그 정의, 범주, 작품의 실제를 구명하는 일은, 어떤 경우에는 200년 아니 2000년의 역사적 하중을 고스란히 떠안아야 할 때도 있다.

그러한 기독교 사상의 역사와 그 경과 과정에 수반되어 있는 사상성이 우리 문학의 허약한 사상적 토대를 보강하고 작품의 폭과 깊이를 더하는 데 기여할 수 있다는 사실에 주목할 필요가 있는 것이다.

인간주의 또는 인본주의의 시각으로 기독교를 바라본 『사반의 십자가』는 한국 문학사에 김동리가 세운 돌올한 봉우리들 중에서도 한층 돋보이는 문학적 성과를 거양했으며, 이 소설에서 축적된 인식의 지평을 딛고서 이문열이 애써 쓴 『사람의 아들』이나 현의섭의 정론적인 작품 『소설 예수 그리스도』 등 좋은 소설들이 산출될 수 있었다고 해도 과언이 아닐 것이다.

신의 실재성에 대한 질문을 세속적 삶과의 관련 아래에서 제기한 『성자여 어디 계십니까』는, 종교적 심성과 세속의 저잣거리가 어떻게 마찰하는가를 유재용다운 성실성과 사실성에 기반을 둔 차분한 필치에 기대어 읽을 수 있게 했다. 만약 그가 이러한 작품 계보의 후속편을 쓰게 된다면, 여기에서 유보된 신의 실재성에 대한 철학적 답변을 준비하면서 사상을 담은 문학의 깊이를 체현해 주기를 요청해 보아야 할 것이다.

성과 속의 교직을 통해 독특한 기독교적 세계관과 그 해석의 소설적 방안을 내놓은 이승우의 작품들은, 그리고 그것을 현대적 문맥으로 시험한 작품들은, 어쩌면 이승우의 작품 세계뿐만 아니라 기독교 문학이 나아갈 하나의 방향 탐색에 값할 터이다. 이승우가 수직의 축과 수평의 축을 거멀못처럼 함께 얽어 내는 소설 문법을 보여 주었던 만큼, 앞으로는 그 질긴 강박감의 각질을 깨고 새로운 세계관과 창작 방법으로 나아가야 할 때인지도 모른다.

특히 우리 문단의 지형도에 비추어 상대적으로 젊은 연륜에, 기독교 신앙의 돕는 힘으로 깊이 있는 사상성의 문학화를 시도해 온 그와 더불어, 우리는 한국 문학의 한 단처가 괄목할 만한 수준으로 메워질 수 있길 기대해 봄직하다.

전체적으로 살펴보면 이상의 작품들은 모두 종교와 문학, 또는 신성과 세속이 서로 접촉하는 그 교차 지점에 작품의 입지를 마련해 두고 있으며, 그 자리가 곧 종교 문학 또는 기독교 문학을 포괄적으로 조망하게 하는 공간이 된다 할 것이다.

시와 신앙의 악수, 또는 행복한 글쓰기
—신영춘 시집 『천』에 덧붙여

1 기독교 문학의 존재 양식과 그 위상

누가 일러 우리 문학이 안고 있는 취약성 가운데 가장 심각한 대목 하나를 지적하라고 한다면, 필자는 서슴없이 '사상을 담은 문학'의 궁핍함을 들 것이다. 또한 누군가가 왜 오늘날의 우리 문학이 세계 문학의 중심부에서 그 얼굴을 드러내지 못하는가를 묻는다면, 그에 대한 답변 역시 이와 별반 다르지 않을 터이다.

목회자이자 시인인 신영춘의 두 번째 시집 『천』을 설명하는 이 글을 이처럼 무거운 논의와 더불어 시작하는 데는 그 나름의 이유가 있다. 신영춘의 시는 '목사 시인'이라는 명호 그대로 기독교적 세계관 위에 서 있다. 기독교적 세계관은 그대로 하나의 커다란 사상이요 또 사상적 계보를 형성하고 있는 셈이이서, 신영춘의 시가 적어도 이 대목에 있어서는 풍성한 사상성의 광맥을 끌어안고 있다는 사실을 미리 공표해 둘 수 있다.

그러나 기독교 문학은 궁극적으로 '문학'이다. 절대적 배타적인 종교성을 전면에 내세워서는 마침내 문학일 수 없다. 그러기에 기독교 문학은 그 '기독교'와 그 '문학'을 어떻게 한 얼개 아래에 포용할 수 있을 것인가를 중대한 전제 조건으로 당면하게 된다.

주지하는 바와 같이 천주교 200년, 개신교 100년의 역사를 가진 한국 기독교는 개화기 이후 구조화된 윤리와 인습의 각질로부터 벗어나려는 계몽주의의 수단으로, 일제 아래의 피압박 민족으로서 저항 및 자립 운동의 정신적 버팀목으로 효율적인 수용의 경과를 보였다. 이때의 문학인, 신앙적 문학인은 동시대의 사회 현실로부터 자유롭지 못했으며, 대개 강고한 현실에 맞서서 어두운 인고의 세월을 보내야 했고 그러한 체험을 작품에 담기도 했다.

그에 비하면 오늘에 있어서 기독교적 사상성을 작품의 원자재로 마음껏 활용할 수 있는 시인, 이를테면 신영춘 시인과 같은 경우는 행복한 문인에 해당한다. 종교와 문학이 조화롭게 악수하고 포옹할 때 우리는 행복한 글쓰기, 행복한 글 읽기의 체험을 약속받는다.

그런 연유로 "종교적인 인자가 소설의 문학성을 부축해 주고, 소설이 종교적 교리의 의미를 평이한 해석의 차원으로 끌어낼 수 있을 때, 우리는 탁발한 종교 소재의 소설 문학을 만나게 될 것"이라고 필자는 다른 지면에 적은 바 있다.

이러한 논리에 비추어, 신영춘의 시에 있어서 종교적 성향이 어떻게 문학성을 북돋우고 있으며, 또 그의 문학이 어떻게 신앙고백과 실천의 차원을 거양하고 있는가를 살펴보는 것이 곧 이 글의 소임이다.

2 신영춘 시의 '패턴'과 발화 방식

1993년에 첫 시집 『들꽃 소담한 고향길』을 상재한 시인 신영춘은, 그로부터 거의 10년의 세월을 두고 두번째 시집 『천』을 우리에게 보여 주고 있다.

그 고향길 위의 시인은 확고한 '신앙인'이었고, 또 그만큼의 강도(強度)와 분량으로 '시인'이었다. 마치 저 조선조 초엽의 의기(義氣) 성삼문이 투사이며 '동시에' 시인이었던 것처럼. 그리하여 그의 충절과 시혼이 함께 상승하며 빛을 발했던 것처럼.

첫 시집이 수록된 그의 시들은 마치 부활절 전에 행하는 테니브리(tenebrae)의 기도문 낭송과 아침기도처럼 경건한 시상을 놓치지 않는다. '동시에' 그의 시들은 강변과 고향과 겨울과 새벽을 노래하는 자유로운 상상력을 위축시키지 않는다.

이 양자를 함께 끌어안고 있음으로서, 그것도 가능하게 하는 순정한 신앙과 순정한 시심(詩心)을 조화롭게 포괄함으로써, 그의 시는 스스로의 길을 열었다. 이 시적 발화 방식과 모티프는 그대로 그 장점을 살려 두 번째 시집으로 이어진다. 왜 어떻게 그것이 그러하며, 그러함의 양태가 시의 실제에 적용된 현상이 무엇인가를 주의깊게 살펴보려 한다.

잠깐 앞서 언급한 성삼문에게로 돌아가 보자. 그가 '시인'이 아니었으면 진정 '투사'일 수 있었을까? 물론 그의 투혼이 그의 시에 높은 값을 매긴 것은 사실이로되, 이 역사적 인물 성삼문의 출발은 의식의 견정함과 내면 세계의 확장을 전제하는 시인의 자리였다. 우리의 신영춘도 그렇게 먼저 시인의 자리에 선다. 제1부 '어머니의 밭'에 실린 시들이 바로 그 자리의 모습이다.

> 굽이 도는 푸른 강 위로
> 눈발이 점점이 내리고 있습니다.
>
> 엊그제 엄씨는
> 강을 건넜습니다.
>
> ──「강에 내리는 눈」 부분

이 시편들에서 시인의 정서적 고향은 단연 "엄씨", 어머니이다. 그 어머니가 건너는 강은, "굽이 도는" 길고 "푸른 강"이다. "언제나 아무 일도 없었던 것처럼" 자기 길을 가는 강, "눈발이 점점이 내리는" 강이다. 때로 어머니는 "검푸른 산자락에 등굽는 소나무 한 그루"(「어머니 밭」)가 되어 강을 내려다보는 포즈로 치환되기도 한다.

어머니가 마주 선 강은 무엇일까? "자식 걱정"으로 세상을 내다보는 그 눈길 앞에 굽이굽이 펼쳐진 세상사의 곡절들일 터이다. "병든 노모"의 서러운 울음, "나는 괜찮다"고 한사코 내젓는 손사래질……. 이 모든 것들의 주인인 어머니는 그러나 그 정황이 치열한 만큼 그 속에 숨긴 '에네르기' 또한 치열하다.

시인은 그러한 어머니의 이름을, "들꽃같은" 또는 "그리운" 어머니로 불러 주고 있다.

새벽마다
잠 못 이룬 바람은
무릎을 꿇었습니다.

(중략)

동산 중턱에 자리잡은
자그마한 예배당으로
몸을 낮추었습니다.

―「무릎 꿇은 바람」 부분

지금 예배당에 무릎꿇은 "바람"은 누구일까? 시적 화자가 바라보는 이 패배의 서러움과 두려움의 침묵, 그리고 회오의 시간에 침잠한 "바람"

은 시인 자신의 자화상일 수도, 시인이 목양의 직분으로 돌보아야 할 대상들일 수도 있다.

그들에게 "적막을 깨는 종소리"는 "언덕 위의 교회" 새벽 동산에 "새들이 토해 내는 보석들의 소리"의 뜻과 다르지 않다. 이 소리들은 예배당 뒷동산에서 들리는 기도 소리나 밤새 웅얼거리다가 "결국 새벽녘에 하늘을 여는"(「하늘을 여는 빗소리」) 지경에 도달한다. 빗소리가 보여 주는 하늘, 그 하늘이 열리니 "눈물과 빗물의 경계"가 없어진다.

이 새로운 은혜의 각성으로 인도한 힘, 그것은 밤을 새운 기도 소리였다. 시인은 "무슨 서글픈 사연이 있었는지 하늘도 울었다"고 적었다. 하늘의 눈물인 빗줄기와 시인의 눈물이 하나되는 그 귀도(歸道)와 합일의 순간, 그것은 신앙적 체험만이 가질 수 있는 희열과 감격의 순간이다.

제3부 '카타콤베에 볕이 들 때'는, 성경적 체험이 전면에 등장하고 신앙 고백의 수준도 훨씬 강화된다. 아마도 시인의 성지순례 행적을 반영하고 있을 것이며, 성경에 기록된 그 현장의 역사성이 영적 떨림으로 전화한 시편들이다.

제4부 '잔치 이후'는 목회자로서 일찍이 절대적 소명으로 부여받은 그 길에 정성과 열심을 다하는 일상을 표현했다. 기실 이러한 대목에서는 수다한 언어적 수식보다 그의 시 한편 한편을 진중하게 음미해 보는 방법 이상의 최선이 없다.

이와 같은 과정들을 통하여, 우리는 시인 신영춘이 시와 더불어 얼마나 효과적으로 그리고 얼마나 절절하게, 믿음을 지키며 이를 목회로 실천하는 그 마음을 담아냈는지 목도할 수 있다. 시는 그에게 또 하나의 목회이다. 그러나 시가 목회의 수준에 육박한다고 해서, 시가 시이기를 포기해서는 그것이 효력이 살아남지 못한다. 이 시인은 이 점을 명민하게 알아차리고 있다.

제5부 '기다리는 나무'나 제6부 '독목(禿木)에 입힌 눈'에서, 나무와 계

절과 자연의 풍광을 통해 다시금 공여하는 유장한 상상력, 다시금 매설한 시적 친화력이 바로 그 증빙이다.

아직도 그대는 어린 가지로
해맑게 웃고 있으니
그대 이름은 큰 나무

—「큰 나무」 부분

"오랜 풍상을 겪으며/ (중략)/ 따사로운 봄기운을 기다리며 아름다운 눈빛을 잃지 않는" 나무를 바라보며, 어린 가지에서 큰 나무의 역설적 의미망을 발굴하는 시인의 정신은 맑고 신선하다. 그는 이 싱그러운 서정성의 반석 위에 신앙의 첨탑을 세웠다.

시의 이름으로 걷는 신앙의 들꽃길

지금 추위와 온기의 긴장으로
숲에서는 묵은 잎사귀 떨어지는
소리가 고독으로 자리잡고 있습니다

이 긴장 속으로 떨어진
사랑의 언어 아
비로소 겨우 내 죽어 지내던
생명들로 무덤을 열게 합니다

—「기다리는 계절」 부분

낙엽 지는 소리에서 중생의 모티프를 발견하는 시인에게, 계절과 자연

316

은 모두 하나님의 "일반 계시"로 기능한다. 그것은 그가 시인이면서 목회자인 신분적 특권이다. 그것이 어느 한편으로 기울지 않고 슬기로운 균형 감각을 유지하고 있을 때, 비로소 그는 '목회자 시인'이다.

만약 그가 시인의 이름과 얼굴을 하나의 치장으로 둘러쓰고 있었다면, 그에게서 전달되어 오는 영혼의 떨림은 없었을 터이다. 만약 그러한 상황이었다면 그것은 또한 그의 영성을 깊이 있는 차원으로 이끌지 못했으리라.

생각해 보라. 그 가슴 떠는 시인의 숨은 진실이 값비싼 대가 없이 그저 얻어지는 것이겠는가? 제7부 '화곡 가는 길'은, 그가 오래 비장해 두었던 생각들의 굽이굽이와 그것들을 들추어 보는 어려움을 노래한다. 그리고 그 곡절과 곤고를 딛고서 이윽고 나아가야 할 '길'을 제시하려 한다. 신앙인으로서의 그는 예언자여야 하기 때문이다.

「저녁 바닷가에서」, 「지는 석양 속에서」, 「깊이가 없는 어두움」 같은 시의 제목들은, 이를테면 저 옛날 파스칼이 당착했던 그 심정적 단계와 그것을 넘어서는 과정에 이름을 부여한 경우이다.

시인은 그 과정을 거치면서도 끝내 "지는 석양 속에서 들려오는 태초의 말씀"(「지는 석양 속에서」)을 놓치지 않는다. 그에게 확연히 "돌아갈 길"이 있는 까닭에서이다. 그래서 "우리는 조금씩 아주 조금씩 사랑을 만들어 왔으며"(「우리는 조금씩」), "산과 산 땅과 하늘을 잇는 당신"(「다리 1」)을 나리로 하여, "시작도 끝도 아닌 중간 지대"(「다리 2」)인 그 다리 위에 서 있는 것이다. 그리고 "지금 우리는 다리를 건너야 한다." "다리"가 된 "당신"을 건너가면 무엇이 있을까? 시인은 그 새로운 땅에 "들꽃을 위한 변주곡"이란 이름의 시로 자신의 언어를 내걸었다. 그런데 이것은 우리에게 낯이 익지 않은가? 그렇다. 그의 첫 시집이 『들꽃 소담한 고향길』이었다.

머언 발치서
한 걸음씩 다가오는

육중한 소리
운명으로 받아들여야 할
깊은 사랑의 소리

내가 올 때까지
기다리라는
엄정한 언약의 소리

—「들꽃을 위한 변주곡」 부분

사랑과 언약의 소리를 향해 나아가는 그의 길, 방향과 목표가 분명한 그의 길가에는 들꽃들이 소담했다. 그 들꽃들은 그의 침윤하지 않은 시심이었으며, 때로는 떨기꽃으로 때로는 무리꽃으로 시의 그릇에 소담스러운 믿음의 보석들을 담아냈던 것이다.

신영춘은 시와 신앙을 하나의 시적 틀거리 안에 함께 묶은 행복한 글쓰기의 주인공이다. 그런데 이 행복한 감정은 전염성이 강한 것이다. 우리는 그의 시와 더불어, 종교 문학이 고색창연한 전통으로 지켜 온 문학과 종교의 아름답고 성숙한 포옹에 참여한다. 그럴 때의 우리는 행복하다.

이 작고 소중한 행복감으로, 그리고 따뜻한 성원을 담은 깊은 눈빛으로, 우리는 다시 또 그의 시를, 그리고 영혼을 사랑하는 그의 신앙적 실천을 지켜볼 것이다.

문학과 근대성, 또는 그 극복의 서사
―황석영의 소설

1 우리 문학의 근대성 개념과 적용 방식

'근대성(modernity)'이란 용어는 근대의 시대 구분에 따른 논의와 시각에 따라 '현대성'으로 치환되어 사용되기도 한다. 그러나 굳이 이 양자의 개념적 차별성을 제기하자면 '근대성'은 모더니티에 대한 전면적인 성찰을 강조하면서 그 전반에 대한 비판적 검토를 중시하는 반면, '현대성'은 모더니티의 영향력과 당위성을 부각시키는 입장에서 주로 사용된다.[1] 이 용어가 가지고 있는 구조적 의미의 두 측면은 그런 점에서 '당대적(contemporary)'이란 용어의 의미와 구별된다.

이 용어가 적용되는 대상 및 방식에 따라 "사회·역사적 근대성"과 "미적 근대성"으로 구분될[2] 수 있으며, 전자는 산업 혁명과 자본주의에 의해 야기된 개념인 데 비해 후자는 이러한 변화의 부정적 산물에 대한 거부와 부정의 열정을 가리키는 것으로서 주로 예술적 미학의 영역과 관련되는 개념이다.

---

1) 장성만, 「개항기의 한국 사회와 근대성의 형성」, 김성기 편, 『모더니티란 무엇인가』(민음사, 1994), 261쪽.

2) 마테이 칼리네스쿠, 이영욱 외 역, 『모더니티의 다섯 얼굴』(시각과언어, 1993).

근대성이란 문자 그대로 근대 사회의 특성을 나타내는 개념인데, 서양에서는 르네상스와 종교 개혁, 지리적 발견과 산업의 발전 등 큰 변화들이 일어나는 16세기를 그 출현 시점으로 받아들이고 있다. 그러나 모더니티 자체는 18세기 계몽주의 철학에서 확고한 체계를 갖추게 되며 19세기에 이르면 산업주의를 근간으로 하는 사회적 경제적 문화적 변동과 같은 뜻을 지니게 된다.[3] 서양의 근대성이란 개념은 중세 봉건 사회의 종막 이후 서양 역사의 진행 과정과 현재에 이르기까지의 시간 개념 전체를 통칭하는 포괄적 의미망을 갖고 있는 셈이다.

봉건 사회의 종막은 근대 자본주의(capitalism)를 사회적 기반으로 하는 시민 사회의 출현을 뜻하며, 이는 문학에 있어서 생산과 소비 사이에 유통의 개념이 개입하고 그 과정이 형성됨으로써 양측에 함께 영향을 미치는 문학이 근대 문학[4]이라는 규정이나, 근대의 개념이 정치적으로는 국민 국가요 사회 경제적으로는 자본제 생산 양식의 시작과 그 전개 과정이라는[5] 논거에 이르기까지 하나의 통시적 관점을 이루는 원리로 작용하고 있다.

근대성을 반영하고 있는 근대 사회의 주요한 특징으로는 (1) 경제적 측면: 자본주의 경제가 발전하여 공업화와 도시화가 진행됨, (2) 사회적 측면: 신분에 있어 특권층이나 동업 조합 같은 단체가 소멸되고 자유롭고 평등한 개인이 사회 구성원이 됨, (3) 정치적 측면: 개인의 기본 인권이 보장되는 입헌 정치가 확립되며 국민적 통일을 바탕으로 한 국민 국가가 성립됨, (4) 문화적 측면: 문화, 사상, 인간의 이성을 신뢰하는 과학적 합리주의가 사상계를 지배하며 과학 기술을 생산 과정에 응용함으로써 기아와 질병으로부터의 해방이 성취됨[6] 등이 제시된다.

---

3) 김성기 편, 『모더니티란 무엇인가』(민음사, 1994), 16쪽.
4) 조동일, 한국문학평론가협회 「근대적 문학 제도의 형성」 국제학술심포지엄 기조 발제, 2001. 10. 26.
5) 김윤식, 『한국 근대 문학 연구 방법 입문』(서울대 출판부, 1999), 218쪽.
6) 박성수, 「근대와 현대 사회의 특징」, 『한국사의 시대 구분에 관한 연구』(정신문화연구원, 1995), 445쪽.

　　물론 이와 같은 근대 사회의 특성과 근대성의 개념은 구체적 사안에 대한 가치 판단 이전의 사회사적 경과를 중심으로 한 것이며, 특히 서양의 역사 과정에 따른 경험적 사실들을 토대로 한다는 제한점이 있다. 또한 근대성이란 개념 자체가 구체적 사실, 이를테면 문학에 있어 작품 자체를 대상으로 하는 실질적 검토에 이르지 않았을 경우 모호하고 추상적인 영역에 머물러 있을 수밖에 없는 것이어서, 우리의 역사적 현실 가운데서 그 개념의 적용을 문제 삼는 것이 응당한 절차일 수밖에 없다.

　　일찍이 임화의 '이식 문학론'에서부터 언급되기 시작한 우리 문학의 외래적 영향, 그 영향의 근대적 성격 문제와 관련하여, 식민지 시대를 거쳐 오늘의 분단 시대에까지 이르는 사회·역사적 근대성의 의미를 살펴보는 일은 곧 우리 문학과 우리 삶의 정체성을 확인하는 일과 다르지 않다. 이것은 또한 주변국 또는 주변 역사의 상황과 맞물려 있는 형편으로서, 일본 근대 문학의 기원은 근대 한일 관계의 기원[7]이라거나, 근대와 타자의 문제라는 관점으로 근대의 실험실로서의 식민지 문제[8]라는 논의들이 이의 예증에 해당한다.

　　상기의 논의는 우리 문학의 근대 및 근대성의 전개와 경과 과정이 일제 강점기 아래 식민 시대의 상황을 중요한 시기로 하며 그와 밀접한 상관성 아래에 있다는 사실을 환기한다. 이를 한일 관계사의 측면에서, 또는 그것을 기반으로 한 주체적 측면에서 두루 관찰해야 할 과제가 남아 있음을 기억해 둘 필요가 있다. 이와 같은 논의는 근대성 문제가 문학과 그 집단, 동양과 서양, 주체와 타자, 인간과 인간 혹은 집단과 집단의 관계에 관한 문제라면 이는 언내기적인 개념에 그치는 것이 아니라 질적인 개념[9]으로 발전한다는 성격을 보여 준다.

　　실체적 내용에 있어 우리의 '근대'는 개항 이후 서양 사조의 도입, 일

---

7) 가라타니 고진, 박유하 역, 『일본 근대 문학의 기원』(민음사, 1997).

8) 강상중, 이경덕 외 역, 『오리엔탈리즘을 넘어서』(이산, 1997).

9) 조영복, 「근대성의 개념과 구도」, 《소설과 사상》, 1998, 겨울.

제의 식민 수탈, 그리고 그 결과로 뒤이은 분단 시대의 전개라는 역사적 실상들을 그 바탕에 두고 있는 것이다. 그러한 까닭으로 서양의 근대가 표방한 근대적 자각과 자의식보다는 국가적 위기의식과 공동체적 인식이 더 비중 있게 작용한 측면이 강하다. 따라서 우리가 우리 문학의 근대성을 살펴보는 눈에 있어서는 우리의 시대사적 체험과 그에 걸맞는 관찰의 방식이 적용되어야 마땅할 것으로 본다. 이는 근대성의 지표를 올바로 설정하기 위해서 제국주의적 담론인 비교 문학적 시각과 반제국주의적 담론인 내재적 발전론을 넘어 국제적 시각의 도입을 모색해야 한다는 주장[10]으로의 확장 가능성을 예비하고 있는 대목이기도 하다.

2 황석영 소설에 있어 근대성과 그 극복의 문제

서두에서 다소 장황하게 근대성의 개념과 그 적용 방식에 관해 언급한 것은, 이 글이 황석영 소설의 근대성과 그 극복의 문제를 다루는 까닭에서이다. 근대성의 개념을 통해 살펴본 몇 가지 절목들, 그리고 이에 대한 '공동체적 인식'은 비단 황석영뿐만 아니라 대다수의 우리 작가들에게 공통적으로 적용되는 반강제적 규범이었다. 따라서 황석영의 소설을 구조적으로 깊이 있게 읽는다는 것은 그 속에 있는 근대성의 본질적 성격을 탐색하는 일이며, 또 근대성의 본질에 대한 이해가 그의 소설을 분석적으로 구명하는 데 효율적인 잣대가 되는 셈이다.

이러한 시각으로 황석영에 접근하기에 앞서, 우리는 그의 소설들에 배경으로 놓여 있는 '국가적 위기의식'의 정체를 좀 더 분명하게 확인하고 넘어갈 필요가 있다. 그것은 그가 본격적으로 문학 활동을 시작한 1970년대 이래 민족 모순의 주요한 실체로 규정되기 시작한 분단 모순과 계급

10) 최원식, 「한국 문학의 근대성을 다시 생각한다」, 『민족 문학과 근대성』(문학과지성사, 1995).

모순의 소설적 발화법을 그의 소설 작품과 연관하여 미리 살펴두자는 의미이다.

3 민족 모순의 소설적 발화와 근대성의 극복

우리 소설은 1970년에 이르러 대체로 두 가닥의 주요한 줄기를 형성한바 있다. 하나는 1950년 6·25전쟁 이래의 분단 모순에 대응하여 분단시대 삶의 역사성과 그 의미를 추적하는 소설들이다. 다른 하나는 1970년대부터 바야흐로 그 서막이 오르기 시작한 산업화 시대의 삶과 그로 인한 계층 간의 격차 및 불균형한 분배 문제, 곧 계급 모순에 대응한 소설들이다.[11]

이 두 가닥의 분명한 줄기는 서로 상승 작용을 유발하여 1970년대가 소설이 흥왕한 시대로 특징지어지는 데 결정적인 동력원이 되었으며, 분단 모순과 계급 모순의 무거운 시대사적 과제에 맞서서 소설의 문학 외적 역할에까지 논의의 진폭이 확장되도록 한 바 있었다.

분단 모순의 진원지이자 우리 민족사상 최대의 비극으로서 6·25전쟁은, 조국을 두 동강으로 갈라놓았다는 표층적 사실과 함께 동시대를 살고 있는 수많은 개개인의 생애에 지울 수 없는 심흔의 상처를 안겨 주었다. 문제는 이 상처의 그루터기가 '과거 완료'의 사실이 아니라 지금도 내연하는 '현재 진행형'이라는 점이다.

외면적으로 한반도의 분단이 고착화됨과 우리의 의식 체계 및 문화 관습에서 건강한 활력이 위축됨은 결코 서로 떨어져 있는 별개의 항목이 아니다. 6·25전쟁이 한국 현대 문학사를 관류하여 하나의 줄기를 이루는

---

11) 전자에 많은 관심을 기울인 작가로 김원일, 전상국, 홍성원, 한승원, 이문열, 조정래 등을 들 수 있고 후자에 기량을 집중한 작가로 황석영, 조세희, 윤흥길, 이문구 등을 들 수 있다.

소재가 되어 온 것은, 그 여파의 자장이 여전히 우리 삶의 뿌리에까지 미치고 있기 때문이다. 작가들의 이에 대한 인식이야말로 분단 문학의 다양한 시도와 전개를 가능하게 한 원동력이라 할 터이다.

시대 현실에 반응하여 패배와 반항의 군상을 그린 전후 소설들, 그리고 이데올로기와 인간성의 갈등에 관념적으로 접근한 소설들을 거쳐, 1970년대 소설에 이르면 분단 문제가 소설의 주요한 주제로 등장하는 사정을 훨씬 상회하고 1980년대에 들어와서는 본격적인 장편 소설과 미체험 세대의 작품이 등장한다.[12]

이와 같은 흐름에서 우리는 '국가불행시인행(國家不幸詩人幸)'이라는 동양 고시가의 경구처럼 6·25전쟁이 소설의 소재에 있어 중요한 보고(寶庫)가 되어 왔고, 분단 이후 반세기를 헤아리는 세월의 경과가 문학을 체험에서 분리시켜 역사적 안목 아래 정리할 수 있는 시간상의 간격을 확보해 주었음을 확인할 수 있다.

이러한 현상은 또한 통일 시대와 남북 간 화해의 전망을 탐색해 나갈 앞으로의 시대에서도 그러할 터이다. 남북한이 국토를 통일하고 문화를 통합하는 문제만큼 절실하게 우리 민족의 정신사를 압박하는 것이 없다고 한다면, 분단 문학의 발전적 진행 단계야말로 민족사의 환부를 보살피는 작업이며, 직접적으로 밝은 해결의 길이 보이지 않더라도 꾸준하게 천착되어야 할 과제이다.

물론 문학이 이를 위해 구호나 행동을 앞세울 수는 없으며 그 해결의 가능성과 방안을 정신적 결정으로 응축하여 제시하는 데 그치겠지만, 이를 통해 우리 사회의 관심과 의욕을 환기하는 일은 민족과 역사 앞에 선 문학의 책무이기도 할 것이다.

---

12) 1970년대 주요한 분단 문학 작가들의 작품에서 6·25는 현실의 삶 속에 파고든 후유증의 진원, 유년 시절의 아프고도 잊을 수 없는 기억, 그리고 이제는 다시 점검되고 극복되어야 할 대상으로 형상화되었다. 1980년대로 들어와서는 이문열, 조정래, 김용성 등의 작가들이 본격적인 장편 소설로 분단 문제에 접근했으며, 임철우, 양선규, 이창동 등 미체험 세대들의 시각이 주목의 대상이 되었다.

분단된 조국의 비극을 언급할 때, 우리는 단순히 국토의 분단만을 말하지 않는다. 크게는 민족 동질성의 균열로부터 작게는 일상적 삶의 밑바닥에까지 침투해 있는 쓰라린 고통에 이르기까지 끈질긴 멍에로 남아 있는 분단 상황의 극복을 전제하지 않고서는, 자유롭고 진취적인 우리 민족의 진로를 그려 보기가 불가능하다. 그런데도 그 극복이 오늘 내일의 일이 아님이 분명한 이상, 우리는 분단의 구릉을 넘어서 통일의 길로 시대사의 물줄기를 전이시켜 갈 정신적 단련을 구체적으로 제시해 보는 데 게을러질 수 없는 처지에 있다. 오늘날 우리 분단 문학이 서 있는 지평은 바로 이와 같은 숙제를 안고 선 자리라 해야 옳을 것이다.

이와 같은 특수성이 자체적인 체험과 반응의 양식을 설명하는 데 머물 때에는 한 특정한 문화의 개별성을 드러내는 데 그치겠지만, 문학적 형상력을 통하여 역사적 계기의 의미 공간과 공감의 영역을 넓혀 나갈 때에는 보다 확장된 보편성을 확보한다. 이는 곧 우리 문학의 소재적 측면에서 가장 큰 줄거리를 이루고 있는 분단 현실을 어떻게 형상화하여야 세계 문학의 무대로 나아갈 발판이 마련될 수 있을 것이며, 그에 앞서 어떻게 특수한 상황의 주변성과 한계성을 극복할 수 있을 것인가라는 커다란 부피의 질문과 관련되어 있다.

1970년대에 들어서면서부터 분단 문학과는 또 다른 하나의 축을 이루면서 계급 모순의 여러 문제에 응전하며 산업화 시대의 문제를 다룬 소설들이 활기를 띠기 시작했다. 분단 상황이라는 지울 수 없는 민족 모순을 끌어안은 채 삶의 질적 수준을 향상시키는 경제 건설이 여러 형태로 진척되면서, 문학 또는 이에 상응하는 발 빠른 변신의 행보를 옮겨 놓게 된 것이다. 그런가 하면 우리 사회의 곳곳에서 산업화 시대의 들머리에서 파생되는 부정적 현상들이 양산되었고, 소설은 이 불균형성에 대해 예리한 경각심으로 반응하였다.

산업 사회의 경제적 불평등과 노동 현장의 불합리성을 소설 문법을 통해 비판하고 나선 작가들이 괄목할 만한 수량과 수준으로 등장하면서, 이들의 작품이 산업화 시대에 대한 소설적 안목을 어떻게 열고 있으며, '성장의 과실'을 조화롭게 분배할 윤리적 지침을 어떻게 상정하고 있느냐 하는 문제가 당대의 쟁점으로 대두하기 시작했던 것이다.

현대 소설에 '노동'의 개념을 최초로 적용했다고 평가되는 황석영의 「객지」나 「삼포 가는 길」, 곤고한 노동자들의 삶을 충격적으로 제시함으로써 당대 소설에 분명한 획을 그은 조세희의 『난장이가 쏘아올린 작은 공』, 도시 소시민의 삶에 서린 불행과 애환을 상징적 알레고리의 기법으로 드러낸 윤흥길의 『아홉 켤레의 구두로 남은 사내』, 독점 자본의 강력한 위력에 대비하여 외지고 그늘진 농민들의 삶을 부각시킨 이문구의 『우리 동네』 같은 작품들이 그의 대표적인 것으로 거론될 수 있다.[13]

그런가 하면 이처럼 정공법의 소설적 대응과 함께 흥미 위주의 호스티스 소설이나 기업 소설 등이 양산되어 동시대 문화의 한 특성으로 자리 잡았는데, 그것은 나중에 나온 『인간시장』류의 오락성 소설과 미학적 가치 분류에 있어 상호 소통되는 맥락을 가지게 된다.

엄밀한 의미에서 이 작품들이 변동하는 사회의 역사 철학적 계기를 형상화한다거나 소설의 사상적 깊이를 예시할 수 있다고는 할 수 없다. 그것이야말로 이러한 세태 소설이 그 자체에서 안고 있는 단처이며, 현실의 내포적 진정성을 뚜렷한 문학의 열매로 거두어들일 수 없게 하는 한계이다. 1980년대의 '운동 개념으로서의 문학'에 논리적 기반을 공여한 박현채의 탁발한 논문 「문학과 경제」에 비추어 보면 이는 보다 잘 드러난다.[14]

---

13) 이 소설들은 기본적으로 당대의 현실을 가진 자와 가지지 못한 자의 이분법적 대립 구조로 파악하고 있으며 전자가 왜곡된 방식으로 유산 계급의 이익을 추구하는 행위가 얼마나 큰 상처로 후자의 빈한한 삶에 타격을 주고 있는가를 추적하고 있다.

14) 이 논문이 결론으로 제시하고 있는 "민중의 자기 해방, 삶과 노동의 원초적 관계의 회복을 위한 노력은 민족적 요구인 민주주의의 통일, 자주와 함께 우리의 문학, 우리의 경제학이 짊어져야 할 거부할 수 없는 과제"라는 주장에 대입해 보면 이 한계점이 더욱 분명해진다.

328

　그러한 1980년대의 민족 문학 주체 논쟁에서는 소생산자를 구중간 계급으로 분류하고, 신중간 계급인 '화이트 칼라'가 전면적으로 부상한 반면, 소생산자는 경제적 차원에서 볼 때 그 삶의 양식을 문화 공간으로 옮겨 갔다는 설명이 있다. 이 말은 소생산자가 자본주의 경제를 견디지 못해 쇠락했다는 의미이며, 오늘날과 같은 상업화 시대에 있어서는 작가나 문필가만이 소생산자의 기능을 담당하고 있다는 해석이다. 작가를 생산자라는 가늠대 위에 올려놓는 일이 매우 경제적인 관점인데, 실상 작가들의 소설 생산과 생활 수단의 접점이 과거에 비해 대단히 광범위해지고 긴밀해졌다는 사실을 인정한다면, 이 논법에 그다지 큰 무리는 없어 보인다. 물론 다음의 질문이 기다리고 있다. 그렇다면 중간 계급으로서 작품 생산자인 작가들이 이 산업화 시대에 필적하는 소설을 어떻게 제작해야 할 것인가라는 문제가 떠오르게 되는 것이다.

　어쨌거나 문학이, 그리고 그 생산자인 작가들이 현실의 검색 및 개량에 임하는 본연의 임무를 포기할 수는 없는 일이다. 특히 현실을 서사적 형상력으로 재창조하는 소설은 구체적인 담화의 구조를 통해 파편화되어 가는 세계의 공동체적 유대를 되살려 놓아야 할 책무를 안고 있다. 루카치가 힘주어 말한 "새로운 서사 세계"는 바로 이러한 측면에의 강조일 터이다. 분절적 세계의 부정적인 모습에 세미한 관찰의 시각으로 접근하거나 총체적인 대응력으로서의 일정한 가치 체계를 창출하거나 간에 소설이 이 시대의 본실을 각기의 방식으로 부각시키고 그에 대한 개성 있는 해석들을 부가해 나갈 때, 우리는 우리의 정신적 텃밭을 지속적으로 가꾸어 나가는 활력 있는 충전의 공간을 갖게 될 것이다. 산업화 시대의 부정적 현실들이 아무리 그로테스크한 형상으로 우리 삶의 앞길을 막아선다 할지라도 이를 폭넓은 시선으로 조망하고 해결의 방책을 모색하는 힘은, 곧 문학이 가진 정신주의의 덕목에 크게 의지할 수 있을 것으로 본다.

　지금까지 살펴본 분단 모순과 계급 모순의 한국 문학적 상황은, 그것을 확인하고 이해하는 것만으로는 아무런 소용이 없다. 당대 우리 문학의 지평 위에서 어떻게 그 두 가지 모순의 실체를 해소하고 극복할 수 있느냐, 그것의 실현을 위한 문학적 응전력은 어떤 작가에 의해 어떻게 가꾸어질 수 있느냐가 문제되어야 하는 것이다.

그와 같은 인식의 초점에 근거하여 황석영의 소설을 살펴보면, 이 작가가 분단 모순과 계급 모순의 양자에 거쳐 그 문제의식을 매우 깊이 있게 천착하고 있음을 알 수 있다. 뿐만 아니라 양자 각기의 문제가 문학적 표현을 획득하는 데 시발적 기능을 담당했으며, 또한 그것의 확대 발전 과정에 중요한 디딤돌이 되는 소설들을 창작해 왔음도 확인할 수 있다.

분단 문제를 민중적 관점에서 다룬「한씨연대기」 같은 작품, 그리고 앞서 언급했던 노동의 현장을 다룬「객지」 같은 작품이 바로 각기 영역의 시발적 기능을 담당한다. 남북 대립 또는 그것을 중요한 빌미요 구실로 하여 장구한 기간에 거쳐 철권의 독재 정권이 왜곡한 역사적 현실이, 그의 장편『오래된 정원』이나『손님』에 잘 나타나 있다. 이 철저한 문제의식을 역사의 갈피 속을 헤집으며 시간적 환경을 뛰어넘어 매설할 때『장길산』을 만나게 되고, 이를 국제 관계에 대한 비판적 인식의 지평으로 확대할 때『무기의 그늘』을 만나게 된다. 아울러 소설 형식과 사실성의 울타리를 비본질적인 것으로 보는 유연한 시각에 이르러 근작『심청』을 보게 된다.

황석영의 이러한 창작 이력과 시도들은, 서두에서 지루하게 펼쳐 놓은 근대성의 논의들에 비추어 보면 곧 그것의 극복에 관한 소설적 발화법임을 어렵지 않게 확인할 수 있다. 근대성의 여러 제한 조건들, 그것을 넘어선 시야의 확보와 소설 장르로의 발현에 대한 관점이, 때로는 현실 공간에서 때로는 역사 공간에서 또 때로는 비사실적 순환의 공간에서 형상력을 얻은 그 구체적 증빙으로 그의 소설들은 존재한다. 그의 소설들을 동시대의 민족 모순에 대한 리얼리즘적 개선 방안의 개진인 동시에, 오

랜 숙제로 우리 역사에 부하되어 있는 근대성 극복에 대한 통시적 의미
망의 제시로 받아들이는 이유가 거기에 있다.

　이 글에서는 먼저 대하 장편『장길산』을 작품 자체로 살펴보는 일을
통해 민중 개념의 문제를, 그리고 세 장편『무기의 그늘』,『오래된 정원』,
『손님』을 발표 순서에 따라 살펴보는 일을 통해『장길산』으로부터의 민
중 개념 개선과 전근대성의 극복 및 새로운 인식 영역의 확장이라는 문
제를 순차적으로 검토할 것이다.

4 민중 개념의 역사 공간으로의 전화,『장길산』

　루시앙 골드만은『소설사회학을 위하여』의 서두에서 "소설은 타락된
사회에서 타락된 형태로 진정한 가치를 추구하는 이야기로 규정될 수 있
으며, 주인공에 있어서 이 타락은 주로 매개화 현상, 즉 진정한 가치가
내재적 차원으로 끌려 들어감으로써 자명한 현실로서는 사라져 버리는
현상으로 표현되고 있다"[15]고 규정한다. 소설을 이와 같은 문학 형식의
개념으로 받아들일 때, 작가의 세계 인식 방법은 부정적인 사회 현실에
대해 비판적인 관점을 마련하는 일로부터 시작된다.

　우리는 1970년대를 소설의 시대라 명명해 왔고 또 분단 시대의 폐해
와 산업 사회의 문제점을 부각시킨 소설들이 그 이름에 값할 만한 수준
과 분량을 보여 주었다. 그 1970년대의 초반부터 민중 문학의 실천적 명
제가 구체적 움직임으로 나타나기 시작한 것은 이러한 태도의 연상선상
에 있다. 이때의 문학은 당대 사회가 드러내는 진행 방향의 기미에 민감
한 안테나를 세울 수밖에 없다.

　1970년 조선일보 신춘문예에「탑」이 당선되면서 본격적으로 작품 활

---

15) 루시앙 골드만, 조경숙 역,『소설사회학을 위하여』(청하, 1982), 20쪽.

동을 시작한 황석영은 "성실하게 삶을 살려는 선의의 인간과 그 상황의 배반감에 관한 추구로 요약"될[16] 수 있는 초기의 작품 세계에서부터 전형적인 리얼리즘의 창작법에 동의하는 작가들의 편에 서 있었다. 앞서도 언급했지만 그의 「객지」에 이르러 비로소 우리 문학에는 생산과 노동의 문제가 등장한다는 지적이나,[17] 전통적인 방법을 답습하는 충실한 묘사가로서 소설적 구조가 일련의 사회 참여 문학에서 볼 수 있는 생경한 요설이나 웅변으로 의식되지 않는다는 언급,[18] 그가 사회의 여러 가지 문제 중에서 평등이라는 문제에 가장 큰 관심을 집중하고 있다고 본 시각[19] 등을 통해 이를 용이하게 확인할 수 있다.

그가 내놓은 『객지』, 『삼포가는 길』, 『돼지꿈』 등의 선집에 실린 소설들은 그 나름대로의 의미를 평가받았으나, 그의 작가적 역량을 종합적으로 증거하기 시작한 것은 『장길산』 이후의 장편 소설에서이다. 특히 『장길산』은 홍명희의 『임꺽정(林巨正)』에 필적하는 역사 소설로[20] 수차에 걸쳐 논거되어 왔으며 전 10권에 달하는 스케일의 방대함이나 스토리의 박진감, 50여 명에 달하는 중요 등장인물의 형상화, 영웅주의적 구성 방식을 지양하고 민중 사관에 입각한 선명한 주제 의식, 당대의 풍물 및 풍속에 관해 세밀한 묘사를 획득하고 있는 소설적 배경의 구축, 고전적 풍취와 현대적 감각이 함께 어울리면서 역사 소설이 범하기 쉬운 의고적 어투를 배격하고 있는 문체의 묘미 등을 두루 고찰해 볼 때, 우리 문학사에서 분명한 위상을 점거하는 소설적 성과로 손꼽힐 수 있을 것이다.

특히 『장길산』은 역사 소설이지만 현실의 모순에 대한 강력한 비판의 뜻을 담고 있는데, 이는 현재적 관심이 역사에 의탁해서 표현된다는 것

---

16) 김치수, 「한국 소설의 세 얼굴」, 『한국 소설의 공간』(열화당, 1976), 247쪽.
17) 신경림, 「문학과 민중」, 성민엽 편, 『민중문학론』(문학과지성사, 1984), 59쪽.
18) 천이두, 「건강한 생명력의 회복」, 『한국 소설의 관점』(문학과지성사, 1980), 128쪽.
19) 오생근, 「황석영, 혹은 존재의 삶」, 『삶을 위한 비평』(문학과지성사, 1978), 310쪽.
20) 권순긍, 「이야기성의 회복과 장길산」, 『문학과 시대』(풀빛, 1986), 163~164쪽.

을 뜻한다.[21] 다시 말해 『장길산』이 조선조 숙종 연간을 시대적 배경으로 하고 있으나, 이 소설의 내용에 기대어 실제로 작가가 발화하고자 하는 것은 1970년대 중반 이래의 현세적 고난 가운데 있는 서민 대중의 삶이 갖는 의미와 그에 대한 침해의 부당성을 밝혀 내는 비판적 성찰이었던 것이다.

여기서 황석영의 『장길산』에서 주목하고자 하는 측면은, 조선조 및 현세적 삶에 있어 억압받는 자들의 질곡과 고통이 동일한 조건으로 주어져 있다는 가설을 세우면서, 이를 타개하고 나아갈 미래적 전망과 그 전망의 구체적인 모습으로 그려지는 새로운 대동 세계의 존재태가 작품 속에서 어떻게 드러나고 있느냐 하는 문제이다. 황석영 문학의 기초를 이루는, 현실과 문학의 대립에서 현실은 문학이 지향하는 이상적 상태에 대한 결손을 지닌 것으로[22] 나타난다면, 그 결손이 작품을 통해서 어떻게 보완되고 있는가를 살펴볼 때 우리는 삶의 가치를 정당하게 누리며 살아갈 수 있는 세상의 형태가 이 작가의 소설에서 어떻게 추구되고 있는지 추적할 수 있을 것이다. 그것은 또한 "역사적 소재를 빌려서 현실 비판, 혹은 그 드러남의 전이 방법으로 처리하는 유형의 소설"이[23] 바람직한 세계를 구현하는 소설적 태도에 대한 확인이 될 수 있으리라 본다. 이와 같은 입장에서 볼 때 『장길산』의 후반부에 나타난는 미륵 신앙의 용화 세상은 민중들의 투쟁에 의해 생취되는 이상 세계를 설정하고 있는 실천적 이상 세계의 표상이라 할 수 있을 것이다.

이홍식의 『국사대사전』이나 신구문화사의 『한국인명대사전』에도 나오지 않고 민중 사학적 관심에서 최초로 쓰인 강만길의 『한국근대사』에도 전혀 언급되지 않고 있는 장길산을[24] 소설의 소재로 발굴한 것도 놀

---

21) 김병익, 「역사와 민중적 상상력」, 『들린 시대의 문학』(문학과지성사, 1985), 203쪽.

22) 권오룡, 「체험과 상상력」, 『돼지꿈』 해설, 오늘의 작가 총서(민음사, 1980), 328쪽.

23) 김윤식, 「역사 소설의 양식 개념고」, 『한국 현대 문학사』(일지사, 1976), 345쪽.

24) 김병익, 앞의 글, 앞의 책, 205쪽.

랍지만, 극히 미소한 사료의 기록을 총 3600면의 대하 소설로 재생산한 배면에는 활발하고도 끈질긴 작가의 상상력의 힘이 내재해 있다고 본다. 장길산에 대한 체계적 사료의 정리와 그 전거에 관한 기록은 정석종의 저서 『조선 후기 사회 변동 연구』[25]에 유일하게 수록되어 있으며, 『조선 왕조실록』[26] 등 장길산 사건의 관련 문헌을 토대로 이를 조선 후기의 사회 세력과 정치 운동이라는 큰 범위 아래에서 논의하고 있다.

조선 시대 17세기 말은 기민층(其民層)의 운동이 격앙되던 시기로서 "해서의 광대 도적" 장길산 부대의 활동이 그 대표적인 경우이다. 그들은 구월산을 중심으로 숙종 때 전기간 동안 전국적으로 횡행하지만 장길산은 끝내 체포되지 않았다. 이 장길산 부대는 그간의 승려 세력, 한성 내의 서류(庶類)들과도 결탁하여 왕권에 도전하였다.[27]

소설 『장길산』은 이와 같은 역사적 사실과 시대적 상황의 바탕 위에서 출발하고 있다. 앞서 말한 바처럼 이 소설에는 50여 명의 중요 인물들이 등장한다. 장길산의 행적이 이야기의 수미(首尾)와 중간 부분의 주요한 흐름을 감당하고 있기는 하지만, 전체적인 골격은 녹림과 시정의 대소 두령, 세상의 개혁을 꿈꾸고 있는 승려들, 검계와 살주계에 소속된 천민과 노비들, 미륵 신앙을 추종하는 백성들 등 저항적이고 체제 전복적인 세력들의 다양한 사고와 행위의 조합에 의해 이루어진다. 이들은 마치 『수호지』의 호걸들처럼 제각기의 성격적 특성과 활동 영역을 가지고 있다. 이러한 인물들의 부분적인 역할이 당대 사회를 지배 계층의 관점에서가 아니라 피지배 계층의 관점에서 접근하는 해석 방법으로 전체화될 때, 우리는 『홍길동전』이나 『허생전』이 보여 준 제도권 내에서의 개혁 의지와는 전혀 다른, 기존의 체제에 대해 파괴적인 민중 의식을 발견하게 된다.

---

25) 정석종, 「숙종 연간 승려 세력의 거사 계획과 장길산」, 『조선 후기 사회 변동 연구』(일조각, 1983).
26) 『숙종실록』 권24, 숙종 18년, 임신(壬申) 12월 정해(丁亥).
27) 정석종, 위의 글, 위의 책, 16쪽.

이 세력들에는 광대·노비 등 천민, 중인, 신흥 상인, 비판적인 선비, 승려 등의 다양한 신분 계층들이 포함되어 있다. 이들이 소설 속에서 서로 밀접한 관련성을 갖도록 배치한 작가의 창작 태도는, 당대의 극단적으로 부조리한 세상을 근본적으로 개혁해야 한다고 보고 그 방안으로 제시되는 두 가지의 이념적 대전제에 의존하고 있다. 하나는 "조선의 이씨 왕조가 다하고 정씨 왕조가 도래"한다는 『정감록』의 도참비기설이고, 다른 하나는 "중의 부처가 아닌 상것들의 부처"로서 미륵불의 새로운 세상이 열릴 것이라는 미륵 신앙의 메시아니즘이다. 전자는 부분적인 언급들로 소설 속에 나타나지만, 후자는 특히 소설의 마지막인 9~10권에 이르러 실천적인 행동을 동반하여 구체화되고 있다. 이는 당대까지의 성불을 위한 수련의 도량이나 호국 불교의 전통을 가진 일상적인 불교의 모습이 아니라, 하나의 사회 혁명 운동을 촉발하는 이데올로기의 모습을 띤다.

작가는 소설을 마무리하면서 장길산으로 하여금 도참비기설의 예시적 구도에 입각한 초월자의 출현을 부정하면서 "진인은 따로이 있는 게 아니라 역병에 쓰러져가는 백성들이 다시 살아 환호하며 춤추는 세상에서 서로 정을 주고 받으며 살아가는 모든 이가 진인"이라는 민중적 시각의 진일보된 논리를 결정화한다. 이때 작가가 의도하고 있는 용화 세상은 초월자의 선도에 의해 주어지는 것이 아니라 당대 민중의 끈질긴 합력에 의해 확보되는 총체적인 삶의 형태인 것이다.

이러한 창작 방법은 루카치가 그의 『역사소설론』[28]에서 일관되게 주장하고 있는, 구체적 민중 생활의 반영과 그 이념적 기준으로서의 민중성 문제가 작품 내재적 연관 관계의 필연성을 가져야만, 부르주아 사회에서의 진정한 역사 소설을 생산하는 데 이르게 된다는 논리와도 소통된다. 그러므로 "황석영 식으로 말하자면 가장 천한 것들이 가장 강하게 욕망

---

28) G. 루카치, 이영욱 역, 『역사소설론』(거름, 1987).

한다"와 같은 지적은,[29] 곧 『장길산』이 "이 세계는 극락이 아니라는 것을 분명하게 깨닫고, 그것을 깨달은 그만큼 초월 세계의 도래를 앞당기기 위해 열심히 싸우는"[30] 민중들의 실천적 이상 세계 추구를 극명하게 부각시킨 소설임을 인식할 때 가능하다고 하겠다.

역사적 사실에 있어서 조선 후기 숙종 연간에 일어난 미륵 신앙 사건은 이상 사회의 실현을 초월자의 출현에만 의지함으로써 그 실현의 실천 방법상 결정적인 결함이 있었고 이 점이 실패의 가장 큰 원인으로 지적될 만큼 혁명적인 사건으로 진전되지 못하였다[31]고 할 때, 지금까지 살펴본 바처럼 소설로서의 『장길산』은 이 취약점을 민감하게 알아차리고 그 반대 논리를 소설의 중심 사상으로 펼쳐 놓았다. 이러한 작자의 창작법은 역사적 상상력의 날개를 달고 있을 때에만 가능하다. 『장길산』이 사실(史實)의 기록이 아니라 역사 소설이라는 구분을 유지하고 있을 때, 소설이 사실의 미비와 과오를 보완하면서 시대적 간격의 제한 조건을 넘어설 수 있음을 인정할 수 있다. 이러한 소설적 형상력의 자유로움은 허구적 상황을 통해 사실보다 더한 진실을 추구할 수 있는 소설 형식의 강점이기도 하다.

『장길산』이 조선 시대의 역사적 사실을 소재로 쓰였지만 그 소설적 효용성이 적용되는 곳은 바로 현세적 삶이다. 그것은 이 소설이, 소설에서의 시대성과 유사한 압제적 상황이 전개되던 1974년에서 1984년까지에 걸쳐, 수차례 중단의 압박을 받아 가며 쓰였음을 보아도 알 수 있다. 이 시기가 고통스러운 물리적 통제와 불합리성으로 일관된 시대였으며, "황석영과 그의 장길산은 한결같은 일관성을 가지고 그 변화들을 수렴하고 종합하여, 혹은 더 나아가 앞서 제기하고 추진하면서, 그럼에도 때로는

---

29) 김현, 「폭력과 왜곡」, 《문예중앙》, 1988. 여름호, 277쪽.

30) 앞의 글, 275쪽.

31) 임철규, 「유토피아 · 문학 · 이데올로기」, 《오늘의 책》, 1985년 봄호(한길사), 125쪽.

그것을 초월하고 뛰어넘어 그 변화의 10년을 이끌어"왔고,[32] 그로써 "다른 시대에 기대어 우리 시대를 상징화하는 작업을 통해 우리의 보편적 삶의 구조를 특수한 상황과 연결시키는 역사의 현존성을 우리에게 제시"[33] 하고 있는 것이다. 『장길산』의 이와 같은 제작 연대 문제를 두고 권순긍은, 허균의 『홍길동전』이 봉건 해체기, 홍명희의 『임꺽정』이 민족 해방 운동기에 쓰였음과 비교하면서, 우리 시대의 민주화 운동기에 있어 민중의 집단적인 힘이 그만큼 필요했기 때문이라고 진단한다.[34]

이렇게 본다면 『장길산』은 역사적 사실에서 소재를 구한 역사 소설이지만 결코 과거의 기록에 얽매여 있지 않으며, 박경리의 『토지』나 김주영의 『객주』 등의 대하 소설과 더불어 민중의 역동적인 힘과 의지 및 집단의식을 부각시키려는 목표를 가지고 있다고 할 수 있다. 이는 김명인이 『장길산』의 후반부가 실제로 1980년대 초반의 일련의 충격적 사건들과 그 당시 민중들의 동향이 상당히 반영되어 있는 부분이 있다고 보고, "잡다한 주변 계층의 산발적 주력화와 그로 인한 운동의 전반적 우발성이야말로 멀지않은 장래의 주력 계급에 의한 조직적 투쟁을 예감하게 하는 징후"라고 분석함으로써,[35] 『장길산』이 주변 계층의 동향에 소설의 중심을 두었기 때문에 한계를 갖는다는 기존의 평가들을 부정하고 있음에 비추어 보면 더욱 분명해진다.

여기시 정식종이 숙종 연간의 사서(史書)들을 통해, 산간에서 미륵 신앙과 같은 민중적 종교로 새로운 이상 사회의 실현을 위하여 불교를 전피히는 산인(山人) 능과 신분적 질곡을 무력으로 타파하기 위하여 활동하는 극적(劇賊)과이 만남이 쉽게 가능할 수 있었을 것이라고 보고, 그것이 승려 세력과 장길산 부대와 한양의 서류층의 만남이었으며 새로운 사

---

32) 김병익, 앞의 글, 앞의 책, 200쪽.

33) 앞의 책, 210쪽.

34) 권순긍, 앞의 글, 153쪽.

35) 김명인, 「지식인 문학의 위기와 새로운 민족 문학의 구상」, 『전환기의 민족 문학』(풀빛, 1987), 72쪽.

회의 실현을 위한 움직임으로 발전할 수 있었던 것이라고 추론하였음과[36] 비교하여, 우리 시대에 소설『장길산』을 통해 제기될 수 있는 사회적 또는 사회 의식적 개혁이 어떠한 의미를 갖고 있는가를 결과적으로 정리해 볼 필요가 있다.

첫째로『장길산』은 왜곡된 사회 현실에 대해 역사적인 상상력을 동원하여 직접적으로 문제 제기를 한다. 작가는 예술적 감별 과정의 여과를 거친 소설화라는 안이한 보호망을 설치하지 않고 현실을 전면적으로 개선해야 한다는 주장에 있어서 조금도 누그러진 완충 장치를 사용하려 하지 않는다.

둘째로 그와 같은 개선 광정의 주체를 이루는 집단의 모습이 기존의 정치 세력이나 제도권의 구성원들에 의한 점진적 시도로써 확립되는 것이 아니라, 피압박자인 민중의 자발적인 논리와 투쟁에 의해 형성되어 나가야 함을 확신하는 태도를 견지한다. 이것은 곧『장길산』이 쓰인 시기에 우리 문학의 주류를 이루고 있던 민중 문학의 논리이기도 하다.

셋째로 민중의 힘으로 쟁취되는 새로운 세계가 타협이나 협상의 방법이 아니라 현존 질서에 정면으로 역행하는 혁명적 방법에 의거해 있다는 점이다. 이때 그 수단으로 제시되는 것은 물리적인 힘에 반작용으로 대응하는 또다른 물리적인 힘이다.

이렇게 볼 때 당면한 시대의 존재 형태를『장길산』에서 볼 수 있는 집단적인 민중의 힘으로 변혁할 수 있다는 것이 이 소설의 기본적인 발상이 된다. 그것은 올바른 진행 방향을 상실한 것으로 보이는 현실의 구체적인 실상에 바탕을 두고, 이에 대해 집합적인 힘의 행사를 통해 바람직한 이상 세계를 추구하는 소설적 행위이며, 동시대의 삶 가운데서 황석영이 소설로써 형상화한 근대성 극복의 소중하고 직접적인 사례라고 규정할 수 있을 것이다.

---

36) 정석종, 앞의 글, 앞의 책, 167쪽.

338

5 왜곡된 현실의 실체적 진실, 그 후의 장편들

『장길산』을 뒤이은 황석영의 장편들, 곧 『무기의 그늘』, 『오래된 정원』, 『손님』, 『심청』은 각기 소설의 소재와 주제가 서로 다르지만 잘못된 역사의 진행 방향이 노정한 왜곡된 현실과 그 실체적 진실을 드러낸다는 점에서는 일치한다. 그리고 그 실체적 진실의 소설적 형상력은 근대성의 여러 부정적 요소들을 넘어서는 하나의 방향 제시가 되고 있다.

『무기의 그늘』은 황석영 자신의 월남전 참전 체험을 바탕으로 하고 있으며, 한국의 분단 문제와 간접적인 상관성을 가지고 있다. 강대국에 의한 약소 민족의 비애를 그리되, 그것을 여러 층위에서 다각적으로 관찰하면서 끊임없이 월남에 있어서 '미국이란 무엇인가'와 동시에 '한국이란 또 무엇인가'라는 질문을 환기한다. 그리고 그 밑바닥에는 전란을 겪고 있는 '인간 존재란 무엇인가'라는 원론적인 질문이 잠복해 있다.

그러기에 이 소설에 등장하는 월남은 월남만의 공간 환경이 아니다. 『장길산』에서 통시적인 역사의 환경을 거슬러 올라갔듯이, 여기에서는 공시적인 국경의 공간을 넘어간다. 전근대적 제국주의와는 그 얼굴이 다르되 심장은 매한가지인 근대 이후의 제국주의가 그 가운데 있다.

『오래된 정원』은 작가의 옥중 체험이 반영되어 있으며, 개인의 자유와 사회적 규범 사이의 날카로운 긴장 관계를 소설의 표면으로 밀어 올린다. 당연히 그 사회적 규범이 잘못된 방향으로 작동했을 때, 개인의 삶이 어떻게 유린되고 파괴되는 것인가에 강세가 있다.

사회 변혁에 투신했던 한 젊은이가 18년간의 옥살이를 마치고 허약한 중년이 되어 세상에 나왔다. 그를 가슴에 품었던 여인은 병으로 세상을 떠났다. 이 막막한 세월의 거리, 감당이 어려운 삶의 형식 변화는, 소설의 이름을 차용한 시대적 난관의 실체이다. 그런데 그 와중에서 "더 나은 삶에 대한 꿈을 추구한 세대의 초상"[37]으로 작성된 "오래된 정원"은, 전근대적인 제도적 폭압과 구속의 한계를 일상적 현실 가운데서의 노력과 인내를 극대화하는 방식으로 넘어서려 했다. 그리고 그것이 소설적 치장과 어울려서, 지루하게 계속되는 서사를 유의미하게 수납되도록 하는 힘을 얻었다.

『손님』은 그의 북한 방문 전력이 창작에 사실성을 더하고 또 생각의 깊이를 더했을 것으로 짐작되는 소설이다. 남북한 인적 교류를 미국이라는 제3국을 매개로 하여 실현하는데, 이는 두말할 나위도 없이 분단 역사의 인위적 장벽을 허무는 의지적 방향성을 포괄한다. 그것이 선전 구호의 차원이 아니라 살상의 역사를 함께 체험한 그 옛 사람을 만나는 차원에서 서술되는 형식은, 한편으로는 시대적 추세를 반영하는 것이며 다른 한편으로는 이념의 대결에서 심정적 화해의 길로 나아가야 한다는 당위성을 표방하는 것이다.

그런데 여기 매우 주목할 만한 하나의 변모가 있다. 시도 때도 없이 과거의 시점에 이미 세상을 떠난 유령들이 소설 공간을 배회하며, 주인공의 눈앞에 나타나 생시와 같이 말을 걸어 오는 상황의 설정이다. 리얼리즘 계열의 대표적 작가 황석영이 왜 이처럼 파탈의 방식을 동원하는가 말이다. 아마도 그처럼 자유로운 방식이 아니고서는 탈선의 역사를 다각적으로 조명하기 어려울 터이며, 실체적 진실을 구명하는 일의 엄중함에 비추어 볼 때 소설적 사실성이란 한낱 사소한 도구 이상이 아니라는 작가의 인식 변화도 동반되었을 터이다.

그리고 그러한 변화가 보다 전면적으로 나타나 소설의 외양을 얻은 것이 근래의 작품 『심청』일 것이다. 황석영의 심청은 인당수에 빠지지 않고 중국으로 팔려 간다. 그 15세에 출발한 심청은 중국인, 영국인의 첩으로, 일본인의 처로 살다가 여든의 나이로 제물포로 귀환한다.

작가는 이 소설을 통해 한 여인의 기구한 운명, 근대화의 물결에 밀려

---

37) 황석영, 후기, 『오래된 정원』 하(창작과 비평사, 2000), 318쪽.

근본이 뒤흔들리던 18~19세기 동아시아의 운명을 그렸다.

  『심청』이 동아시아의 근대화를 상징하는 소설인 것은, 곧 동아시아 전역에 편만했던 전근대적 역사에 대한 비판적 평가와 근대성 극복의 강력한 의식이 서사적 표현을 얻었다는 의미와 동일하다.『장길산』에서부터 시작된 리얼리즘의 예리하고도 진중했던 세계 인식의 방법이, 여기에 이르러 소설적 형식과 유형에 얽매이지 않는 유장한 결말을 도출한 셈이다. 이 곤고한 그리고 창대한 소설의 창작 과정과 그것을 추동해 온 그의 삶은, '근대성'이라는 관측의 창을 통해 바라볼 때 지속적인 비판과 저항 정신의 소산이었고, 근대성의 여러 굴곡을 넘어서려는 의지의 표출이었다.『심청』에 이른 그의 길이 그 다음 단계를 어떤 외형과 내포로 준비할지 기다리며 지켜보는 것이 이제 우리의 몫이다.

근대의 선두에 선 작가의 고향
—박완서의 문학과 개성

1 개성, 그 관심의 방향성

고려 시대의 수도로 개경(開京), 송도(松都) 등으로 불리었던 개성(開城)은, 조선 시대를 거치면서 개성부, 개성군 등으로 이름이 바뀌었다가 1957년 북한 정권에 의해 인근의 개풍군, 장풍군, 판문군을 포함하여 개성 직할시가 되었다. 지금은 송악산 기슭에 고려 왕궁이었던 만월대 터와 그 서쪽에 첨성대 터가 남아 있으며, 남대문에 3대 명종(名鐘)의 하나인 고려 연복사 종이 걸려 있고, 정몽주가 피살된 선죽교와 그의 신위가 있는 숭양서원이 있다. 또한 고려 유신 72인이 숨어 살던 두문동과 박연 폭포 등의 명승도 있다.

김대중 정부의 대북 유화 정책 이래, 남한 국민들의 금강산 관광과 더불어 개성 공단 개발이 남북 화해 협력의 상징적 사업으로 떠오르면서, 개성은 다시 민족적 관심을 환기하는 지역적 대상이 되었다. 이를테면 개성이 세계적인 경쟁력을 갖춘 경제 특구이자 공단 및 신도시가 어우러진 복합적인 자유 신도시로 거듭나는 것이, 남과 북의 동시대적 이해 관계에 밀착하는 과제가 되고 있는 셈이다. 남북 및 국제 사회의 현안인 북핵 또는 미사일 발사 문제 등이 잘 조절되고 해결된다면, 개성이 고려의 송도에 못지않은 위력과 명성을 되찾을 가능성도 없지 않다.

실상 개성은 서울 도심에서 약 60킬로미터에 지나지 않는 거리에 있고 통관 수속을 포함해도 이동 시간이 두 시간 남짓에 불과하다. 길이 없는 것이 아니라 그 길이 인위적 장벽 때문에 가로막혀 있었던 것이고, 그것은 또한 한민족이 당면한 역사적 비극을 제유법적으로 보여 주는 현실이었다. 그리고 그 안타까운 현실이 60년이 넘도록 지속되어 왔던 터이다. "사람들이 걷기 시작하면 그것이 길이 된다"는 루신의 말이 무슨 경구처럼 들리는 답답한 현실, 그것이 일말의 해소 가능성을 보이고 있는 시기에 지금 우리가 도달해 있는 셈이다.

지역적으로 지근거리에 있는 개성을 두고 거기에 도달하는 길의 개방이 민족적 활로라도 되는 양 확대 해석한 감이 없지 않다. 미상불 이 물리적 소통 경로의 해소는 극히 상징적인 것이며 그 너머에 있는 남북 간 협력 체제의 확대는 물론 개성의 문물을 시발로 하는 북한의 문물, 문화, 생활 양식과의 접촉을 내다보지 않을 수 없다. 더욱이 개성은 황진이를 필두로 하여 일찍 깨어난 문학적 성가(聲價)를 누렸던 곳이다.

개성의 문물을 생각하면서 중요하게 받아들여야 할 것은, 지정학적 외형으로 평가하고 판단할 수 있는 트렌드(trend)만이 아니라 오랜 역사 과정을 거치면서 그 내면을 지탱해 온 문화적 인식과 그 축적된 컨텐츠(contents)들에 대한 다면적 접근이라 하겠다. 예컨대 '천년을 이어 온 자린고비 경영 철학'으로 호명되는 개성상인[1]의 정신이라든지, 개성과 『고려사』를 배경으로 한 이규보, 이제현, 박지원 등의 인물[2]이 펼쳐 놓은 문학적 성과라든지 하는 대목들이 이제 본격적 관심과 연구의 대상이 되어야 한다는 뜻이다.

---

1) 홍희상, 『개성상인』(국일미디어, 2004).
2) 송경록, 『북한의 향토사학자가 쓴 개성 이야기』(푸른숲, 2000).

이는 단순히 개성과의 상관성을 넘어 남북 관계 전체에 적용되어야 할
하나의 당위적 태도이며, 궁극적으로 국토의 통합이나 정치적 통합이 문
화적 통합이나 의식의 통합에 뒤따라야 온전한 절차일 것이라는 경각심
과 관련된다. 또한 이는 한반도와 유사한 상황에 있었던 독일 통일의 선
례에서 뼈아프게 납득할 수 있었던 부분이며, 이 글의 주제도 바로 그러
한 부분에서 기여하는 바가 있기를 기대한다.

2 개성의 문학적 위상과 박완서의 문학

북한의 '향토사학자'란 이름으로 송경록(1932~)이 쓴 글에는, 고려
시대 백운거사 이규보와 익재 이제현, 조선 시대 연암 박지원 등이 개성
과 『고려사』를 배경으로 한 주요 인물로 기록되어 있으며 이들에 얽힌
야담 등을 소개하고 있다.[3] 이 기록은 강원도에서 출생하여 전후 개성으
로 이주, 지금까지 개성에서 생활하고 있는 역사학자의 글인 까닭으로 그
동안 남한에서 볼 수 없었던 일화들이 소개되고 있어 주목해 볼 만하다.
그러나 시가에 있어 개성을 대표하는 인물은 단연 조선 시대의 황진이
이다. 그에 대해선 여기에서 상술할 상황이 아니거니와, 우리 문학사 전
반을 포괄하여 그만큼 탁발한 문장의 재치와 적확한 심경의 표현을 찾아
보기 어려운 형편이어서, 여성 문학이라는 시각에 비추어 보지 않더라도
그 비중을 쉽사리 가늠할 수 있다. 그런가 하면 서예로 이름이 높은 석봉
한호의 고향 또한 개성이다. 이처럼 숱한 인물들을 생산한 고장이지만,
분단 이래 남한에서는 지리적 접근이 어려운 만큼 그에 대한 관심조차
엷어졌던 것이 사실이었다.
그러나 남북 관계에 대한 관심이 고조되고, 북한이 단순히 잃어버린

____

3) 송경록, 앞의 책, 247~278쪽.

344

땅이 아니라 민족사적 관점에서 결코 유리될 수 없는 땅이라는 인식이 확대되면서 이것이 문학적 생산물에도 반영되기 시작했다. 황석영의『장길산』[4]이 황해도 해주에서 시작하고 구월산 일대를 배경으로 하면서, 작품 배경을 찾아가 보겠다고 시도한 작가의 방북이 한 시대의 사회적 문제로 등장했다. 그런가 하면, 김주영의『활빈도』[5]의 집필 중에 작가가 자료의 미비를 하나의 이유로 하여 절필 선언을 하고, 그와 더불어 작품의 무대인 개성을 방문하려 시도했던 것들이 바로 그러한 상황에 대한 설명이 된다.

그 외에도 개성상인의 기량과 금도를 탁월한 역사 소설로 보여 준 최인호의『상도』[6]나, 그 미학적 가치를 유보하고 본다면 한 시기 낙양의 지가를 올린 것으로 이름을 얻은 김진명의『무궁화꽃이 피었습니다』[7] 등의 소설에도 개성이 주요한 작품 배경으로 등장한다. 북한 문학으로서 이태준의『황진이』[8]나 근자 북한 최고의 인기 소설인 홍석중의『황진이』[9]의 경우도, 그 작품의 성격상 개성이 배경이 된 것은 당연한 일이다.

동시대 작가 가운데 개성이 고향이자 그 고향 개성을 작품의 배경으로 하여 장편 소설『미망』[10]을 비롯한 일련의 창작물을 내놓은 이가 박완서이다.『미망』외에도 어린 시절을 회고하는 성장 소설『그 많던 싱아는 누가 다 먹었을까』[11]와 산문집『두부』[12]에 실린「가족」,「옛날」,「개성 사람 이야기」 등이 모두 개성을 배경으로 하여 그 지역적 특성과 함께 성립된 작품들이다.

<hr>

4) 황석영,『장길산』(현암사, 1976~1984).
5) 김주영,『활빈도』(문이당, 1994).
6) 최인호,『상도』(여백미디어, 2000).
7) 김진명,『무궁화꽃이 피었습니다』(해냄, 1993).
8) 이태준,『황진이』(깊은샘, 1999).
9) 홍석중,『황진이』(평양 문학예술출판사, 2002).
10) 박완서,『미망』(문학사상사, 1997).
11) 박완시,『그 많던 싱아는 누가 다 먹었을까』(웅진씽크빅, 2002).
12) 박완서,『두부』(창작과비평사, 2002).

1) 한 지역 사회와 그 구체적 삶의 실상으로 읽는 시대사: 『미망』의
경우

『미망』은 역사적 상상력을 통하여 개성이라는 한 지역에 뿌리를 둔 가
족사의 근원을 캐어 들어감으로써, 시대사의 흐름 속에 숨어 있는 구체
적 삶의 실상을 조명한 작품이다. 이는 단순히 있었던 사실로서의 삶을
발굴하고 조명한다는 뜻이 아니라, 그것이 안고 있는 내면적 의미를 찾
아내고 이를 해명하는 소설의 특성을 말한다. 이때의 이 지역 사회를 기
반으로 한 가족사는 곧 민초들의 생명력과 저항력으로 표현되며, 한 개
인에게 부하되는 운명의 전횡에 대한 거부의 의지를 포괄한다. 또한 이
작품에서는 여성 작가 특유의 '여성 콤플렉스'에 대한 소설적 발현도 볼
수 있어 다각적인 관찰의 눈을 필요로 한다.

『미망』은 봉건 시대의 제도와 관습이 무너지기 시작하는 조선조 말기
에서 현대사의 한복판으로 이어지는 6·25전쟁 직후까지, 파란만장한 시
대사의 흐름을 생동하는 인물들의 구체적 형상과 더불어 조감하고 그 내
면적 의미의 추적과 해명을 위한 그물을 던지고 있다.

이 항목에서는 두 줄기의 분명한 관점이 작동되고 있다. 하나는 작가
의 고향이자 500년이란 장구한 세월을 두고 멸망한 고려 왕조의 울혈이
서려 있는 개성의 지역적 특성을 바탕으로 하고 있고, 다른 하나는 관료
나 관변 지도층의 역할을 폄출하고 상공 중시의 효용성에 대한 확신을
붙들고 있는 중인 계급의 세계관에 기반을 두고 있다는 것이다. 이때 두
번째의 소설적 속성 또한 개성이라는 지역의 성격과 밀접하게 연관되어
있다.

소설의 중심축을 이루는 이종상과 전태임의 결합은 이 지방의 중인 토
호들이 선택한 당대적 삶의 전형적인 방식이며, 그들의 선대와 후예들이
펼치고 있는 다기한 삶의 양태를 하나의 묶음으로 연결하는 거멀못의 구
실을 담당한다.

개성이라는 특수한 공간 환경과 이 지역에 뿌리내린 중인 부유층의 시각에 비친 격렬한 시대의 변화는 비록 역사 철학적인 경각심의 대입이라는 공격성으로 조명되지는 못하지만 차분하고 설득력 있게 맨 밑바닥에서부터의 요동으로 포착되고 있다. 이 작가는 소설의 도처에서, 새롭게 꾸려지는 시대의 모습에 대응하는 힘이 "가진 것도 없고 문벌도 없고 배운 것도 없는" 민초들의 저항력으로부터 생성된다는 소중한 깨우침을 피력한다.

종상이가 을사보호조약이 체결된 후의 한 달 가량을 서울에서 머물면서 보고 듣고 느낀 건 가진 것도 없고 문벌도 없고 배운 것도 없는 사람들의 소용돌이치는 힘이었다. 그들이 목숨 걸고 저항하고자 한 건 간교한 외세뿐이 아니었다. 부패하고 무능한 조정과 일신의 안일과 영달에만 급급한 나머지 나라를 이 지경으로 만든 양반 계급에 대해서 한층 극심하게 분노하고 있었다. 종상이도 혼인한 후 가장 마음 아프게 자신의 안일과 부유와 학식을 돌이켜보며 자괴(自愧)를 금하지 못했다.

아래로부터 치밀어오르는 이와 같은 힘이, 예컨대 황석영의 『장길산』에서처럼 역동적인 사회 세력으로 전화되는 문맥을 확보하는 일이 박완서의 목표는 아니므로 굳이 구체적인 공과를 검증할 필요는 없겠지만, 소설의 이야기 전개를 두고 3·1만세운동 빚 만주 간도에서의 독립 운동과 일정한 연계를 설정하려 한 것은 이에 대한 작가의 고심을 짐작하게 한다.

또한 『미망』에서는 한 개인의 자유 의사와 상관없이 그 개인에게 부하되는 운명의 전횡에 대해 이를 거부하는 완강한 의지가 여러 형태로 그려진다. 태임의 할아버지 전처만이 가문을 일으키는 발단 부분에서 이생원에 대적하는 눈빛, 여자이면서도 당돌하고 기골차게 결정을 밀고 나

가는 태임의 태도, 몰락한 양반의 후예라는 신분상의 조건에도 불구하
고 확신의 실행에 충실한 초창기 종상의 행위, 그리고 간도로 이주한 무
렵의 당당한 달래와 태남의 신념 등에서 우리는 그것을 쉽사리 알아차릴
수 있다.

종상이 역시 부성이네 청포전에서 처음 만났을 때의 미소년 티는 봉두난발
과 무성하게 자란 수염과 사경의 부기 때문에 알아볼 길이 없이 변해 있었지
만 눈빛만은 어찌나 건강하고 아름답게 빛나던지 태임이는 넋을 빼앗겼고, 그
가 진실을 호소하고 있음을 단박에 믿었고, 그를 위해서라면 그 무서운 할아
버지도 능히 기만하고 배반할 수 있다고까지 생각했었다.

기실 이 눈빛은 작가가 힘주어 말하고 싶었던 것으로 보이는, 소설의
저변을 관류하는 올곧고 건실한 의식의 실체이며, 몇 사람의 주요한 등
장인물이 현실에 맞서고 또 이겨 나가는 동력원으로 기능한다.
여성 작가가 쓴 작품이라서 그러하다고 하면 지나친 이분법이 될지 모
르지만, 이 소설은 태임이나 그의 딸 여란과 같은 여성 캐릭터의 시점과
의식 체계를 중점적인 발화법의 수단으로 사용한다. 시나 단편에서 여성
을 화자나 작품의 대상으로 하여 "정서적 호소력을 가진 서사적 공간"을
획득하려는 것을 '여성 콤플렉스(Female complex)라' 하는데, 이러한 한정
적인 개념을 대하 장편에 적용하는 일에 무리함이 있다면 있는 대로『미
망』에서 그 면모가 약여하게 나타남은 부인하기 어렵다.
박경리가『토지』에서 제작해 낸 서희의 이미지를 우리는 태임에게서
도 유사하게 찾아볼 수 있다. 달래의 능동적 성격이나 혜정의 자기 운
명 감당, 태임이 의붓동생 태남의 아이를 거두려는 욕구나 박승재의 처
가 여란의 친어머니 노릇을 하려는 시도 등도 궁극적으로 이와 한 꿰미
로 엮어질 수 있는 절목들이다. 아울러 우리가 유의해야 할 사항은 그러

348

한 성향의 발현 자체가 아니라, 그것이 이 소설의 어조나 분위기를 조화롭게 가꾸는 데, 그리고 지속적으로 전개되는 사건들의 내면을 효율적으로 적출하는 데 유익하다는 측면일 터이다.

우리는 이 소설을 통하여 작가 박완서의 체험과 상상을 아우르는 서사적 형상력이 유다르게 심기일전한 창작법을 목도한다. 이제까지 이 작가가 일상적 체험과 섬세한 감각을 토대로 하여 세상살이의 보편적 법칙을 깊이 있게 묘파하는 데 능란한 솜씨를 가지고 있었던 데 비해 보면 더욱 그렇다. 『미망』과 함께 광활한 역사적 상상력을 발효시킨 그의 세계를 통하여, 우리는 개성이라는 한 지역의 가족사와 시대의 변천사를 의미있게 읽을 수 있고 그것을 고난의 역사에 대한 진실성 있는 증언으로 받아들이게 된다.

2) 유년의 눈으로 바라본 '꿈의 고장': 『그 많던 싱아는 누가 다 먹었을까』의 경우

『그 많던 싱아는 누가 다 먹었을까』는 1930년대에서 1950년대에 걸친 개성 및 서울, 곧 박완서의 생장에 뒷그림이 된 지역적 배경과 더불어 당대의 풍속과 생활상, 그리고 6·25전쟁 체험을 그린 자전적 성장 소설이다. 동심의 눈, 순진의 눈으로 바라본 그 시대 사회와 사람들의 모습을, 이제는 원로 작가의 반열에 오른 작가의 유려한 필치에 담고 있다. 개성 지방 신친의 모습과 서울역 전경 등을 삽화로 보여 주면서, 지금은 잘 쓰지 않는 우리말에 주를 달아 이해를 돕기도 했다.

이 소설의 주인공 '나'는 개성에서 조금 떨어진 박적골에서 태어나 유년기를 보낸다. 아버지를 일찍 여읜 '나'는 시골 선비였던 할아버지의 사랑을 독차지했던 평화로운 어린 시절의 기억을 가졌다. 그러다가 딸도 아들과 똑같이 서울에서 공부시키겠다는 엄마의 결심으로, '나'와 엄마는 서울의 변두리 현저동으로 이주한다. 사대문 밖에 살면서도 사대문

안으로 학교를 보내려는 엄마의 극성스러운 교육열 때문에 학교에서는 사대문 안에 사는 것처럼 거짓 행동을 하게 되면서 '나'는 정체성의 혼란을 경험한다. 그렇게 시작된 '나'의 혼란은 6·25 체험으로 그 정도를 더욱더해 간다.

'나'는 우여곡절 끝에 숙명고에 입학하고, 오빠는 조선 총독부에 취직 후 와타나베 철공소 이직으로 일제의 징집 대상에서 제외된다. 그 후 결혼한 오빠는 첫 올케의 죽음에 대한 아픔이 채 가시기도 전에 6·25 전쟁 중 의용군으로 징집된다. 사상 운동에 가담했다가 단정 수립과 함께 보도연맹에 가입했던 오빠는 남과 북의 공방전 속에서 희생양이 되었다. 대학 신입생이었던 '나'는 어머니, 와병중인 오빠, 오빠의 두 번째 부인인 만삭의 올케, 어린 조카까지 부양해야 할 형편에 이른다.

피난 중에 식구들을 먹여 살리기 위해 피난 떠난 빈집을 털면서 참담함을 느낀다. 이와 같은, 그야말로 참담하기 이를 데 없는 성인화 과정을 서술하면서, 작가는 자신의 고향이자 작품 속 화자인 '나'의 고향 개성 일원을 다음과 같은 문장들로 묘사하고 있다.

> 시골에서 물감은 아주 귀물이었다. 할아버지가 송도에서 사 오셨다. 내가 태어난 고장은 개성에서 남서쪽으로 이십 리 가량 떨어진 개풍군 청교면 묵송리 박적골이라는 이십 호가 채 안 되는 벽촌인데 마을 사람들은 개성을 송도라고 불렀다. 어린 나에게 송도는 꿈의 고장이었다. 물감뿐 아니라 고무신이나 참빗이나 금박 댕기나 식칼이나 호미나 낫도 다 송도에 가야만 살 수가 있었다.[13]

> 발 아래 생전 처음보는 풍경이 펼쳐졌다. 말로만 듣던 송도였다. 나는 탄성을 질렀다. 은빛으로 빛나는 아름다운 도시였다. 길도 집도 왜 그렇게 새하얗

---

13) 박완서, 『그 많던 싱아는 누가 다 먹었을까』(웅진씽크빅, 2002), 12쪽.

게만 보였던지…… 나중에 안 것이지만 송도고보, 호수돈고녀를 비롯한 신식의 큰 건물들은 모두 화강암으로 지었고, 토지도 사질(砂質)이어서 길이나 바위가 유난히 흰 게 개성 지방의 특징이었다.[14]

드디어 당도한 개성역은 웅장하고 그 안은 복잡하고 시끌시끌했다. (중략) 표를 내고 나가니까 엄청나게 큰 사닥다리가 공중에 걸려 있었다. 엄마는 그게 구름다리라고 했다. 그 와중에도 서울역의 구름다리는 여기 댈 것도 아니게 크고 복잡하다는 서울 자랑도 잊지 않았다.[15]

주인공 '나'가 개성에서 조금 떨어진 박적골이라는 시골에서 유년기를 보내면서, 그 벽촌에서 바라본 개성은 어린아이의 눈에 가히 "꿈의 고장"으로 묘사되기에 손색이 없다. 벽촌에 사는 '나'의 가족은, 생필품이 필요할 때에 할아버지가 개성에 나가 구해 오는 것으로 충당했으니, 동심의 순진한 눈에 개성은 새로운 세계요 그 부피가 확장된 공간 환경으로 기능할 수밖에 없다.

그런데 두 번째 인용문에 있는 "나중에 안 것이지만"과 같은 어투로 짐작할 수 있듯, 이 개성에 대한 묘사와 그 평가의 기록은 성장한 이후의 회상 시점에 의거해 있고, 이는 김용성의 『도둑일기』나 윤흥길의 「장마」, 그리고 제임스 조이스의 「애러비 시장」에서 그러한 바와 같이 과거의 회상이 현실의 상황과 긴밀하게 연계되어 있음을 나타낸다. 곧 이 작가의 어린 시절 체험은, 지금 그의 창작 심리학에 적잖은 영향을 미치고 있는 터이고, 그것은 그의 작품 곳곳에 유년의 고향이 지속적인 등장을 보이는 것으로 미루어 짐작할 수 있다.

---

14) 앞의 책, 41쪽.
15) 위의 책, 43쪽.

3) 수필 장르의 특성에 힘입은 직설적 자긍심: 「가족」, 「옛날」, 「개성 사람 이야기」의 경우

익히 알고 있듯 수필은 소설과 달라서, 작가의 육성과 실제적 상황이 거의 그대로 드러나는 문학 형식이다. 박완서의 수필집 『두부』에 실려 있는 지역적 배경으로서의 개성과 구체적 체험으로서의 가족사는, 다른 소설들에 비해 훨씬 더 정확한 정보를 공여한다고 판단해도 무방할 터이다.

돌아온 고모부는 개성으로 가서 송도중학 선생이 되었다. 그때 그 부부에게는 아들이 둘 있었는데 큰아들이 당시 송도중학 2학년이었다. 고모는 난생 처음으로 남편의 월급봉투로 생활을 꾸릴 수 있는 편안한 처지가 되었다. 그러나 곧 6·25가 터지고 고모부는 제2국민병으로 소집된 덕분에 월남을 하고 고모는 아들들하고 개성에 남은 채로 휴전이 되었다.[16]

이 인용문은 작가의 가족 이야기, 그중에서도 고모부의 이야기를 중심 내용으로 하고 있는 수필의 일부이다. 고모부가 개성에 머물고 있을 때의 상황을 직접적으로 보여 준다. 그런가 하면 「옛날」에서는 고향 개성에 대한 추억과 지금의 생각을 아무런 여과없이 자연스럽게 토로하고 있다.

고향타령은 그렇게 자주 하면서 왜 방북할 수 있는 길을 모색해보지 않느냐는 질문을 종종 받는다. (중략) 아무의 주목도 받지 않고 아무렇지도 않게 고향마을에 들어서보고 싶은 건 천 마리 만 마리의 소떼를 몰고 가는 것보다 더 이룰 수 없는 꿈이다.

정회장의 방북과 거의 같은 무렵, 평소 일면식도 없던 전(前) 서울대 지리학과 교수 최창조씨가 우편으로 석 장의 사진을 보내주었다. 개성 가서 찍은 사진이었다. (중략) 자남산과 송악산이 보이게 찍은 개성의 시가지 모습은 5

---

16) 박완서, 「가족」, 『두부』(창작과비평사, 2002), 20쪽.

층 아파트 사이로 고층 아파트가 솟기 시작하는 남쪽의 소도시 모습과 비슷했
다. 송악산의 웅혼한 기상도 자남산의 우아한 자태도 매연인지 안개인지 모
를 희뿌연 공기에 가려, 설명문이 없더라면 식별할 수 없을 정도였다. 송악산,
자남산이라는 그리운 이름말고는 아무데서도 고려의 옛 도읍다운 그 깔끔하
고 배타적인 품위를 느낄 수 있는 단서는 찾아지지 않았다. 개성에 대한 이미
지가 송악산 맞은편의 용수산에서 바라본, 은백색으로 빛나는 땅에 겸손하고
품위있는 기와집들이 즐비한 주택가 사이로 '나깟줄'(시냇물)이 그물처럼 얽
힌 아담한 고도에 고정되어 있는 게 문제일지도 모르지만.

　나머지 한 장은 만월대에서 찍은 사진이었다. 나는 비로소 헉, 하고 숨을
안으로 삼켰다. 만월대는 그대로였다. 궁궐터의 초석만 남은 만월대, 때는 늦
가을이나 겨울인 듯, 저만치 둔덕 너머로 상록수의 끄트머리가 조금 보일 뿐,
온통 마른풀만 남은 폐허에 최교수인 듯싶은 이가 그림자를 길게 끌고 서 있
었다. 옛 시조가 아니라도 폐허에 추초(秋草)처럼 어울리는게 또 있을까. 가
슴이 둔탁하게 아파왔다. 그건 혹시 부러움이 아니었을까. (중략)

　내가 개성 시내에서 살아본 것은 해방을 전후한 반년 남짓한 동안밖에 안
된다. 그러나 막 어른의 문턱에 선 열대여섯 살 무렵이었다. 그때도 무슨 삐
딱한 마음에서였는지 나는 선죽교의 혈흔(血痕)을 믿지 못했다. 우리의 경배
를 강요하는 충절에 대한 수다스러운 꾸밈이 싫었다. 만월대는 후세의 어떤
꾸밈도 거부하는 허무 그 자체였다. (중략)

　만월대는 옛날 그대로였다. (중략)

　그러나 역시 세상 만물은 변하면서 소멸되어가는 것을. 그 한 장의 사진이
띠다밀 듯 내 본심을 들여다보게 만들었다. 입으로는 죽기 전에 고향 한번 가
보는 게 소원인 것처럼 말하지만 실은 가고 싶지 않은 거였다. 나처럼 오랫동
안 변치 않은 고향의 모습을 간직하고 있는 이는 아마 없을 것이다. 그것만도
얼마나 큰 복인가. 그리고 그건 나에게 맞는 복이었다. 만약 내가 고향을 방
문할 수 있게 된다면 그날이 바로 마음속에 있는 내 고향, 이상화된 농경 사

회의 평화와 조화를 상실하는 날이 될 게 뻔하지 않은가. 어떻게 변했나 보고 싶지 않은 것이다. 보아버리면 다시는 안 보았을 때로 돌아올 수 없을 테니까. 일단 글을 깨치고 나면 문맹상태가 되는 것이 불가능하듯 말이다.[17]

이 글에서 작가는 자신도 모르게 자꾸만 '옛날 타령'을 하는 사람으로 드러난다. 자신이 시도때도 없이 '옛날'을 강조한다는 내용을 제시하면서 고향에 대해 언급한다. 한두 장의 사진으로 개성을 보면서 인위적으로 꾸미려고만 하는 태도가 북쪽의 체제인 줄 알았는데 만월대를 그냥 둔 것을 매우 반가워한다. 그러나 결국 작가에게 있어 모든 것은 변하면서 소멸한다는 생각에는 변함이 없다. 고향에 가고 싶지만, 자신이 꿈꾸던 고향은 아닐 것이기에 보고 싶지 않은 것이다. 변하지 않은 이상적인 고향을 간직하고 싶은 작가의 마음, 그것은 고향이 곧 본향이어야 한다는 해묵은 신념처럼 보인다.

작가가 글의 제목에 직접적으로 '개성 사람'을 달아 쓴 수필이 「개성 사람 이야기」[18]이다. 이 글은 아예 내놓고 개성 사람들의 특질을 설명하여, 작가 자신이 그에 속하는 개성 사람으로서의 자부심을 드러낸다. 그러기에 작가는 마지막 문장으로 "해방된 날 고이 간직했던 태극기를 내다건 집이 적지 않았던 개성이 내 고향이라는 게 자랑스럽다"고 적었다. 작품 속에 나타난 개성의 특질과 개성 사람으로서의 자부심은 다음과 같이 요약될 수 있다.

첫째, 개성 사람들의 경제적 특질은 돈셈에 있어서의 투명성과 정직성에 있다. 둘째, 개성은 예로부터 상업이 발달한 고장이다. 셋째, 음식, 가옥 구조, 집치레 등에 있어 외화보다는 실속을 중하게 여기는 것이 개성 사람들의 좋은 특질 중 하나이다. 넷째, 개성은 여자들이 부지런하며

<hr>

17) 박완서, 「옛날」, 앞의 책, 49~52쪽.
18) 박완서, 「개성 사람 이야기」, 위의 책, 159~171쪽.

비교적 넉넉한 지역에 속했다. 다섯째, 개성 사람은 자신을 위해 아끼고, 베풀 만한 사람에게는 베풀되, 나중에 그것을 떠벌리지 않는 결곡한 정신이 있다. 여섯째, 개성 사람들의 특질을 만들어 낸, 면면히 이어져 온 저항 정신이 있다.

이상과 같은 항목들은 모두 개성 사람이 가진 장점들을 표현하고 있는 것이거니와, 앞서의 소설들에서 작품의 배경으로 개성을 차용하고 그 지역성의 의미를 간접적으로 드러내던 것을, 수필들에서는 직설적 설명으로 보여 준다. 이는 작가로서 자신의 출생 지역에 대한 자긍심의 일단을 강력하게 피력하는 것으로 받아들일 수 있다. 물론 형식적 차원에서는 소설과 수필의 장르적 특성에 대한 구분의 문제가 상관되어 있다.

3 맺음말

한 작가에게 있어 고향의 의미란 무엇일까를 살피는 일은 그렇게 간단하지 않다. '고향'을 국어사전에서 찾으면 "자기가 태어나서 자란 곳"이란 제1의 설명 다음에, "자기 조상이 오래 누려 살던 곳"이라는 제2의 설명이 있다. 한 작가가 모국어를 익히고 그것을 통해 작품을 쓰는 동안, 그 시발과 전개의 과정을 통하여 단순히 말을 익히는 수준에 그치지 않고 그 말의 바탕을 공여한 가족들의 생애사와 당대 사회의 문물을 배태한 문화사를 함께 익히기 마련이다. 이는 곧 역사주의 문학의 고색창연한 명제이기도 하다.

비록 개성에 거주하며 살았던 기간이 그다지 오래지 않는다 하더라도, 이와 같은 의미 구조를 적용해 보자면, 개성은 박완서 문학의 중요한 받침돌이 아닐 수 없다. 실제로 작가 박완서는 그의 여러 소설에서, 그리고 짧지만 자신의 생각을 가장 선명하게 드러낸 여러 수필에서, 개성이라는 공간 환경이 자신의 삶과 문학에 어떤 영향을 끼친 존재였던가를 생생하게 증언하고 있다.

지금 한국 문학의 입지에서 보자면 쉽게 다가갈 수 없는 금단의 지역, 그러나 고려 왕조 이래 500년 도읍지이자 기호 지방의 중요한 거점 도시로서 우리 민족의 장래는 물론 그 문학적 표현에 있어 전혀 도외시될 수 없는 지역으로서 개성은, 앞으로도 지속적인 관심을 촉발하는 민족적 삶의 터전으로 남을 것이다.

그러한 까닭으로, 이 글은 개성과 관련된 박완서의 문학을 탐사하면서, 그의 문학이 확보한 예술성보다는 소재적 주제적 차원에서 개성이라는 공간 환경이 보이는 성격적 특성을 살펴보는 데 중점을 두었다. 그 지역성의 의미와 박완서 문학의 장점이 어떻게 조화롭게 만나고 악수하는가를 보다 구체적으로 살펴보는 일은 다음 기회로 미루고자 한다.

『객주』와 현실의 문학 공간

1 문학, 문화 산업, 문학 테마 타운

'문화'라는 용어의 포괄적 의미는, "인류가 모든 시대를 통하여, 학습에 의해서 이루어 놓은 정신적 물질적인 일체의 성과"로 되어 있다. 여기에 "의식주를 비롯하여 기술, 학문, 예술, 도덕, 종교 따위 물심 양면에 걸치는 생활 형성의 양식과 내용을 포함"하는 것으로 설명된다.

문화는 공동체적 삶의 원형을 이루는 것이며, 그것이 시간적 공간적 환경과 함께 지속되면서 일정한 문화 유형, 문화 패턴을 생산한다. 하나의 국가 또는 민족 공동체 내부에서 발생하는 현실적인 문제들은, 문화적 측면의 매듭이 풀리면 모두 쉽사리 풀릴 수 있는 경우가 허다하다. 문화는 한 사회의 지식 또는 예술 작업의 총체이며, 나아가 한 민족의 전체 생활 방식과 민족 정신의 일반적 성격을 포괄하는 개념이기 때문이다. 그러한 만큼 문화는 한 국가에서, 또는 국가와 국가의 관계에서 각계 각층을 통합하는 중요한 역할을 할 수 있다.

남북 간의 관계에 있어서도 우리는 장단기 계획으로 민족 통합을 앞당기고 그 미래에 대한 준비를 절박한 심정으로 추진해야 하되, 정치나 군사의 통합, 국토의 통합이 진정한 민족 통합이 아니며 그것이 결코 문화 통합보다 우선할 수 없다. 문화 통합만이 민족 통합의 필요충분조건이 될 수 있다. 그리하여 단기 계획은 민족 통합의 여건을 조성하는 것으로, 장기 계획은 미래의 완전한 민족 통합을 준비하는 것으로 추진하면서, 그 의식의 중심에 문화 통합의 개념이 자리 잡고 있어야 한다. 이는 비록 눈앞의 화급지사로 보이지 않는다 할지라도, 남북 간의 여러 부문에서 관계 변화의 양상이 확대되는 지금, 즉각 계획되고 실행되어야 할 급선무이다.

오늘날 세상이 빠른 속도로 변화하면서 문화의 형성과 그 성격에 있어서도 여러 가지가 변하고 있다. 과거에는 변화하는 삶의 여러 모습이 오래도록 축적되어 문화를 이루는 것이었는데, 지금은 변화의 형식과 내용 자체가 그대로 동시대의 문화를 형성하는 상황에 이르렀다. '스피드의 시대'란 말은 이미 운동 경기나 과학 기술에만 적용되는 개념이 아니며, 우리 삶의 다양한 부면들이 정보화, 특히 전자 정보화하면서 '정보화 시대'란 용어와 곧바로 소통되는 형국이 되었다.

문학에 있어서도 그렇다. 그 빠른 변화의 보속은, 문학사의 시대 구분이나 문학의 장르 개념 및 서술 방식 등이 그 영역 안에서 유지하고 있던 경계의 개념을 무너뜨리는 데 강력한 촉매제가 되었다. 이 경계의 와해는, 일찍이 문화 인류학자 레비 스트로스가 '꿀과 담배'의 양분법으로 자연과 문명의 양자를 구분하여 설명하던 방식이 이제 더 이상 유효하지 않다는 사실을 뜻한다. 그 양자가 함께 얽혀지고 상호간의 접촉과 환류를 통해 새롭게 형성되는 회색 지대, 회색 공간이 오히려 가치와 생산성을 인정받는 시대가 되었다.

문학 내부의 장르 유형이나 경계의 구분이 와해 또는 무화되는 사태는, 설명을 달리하면 장르와 경계가 새로운 통합의 길을 열어 나간다는 변증을 생성하는 것으로 된다. 우리는 근자에 문학 논의 현장에서 '통합 문화'

나 '퓨전 문화' 등속의 어휘들이 등장하고 있음을 쉽사리 목도할 수 있다.

이와 같은 문화의 개념과 성격 변화는, 문학 작품의 생산자로서 작가와 그 수용자로서 독자의 지위 및 관계 변화를 유발하는 지점에까지 이르렀으며, 작품의 창작이 지향하는 지고한 가치, 이른바 작가의 독자에 대한 '교사'의 지위를 위협하는 수준을 나타내 보이고 있다. 뿐만 아니라 작품이 예술성이나 문학성을 추구하기보다 대중성이나 오락성에 더 중점을 두는 경우, 이에 대한 비판과 타매의 강도도 한결 달라졌다. 과거에는 이를 대중 문학 또는 상업주의 문학이라 하여 부정적 시각으로 검증하는 것이 상례였으나, 근래에 와서는 여기에 '문화 산업'이란 호명을 부여하고 그것이 가진 순기능을 주목하여 그 장점을 발양하려 하는 사례를 흔히 볼 수 있다.

문화 산업이 하나의 시대적 조류로 등장하는 배면에는 출판 시장의 변화와 문학 자본의 대형화 같은 직접적 요인이 작용하고 있다. 그리고 중요한 간접적 요인 가운데 하나는 문학 유산이나 문학인의 향토적 연고가 지방 자치체의 문화 의식이나 공동체적 유대를 계발하는 사업 계획 및 그 실천과 연계되어 있다는 점이다. 이 글에서는 김주영 문학의 대표작 『객주』가 바로 그러한 측면에서 어떤 성향과 가능성을 가지고 있으며, 그것이 앞으로 문학 테마 타운 건립의 실질적 전개에 어떤 방향성을 담보할 수 있을 것인가를 살펴보려 한다.

2 문학관 현황과 현장의 건립 사례

1) 전국 문학관 현황

전국 지방 자치체의 문화 산업적 인식과 그 실질적 발현을 보여 주는 문학관은 현재 공식적으로 파악된 것으로는 33개의 숫자에 이른다. 이중

한국 문학관 협회에 가입하여, "각 지역 문학관 간의 연계 체제 구축을 통한 지역 문학 활성화 도모와 연합 문학 행사 개최, 정보 교류 및 기획 프로그램을 공유하고, 시민들에게 문학 체험 및 교육의 장을 제공하는 것"을 목적으로 한 공동 사업에 참여하기로 한 문학관은 모두 30개에 이른다. 협회가 발족한 것은 2004년 4월이며, 아직 이 협회에 가입하지 않은 문학관 3개를 포함하여 33개에 이르는 것이다.

문학관은 그곳을 찾는 이들이 문학인이 태어난 집이나 유품에서 문학적 숨결을 대하는 한편, 남겨진 유형 무형의 문화 유산을 보존하고 계승해 나가는 데 중요한 기능을 담당한다. 그냥 두면 유실될 수밖에 없는 문화 자료들이, 한 지역 사회와 국가의 문화적 과실로 수용되고 향유되도록 하는 소중한 매개체의 역할을 맡고 있는 셈이다. 전국의 문학관 현황은 다음과 같다.

■ 한국 문학관 협회 회원 문학관
- 경남문학관: 관장 정목일, 경상남도 진해시 태백동 산 98-1
- 구상문학관: 대표 칠곡군수, 경상북도 칠곡군 왜관읍 왜관리 785-84
- 김유정문학촌: 촌장 전상국, 강원도 춘천시 신동면 증3리 868-1
- 농민문학기념관: 관장 이동희, 충북 영동군 매곡면 노천리 622-3
- 마산문학관: 대표 마산시장, 경남 마산시 상남동 58-8
- 만해기념관: 관장 전보삼, 경기도 광주시 중부면 산성리 912-1(남한산성 내)
- 문학의 집 서울: 대표 김후란, 서울시 중구 예장동 2-20
- 미당시 문학관: 대표 고창군수, 관장 박우영, 전라북도 고창군 부안면 선운리 231
- 박화성문학기념관: 대표 목포시장, 관장 김평규, 전라남도 목포시 대의동 2가 1-5(목포문화원 내)

- 백담사 만해마을: 대표 조오현, 강원도 인제군 북면 용대리 1136-5
- 삼성출판박물관: 관장 김종규, 서울 종로구 구기동 126-4
- 세계여성문학관: 대표 숙명여대 총장, 서울시 용산구 청파동 2가 53-12(숙명여대 도서관 내)
- 아리랑문학관: 대표 김제시장, 전라북도 김제시 부량면 용성리 226-23
- 영인문학관: 대표 강인숙, 서울시 종로구 평창동 474-27
- 원서문학관: 관장 오탁번, 충북 제천시 백운면 애련리 158
- 이육사문학관: 대표 안동시장, 경북 안동시 도산면 원천리 900
- 이주홍문학관: 대표 강남주, 관장 정영일, 부산광역시 동래구 온천1동 435-24
- 이효석문학관: 대표 평창군수, 강원도 평창군 봉평면 창동리 544-3
- 정지용문학관: 대표 옥천군수, 충북 옥천군 옥천읍 하계리 39
- 조병화문학관: 대표 조진형, 관장 김용정, 경기도 안성시 양성면 난실리 산 337
- 조태일시문학기념관: 대표 곡성군수, 전라남도 곡성군 죽곡면 원달리 799 산 18-24
- 채만식문학관: 대표 군산시장, 전라북도 군산시 내흥동 285
- 청마문학관: 대표 통영시장, 관장 박병규, 경상남도 통영시 정량동 863-1
- 최명희문학관: 관장 전주시장, 전라북도 전주시 완산구 풍남동 3가 76-5
- 추리문학관: 대표 김성종, 부산광역시 해운대구 중2동 1483-6
- 토지문화관: 대표 박경리, 관장 김영주, 강원도 원주시 흥업면 매지리 570
- 한국가사문학관: 대표 담양군수, 관장 한상규, 전라남도 담양군 남

면 지곡리 319

- 한국문인인장박물관: 대표 이재인, 충청남도 예산군 광시면 운산리
  256-2
- 한국현대문학관: 대표 전숙희, 관장 김원일, 서울시 중구 장충동 2
  가 186-210
- 한무숙문학관: 관장 김호기, 서울 종로구 명륜동 1가 33-100

■ 그 외 문학관
- 난고김삿갓문학관: 강원도 영월군 하동면 와석리 913
- 동리·목월문학관: 경상북도 경주시 진형동 550-1
- 평사리문학관: 경남 하동군 악양면 평사리 497

이 밖에도 전라북도 전주시에 있는 최명희문학관과 달리 남원시에 혼불기념관이 따로 세워져 있고, 현재 착공 단계에 있는 경기도 양평군의 '황순원문학촌 — 양평 소나기마을'과 경남 하동군의 '이명산 문학예술촌 — 이병주문학관', 그리고 문학관 건립을 추진 중에 있는 경기도 화성시의 홍사용문학관과 의정부시의 천상병문학관까지 합하면 전국의 포괄적인 문학관 숫자는 무려 38개에 달하는 형편이다.

특히 이 가운데 연간 200만 명이 방문하고 100억 원에 가까운 지역 경제의 부가 가치를 발생시키는 이효석문학관, 지역 주민과의 유대와 동참을 성공적으로 이끌어낸 김유정문학촌, 여러 문학 행사의 중심지가 된 문학의 집 서울 등의 문학관이 그 모범으로서 주목을 받고 있다.

여기에서는 필자가 그 발의와 추진에 관련이 있으며, 현재 모든 건립 계획을 완료하고 문학촌 및 문학관의 착공을 눈앞에 두고 있는 '황순원문학촌 — 양평 소나기마을'과 '이명산 문학예술촌 — 이병주문학관'의 경우를 집중적으로 살펴봄으로써, 『객주』 문학 테마 타운 건립에 유용한

표본 모델을 제시해 보고자 한다.

2) '황순원문학촌―양평 소나기마을'의 경우

■ 소나기마을 조성 사유

• 양 기관의 자매 결연과 소나기마을 공동 추진

― 양평군과 경희대학교는 2003년 6월 2일 자매 결연 협정을 맺고, 소나기마을 건립 추진에 관한 약정과 소나기마을 건립 추진 위원회 정관을 확정하였으며 공동으로 이 사업을 추진하기로 했다.

• 양평군의 입장

― 황순원의 단편 소설 「소나기」를 테마로 하는 문화 관광지로 개발함으로써, 군의 문화적 위상을 범국민적 차원으로 홍보하고, 완공 시 연간 500만 명 이상의 방문객을 유치하며, 궁극적으로 이러한 사업이 군민의 소득 증대에 기여할 수 있도록 추진한다.

― 봉평 이효석문학촌의 경우 연간 200만 명에 가까운 방문객과 100억 원에 가까운 부가 가치를 발생시키는 것으로 알려져 있으며, 이에 비해 양평은 수도권과의 인접성으로 인한 동선의 확보나 황순원 및 「소나기」가 갖는 명성에 비추어 볼 때 충분히 앞 항의 목표를 달성할 수 있을 것으로 사료된다.

• 경희대학교의 입장

― 역대 재직 문인 교수 중 가장 상징적 인물인 황순원과 그의 「소나기」를 통한 테마 파크 조성에 주체적으로 참여함으로써 대학의 위상을 크게 신장한다.

― 대학의 교육, 연구, 봉사 등 세 기능 가운데 지역 사회 봉사를 통해 사회적 책임을 능동적으로 수행한다.

■ 소나기마을 추진 방침

- 양평군 및 경희대학교와 유족의 의사를 바탕으로 범국민적인 기념 사업으로 육성한다.
- 양평군의 문화적 성숙과 지역 사회 발전을 도모하여 전국적인 문화 명소로 조성해 나가는 동시에, 황순원 문학의 성과를 국내외적으로 발양하고 이를 계승해 나간다.
- 조성 사업의 추진은 '소나기마을 건립추진위원회'가 주축이 되고, 양평군과 경희대학교가 이를 적극적으로 후원하는 것으로 한다.
- 양평군의 문화 예술인 및 전국적 명성이 있는 문화 예술인을 고문 또는 자문 위원으로 위촉하여 효율적인 의견을 구하는 동시에, 조성 지역의 주민 대표를 동참토록 하여 문화 예술계와 지역 기층 사회가 연합하는 명실상부한 '마을'이 되도록 한다.
- 사업에 소요되는 예산은 군비로 시작하되, 도 예산과 중앙 정부의 예산을 지원받는 데 양평군과 경희대학교가 공동으로 노력한다.

■ 소나기마을 추진 및 관리 방안

- 「소나기」 속의 자연적 배경을 현실적으로 살려 내도록 구성한다.
- 소나기마을은 크게 두 형상으로 구분, 하나는 자연적 소나기마을을 재현하여 그 마을을 한 바퀴 돌면 마치 소설 작품 속을 한 바퀴 돌아나오는 듯한 느낌이 들도록 동선을 구성한다.
- 다른 하나는 아주 실용적인 문학관과 부대 시설을 구비, 동영상 상영, 작가 유품 및 작품 전시, 세미나실, 작가실, 강당 역할을 겸한 실내 공연장, 야외 공연장 등을 두도록 조성한다.
- 특히 실내 공연장은 주기적인 문학·문화 모임이나 유료 공연을 유치하되 동절기에도 이를 가능하도록 하여 지속적인 대외 홍보와 방문객 확보를 유도한다.

- 이 마을은 단순한 문화 관광 방문지로 그치지 않고, 전국의 초·중·고 학생, 대학생, 일반인에 이르기까지 생활 속의 뜻깊은 문화 체험 공간으로 승화되어 지속적인 재방문이 이루어지도록 유도한다.
- 이 마을의 조성 후에도 앞 항의 내용을 발전시켜 전국적인 문화 사업들의 실행 공간이 될 수 있도록 관리해 나간다.

■ 소나기마을 조성의 유의 및 실천 사항

- 유의 사항
— 소나기마을 조성에 대한 지역 주민들의 긍지 갖기에 유의한다. 지역 면장, 이장, 부녀회장, 새마을지도자, 마을번영회 회장 등을 운영 위원으로 영입한다.
— 모든 사업은 지역 주민들의 소득 증대와 연관되도록 계획한다.
— 인접한 문학관과의 연계(춘천 김유정문학촌, 평창 이효석문학관, 인제 만해마을, 원주 토지문화관) 및 네트워크 구축을 통해 자료와 정보를 교환한다.
— 소나기마을 운영 및 관리를 위한 요원 교육을 계획한다.

- 실천 사항
— 황순원 생애와 작품의 문학사적 가치를 친환경적으로 선양한다.
— 양평군과 경희대학교가 함께 만드는 질 높은 문화 환경으로서의 명소를 조성한다.
— 「소나기」 등 작품 내용을 체험하며 공부할 수 있도록 계획한다.
— 소나기마을의 시설물들은 유적지 및 기념물 차원이 아니라 자료의 전시 및 역동적인 문화 예술 창출의 요람 역할을 하는 공간으로 마련한다.
— 지역 주민들의 소득 증대를 문화 산업의 관점에서 실질적 성과로 드러나도록 계획한다.

3) '이명산 문학예술촌―이병주문학관'의 경우

■ 계획의 배경 및 목적

• 계획의 배경

— 하동군이 지니고 있는 자연적, 입지적 환경의 특징은 국내 남부 지역의 관광 거점으로서 개발될 수 있는 잠재력이 지대하며, 이에 따라 군에서는 지방 자치 시대에 있어 자치 단체의 경쟁력을 강화하고 자립도를 높이는 일의 일환으로써 지역 관광 산업을 활성화시키는 데 주력하고 있다.

— 특히 관광 자원의 개발 잠재력에도 불구하고 군내의 다른 지역에 비해 아직 개발 속도가 늦은 편인 하동군 동남부권 지역을 중심으로 관광 기반 시설 및 환경 관련 시설의 확충이 요구된다.

— 하동군 동남부권 관광 개발 계획의 실천적 사업으로서 이명산을 중심으로 관광 자원의 발굴과 관광 시설의 정비 및 확충이 요구된다.

• 계획의 목적

— 이 사업은 이병주 소설 『지리산』의 주테마 장소인 이명산을 배경으로 문학 예술촌을 조성하여, 지역 문화 예술의 활성화는 물론 주변의 수려한 자연 경관과 울창한 수림을 보존 이용하면서 관광객 및 군민의 여가와 휴식 공간을 마련함으로써 지역 관광 사업의 활성화에 기여하는 데 목적이 있다.

■ 사업의 범위

• 시간적 범위

— 기준 연도: 2004년(조성 계획 수립 연도)

— 목표 연도: 2007년(조성 사업 완료 연도)

- 공간적 범위
— 이명산 개발 구상: 경상남도 하동군 북천면, 진교면, 양보면의 이
  명산 일원
— 문학예술촌 개발: 경상남도 하동군 북천면 직전리 234번지 일원

■ 기본 구상

- 개발 방향
— 수려한 자연 경관과 울창한 수림대를 최대한 보존하면서 관광 자
  원화 유도
— 유명 근교산의 역할에 걸맞는 등산로의 정비로 인근 도시 주말 등
  산객의 유치
— 주변 기존 관광 자원의 정비 및 신규 자원의 발굴
— 친환경적 접근을 통한 최소한의 개발 유도

- 개발 구상
— 등산로 정비: 이병주문학관이 입지하는 북천면 직전리 일대의 이
  명산 등산로에 대해 나무 계단과 휴식 및 운동 공간 등을 설치하
  여 등산객의 이용에 편의 제고
— 주차장 및 화장실 설치: 이명산 등산객들의 편의를 위하여 등산로
  조입부에 주차장과 화장실 설치
— 문학예술촌 조성: 이병주문학관을 북천면 직전리 이명부락 인근
  에 입지시키고 이를 기반으로 이명산 등산 및 관광 코스와 연계
— 전망대 설치: 이명산 정상부(해발 570m)에 전망대를 설치하여 등
  산객들의 편의 도모
— 산림욕장 설치: 진교면 고미리 등산로 주변의 산림이 매우 양호한
  곳에 벤치, 테이블, 간이 화장실을 설치하여 지역 주민 또는 등산
  객들의 휴식 공간으로 활용

■ 건축 계획

• 기본 방향

— 건축물은 적정 규모로 계획하며, 형태적 측면에서 주변 경관과 조화된 이미지가 표현되도록 계획

— 시각적 화려함을 지양하고 자연성을 살리며, 이용 및 유지 관리의 효율성과 경제성을 제고

— 건축 양식은 문학 예술촌의 특성을 유지하도록 공간별 특화 개발 유도

• 건축 계획

— 이병주문학관

(가) 건축물의 형태는 지역 이미지를 도입하여 전통적 분위기로 축조

(나) 건축 규모는 장래 전시품의 증가를 고려하여 상면적 150㎡ 규모의 1층 구조로 설치

(다) 자연 친화적 외장을 통하여 고풍스러운 아름다움이 느껴지도록 계획

— 지리산문학관

(가) 지리산 문학의 전시 기능 및 학습 기능 공간으로서 계획

(나) 건축 규모는 180㎡ 정도의 규모로 계획하며, 형태는 이병주문학관과 같이 전통적 분위기로 축조

— 창작실

(가) 창작실의 특징적 이미지가 느껴지도록 건축 양식, 외장 등에 차별성을 두어 건축

(나) 전통 문학의 계승 발전과 현대 문학의 개척을 지향하는 문학 창작실은 현대적 건축 양식을 도입하여 건축물의 이미지와 예술적 분위기가 통일성을 지니도록 계획하며 규모는 동당 약 200㎡ 규모로 건축

3 『객주』의 문학적 위상과 동시대적 성격

김주영은 초기에 가족사의 그림자가 담긴 자전적 소설에서 출발하여, '노상의 문학'에 해당하는 떠돌이의 세계를 그리는 과정을 거쳐, 마침내 민초들의 삶과 그 토양의 의미를 발양하는 역사 소재의 광활한 문학적 지평에 이른 작가이다. 필자는 이 전 과정을 김주영, 정현기와의 좌담 기록 제목으로 요약하여 「가족사의 음영, 떠돌이의 애환, 민초들의 끈질긴 생명력」이란 글을 한 편 쓴 적이 있다.

그의 역사 소재 소설을 읽으면 언제나 우리에게 있어 역사는 무엇이며 왜 작가는 역사를 소재로 하여 소설을 쓰는가라는 문제가 떠오른다. 슐레겔이 언명한 바와 같이 역사야말로 "과거에 눈을 돌린 예언"이라면, 역사의 숨겨진 갈피 속을 탐색하는 곤고한 작업이 곧 미래를 향한 새로운 시도를 감행할 의지를 가꾸는 일과 다르지 않다.

황석영이 10년이 넘는 세월을 보내며 『장길산』을 썼을 때, 그는 결코 조선조 숙종 연간의 극적 장길산 부대만을 말하지 않았다. 그것은 곧 당대 군부 정치의 독재와 신군부 정권 담당자들의 폭압에 대한 강력한 항변이었고, 소설의 후반에 상술되는 미륵 신앙의 용화 세상은 그러한 압제의 질곡을 넘어 도래해야 할 개량된 사회에의 소망을 표현한 것이었다.

그런 만큼 역사 소설을 쓰는 작가는, 독자들에게 넘겨줄 미래에의 소망이 길을 잘못 들지 않도록 한결 더 날선 경각심으로 글을 써야 할 터이다. 김주영의 소설들은, 그가 표현한 저 조선조 보부상들의 세계가 보여주는 바 온갖 삶의 절목들이 오늘날에 있어서도 먼 나라의 이야기가 아님을 감각하게 한다.

이를테면 우리가 두 발을 두고 있는 이 마천루 숲 속의 후기 산업 사회에 있어서도 여전히 유효한 경각심을 유발하는 사례에 해당하는 것이다. 이는 그의 소설이 소설 그 자체만으로도 동시대 수용자들의 내면에 육박하는 힘과 울림이 있다는 뜻이다.

그의 『객주』는 역사의 지평선에 떠올라 있는 인물, 이를테면 왕조 실록에 등장하는 인물을 통해 서사 구조를 풀어 나가는 일을 과감하게 버렸다. 역사의 행간에서 이름없이 산 인물들, 역사가 그 공식 기록에서 배제한 인물들을 통해 당대의 민중, 즉 보편적인 백성들의 삶에 응결되어 있는 시대사의 요점을 추출하려 한 것이다.

이와 같은 것은 『장길산』이나 『토지』가 나오기 전에는 거의 없던 관점이었다. 그 인물이 얼핏 억압과 피해 속에 잠겨 역사의 전개 과정에서 소정의 역할을 수행한 바가 없어 보일지 모르지만, 그들이야말로 실상은 역사의 전면에서 누구보다도 치열하게 살아간 사람들이라는 인식이다. 작가는 그러한 관점이 성립되어 소설로 구체화될 때, 비로소 역사가 '미래를 비추는 과거의 거울'이 될 수 있다고 생각했을 것이다.

어린 시절 저잣거리에서 자란 체험이나 방황 및 여행, 그리고 떠돌이 소설들의 뒤끝에 『객주』가 놓인다고 한다면, "작가는 전적으로 자기 얘기를 쓰게 마련이다"라는 이문열의 말에 수긍이 갈 수밖에 없다. 다만 그것을 직접적인 방식으로 바로 말하느냐, 아니면 효율성의 제고를 위한 변용을 가하느냐가 다를 뿐이다.

이처럼 『객주』 식의 발화 방식에 의하면, 겉으로 역사의 주변부에서 전전긍긍하며 초개같은 생명을 부지해 온 것으로 보이는 이들이, 그 내용에 있어서는 당대의 백성들이 형성하는 삶의 중심부를 채우는 '이름없는 주인공'이라 할 것이다. 그런 점에서 『객주』는 민중 사관의 문학화에 탁발한 성공 사례이다.

고도 성장의 산업화 시대, 그리고 시대적 성격에 있어 물신화가 강압되고 동시에 억압적 의식의 출구가 봉쇄되는 후기 산업화 시대에, 김주영 역사 소재 소설이 보여 주는 삶의 여러 유형들은 그 역사성과 동시대성의 두 지경을 잇는 가교로 기능할 수 있다. 삶의 외형과 내면이 갖는 긴장 관계의 표본으로서도 그러하고 그것을 풀어 나가는 여러 가지 방법론적 시도에 있어서도 그러하다.

『객주』저잣거리의 인물들은 지금 우리 눈앞에 옷차림과 어투를 바꾸어서 나타나지만, 그 근본에 있어서는 변함없이 '그때 그 사람들'이다. 사람들이 함께 어울려 살아가는 세상살이의 본래적 이치에는 동서고금이 별반 다를 바 없기 때문이다. 현대적 삶의 한가운데에 서는『객주』문학 테마 타운은, 그러므로 역사의 빛깔로 치장한 현실의 본질이요 현실의 옷을 갈아입은 역사의 교훈이어야 한다.

4『객주』문학 테마 타운 건립과 시너지 효과

현재 계획 및 준비 단계에 있는 김주영 소설『객주』문학 테마 타운과 관련하여, 필자가 갖고 있는 정보는 아직 초보적이고 소박한 수준이다. "한국 문학의 기념비적 작품『객주』의 무대인 청송 일대 장터 거리와 타고난 이야기꾼 김주영 작가의 생가를 연계한 문학 테마 타운을 만들어 지역 이미지 제고와 관광 활성화 기대"라는 목표가 설정되어 있고, 그동안 제1차 심포지엄을 갖고 그 발제문과 전문가들의 타당성 조사 결과를 바탕으로 실효성 있는 구체적 방안을 마련 중이다.

따라서 이번의 제2차 심포지엄은 기본 구상을 보다 실증적으로 가다듬고, 문학 작품으로서의『객주』와 그 문학 테마 타운이 어떻게 조화롭게 악수하여, 문학과 문학관 또는 문학과 문화 산업의 시너지 효과를 창출할 수 있을 것인가에 주목해야 옳겠다. 이 글에서는 '황순원문학촌 — 양평 소나기마을'과 '이명산 문학예술촌 — 이병주문학관'의 계획과 건립 추진에 관한 경험을 바탕으로, 이 문학 테마 타운이 지향해야 할 기본적인 원칙과 방향성 등에 대해 논의하는 것으로 소임을 감당하려 한다.

■ 문학과 문화 산업의 행복한 만남

한국 문학사에 이름 있는 작품과 그 무대 및 작가의 생가를 연계하는 문학 테마 타운인 까닭으로, 문학 자체의 예술적 측면과 공간적 환경의 문화 산업적 측면이 모두 살아 있어야 한다. 이 양자 중 어느 한쪽으로 경도되어서는 안 되고, 함께 그 장점을 발양하여 시너지 효과를 창출할 수 있어야 한다. '소설'을 통해 '마을'을 알고 '마을'에서 '소설'을 감각할 수 있어야 한다.

■ 김주영 문학의 장점 적극적 반영

김주영의 문학이나 대표적 작품인 『객주』가 가지고 있는 여러 문학적 장점을 문학 테마 타운에 적극적으로 반영하는 것이 좋다. '이명산 문학 예술촌 — 이병주문학관'의 경우에는, 그 구체적 항목으로 이야기의 재미, 박학다식·박람강기, 체험의 역사성, 지역적 기반 등의 개념을 제기한 바 있다. 김주영 문학이 가진 민중적이고 토속적인 정서, 유장하고 극적인 이야기의 전개, 우리 옛말의 활용과 활달한 상상력, 작품과 지역 공간과의 상관성 등을 문학 테마 타운에 도입하여 컨텐츠의 상품성을 높이기를 시도해야 한다.

■ 주변 환경과의 친숙성

문학 테마 타운은 문학 마을이므로, 자연 친화적 큰 그림 아래 주변 환경, 곧 산야와 수로, 지역 주민 거주 마을과 그 주민들과의 관계에 저해 요인이 없도록 미리 배려해야 한다. 오히려 한걸음 더 앞서서 이들을 적극적으로 동참시키고 중심적 역할을 담당하도록 유도하는 것이 좋다. 춘천의 김유정문학관이나 건립 중인 '황순원문학관 — 양평 소나기마을'이 좋은 보기가 될 것이다.

■ 추진 주체의 효율성 제고

지방 자치체와 지역 내 대학 등의 산학 협력적 측면을 고려하고, 문학 연구자 및 타운 건립 전문가 등이 참여하는 추진 주체를 효율적으로 구성하는 것은, 궁극적으로 이 사업의 성패를 좌우하는 중요한 사안이다. 문학 테마 타운의 건립 취지와 컨텐츠, 건립 방향 등은 전문가 그룹이 담당하고, 지방 자치체는 행정과 예산 부분을 뒷받침하는 유기적인 협력 체계의 수립이 필요하다.

■ 미리 준비된 건립 및 전시 계획

문학 테마 타운의 터잡기를 시작하기 이전부터 미리 준비된 총체적 건립 계획과 조경 및 전시 계획이 제시되어야 한다. 특히 내방자들의 동선을 고려한 진입 및 통행로, 시선을 집중시킬 전시 계획은 사전에 전문가들에 의한 충분한 검토의 과정을 거쳐야 한다. 자칫 잘못하면 전체적인 균형이 무너질 수 있다.

■ 내방자 편의 위주의 공간 배치

한번 방문한 내방자들이 매우 유익하고 편리했다는 인식을 갖도록 해야 한다. 이 유익성과 편의성이 괄목할 만하지 않으면, 차후 재방문이나 호의적 평판을 기대하기 어렵다. 그리고 내방자들의 경우도 한번 스쳐 지나가는 경유형에 머물지 않고, 최소한 하루를 머무는 숙박형이 되도록 유도해야 한다. 이는 문화 산업적 측면에서의 경제성과 관계된다.

■ 경제적 부가 가치의 발생 촉진

오늘날 어떤 지방 자치체의 사업도 지역 주민의 호응을 얻지 못하면 지속성을 갖기 어렵다. 그것은 곧 지역 사회에 발생하는 경제적 부가 가치와 관련되어 있다. 문학 테마 타운으로 인하여 실질적 소득 증대가 가능하도록 대비해야 한다. 이는 결코 부정적인 시각으로 볼 문제가 아니며, 그래야 지방 자치체도 확고한 명분과 실리를 담보할 수 있다.

■ 예산 확보를 위한 공동의 노력

문학 테마 타운의 추진 주체를 중심으로 예산을 확보하기 위한 노력을 광범위하게 전개해야 한다. 군비를 종자돈으로 한다면 여기에 국비와 도비, 그리고 후원 가능한 기관·기구·기업, 그리고 출향 유력자들을 포함한 종합적인 예산 확보 체계가 마련되어야 한다.

■ 건립 이후의 관리 및 운영 대비

문학 테마 타운의 건립 자체가 목표가 아니라 그 관리와 운영에 있어 괄목할 만한 성과를 거두는 것이 목표이므로, 건립 계획의 추진과 동시에 차후의 관리, 운영에 대비한 복안을 준비해야 한다. 이 사업 전체를 조감하는 '독수리의 눈'으로 보자면, 운영 이후 발생할 문제점과 수지타산까지 점검되어야 한다.

문학은 과거 그것이 한 시대의 '교사'로서 기능하던 시기처럼, 먼지를 둘러쓴 책장 안에서 수요자의 손길을 기다리던 의고적인 자세로서는 이제 설 자리를 찾을 수 없게 되었다. 문학은 능동적으로 독자 대중을 찾아가 만나야 하고 그 주변을 지나가는 '길손'에게 자신의 존재 가치를 설득해야 할 상황에 이르렀다. 이러한 변화된 관점으로, 문화적 인식을 갖고 이 지역을 찾는 사람들이 규격화되어 제시된 관람 과정만 거쳐갈 것이 아니라, 주변의 산야를 따라 김주영 문학의 지역성을 체험하도록 인도해 볼 수도 있을 것이다.

이미 객관적 평가가 주어져 있듯이 김주영과 그 문학은 이 지방 자치 시대에 있어 한 지역의 대표적 정신 운동으로 떠오를 만한 충분한 값어

374

치가 있다. 이 작가를 지속적으로 기림으로써 지역 사회는 문화적 활동의 큰 걸음을 연이어 내딛게 될 것이며, 그것은 향토를 사랑하는 일이 곧 나라를 사랑하는 일임을 증명해 줄 것이다.

『객주』와 그 이야기의 흐름을 면밀히 상고하여, 그를 따라 지역 사회 내부에서 일정한 관광 코스를 개발해 보면 어떨까? 필요한 지점에 설명문을 세우고 더 필요한 지점에 주기적으로 강연을 개설하며, 이 문화 이벤트에의 참여가 일상 속의 등산이나 레저에 접목되도록 하는 '생활 문화'를 개발할 수는 없을까?

김주영과 그의 『객주』를 기리는 일이 작가에게만 바쳐지는 헌사에 그치지 않고, 동시대를 살아가는 이들의 가슴속에 감응력의 물결을 일으키는 문화 공간의 형상을 입을 때, 우리는 다시금 실제적 생활 가운데 뿌리내린 문학의 가치를 목도하게 되리라 본다. 그러할 때 비로소 문화 산업과 만나고 동행하는 문학이 제값을 추수하게 될 것이다.

한 운명론자의 두 얼굴
—이병주의 「소설 · 알렉산드리아」에 대하여

1 삶과 문학, 또는 체험의 서사

체험 소설의 특성과 한계를 통해 손창섭을 거론하는 자리에서, 필자는
다음과 같이 쓴 적이 있다.

"예술적 형상은 현실의 반영"이라는 등식이 통용되던 시대의 작가는, "그
명제가 옳지만 단지 그것만을 주장한다면 이는 오류"라는 판단이 일반화된
시대의 작가보다 행복했을지도 모른다. 세계관과 창작 방법의 분리 문제를 걱
정하지 않아도 좋았던 시대적 상황 속에서 작품 활동을 한 작가는 "험악한 시
대를 깨어 있는 정신으로 살았다"고 말한 밀턴의 아포리즘에 충실하면 그만
이었다.

기교주의나 과도한 형식 실험을 동반한 모더니즘 문학과, 사회적 실천 문
제를 앞세운 보다 직접적인 화법의 리얼리즘 문학이 독자들의 공감대를 나누
어 가지는 오늘날에 이르러 체험 중심의 문학은 일견 단조롭고 덜 세련되어
보이기도 한다. 하지만 그와 같은 단계를 밟아 오면서 우리 문학의 내용이 다
져졌다고 할 때, 결코 전 시대의 투박한 문학이 지금의 개량된 시각으로부터

일축될 수 없다.

이 말은 작가의 체험을 직접적으로 반영하는 리얼리즘 문학의 입지를 설명하기 위한 것이었다. "나는 나의 다리를 이끌어 주는 유익한 램프를 갖고 있다. 그것은 '체험'이란 램프이다."라고 오 헨리가 말했는데, 오 헨리식 인식의 방법으로 살펴보기에 이병주는 손창섭 이상의 효용성을 가진 작가이다.

이병주는 1921년 경남 하동에서 태어나 1992년 고희를 넘긴 지 얼마 안 되는 나이에 타계했다. 일본 메이지대학 문예과와 와세다대학 불문과에서 수학했으며, 진주 농과대학과 해인대학 교수를 역임하고 부산《국제신보》주필 겸 편집국장을 지냈다. 그가 살아온 세월은 "일본 제국주의가 이 나라를 통치하던 시절로부터 해방 공간을 거쳐, 남과 북의 이데올로기 및 체제 대립과 6·25전쟁, 그리고 남한에서의 단독 정부 수립 등 온갖 파란만장한 역사의 굴곡이 융기하고 침몰하던 격동기"였다.

이와 같은 작가의 이력과 그 배경이 되는 시대사가 맞물리면서, 그는 학병이나 감옥을 비롯한 극단적인 체험에서부터 심지어 빨치산 부역자로 지목되는 등, 그야말로 소설의 소재가 되고도 남을 인생유전(人生流轉)의 주인공이 되었다. 그러한 까닭으로 단편이나 장편을 막론하고 자신이 살았던 시대를 배경으로 한 소설들에는, 그러한 자전적 체험과 세계 인식의 기록이 편만해 있다.

이 글은 이처럼 독특한 삶을 탁발한 소설 제작 능력과 더불어 문학화한 작가 이병주, 그리고 그의 소설에 있어 '문열이'로 알려져 있는 작품 「소설·알렉산드리아」를 중점적으로 살펴보는 일을 목표로 한다. 그로써 이병주 문학의 소설에 대한 관점과 그 이후 백화난만하게 전개되는 소설의 방향성을 도출해 볼 수 있을 것으로 여겨지기 때문이다.

2 첫 소설과 그 운명의 방향성

이병주의 첫 작품은 대체로 1965년, 불혹을 훨씬 넘긴 나이에 발표한 「소설·알렉산드리아」로 알려져 있으며, 작가 자신도 이 작품을 데뷔작으로 치부하곤 했다. 하지만 실제 첫 작품은 1954년 '부산일보'에 연재되었던 장편 「내일 없는 그날」이었으며, 이를 통해 그는 오랫동안 심중에 품어 왔던 작가로서의 길이 어떨지 시험해 본 것 같다.

우리는 그의 데뷔작 「소설·알렉산드리아」를 읽고 눈을 크게 뜨고 놀란 여러 사람의 글을 볼 수 있으며, 그로부터 40년이 지난 오늘에 그 작품을 다시 읽어 보아도 한 작가에게서 그만한 재능과 역량이 발견되기는 참으로 쉽지 않은 일이겠다는 감회를 얻을 수 있다.

산뜻하면서도 품위 있게 진행되는 이야기의 구조, 낯선 이국적 정서를 작품 속으로 끌어들여 누구든 쉽사리 접근할 수 있도록 용해하는 힘, 부분 부분의 단락들이 전체적인 얼개와 잘 조화되면서도 수미쌍관하게 정리되는 마무리 기법 등이 이 한 편의 소설을 형성하고 있었으니, 작가로서는 아직 무명인 그의 이름을 접한 이들이 그의 작품을 읽고 놀라는 것도 무리가 아니다.

작가는 자신의 문학적 초상에 관해 서술한 글에서 이 작품을 두고 '소설의 정형'을 벗어난 것이지만 그로써 소설가로서의 자신이 가진 자질을 가늠할 수 있다고 적었는데, 아닌 게 아니라 그 이후에 계속해서 발표된 「마술사」, 「예낭 풍물지」, 「쥘부채」 등에서는 그 소설적 정형을 완연히 갖추면서도 오히려 그것의 고정성을 넘어서는 창작의 방식을 보여 주기 시작하였다.

뿐만 아니라 이 첫 작품에는, 향후 그의 소설 세계 전체의 진행 방향으로 또는 그가 설정하고 있는 소설의 운명적 존재 양식에 관한 예표가 여러 유형으로 함축되어 있다. 전상국의 「동행」이나 이청준의 「퇴원」이 그러하듯이 한 작가의 첫 작품이 그와 같은 예표의 기능을 감당하는 사례는 흔히 있는데, 이병주의 「소설·알렉산드리아」는 더 나아가 이 작가가 새롭게 고양할 수 있는 문학성의 수준도 함께 추산하게 한다. 데뷔작이 그러하기까지 작가의 역량도 역량이지만, 늦깎이로 시발하는 그 지점에서 작품의 부피 또는 깊이에 공여할 수 있는 삶의 관록과 세상사의 이치를 투시하는 안목이 결코 간략하지 않았던 것이다.

「소설·알렉산드리아」에서 볼 수 있는 고독한 수인(囚人)의 자가발전적 철학의 세계, 범주가 넓고 내용이 드라마틱한 이야기를 끌고 나가는 특별한 인물들, 시대사와 사회사를 읽고 평가하며 설명하는 기록자의 존재, 인생의 운명을 소설의 발화 방식에 기대어 표현하는 결정론적 시각, 그리고 우리 근현대사의 불합리를 추출하면서 역사와 문학의 상관성을 드러내는 방식 등이 이 한 편의 소설 가운데 잠복해 있는 셈이다. 「소설·알렉산드리아」를 구체적으로 점검하려는 이 글은, 그러므로 그러한 소설적 요소들을 적시(摘示)하고 분석하는 형태로 제시될 수밖에 없다.

3 새로운 얼개, 새로운 담론의 조합

1) 고독한 황제, 수인(囚人)의 환각

「소설·알렉산드리아」의 화자인 '나'는 알렉산드리아의 몇 안 되는 지인(知人)들에게 "프린스 김"으로 불린다. 이 호명은 중층적 뉘앙스를 가진다. 김해 김씨가 김수로왕의 후예라는 사실은 외형적 안선 장지에 불과하고, 실상은 한국의 감옥에 있는 화자의 형이 스스로를 수인으로 있는 "고독한 황제"라 지칭하는 그 인식의 증폭 현상을 수긍하는 방식으로 주어진 것이다. 그러므로 '나'는 이국에 있는 왕제(王弟) 또는 황제(皇弟)이며, '나'가 빈한한 악사인 만큼 대양(大洋)을 넘는 의식 내부의 증폭 작용은 그 감응력이 만만치 않다. '나'는 이를 매우 시니컬한 시각으로 바라보고 있지만, 그 굴레로부터 벗어날 수 없고 또 벗어나려 하지도 않는다.

화자가 "프린스"이기 위한 필요조건이 아니라 충분조건으로 형은 수형(受刑) 중인 황제이다. 형의 수감이 작가의 감옥 체험을 반영하고 있기는 앞서 언급한 바와 같다. 그런데 수인이 황제로 탈각할 수 있는 그 인식의 증폭은 형과 나를 하나로 묶는 탈공간적 기능을 수반한다.

그랬는데 지금의 나는 너와 더불어 알렉산드리아에 있고, 여기에 이렇게 웅크리고 있는 나는 나의 그림자, 나의 분신에 불과하다는 환각을 키우려는 것이다.

사랑하는 아우. 웃지 말라. 고독한 황제는 환각 없인 살아갈 수 없다.

한국의 감옥에 있는 형이 먼 이국 알렉산드리아에 있는 동생과 의식적 연대 또는 동일시를 가져올 수 있는 논리적 근거는 이 소설 속에 매우 친절하게 피력되어 있다.

교양인, 또는 지식인은 난관에 부딪쳤을 때 두 개의 자기로 분화한다. 하나는 그 난관에 부딪쳐 고통을 느끼는 자기, 또 하나는 고통을 느끼고 있는 자기를 지켜보고, 그러한 자기를 스스로 위무(慰撫)하고 격려하는 자기로 분화된다. 그러니 웬만한 고통쯤은 스스로가 스스로를 위무하고 지탱하고 격려하면서 견디어 낸다.

고독한 황제의 환각을 가진 형은 충분히 그 자신을 분화하여 또 하나의 자신을 알렉산드리아에 있는 동생에게 보낼 수 있는 인식 능력의 소유자이다. 동생이 형의 편지를 중개하고 있다는 점은, 곧 형의 인식이 동생을 통해 그 컨텐츠를 개방한다는 의미에 이르게 한다.

이때의 화자인 '나'와 형은 한 인물이 가진 두 개의 속성, 다시 말해 인식의 주체와 그것의 기록자 또는 해설자라는 두 유형으로 분화된 일란성 쌍생아와도 같다. 우리는 이러한 이중적 인물 유형을 그동안 익히 보아 왔다. 이상의 「날개」에 등장하는 '나'와 아내가 그러하고, 헤르만 헤세의 『지성과 사랑』에 등장하는 나르치스와 골드문트가 또한 그러하다.

자신을 고독의 성에 유폐된 황제로 수납하는 한 운명론자가, 하나의 얼굴은 한국의 감옥에 그대로 두되 다른 하나의 얼굴은 멀리 알렉산드리아까지 접촉점을 확장한 형국이다. 그러기에 소설의 말미에서 황제의 또 다른 얼굴인 '나'의 정황이 쓸쓸함의 극한 형태로 주어질 수밖에 없는 것이다.

2) 특별한 인물, 특별한 발화법

'나'를 한국으로부터 알렉산드리아로 운반해 간 "말셀 가브리엘"은 이렇게 서술되어 있다.

말셀 가브리엘. 불란서 사람이면서 화란선(和蘭船)을 타는 선원(船員). 키가 너무 커 육지에서 살기가 거북하기 때문에 선원이 되었다는 말셀. 그는 육지에 있으면 바다가 그리워서 견디지 못하고, 바다에 있으면 육지가 그리워서 견디지 못하는 성격을 가졌다고 한다. 그래서 그는 스스로를 동경병환자(憧憬病患者)라고 부른다. 동경병환자이기 때문에 남의 동경을 이해하고 그 이해가 나를 코리어에서 이 알렉산드리아로 인도했고, 이 호텔에까지 나를 데리고 온 것이다.

말셀만 해도 그 특징적 성격과 이국적 풍모로 인하여 능히 소설의 주인공이 될 만하다. 그러나 이병주의 특별한 인물 형상력은 거기서 여러 걸음 더 앞으로 나아간다. 본격적으로 특별한 인물, 그러나 소설의 보편적 질서 속에 장착될 수 있는 상식을 갖춘 인물로서, 사라 안젤과 한스 셀러가 등장하면 말셀은 도입부의 서곡(序曲)에 머물고 만다.

　　사라 안젤!
　　나는 이 여인을 어떻게 표현했으면 좋을지 알 수가 없다. 알렉산드리아에서가 아니면 볼 수 없는 여인이라고나 할까.
　　(중략)
　　소녀처럼 청순하고 귀부인처럼 전아하고 정열에 빛나는가 하면 고요한 슬기에 잠긴 것 같고, 관능적이면서 영적(靈的)인 여인.

　이는 작가가 처음으로 사라의 외형을 묘사한 것이지만, 정작 사라의 가치는 그 빼어난 외모 속에 범상한 인본주의적 심성과 그것의 실천력을 감춘 인물이라는 데에 있다. 그 사라가 '나'와 친밀하게 소통될 수 있는 원인은 인간적 진실의 소중함을 아는 데 있고, 그것은 사라가 게르니카 폭격이라는 엄청난 학살 사건의 피해자라는 체험과 맞닿아 있다. 이러한 관계는 독일인이면서 게슈타포의 피해자인 한스 셀러와의 관계에서도 마찬가지다.
　이 인물들은 마침내 한스의 동생을 죽인 "엔드렛드"를 징치하고, "알렉산드리아의 연대기사가(年代記史家)가 꼭 기록해 두어야 할 대사건의 중심부"로 부각된다. 이들은 이 도시의 법정과 언론과 여론을 들끓게 하고, 그에 관한 작가의 수준 있는 식견과 방법론이 소설 가운데로 편입되는 효과적인 발화법을 유발한다. 좀 거칠게 말하자면 이병주가 아니면 감당하기 어려운 인물의 설정이요 그 인물들을 유다른 사건 속에 매설하는 방식이다.

3) 기록자의 눈, 매개 기능의 확대

이병주의 초기 작품들에는 문약한 골격에 정신의 부피는 방대한 문학 청년이 등장한다. 이는 거의 모든 작품에 나타나는 '감옥 콤플렉스'와 함께 작가의 현실 체험이 반영된 범례이며 두고두고 그의 소설을 간섭하는 하나의 원형이 된다. 그런가 하면 예를 들어 『지리산』에 등장하는 주요 인물들, 작가가 특별한 애정을 갖고 그 성격을 묘사하고 있는 박태영이나 하준규, 그리고 이규 같은 인물은 일제 강점기 말의 학병과 연관된 공통점을 가지고 있다. 그 '치욕스런 신상'과 한반도의 걷잡을 수 없는 풍운이 마주쳤을 때 이들의 삶이 어떤 궤적을 그려 나갈 수밖에 없었는가를 뒤쫓고 있는데, 이 역시 현실 체험의 소설적 형상에 해당한다.

이병주의 소설 세계를 통틀어 우리가 주목해야 할 하나의 요체는 『지리산』에서의 이규와 같은 해설자의 존재이다. 그 해설자는 이름만 바꾸었을 뿐 다른 작품들에서도 거의 유사한 존재 양식을 갖고 나타난다. 예컨대 『관부연락선』에서 이 군 또는 이 선생으로 불리는 인물, 『산하』에서 이동식으로 불리는 인물, 한참을 거슬러 올라가서 「쥘부채」 같은 초기 작품에 나오는 대학생 동식이라는 인물도 모두 본질이 동일한 '이 선생'이다.

이 해설자들은 보다 더 직접적으로 작가 자신의 체험과 세계 인식을 반영하고 있다. 작가는 이 해설자에게 시대와 사회를 바라보고 판단하고 평가하는 자기 자신의 시각을 투영했으며, 그런 만큼 그 해설자의 작중 지위는 작가의 전기적 행적과 상당히 일치되는 특성을 나타낸다.

만약에 그 해설자가 불학무식하거나 당대의 한반도 현실에 대해 사상적이며 철학적 사유를 할 수 없는 인물로 그려진다면, 작가는 애초부터 스스로의 심중에 맺혀서 울혈이 되어 있는 이야기들을 풀어낼 수가 없는 것이다. 불학무식한 부역자를 주인공으로 한 조정래의 『불놀이』와 좌파 지식인을 주인공으로 한 같은 작가의 『태백산맥』이 동일한 작가의 작품이면서도 역사와 현실을 읽는 시각의 수준에 현저한 차이를 드러내는 것이 여기에 좋은 보기가 됨직하다.

「소설·알렉산드리아」에서 '나'의 존재는 바로 그러한 해설자의 시초로 자리 매김한다. 형과 사라, 형과 한스, 사라와 한스는 모두 나를 매개로 하여 관계성을 가지며, '나'는 그 관계들의 의미와 그로 인한 사건의 발생 및 결말 전반을 해설해야 하는 책무를 끌어안고 있다. 그러한 측면에서 '나'는 작가의 눈을 대신하고 있으며, 작가는 '나'를 내세움으로써 소설의 한가운데로 자신의 인식을 진입시킨다. 그러므로 형의 감옥 체험과 나의 극히 이국적인 사건 체험은 궁극적으로 작가의 그것으로 요약될 수 있는 터이다.

4) 소설적 운명론, 운명론의 소설화

「소설·알렉산드리아」에 등장하는 사라와 한스의 사건에 대한 논란들은, 이 사건이 가진 운명론적 딜레마의 구조에 주목하고 있다. 다음은 "알렉산드리아 데일리 뉴스"의 사설이란 이름으로 기록된 것이다.

이러한 한스의 태도는 유럽의 기사도, 일본의 무사도를 방불케 하는, 그러니까 공감할 수는 있으나 실천하기는 어려운 일이다. 자기 희생이 병행되기 때문이다. 이건 도의가 짓밟히고, 사랑이 기교화하고, 편리화하고, 수단화한 오늘날에 있어선 상당히 높게 평가해야 할 모랄이라고 아니할 수 없다.

말하자면 장려할 수도 있는 모랄이다. 이와 동시에 우리는 사람을 죽이거니 폭행을 해서는 안된다는 모랄도 소중히 해야 할 처지에 있다. 이건 분명히 하나의 딜램머다. 이 딜램머는 만약 이와 같은 모랄을 처벌하지 않으면, 복수의 모랄이 유행해서 사회의 질서를 혼란케 하지 않을까 하는 우려와, 만약 이 모랄을 처벌하면 보기 드문 인간의 미덕을 벌하는 결과가 되지 않을까 하는 우려의 딜램머로서 현실화한다.

이 기묘한 상황에 당착한 딜레마는, 그 딜레마적 상황 자체로서도 범인류적 공감을 불러일으킬 소지가 약여하다. 이른바 운명론적 상황인 것이다. 이 운명의 사슬에서 문제를 풀어낼 해결책이 소설로써 주어질 수 있다면, 그 해결책은 곧 인류사적 문제 해결에 필적하는 묘안이 될 수 있다. 그것은 또한 그렇게 광대한 모양새로 던져진 작가의 질문과, 그에 대한 온당한 답변의 마련이, 어떤 경로로 작동하고 있는가를 보여 주는 대목이기도 하다.

법원은 사라와 한스의 문제에 대해 다음과 같이 결정했다.

한스 셀러와 사라 안젤은 이 결정이 있은 후 1개월 이내에 알렉산드리아로부터 퇴거할 것을 조건으로 판결을 보류하고 즉시 석방한다.

알렉산드리아에서 한스 셀러와 사라 안젤이 퇴거하지 않을 때는, 다시 날을 정하여 판결 보류를 해제하고 언도 공판을 연다.

추방이라는 형식을 빌린 방면에 뒤이어, 두 사람은 결혼하기로 하고 뉴질랜드 근처의 섬을 하나 사서 이주한다. '나'는 따라오라는 권유를 뿌리치고 남는다. 그것은 '나'의 운명이다. 알렉산드리아에서 형을 기다려야 하기 때문인데, 그것은 형이 그리로 온다는 의미가 아니라 형을 대신하여 이 쓸쓸한 세계를 관찰해야 하다는 의미를 더 강하게 내포한다. 이 병주식 운명론자에 있어 과분한 행복은 사치일 수 있다. 그렇게 절제된 관념은, 클레오파트라의 눈동자에 생명의 신비를 쏟아넣은 태양이, 누더기를 입고 안드로메다의 뒷골목에서 꽃 파는 소녀에게도 똑같이 시혜된다는 포괄적 판단력을 가능하게 했을 것이다.

주인공들이 가진 진실한 인본주의적 동질성과 더불어, 이들은 각기 자신의 민족을 대표하는 운명도 함께 끌어안고 있다. 한국과 스웨덴과 독일, 모두 전란의 상흔이 가슴 깊이 새겨진, 불행한 과거를 소유한 나라들이다.

이 주인공들은 민족적 비극과 아픔을 공유하면서 그것의 상징적 해결 방안으로, 하나의 악한, 그 악한 과거를 죽였다. 민족적 운명의 표식을 이마에 내건 이들로 하여금, 그 살인 사건과 더불어 운명론적 인식을 감당하도록 재촉하는 결말이다.

4 이병주 문학의 의미와 그 계승

현실적 삶의 운명론적 구조를 납득할 때, 「소설·알렉산드리아」의 화자인 '나'와 '나'의 형은 형이 감옥에 있어야 할 이유를 수긍하는 것으로 된다. 전체적인 이병주의 작품 세계에서 보자면, 이러한 운명론자의 얼굴은 초기 단편을 거쳐 역사 소재의 소설들에서 현저하게 강화된다. 이소설에 나타난 사라와 한스의 고통스러운 삶, 소설 속에서 매우 소상히 제시되는 아우슈비츠의 학살 등은 한일 관계의 민족사를 넘어서 형을 수인으로 만든 개별적 운명의 처참한 사정을 환기한다. 개인적 삶의 구체성에 설득력이 있을 때, 비로소 역사의 횡포는 그 실상이 설명되는 것이라는 이병주의 문학관이 여기서 잘 드러난다.

나는 비로소 이곳에 내가 있어야 할 이유를 알았다. 불효한 아들이었다. 불실한 형이었다. 불실한 애인이었다. 불성실한 인간이었다. 이 세상에 나지 안 했으면 좋았을 사람이 본연적(本然的)으로 지닌 죄. 원죄(原罪)라고 해도 좋다. (중략) 그래서 이제야 나는 나의 죄를 찾았다. 섭리(攝理)란 묘한 작용을 한다. 갑(甲)의 죄에 대해서 을(乙)의 죄명(罪名)을 씌워 처벌하는 교묘한 작용을 하는 것이다.

근대사의 굴곡을 넘어 광풍처럼 밀어닥친 현실적 삶의 불합리한 상황

가운데, 사상범으로 감옥에 있는 형은 '비로소' 자신의 죄명을 발견한다. 그러한 역사의 운명적 작용과 그 그물에 걸린 개인의 참담한 운명을 이병주는 여러 유형의 역사 소설로 썼던 것인데, 특히 역사와 문학의 상관성에 대한 그의 통찰은 남다른 데가 있어 역사의 그물로 포획할 수 없는 삶의 진실을 문학이 표현한다는 확고한 시각을 정립해 놓았다.

매우 오래전 어느 자리에서, 필자는 그에게 "역사적 기록의 신빙성에 대해 어떻게 생각하느냐"는 선문답류의 질문을 던져 본 적이 있었다. 그때 그는 서슴없이 "역사는 믿을 수 없는 것"이라는 답변을 내놓았다. 표면상의 기록으로 나타난 사실과 통계 수치로서는, 시대적 삶의 실상이 노정한 질곡과 그 가운데 스며 있는 사람들의 뼈아픈 사연들을 제대로 반영할 수 없다는 논리였던 것이다.

바로 그 우리 문학사에 보기 드문 작가 이병주가 유명(幽明)을 달리한 지도 어언 10여 년이 되었다. 강력한 체험적 인식의 작가, 소설적 운명론의 뛰어난 형상력, 그리고 근현대사 전체를 아우르는 시각의 역사성……. 우리는 이 작가에게서 문학적 세계관의 넓이와 깊이, 그리고 그것을 소설로 풀어내는 장쾌한 작품 구조와 호활한 문체를 배웠어야 했다.

더욱이 시대 현실에 대한 소설적 각성도 사라지고 삶의 여러 부면을 절실하게 반영하는 리얼리즘적 표현 방식도 쇠퇴하여, 대다수의 소설들이 얄팍한 문장을 앞세운 기교주의와 개별적인 형식 실험에 침윤해 있는 오늘날, 이병주와 같은 걸출한 작가, '새로운 한국의 발자크'를 기대하는 것이 섣부른 꿈으로 그치고 말 것 같아 안타깝다.

안과 밖의 조합, 이야기와 글쓰기의 동행
—전경린의 소설과 「여름휴가」

1 왜 전경린이고 그의 소설인가

전경린의 「여름휴가」가 수상작으로 결정된 한국문인협회의 '대한민국 소설 문학 대상'의 본심 심사평에서, 필자는 그의 작품에 대해 이렇게 썼다. "그 세계관이 자폐적 범주에 머무르지 않고 외향적으로 작용하는 역동성을 지녔으며 동시에 이야기의 서사성을 잘 운용하고 있다는 데서 높은 평점을 받았다."

전경린을 두고 이렇게 말할 수 있는 것은 그 한 작품에 국한되어서가 아니며, 이는 한편으로 이 작가의 세계가 가진 성격적 특성이면서 다른 한편으로 유사한 창작 경향과 작품 환경을 가진 동시대의 다른 작가들로부터 전경린을 구별하게 하는 대목이 된다.

격동의 현대사를 담아내면서 우리 문학은 1970년대와 1980년대를 리얼리즘적 인식으로 일관해 왔고, '사회 현실을 반영하는 문학' 또는 '운동 개념으로서의 문학'이란 강박감이 상당 부분 희석된 1990년대 이후부터는 다양성과 다원주의의 시대적 풍조가 확산되어 왔다.

문학은 더 이상 문학 외적 조건에 얽매인 포로가 아니었으며, 사소한 개인의 일상이나 내면 세계가 그 중심 주제가 될 수 있음을 구체적인 작품을 통해 반증했다. 과거 리얼리즘 시기의 일에 대한 후일담 소설, 동시대의 세태를 반영하는 소설, 실패한 사랑이나 숨겨 둔 사랑에 관한 여성 작가들의 소설, 외형적 조건 없이 젊고 어린 시절을 되돌아보는 회고체의 소설 등이 그 자리를 채웠다.

1995년 동아일보 신춘문예 중편 소설 부문에 「사막의 달」이 당선되면서 문단에 나온 전경린은, 바로 이러한 다원주의 시대 작가의 중요한 출발점 형성에 합류한다. 실제로 그가 써 온 주요한 작품들은, 그러한 시대적 성격과 문학적 가치를 거멀못처럼 함께 붙들었기에 평가를 받은 셈이다. 지금까지 그가 수상한 한국일보 문학상, 문학동네 소설상, 21세기문학상 등이 모두 여기에 해당한다.

동시대 문학의 성격이 개별적이고 내면 지향적인 측면을 약여하게 나타내는 가운데 전경린이 특히 주목받을 수 있었던 이유는, 그와 같은 성격을 보유하였으되 그의 소설들이 다른 작가들이 항용 그러한 것처럼 출구 없는 공간에 유폐되어 있기를 거부하는 서사 방식을 개발한 덕분이었다.

21세기문학상 수상작인 「메리고라운드 서커스 여인」을 한 예로 들자면, 환경적 조건이 철저히 자폐적인 얼개로 둘러싸여 있지만 그 궁벽한 환경을 헤치고 인간애의 깊이 있는 성격과 명료한 지향점을 이끌어내고 있다. 거기에 감각적이고 우수 어린, 그리고 핵심을 정확히 꿰뚫는 문장력이 가세하여, 등단 4년의 짧은 연륜에 이청준, 이문열을 뒤이어 그 상을 수상할 수 있는 필요조건을 생산했던 것이다.

뿐만 아니라 대다수 그의 소설들에는, 다양성의 미덕이 존중되면서 많은 작가들의 작품에서 사라지기 시작한 소설의 이야기성, 서사적 담론이 살아 있는 장점이 있다. 이 이야기성은 소설을 읽는 재미와 직접적으로 소통되는 요소이면서, 작가와 독자가 화해롭게 악수할 수 있는 뒷받침을 수행한다. 세상이 변하고 생각이 달라져도, 그 방법이 다를 뿐 장르 자체의 운명이요 속성인 이야기의 재미를 정면으로 거부할 소설은 없다. 전경린은 바로 이 지점에 알맞게 그 소설의 뿌리를 내렸다.

이러한 서사적 성격과 방식에 의거해 있는 전경린의 소설들은, 미학적 가치뿐만 아니라 그 숫자에 있어서도 만만치 않은 수준에 이르렀다. 어느덧 작가로서 그의 창작 활동도 10년 세월을 넘기고 있다. 짧은 기간 안에 적잖은 문학적 성취를 이룬 만큼, 뛰어난 작가를 보기 어려운 때에 앞으로 그에게 거는 문단의 기대는 매우 크다. 그런데 그 새로운 기대라는 것도 결국은 지금껏 그가 써 온 작품의 연장선상에 있을 터이므로, 그의 작품들을 다시 살펴보는 이러한 글들이 소용에 닿는다 하겠다.

『염소를 모는 여자』와 『여자는 어디에서 오는가』는 여성의 삶과 운명에 대한 인식을 다루었고, 그것도 주로 자신의 실제적 체험을 밑바탕에 깔고 있는 것으로 보인다. 『아무 곳에도 없는 남자』는 삶과 죽음의 구분을 넘어서는 치열한 사랑의 문제를 시대적 성격과 결부하여 썼고, 그 점은 앞서 전경린 소설의 특징적 성격이라 언급한 부분에 맞물려 읽힌다. 『내 생애 꼭 하루뿐일 특별한 날』이나 『검은 설탕이 녹는 동안』에 이르면, 그러한 소설적 특성이 유지되면서 표현 방법에 있어서는 훨씬 더 과감하고 유장한 모습을 드러낸다.

이러한 소설적 시도와 실험들을 거쳐서 지난해 전경린이 도달한 소설적 정류장은, 2권으로 된 역사 장편 『황진이』이다. 우리에게 익숙한 역사적 인물을 소재로 했으되, 그 역사성을 감각적으로 해석하고 오늘날의 문맥으로 읽어 내는 시각을 담아, 일약 베스트셀러로 발돋움했다. 외향적으로 열린 눈과 사태의 핵심을 포착하는 예민한 감각, 그리고 소설의 재미를 매설하는 기량이 이 소설에서 효력있게 빛났던 셈이다.

‘대한민국 소설 문학 대상’의 수상작인 「여름휴가」의 작품론이 될 이 글이 이렇게 서론이 길어진 것은, 그러한 경과 과정을 검증하지 않고서는 그 단편 한 편이 가진 중량과 의미망을 한 자리에서 올바르게 가늠하기가 쉽지 않은 까닭에서이다. 그와 꼭같은 연유로 「여름휴가」를 들여다보기에 앞서서 그의 단편 가운데 돌올한 작품이자 21세기문학상 수상작인 「메리고라운드 서커스 여인」을 다시 한번 점검하고 넘어가려 한다. 결국 이 글은 그 두 단편에 대한 작품론이 될 것이다.

2 보편적 사랑과 선택적 사랑의 충돌
—「메리고라운드 서커스 여인」

이 소설은 그 우울하고 음산한 소설적 환경을 도시의 길거리에서 열면서 출발한다.

> 삶을 돌보지 않고 구멍난 옷을 입고 떠돌아다니며 너무나 간단히 옷을 벗는 가난하고 권태로운 서커스 여인……. 그녀는 알지요. 삶의 굴욕과 침묵을 버린 뒤에 우리가 바라는 궁극은 죽음이란 것을.

소설의 주인공이 될 한 여자를 소개하는 방식에 있어 이처럼 처절한 어조이기는 쉽지 않다. 그러나 이미 내친 걸음인 터이라, 작가는 그 여자를 메리고라운드 서커스의 단장인 '최모'라는 자에게로 인도한다. 그는 폐쇄된 섬 유원지 주인의 세 번째 아들이며, 약간 곱추인 비정상적인 모습의 사내이다. 최모는 여자를 데리고 그 유원지 섬으로 간다.

이 소설의 배경이 되는 모든 풍광은 하나같이 비정상적이며 기괴하기 이를 데 없다. 심지어 여자도 접시를 돌리는 기술을 가졌을 뿐 아니라, 공중에 뜰 수 있는 희한한 재주를 가졌다. 그것이 사실적으로 가능한가 불가능한가를 따지기에는, 소설 전체의 외양이 이미 평범한 일상성으로부터 현저히 일탈해 있다. 이 그로테스크한 환경적 조건 아래에서 인간으로 살아가는 문제의 어떤 원리나 법칙을 일구어 낼 수 있다면, 이 소설의 탈일상성은 효율적인 배경 장치일 수 있다. 전경린은 여기서 바로 그 점에 성취를 보였다. 예컨대 '류'라는 남자와 더불어 형성하는 삼각관계는, 그 설정 자체가 주변부적인 것이지만 사태의 심각성은 정론적 인간관계에 비해 하등 다를 바가 없다.

류는 최모에게 소속되어 있다. 여자 또한 최모의 그늘 아래 있다. 류가 가진 중성적이며 중심을 벗어난 파탈의 분위기는 여자의 음화 식물과 같이 어둡고 편집증적인 분위기를 만나 강력한 접착력을 발휘한다. 스물네 살이 되는 류는 중국인이며 자신이 전생엔 여자였고 고관의 첩이었다고 말하는 예외적 인물이다. 이미 죽음의 경계에 두려움을 느끼지 않는 여자의 탈일상성이 류의 탈일상성과 충돌하도록 유도함으로써, 이 소설은 외관의 부피가 큰 사건이 없이도 소설의 지반 전체를 흔들어 놓는 파괴력을 발생시킨다.

이 소설의 중점적인 핵심은, 앞서 언급한 모든 소설 환경을 바탕으로 이 삼각관계가 유발하는 서사적 담론의 파장을 확장해 가는 데 있다. 그 것은 대체로 두 가지의 시각으로 읽을 수 있다. 하나는 사랑과 질투와 소유욕에 관한 인간애의 본질적 성격에 관한 것이며, 다른 하나는 이 폐쇄된 섬에서 세 사람의 인간관계가 갖는 지배와 피지배의 권력 구조와 사랑의 문제가 어떻게 상관되느냐에 관한 것이다.

전자는 모든 인간에게 보편적으로 작용하는 사랑의 방식이며, 후자는 인간관계를 통해 손익 계산을 하는 자에게 선택적으로 작용하는 사랑의 방식을 말한다. 이 소설에서는 그 양자가 서로 영향을 미치되, 마침내 전자의 방식이 후자의 방식을 극복하는 유형으로 귀결된다. 후자가 전자에 영향을 미치기에는, 세 사람 모두 너무도 문제적이고 예외적인 인물들이기 때문이다.

392

여자와 류는 그 눈부신 고요 속에서 비밀스럽게 찻잔 속으로 들어가 서로의 무릎을 맞대었습니다. 그리고 찻잔이 빙글빙글 돌아가는 동안 웃지도 않고 서로를 뚫어지게 쳐다보았습니다. 여자의 커다란 갈색 눈동자와 류의 구두약처럼 검은 눈동자가 고리처럼 단단하게 걸렸습니다. 삶의 얼굴을 빈틈없이 끌어안고 있는 느낌이었어요.

"당신은 류를 사랑하고 난 당신을 사랑하오. 그리고 류는 내 것이오. 나에게 팔린 몸이지. 나와 함께 떠나면 당신은 안전하고 평화롭게 살아갈 수 있소. 그러나 당신이 류를 사랑한다면 나는 그에 상응하는 보복을 할 것이오. 그런데도 류를 사랑하오?"

최모는 의자를 침대 앞으로 끌어당겨 털썩 앉았습니다.

"나를 태운 짐승을 내쫓는 것, 그건 나의 병이죠. 날 그냥 두어요. 일생동안 이 순간처럼 무언가를 원해 본 적은 없어요."

앞의 예문은 보편적 방식의, 그리고 뒤의 예문은 선택적 방식의 사랑하는 태도를 지시하고 있다. 최모가 가졌던 수많은 그 여자와의 교접도, 맨얼굴의 직접적인 협박도, 아무런 영향력을 발생시키지 못한다. 여자와 류가 절박한 상황인 만큼, 최모의 경우도 그렇다. 최모는 자신이 죽음보다 더 먼 곳으로 아득히 사라져 가는 것을 느낀다. 작가는 그가 겨우 한 번의 겨울과 한 번의 봄과 한 번의 여름과 한 번의 가을이 흐르는 사이에 그토록 많은 것을 여자에게 빼앗겨 버렸다고 썼다.

그런데 우리가 여자와 류의 원론적 사랑에 지지를 보내기로 한다면, 우리는 그만큼 최모에게도 그만큼의 동정심을 허락해야 한다. 그의 잘못이 아닌 것이다. 바로 이 자리에 전경린 소설의 값어치가 있다. 그것은 곧 서로 충돌하는 문제의 반대편에 서 있는 자들 모두에게 마음 한쪽을 열어 주지 않으면 안 되도록 소설적 상황을 구성하는 재능을 말한다. 이는 또한 문제의 중심과 외곽을 두루 관통하는 시각과 그것을 소설적 재미에 잇대어 보이는 능력, 이 글의 서두에서 언급한 전경린 소설의 특징과 소통되는 것이다.

이 소설이 돋보이는 또 하나의 명료한 강점은, 소설을 읽어 보지 않으면 느낄 수 없는 문장의 힘이다. 예리하고 정확하며 서정적 감각이 살아 있고 때로는 섬뜩하도록 귀기 어린 부분이 있는 문장력은, 선천적으로 타고난 것과 후천적으로 훈련을 쌓은 것이 함께 하지 않으면 어려웠을 터이다.

이처럼 독특하고 수준 있는 작품을 제작할 수 있었다면, 약관이었던 이 작가를 문학상 수상자로 결정한 이들의 안목에는 전혀 문제가 없다. 그리고 그렇게 축적되기 시작한 문학적 역량은, 그 이후의 전경린 소설들을 밀고 나가는 추동력이 되었을 것이다.

3 일상으로부터의 일탈과 되돌아가기의 거리
—「여름휴가」

이 소설은 이혼한 부부와 두 아이의 여름휴가, 엄밀히 말해 피아노 학원 원장인 여자 '묘정'의 여름휴가를 소재로, 시골에 있는 전 남편 Y에게 아이들을 갖다 맡기는 일로부터 시작된다. 여자의 이름이 묘정이라는 것, 그 기이해 보이면서도 무언가 어긋나게 느껴지는 이미지처럼, 이 소설도 일상으로부터 일탈하는 삶의 방식과 그에 대한 예각적인 인식들을 드러내고 있다.

전경린의 일탈적 인식이란 앞의 소설에서 이미 살펴본 바 있거니와, 그것은 범상한 삶의 갈피 아래에 잠복해 있는, 흔히 그냥 지나치기 쉬운 우리 삶의 진면목을 적출하는 효과를 유발한다.

차를 세우자 아들은 냉큼 아빠에게로 달려들었다. 부자 상봉 뒤에 좀 어색한 부녀 상봉이 이어지는 사이, 묘정은 곁눈으로 Y를 흘깃 보았다. 이번에도 묘정은 허방을 딛는 듯 놀랐다. 얼굴은 표나게 변하는 것 같지 않은데, 해마다 키가 줄어드는 것 같았다. 저렇게 작았었나……. 적어도 함께 살 때는 작다는 생각을 해 본 적이 없었다. 묘정과 세상 사이를 가로막고 선 가늠되지 않는 높이의 벽이었고, 밖으로 나갈 수 없었던 긴긴 울타리였고, 세상으로부터 바랄 수 있는 모든 것이 오직 그를 통해서만 오던 유일한 통로였고 희망이었다. 그렇기 때문에 한편으로는 여지없는 절망이기도 했다.

전남편에 대한 거리감을 드러내는 매우 적확한 표현의 묘를 볼 수 있는 대목이다. 전지적 작가 시점을 사용하고 있는 이 소설은, 이 거리감과 단절감을 그의 남편에게도 똑같은 유형으로 부하한다. Y도 묘정이 돌아서자 그 뒷모습을 쳐다보면서, 묘정이 그의 뒷모습에서 발견한 것을 보고 있다.

문제는 이러한 단절감을 드러내는 데 그치는 것이 아니라, 그것의 원인 행위와 경과 과정과 결과를 서술하는 과정을 통해, 한 여자의 내면 세계와 그 채색을 극명하게 드러내는 데 이 작가가 보여 주는 소설적 수준이 있다. 그것은 단순한 어려움이나 불편에서 시발하여 "운명의 내부에 씨앗처럼 박혀 있었던 프로그램"에 이르기까지 광범위한 진폭을 갖는다.

이 암울한 내면을 부축하는 장치도 여러 겹으로 확보되어 있다. 강 상류 쪽에 있던 조그만 찻집의 여자, 아이들을 재운 후에 집에서 가장 가까운 모텔에서 만나던 남자, 남편에게 구타당하며 사는 여동생과 유부남과 간통 사건을 일으키는 여동생, 자기 환상 속에 살며 극단적으로 권위적인 아버지 등이 모두 묘정의 심리적 공황 상태를 보조하기 위해 소설 속에 술지어 선, 잘 준비된 장치들이다.

모텔의 남자는 어느날 냉연히 돌아선 묘정에게, "오지 못하는 이유를 설명해 달라고, 어떻게든, 무슨 말로든 자신을 좀 납득시켜 달라고" 묻지만 묘정은 끝내 아무 대답도 할 수 없다. 그 남자와의 사랑은 이 여자의 가슴을 울리는 절실한 애정 행각이 아니었던 까닭에서이며, 그것은 묘정의 행위에 진정성을 부여할 수 있는 대상이 결락되어 있음을 상대적으로 증거한다.

묘정의 가족 구성원들이 하나같이 부정적 사태를 동반하고 나서는 것은, 이 작가가 세계를 보는 비판적 시각과도 관련되어 있을 것이나, 소설 내부에서는 그 중심 주제를 어두운 세상의 통로로 운반하기로 한 작가의 의도를 반영하고 있다. 아닌 게 아니라 이 작가는 동일한 사건이나 사물을 대하는 태도에 있어서도, 이러한 부면을 탐색하는 눈이 유난히 발달해 있는지도 모른다.

소설 속에서 묘정은 우연히 박물관에 들어서고 거기서 뜻하지 않은 '고향'과 마주서기도 한다. "선사 시대부터 통일 신라까지"가 기획 전시되고 있는데, 그 전시의 내용이 곧 자기 고향인 옛 아라가야 지역이었던 것이다. 그런데 이러한 소설의 구성 요소는, 꼭 그것이 아니면 안되는 소재적 의미, 다시 말해 소설 전체의 구조적 성격에 복무하는 긴요한 부분으로서의 가치는 없다. 그것이 아닌 다른 사건이었어도 큰 차이 없이 무방했을 것이다.

이러한 현상은, 이 작가의 소설이 아주 잘 짜여진, 수미쌍관한 단편의 구조를 지향하지 않는다는 측면을 뜻한다. 작가는 소설적 의미를 명확하게 수립하는 따위에 어떤 책임감을 느끼지 않으며, 의식이 흘러가는 대로 소설의 흐름을 유지하면서 마치 네카의 입방체를 보듯이 중심 주제를 다방면에서 조명하는 동시다발의 글쓰기 행보를 유지한다. 그것은 전경린 소설의 특별한 성격이면서, 동시에 그가 다른 형식의 글쓰기로 전이하기가 결코 쉽지 않을 것이란 느낌을 강화한다.

이러한 소설적 성격에 윤기를 더하는 것이 타고난, 그리고 숙련을 거친 대단한 문장력이다. 이는 신경숙이나 김형경과 같은 동시대의 여성 작가들이 거의 공통적으로 가지고 있는 작가로서의 장점이기도 한데, 이해를 돕기 위해 몇 줄의 문장을 여기 옮겨와 보기로 한다.

다리 위에서 묘정은 차를 세우고 두 손으로 가슴을 눌렀다. 손바닥에 피가 흥건하게 고이는 듯했다.

현실을 과거로 만드는 결단, 그 외에는 삶을 바꿀 방법이 없었다.

마분지로 만든 것같이 얄팍하고 각진 신도시는 비를 맞으면 가만히 녹아버릴 것만 같았다.

모텔을 나오니 이슬이 맺히는 축축한 공기 속에 찔레꽃 내음이 새하얀 망사 너울처럼 얹혀 있었다.

이 네 문장은, 소설의 진행 순서에 따라 아무런 의미의 상관성 없이 필자가 임의로 뽑아 옮겨 온 것이다. 각기의 문장이 가진 예민하고 감각적인 느낌, 사태를 요령있게 설명하는 정확한 표현, 효율적 예증을 보여 주는 비유적 상상력, 그리고 촉각, 후각, 시각을 함께 활용하는 소설적 분위기의 생성 등이 모두 이들 문장과 그 힘을 통해 가능한 것들이다.

이러한 여러 가지 다양하고 복잡한 기제들을 두루 동원하여, 작가는 묘정이라는 여자가 처한 물리적 형편과 심리적 상황을 하나의 꿰미로 묶어 내면서, 한 여자의 단순한 여름휴가에 얼마나 많은 삶과 세월의 중량이 부가될 수 있는가를 증거해 보인다. 묘정과 전남편의 관계에 있어, "마음이 돌아갈 수 없는 섬처럼 몸에 포위되어 있는" 사정은 바로 이러한 두 측면의 한 연결 고리를 대변한다.

사는 날은 또 다른 날로 그녀를 데려다 놓을 것이다. 그런 사이사이 잠시 안심한 여자처럼 웃기도 할 것이다. 묘정은 알고 있었다. 쥐덫 같은 삶의 창가에서 유일한 구원은 더 적게 원하는 것……. 묘정은 물에 잠기는 피아노를 구하러 가기라도 하듯 폭우 속에 액셀러레이터를 밟았다. 차가 휘청 미끄러졌다가 이내 균형을 잡고 내달렸다. 빙판같이 미끄러운 길이었다.

이 여자의 '사는 날'에 무슨 특별한 변화나 탈바꿈이 있을 리 없다. 미상불 한 단편 소설에서 그와 같은 사건은 얼마든지 가능한 일이며, 세상에 그러한 단편 소설도 즐비한 것이지만, 전경린의 소설이 제작되고 읽히는 지점은 그러한 소설적 성격의 무대와는 멀리 떨어져 있다. 그러나 전경린은 자신이 서 있는 곳의 좌표를 정확하게 읽을 줄 알고 그것의 장점과 단점을 명민하게 알아차리는 작가이다. 지금까지 작가로서 그가 얻은 이름은 바로 이 자기 정체성 판단이라는 문제와 연관되어 있다.

그러면서도 그는 내면 체계를 굴착하는 편협한 방식에 몰두하지 않고 그 내면을 조명할 수 있는 외부의 빛을 여러 가지 소설적 장치를 통해 이끌어들이는 작가이다. 거기에 조직적이고 선험적인 예단이 배제되어 있기는 하나, 소설의 이야기성과 그것을 떠받치는 탁발한 문장력이 가세함으로써, 우리로 하여금 그의 소설을 읽고 또 다음 소설을 기다리는 기쁨을 누리게 한다.

문학 비평, 또는 글쓰기에 있어서의 균형 감각
―김환태의 평론과 수상(隨想)의 상관성을 중심으로

1 왜 지금 여기서 김환태인가

눌인(訥人) 김환태(金煥泰)는 1909년 11월 전북 무주에서 태어나 1944년 5월 향년 34세로 영면했으니, 탄생 100주년으로 말하자면 아직 몇 해가 남은 셈이다. 한일병합 한 해 전에 그 삶을 시작하여 해방 한 해 전에 마감한 연보를 들여다 보면, 일제 강점기 한 지식인 논객의 운명과 아픔 그리고 그 활동의 한계를 익히 짐작할 만하다.

무주보통학교에서 출발하여 전주고보, 보성고보를 거쳐 일본 동지사 대학과 구주제국대학에서 수학했으며, 1934년 구주제국대학 법문학부 영문학과 졸업식을 앞두고 귀국하여 평론가로 글을 쓰기 시작, 타계하기 4년 전인 1940년까지 꼭 6년간 문단 활동을 했다.

일본에서 귀국한 이태 후인 1936년 구인회(九人會)에 가입, 그 동인들과 친교가 있었고, 그해에 도산 안창호 사건에 연루되어 약 1개월 간 수감되기도 했다. 1938년부터 중고등학교 교사로 근무했으며, 1940년 일제의 국어 말살 정책과 함께 친일 보국 문학이 문단을 휩쓸자 절필했다. 아직 젊은 문인으로서 울분의 나날을 보내던 중, 건강이 악화되어 귀향했으나 안타깝게도 30대 중반의 한창 나이에 유명을 달리하고 말았다.

이상과 같은 이력을 살펴보면, 6년의 짧은 기간에 우리 문학에 그 이름 석자를 명료하게 남긴 만큼 그의 문학적 행적과 성과가 만만치 않았다는 사실을 알 수 있고, 동시에 그렇다면 그의 어떤 측면이 그러한 평가를 가능하게 했느냐는 점에 대해 해명할 필요를 느끼게 된다.

우선 그는 당시로서는 흔하지 않은 일본 유학생으로서, 신문물과 서구의 문예 이론을 앞서서 익혔다. 그리고 귀국 후 그것을 우리 문학에 적용하는 방식에 관해 지속적인 고민을 갖고 있었다. 그리고 당대 문단에 하나의 축을 이룬 구인회에 가담함으로써, 문학적 중심부의 한 지점을 점유하는 과정을 거쳤다.

그의 구주제국대학 졸업 논문인 「문예 비평가로서의 매튜 아널드와 월터 페이터(Mattheu Arnold and Walter Pater as Literary Critics)」를 통해 볼 수 있는 바와 같이, 다른 문학인들보다 한 걸음 앞서 수학한 서양 이론을 토대로 우리 문학에 새로운 비평 및 분석의 틀을 가동할 수 있었다는 것이 그의 유다른 장점이었다. 더욱이 그는 작품의 평가에 있어 서구적 합리성에 근거한 균형 감각을 유지하려 애썼으며, 작품 자체의 미적 가치를 존중하여 드러내는 데 주력하였다.

이를테면 그는 선각적 지식과 균형성 있는 문학관으로 당대 문학을 조명한 비평가였고, 바로 그러한 대목이 불합리하고 혼탁하기 이를 데 없는 오늘날의 문학 및 문단 풍토에 비추어 흔연히 수긍할 만한 모범이 되고 있다.

2 김환태의 글쓰기와 그 성격

앞서 언급한 바와 같이 6년간의 문필 활동 기간에, 김환태는 평론 40편,

수필 24편, 평론 번역 및 번안 소설 3편을 남겼다. 이 자료는 문학사상사의 『김환태 전집』(1988년)에 실린 작품을 보고 계상한 것이다. 이들 작품은 모두가 간략한 소품이거나 작품에 대한 촌평에 해당하는 것이어서, 한 시대를 구획하는 문호의 면모를 보여 주기에는 역부족이다.

그러나 42편의 평론에는 서구의 문예 이론과 한국 문학, 문학에 있어서의 주관과 객관, 저급한 비평과 위대한 예술, 비평의 지도성과 작품 자체로 향한 관심 등 여러 절목에 걸쳐 서로 상반되는 두 개념에 대한 합리적인 균형 감각을 획득하려는 지속적 의지와 노력이 잠복해 있다.

그의 창작적 글쓰기는 수필의 장르에 국한되어 있으며, 작품 목록에 나와 있는 24편의 수필 중 전집에는 20편만 실려 있다. 이 수필들은 자신이 평론에서 밝힌, 또는 자신의 생애사와 문학관에 부합하는 문학적 논리를 담고 있으며, 그러므로 그의 평론과 수필을 비교하여 살펴보는 일은 그의 문학 이론과 창작의 실제를 두루 검색하는 일이 될 수 있다.

김환태의 첫 평론 「문예 비평가의 태도에 대하여」(1934)는, 일반적인 문예 비평가의 태도뿐만 아니라 문예 비평가로서 자신의 태도와 방향성을 제시하고 있는 글이다. 여기서 그는 매튜 아널드의 '몰이해적 관심'을 내세우면서 문예 비평가가 "실용적·정치적 관심을 버리고, 작품 그것에로 돌아가서 작자가 작품을 사상(思想)한 것과 똑같은 견지에서 사상하고 음미"하여야 한다고 적었다. 또한 "작품을 정당하게 평가하려면 …… 작가와 '내면의 일치'에 들어가 같이 느끼고 사색"해야 한다고 강조했다. 그에게 있어서 이러한 기준들은 결국 "저급한 비평가"와 "위대한 예술가"를 구분하는 기준이 되고 있다.

같은 해에 쓴 평론 「나의 비평적 태도」(1934)에서는, 인상주의적이며 감상적인 비평이 가진 순기능을 역설하면서 "비평이란 감상이 좀더 세련된 것"이며 "순수한 주관은 순수한 객관"이라는 김환태식 비평론을 내놓았다. 이러한 주장의 근저에는 아널드의 문예 이론이나 구인회의 창작 태도로부터 영향을 받고 그것을 자신의 문학관에 대입한 비평 방법론이 개재해 있다.

그로부터 이태 후의 평론 「비평 문학의 확립을 위하여」(1936)에서는 "문예 비평의 대상은 사회도, 정치도, 사상도 아니요 문학"이라고 강변하면서 진정한 의미의 비평의 지도성과 관련하여 "진정한 비평은 …… 작가의 창작력의 성장과 발현을 위하여 그에 필요한 분위기와 관념의 계열을 준비"한다고 썼다. 작품 자체, 그리고 그것의 창작자인 작가를 향한 비평의 근본적인 태도를 선명하게 드러냈으되, 그 작품 외적인 것의 문제에 관해서는 "가장 악질적인 경향 …… 문단 정치를 하려는 경향"을 지적하였을 뿐 문학 외의 당대 정치적 상황에 대해서는 일구의 언급도 없다. 이는 비단 김환태만의 한계가 아니라 당대 문인과 문학 모두의 한계이기도 했다.

또 그로부터 이태 후의 평론 「여(余)는 예술지상주의자」(1938)에서는, 자신이 남들이 자신을 규정하는 것처럼 "문학과 인생과의 관계를 단절하여 버리려는" 예술 지상주의자가 아니며, "인생에 대한 사랑과 예술에 대한 사랑을 융합시키고 생활과 실행의 정열을 문학과 결합시키려는" 예술지상주의자라고 구분지어 설명한다. 그리하여 "진정한 예술가는 …… 형식 지상주의자도 내용 지상주의자도 아닌 작품 지상주의자"라고 결론짓고 있다. 이러한 주장은 단순히 그의 문학적 성격을 표현하는 데 그치지 않고, 그가 가진 문학적 균형성과 작가 및 작품을 향한 몰이해적이고 신실한 태도와 경향을 반사하고 있는 것이다.

김환태 자신의 평론을 통해 어렵지 않게 확인할 수 있는 것은 매튜 아널드나 월터 페이터를 비롯한 서양 문예 이론으로부터의 영향 관계, 구인회 문인들과의 교유와 더불어 그들의 문학관에 친숙한 몰이해적이고 무목적적인 태도, 그리고 자신의 예술 지상주의적 경향을 적극적으로 시인하되 거기에 부연한 작품 자체를 중시하는 시각 등이다.

이 문학적 방향성들은 서로 상대되는 개념들에 대한 배려와 절충을 포함한 균형 감각에 의해 부양되고 있으며, 그것은 그의 유일한 창작적 글쓰기 분야인 수필 작품들에서도 연동되어 나타난다. 적어도 그는 자신의 비평적 견식과 글쓰기의 실제에 있어 일관성을 유지하려 애쓴 사람이며, 그것은 그가 가진 문학적 진실성이라 호칭해도 좋을 것이다.

3 창작적 글쓰기 — 수필에 있어서의 균형 감각

1) 삶의 균형성에 관한 문학적 인식

김환태의 수필들은 그 균형성을 확보하는 데 있어서 한 사람이나 사물의 전체적인 모습, 서로 상반되고 대비되는 모습, 양자를 대비하여 비교할 수 있는 모습 등을 제시하고 거기에 필자 자신의 의견을 덧붙이는 형식을 취한다.

「구대 법문학부 정문의 표정」에서는 '문'을 통해 본 삶의 여러 측면을, 「정체 모를 그 여인」에서는 기차 안에서 옆 자리에 앉은 한 여자에게 온갖 상념을 부하하는 방식을 통해 상상력의 확장 가능성을 보여 준다. 그런가 하면 「가을의 감상」에서는 두 여인을 각기 다른 유형으로 보여 주면서, 「적성산의 흰여름밤」에서는 산의 포용과 나의 괴로움을 대비하면서, 그리고 「싸움」에서는 어느 부부 싸움의 사랑과 싸움의 두 면모를 함께 관찰하면서, 어떤 경우에도 극단이나 극한이 홀로 존재할 수 없다는 인식을 표출한다.

이 논리를 정당화하기 위해 그는 비교론적 태도로 운필하기를 즐겨한다. 「조선춤」에서는 서양 무용과 조선 춤을 비교하고 「유처자와의 사련」에서는 현학 취미로 보일 만큼 사변적으로 유부남 또는 유부녀와의 사랑이 갖고 있는 본질적 의미를 순방향과 역방향의 두 관점에서 비교한다.

이 비교 과정을 통해 그가 내리는 결론은, 언제나 양자 모두를 배려하되 그 가운데 자신의 주장을 조심스럽게 내놓는 편이다. 이러한 창작 경향은 그의 문학적 기질과 직접적으로 상통한다.

2) 문학적 근본, 또는 원체험의 표현

김환태 문학의 근본적인 밑바탕에 해당하거나 그것을 형성한 원체험을 이루는 것들이 수필 작품의 여기저기에서 산견된다. 「경도의 3년」에서는 동지사대학 예과 3년 생활과 구인회의 정지용과의 교류 등의 내용을 담았고, 「내 소년시절과 소」에는 어린 시절 고향의 소 치던 얘기를 끌어오면서 "내 마음의 이니스프리에는 소가 산다"는 날렵한 어투로 예이츠의 시 한 구절을 활용했다.

「대련 성포」에서는 정지용이나 바이런의 시를 두루 인용하는 견문을 보이면서, 또 「5월의 테스」에서는 하디의 작품『테스』한 대목을 논증적 주석과 더불어 번역해 보임으로써 식자(識者)의 관록을 내보이고 있다. 그런가 하면 「독서여록」에서는 문법상 동사의 '시상(時相)'에 관해 교사 출신 또는 연구자의 면모를 여실히 증명하는 수준에 이르렀다. 김환태의 어린 시절의 원체험, 그리고 학창 시절의 수학 체험이 어떻게 그 문학의 뿌리를 형성하는 데 상관되었는가를 살펴볼 수 있는 기록들이다.

3) 감성적, 자기 폐쇄적 성향의 기록

김환태의 창작적 글쓰기에는, 때로 평론에서 보이는 냉철한 이성적 태도보다는 감성적 연민이나 부드러운 대타적 인식이 앞서 있고, 그것은 경우에 따라 자기 폐쇄라 할 수 있는 소아병적 차원으로 진입할 때도 있다. 그의 문학 세계에서 웅혼한 의지나 시대사의 흐름에 대한 직접적인 대결의 자세를 엿볼 수 없는 것도 이러한 성향과 무관하지 않다.

「화분」에 나타난 여리고 예민한 감성적 행위와 그것을 표현한 문장, 「맘

물굿」에 나타난 낙숫물 소리를 싫어하는 비이성적이며 자기 폐쇄적 태도, 「축견의 변」에 나타난 수동적이고 소극적인 반응 양상, 「개미」에 나타난 지나친 사소성에의 침윤으로 인한 소아병적 경향, 그리고 「범애기」의 결미에서 보이는 과도한 단순 소박성의 발화 형태 등이, 앞서 언급한 부분에 대해 구체적 증빙이 된다.

4 마무리

이처럼 김환태는 당대의 평론가로서 부정적 측면과 긍정적 측면을 거멀못처럼 함께 끌어안고 있는 문학인이었다. 그의 세대는 국가의 당연한 권리와 본질적 정체성을 상실하고도 그 아픔과 슬픔에 대해 분노할 수도 없는 정신적 족쇄를 차고 살아야 했으며, 개인으로서는 백화난만한 문학의 화원에 이르기도 전에 아까운 나이로 세상을 하직해야 했다.

그에게 본격적인 평문이나 시대성을 판독할 수 있는 작품에의 접근이 불가능했던 것은 바로 그러한 한계 때문이었으며, 같은 시대의 황순원이나 김동리 같은 작가들이 지속적 시간과 함께 한 문학으로 각기의 봉우리를 이룰 수 있있음에 비견해 볼 때 이를 안타깝게 여기지 않을 수 없다. 그러기에 그는 그의 세계 속에서 끊임없이 균형 감각의 정립 또는 회복을 시도하고 있었음에도, 궁극적으로 시대 현실과 균형을 이루거나 그 힌계를 넘어갈 수는 없었던 것이다.

그럼에도 불구하고 그가 빼어난 감수성과 자기 방식의 균형성을 갖추고, 서양 문예 이론을 도입하여 작품 자체를 판독하는 논리로 우리 문학을 검색하고 검증한 당대의 평론가였다는 점은 명약관화한 사실이다. 이와 같은 김환태의 성과 그리고 그 한계는, 그의 시기에 우리 문학이 당면했던 실체적 현실이기도 했다.

■■■■■
김종회

경남 고성에서 태어나 경희대학교 국어국문학과를 졸업하고 동 대학원에서 문학 박사 학위를 받았다. 현재 경희대학교 국어국문학과 교수로 재직 중이다. 1988년 《문학사상》을 통해 문학평론가로 문단에 데뷔했으며, 그동안 활발한 비평 활동을 보이는 한편 《문학사상》, 《문학수첩》, 《21세기문학》, 《한국문학평론》 등 여러 문예지의 편집위원과 주간을 맡아 왔다.

김환태평론문학상, 한국문학평론가협회상, 시와시학상, 경희문학상 등의 문학상을 수상했으며 평론집으로 『위기의 시대와 문학』(세계사, 1996), 『문학과 전환기의 시대정신』(민음사, 1997), 『문학의 숲과 나무』(민음사, 2002), 『문화 통합의 시대와 문학』(문학수첩, 2004), 『문학과 예술혼』(문학의숲, 2007) 등이 있고 그 외 다수의 저서가 있다.

특히 사단법인 일천만이산가족재회추진위원회 사무총장, 통일문화연구원 원장 등의 주요 경력과 관련하여 북한 문학과 해외 동포 문학에 대한 학문적 관심이 많으며, 그 결과로 『북한 문학의 이해』 1~4권 및 『한민족 문화권의 문학』 1~2권을 엮은 바 있다.

디아스
포라를
넘어서

1판 1쇄 찍음 2007년 11월 30일
1판 1쇄 펴냄 2007년 12월 7일

지은이 ǀ 김종회
발행인 ǀ 박근섭
편집인 ǀ 장은수
펴낸곳 ǀ (주)민음사

출판등록 ǀ 1966. 5. 19 제16-490호
주소   ǀ 서울시 강남구 신사동 506번지 강남출판문화센터 5층 (135-887)
대표전화 ǀ 515-2000 / 팩시밀리 515-2007
홈페이지 ǀ www.minumsa.com

값 20,000원

ISBN 978-89-374-1213-4 (03810)